中国北方曲艺理论传承发展研究丛书

崔凯 主编

子弟書史论

耿柳／著

春风文艺出版社
·沈阳·

图书在版编目（CIP）数据

子弟书史论/耿柳著. -- 沈阳：春风文艺出版社，
2024.12.--（中国北方曲艺理论传承发展研究丛书）.
ISBN 978 - 7 - 5313 - 6917 - 2

Ⅰ．I207.39

中国国家版本馆CIP数据核字第2024AG0337号

春风文艺出版社出版发行

沈阳市和平区十一纬路25号　邮编：110003

辽宁新华印务有限公司印刷

责任编辑：姚宏越		责任校对：赵丹彤	
封面设计：杜　江		幅面尺寸：155mm × 230mm	
字　　数：347千字		印　　张：25.5	
版　　次：2024年12月第1版		印　　次：2024年12月第1次	
书　　号：ISBN 978-7-5313-6917-2			
定　　价：98.00元			

序

一

子弟书，诞生于中国文化特定的历史时期，在艺术的长河中源远流长。它融合了文学、音乐、表演等多种艺术形式，以其独特的韵味、深刻的内涵以及颇具情趣的视听艺术形式，曾在"场地艺术"中散发无限魅力，吸引无数听众，不乏知音与拥趸，在中国说唱文学史上占有不可取代的重要地位。然而，随着时光的流转和社会的变迁，其逐渐淡出了大众的视野，成为一些文人、学者和爱好者们案头研究的小众课题。

值得幸运的是，总有一些执着的学者，愿意在这略显冷清的领域默默耕耘，为我们揭开历史的面纱，重现昔日的辉煌。本书的作者——耿柳，便是这样一位无畏的探索者。我问作者，在这种情况下，你为什么还要写这么一本书？

耿柳说，她从青少年时期喜欢子弟书，一直到近些年接手《中国民间文学大系·子弟书卷》的编纂工作，通读了可以看到的子弟书方面的著作、论文以及相关资料之后，发现以往的研究工作受史料的限制，还存在很多疑点、难点，当然自己写这部书也不可能把所有的问题解决，但是对于新史料的发掘和研究，还是有利于今后更精深的研究工作。她还说，子弟书毕竟是我国说唱艺术的一种，以往的研究工作大多是在子弟书的起源和文学性上讲得比较全面，自己对子弟书在演唱艺术这点尝试做一点补充。

在这一点上，我认为耿柳说得很准，也点出了当代研究此项问题的关键所在。因为在所有中国传统戏剧、诗歌等方面的现当代研究著作书籍中，涉及"唱""诵"等音乐领域的问题，几乎被传统戏文的文学性文本研究给遮蔽了。换句话说，因为传统的说唱艺术在"口耳相授"传袭模式中，没有留下声和影的记录，所以出现了传承上的遗漏、脱落、断条、消失等现象，给后来承继和发展、研习和传播带来了极大的困难。现在想想，随着科技的发展，录制和复制的技术出现，数字化对文化的遗存、保护和传播多么重要。

通过阅读耿柳的专著《子弟书史论》一书，我们能够清晰地感受到子弟书所承载的时代精神和社会风貌，领略其在文学艺术上的独特价值。该书既彰显了作者对中华优秀传统文化的自觉继承与积极弘扬，坚持创造性转化和创新性发展的研究者的态度，又体现出一位文化文艺工作者的文化自觉与责任担当。在这个意义上讲，耿柳所著的《子弟书史论》不仅是一种艺术形式的记录，更是一个时代的文化记忆，反映了当时人们的思想情感、审美情趣和生活百态，愈发显示出该书的不俗价值与不凡意义。

二

说唱文学须坚守雅俗共赏的美学传统，因为人的素养、文化、经历的千姿百态，它只能是一种"相对而言"。眼中看到与之相关的一些现象，有些偏颇在于一味渴求受众的"喜闻乐见"，而忽略中国说唱艺术"击鼓化民"的优秀传统。案头这部耿柳的《子弟书史论》，令我兴奋与欣慰。耿柳热心子弟书研究数十年，整理过现存的全部子弟书文本，将其中典故、满语、真伪、异文、异名等相关内容均做了笔记，有数十万字之多，难能可贵。耿柳本是故去的研究中国说唱文学的大家耿瑛先生之爱女，承继了父辈丰厚的家学修养和严谨的治学之风，因此这本书追求公正、公允的治学态度值得称赞。

通过这本书可以看到作者"板凳坐得十年冷，文章不写半句空"的治学风范和书之背后所下的"暗功夫"。我不敢说《子弟书史论》可以达到什么样的程度，但至少我对耿柳为这部书所倾注的心血感同身受。

这部《子弟书史论》一扫学术的枯燥，非常鲜活、生动。好书是用浅显的语言说朴素的道理，能让人愉悦地阅读，像耿柳这部《子弟书史论》中视角别致、情感细腻的笔触，更决定着其艺术生命的久远。因此说，该书亦是当代真心热爱、研习说唱文学的必读范本与不容或缺的优秀教材。

众所周知，中国说唱文学寓教于乐是它得以存活数千年的优秀传统。无论是故事内容还是形式美感，必须抵达情理交融。没有真诚的情感、扎实的学问、长期的积累及其长远的视野等做"地基"，其论述之"墙"，便不可能与其匹配。要收到"象外之象，景外之景"的效果，关键在于论述具备鲜明的独特性和高度的典型性，由此才可能去领略子弟的"韵外之致"和"味外之旨"。

音乐性亦是中国说唱文学的重要美学特质，子弟书唱词所显现出的似唱似说、如泣如诉，让人尽享强弱、高低、虚实、反复、曲折、缓急、间歇、变化、停顿等韵律之美。"雅俗共赏"是中国美学追求的境界与传统，中国说唱文学的优秀传统，是我们今天最好的"师父"。读完耿柳的《子弟书史论》，这样的感受尤为深刻。

三

偶然发现，"难道说乾坤的秀气尽在塞北收藏"这句子弟书《查关》中的唱词，出现在一部美国人写的《东北游记》的扉页上，让我感叹子弟书波及之深远。我也借句子弟书里的词句"把笔闲挥追往事，慢将古曲细推敲"来形容这部书吧。《子弟书史论》共十五章，洋洋洒洒三十万余字，书中对子弟书的产生、发展、演变言之有物，对刻本、抄本、序跋、名篇如数家珍，对子弟书在文化传承中的地位和作用进行了全面而深入的研究。书中不仅梳理了大量的历史文献和资料，还结合当代的研究成果和视角，为我们呈现了一个丰富多彩、立体生动的子弟书发展脉络和艺术景观。

同时，《子弟书史论》也为我们思考传统文化的传承与创新提供了有益的启示。在当下"热闹"的视图影像艺术冲击下，如何保护和传承那些濒临消失的文化遗产，如何让古老的艺术形式在新时代焕发出新的生机与活力，是我们每一位艺术工作者都应当思考的问题。

本书图文并茂，有些书影为首次与读者见面，可谓史料珍贵，难得一觅。相信这本《子弟书史论》的出版，必将会吸引更多的学者和爱好者关注子弟书这一珍贵的文化遗产，激发起人们对传统文化的热爱和保护意识。也希望它能够成为一座桥梁，连接起过去与现在，让我们在传承中创新，在创新中发展，让传统文化在新时代绽放出更加绚丽的光彩。

是为序。

林喦

2024 年 7 月于沈阳

目　录

绪　论

什么是子弟书？它是怎么产生的？又是怎么消失的？这要从中国的说唱艺术，即曲艺的起源和发展说起。

"曲艺"名称在古代并非今天的含义。最早指弯曲、细小的技艺，比如医术、占卜之类。

《益闻录》1894年第1390期有一篇小文题为"曲艺奖匾"，内容是"皇太后六旬万寿所用紫榆各器物多由粤省备办"，因这些器物制作精美，甚得慈禧太后欢心，遂奖以匾额，上刻"雕琢精良"。此时曲艺是指一些能工巧匠的技艺。

今天我们常说的曲艺，当然不是上述含义，而是中国各种说唱艺术的总称。

这门艺术唐代以前就正式形成，一直没有一个通称。秦汉时期，说唱艺术与歌舞、杂技、武术、器乐演奏等表演形式均被称作"百戏"，后来又有过"角抵"等名称。宋代时，将各种杂剧、曲艺、杂技、皮影、木偶、武术、游艺、体育统称为"诸色伎艺"。明代晚期，称"十样杂耍"：说评书、学口技、逗笑话、唱大鼓、吹喇叭、打锣鼓、弹琵琶、拉胡琴、练武术、变戏法。简称为：说、学、逗、唱、吹、打、弹、拉、练、变。

清朝乾隆年间，把十样杂耍改为"什样杂耍"，为什么把"十"

1

字改成"什"字？有人认为，"十"与"什"通用，读音亦相同，其实不然。康乾盛世，经济繁荣，百姓生活安定，带动了文化艺术的快速发展。杂耍已经远远不止十样，而是"要什么，有什么"，这个"什"字代表什么都有，包罗万象。

民国初，曲艺才开始用来代指演艺。1918年报载："留心曲艺·近有都下某女伶，每晚必到新世界杂耍场听牌子曲八角鼓，有说是某伶刻意排演新戏，故此留心曲艺，但此小道，尚得专心。"[①]

逐渐，曲艺用来指书场、戏院、茶馆等娱乐场所的说书、大鼓、相声、杂技等各种民间技艺表演。鼓曲《海三姐逛东安书场》有唱词"小三姐儿听了各样的曲艺"[②]，其中"曲艺"指的就是曲艺杂技木偶皮影等民间表演。统称"杂耍"。

1942年鼓王刘宝全去世时，《新天津》发文称："确为杂耍界最大损失。"[③]

沈阳有一张老照片是曲艺名称过渡期的见证。1949年3月8日，

沈阳大众剧场门前广告（穆凯提供）

---

① 《京闻》，《益世报》，1918年6月24日。

② 荣剑尘、谭凤元、曹宝禄：《单弦艺术经验谈》，中国曲艺出版社，1982年，第26页。

③ 李章：《白发歌王刘宝全生前》，《新天津》，1942年10月18日。

沈阳市艺曲协会正式成立，当晚在沈阳大众剧场有一场庆典晚会。剧场门前为庆典晚会做了大幅的广告，可以看到"大众曲艺社"居中，左侧是"集沈阳艺曲界之优秀艺员演唱各种精彩新旧艺曲"，右侧是"什样杂耍"。这张老照片上，"曲艺""艺曲""什样杂耍"同时出现，并排胪列。

新中国成立后，曲艺因通俗易懂、深受民众喜爱而得到国家的重视和改造，1949年7月召开的第一届中华全国文学艺术工作者代表大会上，成立了"中华全国曲艺改进会筹备委员会"。据说用"曲艺"一词是老舍提议的。1951年5月5日政务院发布周恩来总理批准的《关于戏曲改革工作的指示》："中国曲艺形式，如大鼓、说书等，简单而又富于表现力，极便于迅速反映现实，应予以重视。除应大量创作曲艺新词外，对许多为人民所熟悉的历史故事与优美的民间传说的唱本，亦应加以改造采用。"1953年成立了"中国曲艺研究会"，从此曲艺专指说唱艺术。俗文学研究工作者把曲艺作品取名讲唱文学，称曲艺表演为民间说唱，曲艺界也认可这种叫法，所以曲艺的演出团体有的叫"曲艺团"，也有的叫"说唱团"。两种称谓并存互训，是艺术与学术的表述区别，也是曲艺界与民俗界的习惯定义。

因为说唱二字包含的范围还有讲故事、唱民歌，唐诗、宋词、元曲更是可以唱的，显然它们都不在曲艺的范畴，中国少数民族的三大英雄史诗《格萨尔》《江格尔》和《玛纳斯》也是说唱，曲艺研究者把它归入"麾下"，民俗学界另有表述。"《格萨尔》的演绎形式独具特色，主要由两个部分构成：一是讲故事的人以第三人称讲述故事的念诵形式，属于曲艺类型；二是讲故事的人以第一人称充当故事中的人物角色，并用演唱故事歌曲的方式塑造人物形象、表达人物思想的歌唱形式，属于音乐类型。"①

----

① 桑宁夏：《藏族著名史诗〈格萨尔王传〉说唱艺术在现代城市中的传承——以两位艺人的实践为例》，《西藏大学学报》，2021年第3期，第113页。

曲艺的特色便是跳进跳出，一人多角，以第一人称说唱故事的曲艺作品有很多，比如单出头《王二姐思夫》《洪月娥做梦》《丁郎寻父》等，都是从头到尾以第一人称完成的，所以并不能简单从"人称"来判断艺术门类的归属。如何区别曲艺与其他说唱形式呢？评书的小道具是固定的三件：醒木、扇子、手帕，摆放使用都有讲究：醒木放桌子正中，扇子在右，手帕叠长方形，口冲外在左。在农耕时代，人们讲故事、唱民歌发生在劳动或休闲的场合，兴之所至随性而为，一般不带什么道具或乐器，讲唱者也不是曲艺艺术的从业者，讲唱不为获得报酬，只为娱乐和表达心意的需要。曲艺职业艺人的产生，常常是乡村一些有说唱天赋的人，农忙种地，农闲作艺，作艺时就地取材一些道具或乐器，如鸳鸯板，据说就是用田间地头的瓦片敲碎，取两块击打节奏演变而来的。

讲唱者会为表演做专门的准备，这个时候算是半职业艺人了，朴实的农户经常给这些为自己带来欢乐的作艺者一些粮食蔬菜等酬劳，这样的讲唱就区别于民间自娱自乐的讲故事、唱民歌，而可称之为曲艺了。还有一些以算命为生的失目人，学来一些唱段，以唱算的方式谋生，其中唱得好的人，发现唱故事比算命更受人欢迎，自发地转变为职业艺人。在城市中，宋代有勾栏瓦肆，清代有茶馆后，占馆说书的就更是职业艺人了。

曲艺，可溯史长，可证史短。

1957年，四川成都天回镇在挖掘汉墓时，出土了一尊陶俑。据《挖掘清理录》说明："陶俑头上着巾，大腹丰凸，左臂环抱一鼓，右手持鼓槌欲击，张口露齿，面部表情幽默风生……"四川省博物馆为这尊陶俑定名"击鼓俑"。赵景深认为，陶俑不仅在击鼓，他还张口露齿，面部表情幽默风生，分明是在说唱，应该定名"说唱俑"。从陶俑的出土，可见在两汉年间就有了击鼓唱曲人。这只能算是物证，不见文字记载。

西汉刘向《列女传》里有"夜则令瞽诵诗，道正事"。①有人说"道正事"即讲故事，是古代盲人的说书活动。隋代的散官侯白在《启颜录》中有："白在散官，隶属杨素。爱其能剧谈，每上番日，即令谈戏弄。或从旦至晚，始得归。才出省门，即逢素子玄感，乃云：'侯秀才，可以玄感说一个好话。'"②"说一个好话"亦即讲一个好的故事。

今天最早关于说唱的文字资料，只能追溯到隋唐。1900年在甘肃敦煌莫高窟发现了大批唐五代时的说唱文学写本之后，许多学者认为唐代中国曲艺正式形成。敦煌的说唱文学，很长时间曾被人统称"变文"。变文，是转变的文本。"转"字意为唱，"变"字源于"变相"。这是从僧侣的俗讲演变而来的一种曲艺形式，原来是照着悬挂的佛祖的各种变相的图画来演唱。早期变文，主要是僧侣们演唱的宗教故事，后来艺人也按照这种形式演唱历史故事、民间传说及当时的名人奇事。如晚唐时吉师老在《看蜀女转昭君变》一诗中所记："妖姬未著石榴裙，自道家连锦水溃。檀口解知千载事，清词堪叹九秋文。翠眉颦处楚边月，画卷开时塞外云。说尽绮罗当日恨，昭君传意向文君。"③此诗描写的正是一位女艺人照着画卷说唱昭君故事。变文的形式很像近代北京天桥的"拉洋片"，画片为图，说唱为文，由散文及韵文交替组成。在敦煌文卷所存俗讲底本中，非佛经的俗世故事占了一半。可以说，唐朝的俗讲、变文是后世弹词、鼓书等的前身，话本作品是后世评书等的雏形，俗赋是后世的快板、快书等的早期形态，各种滑稽表演活动则影响了后世相声等形式。

① ［宋］朱熹：《晦庵先生朱文公集》卷一百，四部丛刊本，商务印书馆，1929年，第13页。

② ［宋］李昉等编：《太平广记》卷二百四十八，中华书局，1961年，第1920页。

③ 周振甫主编：《唐诗宋词元曲全集》（第14册），黄山书社，1999年，第5666页。

对于变文在曲艺发展史上的重要作用，郑振铎指出：僧侣们的讲唱变文虽然在宋真宗时代被明令禁止，"但她却幻身为宝卷，为诸宫调，为鼓词，为弹词，为说经，为说参请，为讲史，为小说，在瓦子里讲唱着。"①

宋代已有许多专业说唱艺人，曲种也较丰富，其中最发达的是说话。在汴梁、临安等大城市的勾栏瓦肆，有霍四究说三分，尹常卖说五代，职业说书家各有所长。到南宋时分为小说（又叫银字儿②）、说铁骑儿、说经、讲史书四家。说书人的底本为明清白话小说的发展奠定了基础，"从其章回体'且听下回分解'的'留扣儿'技巧上还可以看到说唱艺术的痕迹。说书先生对于中国古典章回小说风格的建立，可谓功不可没。"③

宋代较为兴盛的说唱文学还有"鼓子词""诸宫调"等形式。鼓子词是一种用鼓等乐器伴奏以说唱故事的曲艺形式。它一般由三人合作表演，其中一人说唱，另外二人用鼓和管弦乐器伴奏并和唱。表演时唱与说交替进行，属于单曲牌的演唱形式。唱词既交代情节，也有一定的抒情性。演唱时，一人唱众人和，如赵令时蝶恋花鼓子词《西厢记》，曲用商调蝶恋花，每唱一段，均有插白"奉劳歌伴，再和前声"。由于是一曲反复，较为单调，不久就被诸宫调所代替。

诸宫调，也称诸般宫调，是采用多种曲调联成套曲的一种说唱体曲种，多演长篇故事。如现存金代著名的《董西厢》《刘知远诸宫调》等。南宋《西湖老人繁胜录》载："唱涯词，只引子弟；听陶真，尽是村人。"④将"涯词""陶真"对举，有了雅俗之分。涯词文

---

① 郑振铎：《中国俗文学史》，商务印书馆，2005年，第244页。

② 银字儿：因以银字笙伴奏而得名。银字笙是古笙的一种，笙管上标有表示音调的银字星。

③ 耿柳：《说唱艺术与四大名著》，《光明日报》，2024年6月14日。

④ ［宋］孟元老等著：《东京梦华录 都城纪胜 西湖老人繁胜录 梦粱录 武林旧事》，中国商业出版社，1982年，第12页。

雅，吸引的是书香子弟；陶真通俗，吸引村民。

元代的说唱文学在宋代的基础上传承和发展，词话占据主流。叶德均认为："词话是元明时称讲唱文学的名称，它除了增加十字句外，和陶真并没有什么不同。它在元明时最为兴盛，到了明末就分化为鼓词、弹词两类。"①

明清时期是说唱文学的成熟期。说书艺术与话本文学交相呼应，诸宫调与散曲文学也有较大成就。说唱文学空前繁荣，形成了三百多个曲艺品种。弹词、鼓词、宝卷、评书等各种产生于前代的说唱文学在这一时期达到了高峰。

清代乾隆年间出现了八旗子弟创造的子弟书，融合了满汉文化。"它是在明末清初各种曲艺特别是折子戏、鼓词、弹词的影响下逐步形成与完善的。"②没有说白，唱词主要为七言体。它不同于说唱艺人的"职业与半职业"，起初完全业余的——是在八旗子弟家庭内部产生的一种自娱自乐的活动。在流行了一百多年后，随着八旗制度的退出，它的演唱形式随之消亡。"熟读唐诗三百首，不会吟诗也会柳"，子弟书最初的演唱更近似于唐代诗人互相赋诗，直到清后期它的优美唱词被鼓曲艺术吸收，才真正成为说唱艺术的一种。所以子弟书演唱形式的不存，也不奇怪，就如同我们知道一部分唐诗可唱，几乎所有宋词可歌一样，一阕词牌就是一支曲谱，但当初他们唱的什么调子，只能凭空想象。所以启功说子弟书应该叫"子弟诗"，它和唐诗、宋词一样具有韵律美，是清代文人的心头之歌，但不是所有的文本都在公开场合里演唱过。子弟书中适合演唱的曲词被说唱艺人所用后，有很多曲目一直流传至今。

---

① 叶德均：《戏曲小说丛考·宋元明讲唱文学》，中华书局，1979年，第657页。

② 李芳：《清代说唱文学子弟书研究》，社会科学文献出版社，2022年，第83页。

第一章　子弟书的起源及流派

　　早在清顺治年之前，满族中就有太平鼓、八角鼓等曲艺形式流传。清乾隆年间，产生了子弟书，曲目繁多，一直流行到清末，有一百多年的历史。作为一种说唱艺术，子弟书已成绝响，但它流传下来的五百种左右的作品，有一部分仍在曲坛上流传，不仅对其他曲种影响较大，其文本更是中国韵文发展中，继唐诗、宋词、元曲、明传奇后又一文学高峰。现存子弟书除少数为满汉合璧或满汉兼写成外，都是汉语创作，夹有满语音译词的子弟书，也称为汉夹满。

　　最早关于子弟书的记载是清嘉庆二年（1797）顾琳著《书词绪论》，李铺的序中写："辛亥夏（乾隆五十六年，1791），旋都门，得闻所谓子弟书者。"①

　　清光绪三十三年（1907）曼殊震钧著《天咫偶闻》中记载："旧日鼓词有所谓子弟书者，始创于八旗子弟。其词雅驯，其声和缓，有东城调，西城调之分。西调尤缓而低，一韵萦纡良久。"②

---

　　① ［清］顾琳：《书词绪论》，关德栋、周中明编《子弟书丛钞》，上海古籍出版社，1984年，第818页。

　　② ［清］曼殊震钧：《天咫偶闻》（卷七），北京古籍出版社，1982年，第175页。

曼殊震钧：《天咫偶闻》卷七　　　　　　　　何海鸣：《韩小窗之鼓词》

关于曼殊震钧的"曼殊"二字，是"满洲"的一种比较美观的写法，如同词人纳兰性德的"纳兰"，就是叶赫那拉的"那拉"。震钧是文人，喜欢用两个儒雅的字。"……虽然震钧自幼生长并生活于北京，祖上也世代居住北京，他却并没有把自己认同为一个北京人。〈天咫偶闻〉每卷皆署'曼殊震钧'，据〈满洲源流考〉'满洲'本名满珠，'曼殊'即'满珠'的转音。"①

　　京宅院落恒宽敞，夏夜广置藤椅其间，与家人坐卧，乘凉闲话，亦人生之一乐事。忽闻小巷中三弦声至幽细，

---

① 季剑清：《重写旧京　民国北京书写中的历史与记忆》，生活·读书·新知三联书店，2017年，第239页。原注，[清] 阿桂等：《满洲源流考》，辽宁人民出版社，1988年，第2页。

审为卖歌者所奏。呼僮唤之入，乃一瞽者，自称冯姓，问何所能，云善歌子弟书。何谓子弟书，乃古来才子所编之鼓儿词，当年八旗子弟多嗜此，择其脚本词句雅驯者，或另倩通人别撰，专供此辈富贵家子弟歌唱玩乐之用，遂有此名。[①]

子弟书表演形式与北方的鼓书相近，多是一人自弹自唱或一人演唱、一人弹三弦伴奏，倩，通请字，请学识渊博通达之人，撰写唱词，以取材古代小说、戏曲或清代现实生活为主，其文辞雅致工丽，有很强的文学性。因其编创演出者以消遣娱乐为主要目的，不仅不去江湖献艺者的营业性场所，应邀前往八旗贵胄官员宅邸演唱，也绝不拿报酬。子弟书在旗人居住地流行，约乾隆末至嘉庆年间渐入鼎盛时期。

一、子弟书的起源

（一）源于八角鼓说

王梅庄《八角鼓子弟书之渊源》文："京中之子弟书，恒以八角鼓名之，因其器也，实则渊源于岔曲。岔曲词句雅驯简洁，多写情写景之作，亦有以古文词赋衍为曲文者。其音韵或系脱胎于昔日之道情，以其近似耳。"[②]八角鼓以八块木板

八角鼓

① 何海鸣：《韩小窗之鼓词》，《民众文学》，1926年第14卷第1期，第1页。

② 王梅庄：《八角鼓子弟书之渊源》，《朔风（北京1938）》，1939年第7期，第277页。

（檀木、乌木）镶成八角形，鼓面为蟒皮，七面有孔，每孔有三个铜钹，象征满蒙汉，另一面有流苏穗儿，或有双穗儿。

清富察敦崇的《燕京岁时记》中"封台"条记载当时戏剧之外的曲艺时说："戏剧之外，又有托偶、影戏、八角鼓、什不闲、子弟书、杂要把式、像声、大鼓、评书之类……八角鼓乃青衣数辈，或弄弦索，或歌唱打诨，最足解颐。……子弟书音调沉穆，词亦高雅。"①

子弟书《鸳鸯扣》第十一回里描绘了北京某富户办喜事唱堂会，有各种曲艺、杂技表演："包牙子张三子弟书甚好，八角鼓邀的本是林大头。"

以上均将子弟书和八角鼓分列为两个曲种。

缪东霖的《陪都杂述》"杂艺"中有："说书人有四等，最上者为子弟书，次平词，次漫西城，又其次为大鼓梅花调。文既荒唐，词句又多鄙俚。互见《百咏》注。"②

缪东霖等文人对子弟书的推崇溢于言表，这里说书的概念是广义的说书，包括评书和唱曲在内。"平词"即今日之评书的旧称，"漫西城"是东北大鼓的旧称，"大鼓梅花调"指的是西河大鼓。"最上者"的子弟书显然和"八角鼓"条载"以三人杂扮或坐或立，入场后长歌短曲，语杂诙谐，声韵嗷嘈，洋洋盈耳其说到天花乱处，洵足令人颐解"③不同。

（二）源于牌子曲说

《八旗子弟书的由来》一文说："所谓子弟书，八旗子弟也，书者就书中所载之事迹，而衍之为曲文也，今之单弦，俗名牌子曲，

---

① ［清］潘荣陛：《帝京岁时纪胜》，［清］富察敦崇：《燕京岁时记》，北京古籍出版社，1961年，第94页。

② ［清］缪东霖：《陪都杂述》，沈阳出版社，2009年，第85页。《百咏》为缪东霖另一作品《沈阳百咏》。

③ ［清］缪东霖：《陪京杂述》，沈阳出版社，2009年，第90页。

可云为子弟书之正宗。或取材于说部，水浒、西厢、红楼、聊斋为最多。"[1]

子弟书《随缘乐》就是写作者慕名去欣赏艺名"随缘乐"的八角鼓艺人之表演情形的：

> 见一人相貌清奇衣冠时样，
> 有那些讨脸之人都举手抱拳。
> 也有那赶着请安连声的问好，
> 睄着想借些仙气趁势趋炎。
> 这子弟慢坐台心摩掌半晌，
> 方泠泠然如琴似瑟的定丝弦。
> 说几句俗白不过是凑趣，
> 都是那匪言鄙语巷论街谈。
> 招的那满园之人齐声大笑，
> 都说司先生珠玑满腹名不虚传。

随缘乐本名司徒瑞轩，生卒年不详，旗人，清道光咸丰年人，八角鼓票友。西直门外高粱桥边有个野茶馆约他票演三日。演出第一天，茶棚里高朋满座，可应局的票友一个也没来，叫人去催，票友们却以种种原因拒绝了这场演出，随缘乐振作精神对台下的人频频抱拳："今天茶钱我一人候了，明年今日，我一定有新玩意儿孝敬诸位！"

第二年茶棚门上张贴出随缘乐"一人单弦八角鼓"的海报，简称"单弦"，一人伴奏、演唱，他创出一种新的形式。随缘乐是单弦艺术的创始者。在子弟书流行时，单弦牌子曲尚在萌芽期。

造成误解的原因可能是很多牌子曲的曲名和子弟书一致。比如

---

① 《八旗子弟书的由来》，《盛京时报》，1942年9月22日。

单弦名家荣剑尘《荣剑尘单弦牌子曲曲词抄本》[①]中，收录了十四种曲文，其中与子弟书同名的有《贞娥刺虎》《杜十娘》《蝴蝶梦》《独占花魁》《黛玉焚稿》《沉香床（亭）》《胭脂》《翠屏山》《双生贵子》九种，让人误以为牌子曲即子弟书。

同曲名的牌子曲和子弟书不仅唱词不同，音乐结构亦有区别。

牌子曲属于曲牌体，曲牌体全称"曲牌联缀体""曲牌联套体"，是指音乐结构由一系列音乐曲牌按照或紧或松的规则组合成不同的"套曲"。而子弟书属于板腔体，板腔体全称"板腔变化体""板式变化体"，是指音乐结构上依据板式的转换、行腔的快慢，形成的一种在时间上对音乐没有限制的较为自由的结构。曲牌体的基本单位是曲牌，每一句的字数、音韵、平仄是确定的，但是富于变化，表现为长短句结构，受某一个曲牌所规范，是行腔严谨、格律齐整的音乐风格。子弟书的板腔体以七字句、十字句为主，一般是首句二句平声，其后是上仄下平，双数句押韵，唱词的韵脚讲究一三五不论，二四六分明，是上下句的对偶结构。

可以这么理解，从唱词结构上来说，子弟书像唐诗，讲究对仗，牌子曲像宋词和元曲，几个字一句，包括平仄、押韵，都有固定的格式。子弟书的格式没有那么严格，是在一定规则下的自由体诗。

所以，子弟书和牌子曲不是一回事。如果说它们的共性，那就是都是起源于满族的民间艺术。

（三）源于军中俗曲说

清代北京内城禁止开设戏园，八旗子弟只能以杂耍、八角鼓自娱。戍边的将士军中寂寞，传唱一些小曲表达思归之情是文学史上常见的现象，如唐代"边塞诗"。任光伟《子弟书的产生及其在东北的发展》

---

① 北京戏曲艺术职业学院、北京市艺术研究所编：《荣剑尘单弦牌子曲曲词抄本》，北京：学院出版社，2022年，目录页。

中述：

> 子弟书渊源于清初军中流行之民间俗曲。当时清廷频于征战，八旗子弟远戍边关，军中寂寞，常将悲怨之情形之于歌，便逐渐形成一些具有讲唱特点的俗曲，如"边关调""马头调""太平歌"和"打草干"等。云南《续禄劝县志》载："大理俗好唱打草干，一名打草秆，昔辽士戍滇，牧场打草，有思归之心，因为此歌。昔音凄怨。"乾隆庆祝其"十全武功"，凯旋时，曾明令八旗军士载歌载舞进北京。据传说，阿桂将军部战士即用这种边关小调，配以八角鼓演唱了一些歌颂升平、夸耀武功的说唱。京都为之轰动，称其为八旗子弟乐。不久，北京的一些八旗子弟参照弹词开篇，运用民间十三道大辙，创作出以七言为体的一种书段，佐以三弦再合之以八旗子弟乐之曲调，即成为最早的子弟书。①

李芳则提出了不同的观点，她在专著《清代说唱文学子弟书研究》中说：

> 上引文中任先生提及之阿桂将军部凯旋，为乾隆年间第二次出征大小金川之事。其役在乾隆三十六年至四十一年（1771—1776）间。目前，我们所看到的子弟书最早刻本，是乾隆二十一年（1756）刊刻的《庄氏降香》。刻本的出现当在子弟书创制和流传之后。故此，在阿桂部得胜返京之前，子弟书早已在北京城传唱开了。子弟书并非源自

---

① 初载1980年辽宁曲协编印的《曲艺通讯》内刊第三期，第27—34页。后多有转载并收入任光伟《艺野知见录》，春风文艺出版社，1989年，第122页。

远戍边关的八旗子弟带回的八旗子弟乐，无疑也与阿桂部兵士无涉。笔者以为，此种说法流传甚广，其实是与旗人创制与喜爱的另一种曲艺形式——岔曲的形成相互混淆所致。①

《八角鼓子弟书之渊源》中也介绍了宝小岔的事情：

考岔曲始于清乾隆间，传为将军阿桂攻金川时军中所用之歌曲，由宝小岔名恒者所编，因名岔曲，又称凯歌，俗云得胜歌词。金川之役，起于乾隆三十七年（1772），迄四十一年（1776），始行班师。军士驻居边地，数载不归，已忘岁月，每觇树叶之青黄，而测四时之交替。且离乡既久，时感故里之思，恒就"树叶儿青""树叶儿黄"为起句，自撰词曲而寄归欤之兴。继为阿桂所知，命宝恒就其腔调改编。宝恒素擅高腔，且富才藻，于是正其音节，写情写景而外，复以忠君爱国之事，编为曲词，用以激励士气。自是定为凯歌，并制八角鼓以和之，鼓分八面，象八旗也，面空其中，而贯以铜片三片，象二十四固

王梅庄：《八角鼓子弟书之渊源》

---

① 李芳：《清代说唱文学子弟书研究》，社会科学文献出版社，2022年，第73页。

山也。盖表示合群爱众，借以团结军心之意耳。①

文中的记述"将军阿桂攻金川"的时间与李芳的记述出入不大。现有清乾隆丙子年（1756）冬月京都刊刻的罗松窗作子弟书《庄氏降香》刻本藏于艺术研究院，可证李芳言。

通观子弟书五百种左右的作品，无一与军中戍边内容相关。子弟书和清初边塞俗曲并不存在渊源关系。

岔曲从唱腔上来说，是一个固定的曲牌，相当于单曲体结构，岔曲的曲体结构："由六个乐句组成，六个乐句分为前三句后三句，中间由三弦弹奏一个较大的过板。一般第一、三、六句词尾唱腔是固定的，它构成了岔曲音乐的独特风格。"②与子弟书的一板三眼、以七字句为主并不相同。

（四）源于戏曲说

李芳在《清代说唱文学子弟书研究》中说："子弟书是由旗人借鉴戏曲、俗曲等艺术形式创制而成的一种说唱文学样式，在俗文学中独树一帜，是探讨清代历史与文化的一个绝佳对象，在俗文学史、清代文学史上占据着重要的地位。"③

道、咸间有王馨远者，士大夫多延之。盖与石玉昆之说书（亦弹词也），相并也。……王謦师于此外，最精于西

---

① 王梅庄：《八角鼓子弟书之渊源》，《朔风（北京1938）》，1939年第7期，第277页。

② 《中国曲艺音乐集成》全国编辑委员会、《中国曲艺音乐集成·北京卷》编辑委员会：《中国曲艺音乐集成·北京卷》，中国ISBN中心，1996年，第29页。

③ 李芳：《清代说唱文学子弟书研究》，社会科学文献出版社，2022年，封三。

韵书。西韵者，出于昆腔，多精致缠绵之曲，如《玉簪记》诸折皆有之。尚有东韵书，出于高腔，多悲壮激越之音，如《宁武关》《蒙正赶斋》之类。[①]

万历末年，昆曲已传入北京。在清初，八旗子弟想听戏曲，直接到戏园去即可，为何还要创作与其曲调风格、表演特色相近的子弟书呢？俗语说"不分满汉，但问旗民"，"旗民"指的是旗人、民人。

在清代社会中，"旗"和"民"是两个最重要的社会阶层，它们构成了清代社会最根本的类别。各种类型和阶层的旗人都被视为八旗的一部分，而非旗人则被称为"民"。统治者百般阻挠旗人与民人的交往，旗人在行政隶属、权利义务、经济来源、政治地位、文化习俗等方面均有别于民人。八旗根据五行相生相克的原则被安置在崇文门、正阳门、宣武门以北的内城居住。

《燕京岁时记》中记载："内城无戏园，外城乃有。盖恐八旗兵丁习于逸乐也。"另"封台"条中曰："大鼓、评书最能坏人心术。盖大鼓多采兰赠芍之事（指讲述男女爱情故事），闺阁演唱，已为不宜；评书抵掌而谈，别无帮衬，而豪侠亡命，跃跃如生，市儿听之，适易启其作乱为非之念。有心世道者，其思有以禁之也！"[②]

内城开设戏园，容易引诱旗人不务正业，所以，康熙、乾隆、嘉庆三位皇帝都曾下旨禁止内城开设戏园。但是，当时的情况是对戏曲趋之若鹜，《帝京岁时纪胜》"夜八出"条记载"帝京园馆居楼，演戏最胜。酬人宴客，冠盖如云，车马盈门，欢呼竟日"。[③]当时很

---

① ［清］崇彝：《道咸以来朝野杂记》，北京古籍出版社，1982年，第8—9页。

② ［清］潘荣陛：《帝京岁时纪胜》，［清］富察敦崇：《燕京岁时记》，北京古籍出版社，1961年，第94页。

③ 同上条，第33页。

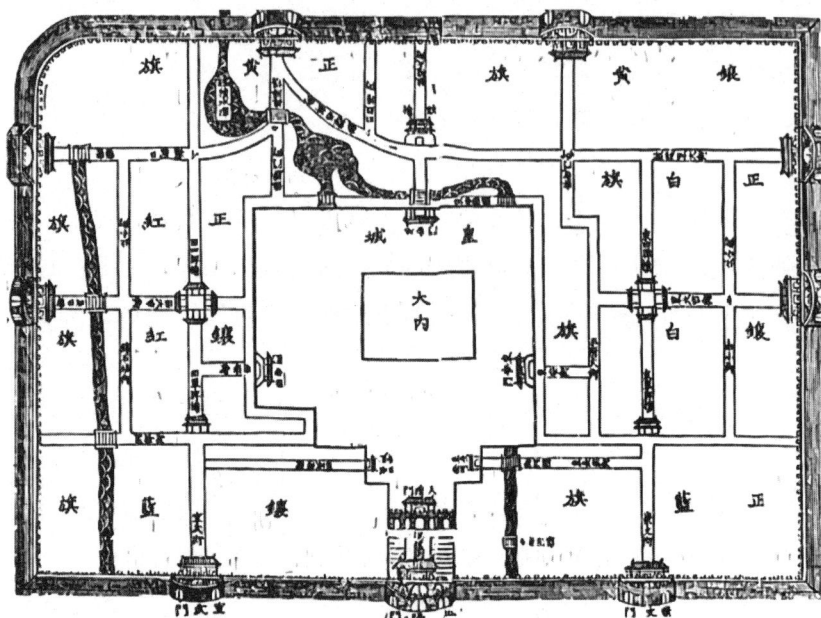

北京内城八旗分布图

多王府都有家养的戏班，王府中设有戏台。所以八旗子弟听戏回来自己创作了曲调上与昆曲、高腔十分相近的子弟书，以达到在内城自娱自乐的目的是极有可能的。子弟书在艺术类别上属于鼓词，但它受到戏曲艺术的影响，也符合艺术的融合借鉴规律。子弟书的大部分曲词典雅优美，富有文采，也是深得唐诗、宋词之熏陶。子弟书《子弟图》中："曾听说子弟二字因书起，创自名门与巨族。题昔年凡吾们旗人多富贵，家庭内时时唱戏很听熟。因评论昆戏南音忒费解，弋腔北曲又嫌粗。故作书词分段落，所为的是既能警雅又可通俗。条子板谱入三弦与人同乐，又谁知聪明子弟暗习熟。每遇着家庭宴会一凑趣，借此意听者称为子弟书。"也侧面说明了子弟书的起源受戏曲的影响较大。

（五）源于鼓词、大鼓说

耿瑛在《韩小窗和他的子弟书》一文中说："子弟书是清代乾隆

18

年间，满族八旗子弟根据当时北方民间鼓词改创的一种新兴鼓曲。"[1]

赵景深《曲艺丛谈》中《子弟书与大鼓》一文中认为："我们已可明了子弟书是乾隆年间起始兴盛的八旗子弟演唱技艺。可是它的渊源究竟如何呢？……我以为北方流行的大鼓是早有它们的远祖的。子弟书是从民间的大鼓中吸取而加以改造的另一类大鼓。……它可以说是流行在八旗子弟中的'子弟大鼓'了！"[2]

崔蕴华在《书斋与书坊之间——清代子弟书研究》中质疑："子弟书约形成于乾隆年间，属清中前期；而大鼓则是清中后期尤其是晚期流行的曲艺；从时间上看，子弟书的形成早于大鼓，故而两者并不存在渊源关系。"[3]

考察大鼓的流行时间确实是在清代中晚期，晚于子弟书的兴盛期。受子弟书影响的某些大鼓，如京韵大鼓、东北大鼓等曲种，演唱子弟书曲文的习惯一直持续到当今。但是并不是说清代之前没有大鼓艺术。"说唱俑"是不是大鼓艺术？鼓书四大门户是不是大鼓艺术？

早先的鼓词以鼓为主要伴奏乐器，说一段，唱一段，一部鼓词可以连续演唱几个月之久。到明末清初大鼓书形成，有了三弦等伴奏，长篇大鼓书称为"蔓子活儿"。"蔓子活儿"不可能一天听完，听众必须每天定时来到表演场地，才能接上昨天的情节。这种欣赏方式在人口流动性较低的中小城市和农村是很方便的，但在清代的北京，这种方式显然行不通。为了拉住尽可能多的观众，鼓词艺人很自然地需要缩短表演时间，删除不必要的说词，只摘唱精彩片段。这种短篇鼓词，为八旗子弟创作子弟书提供了重要的启示。他们参

---

① 耿瑛：《韩小窗和他的子弟书》，《沈阳晚报》，1962年3月27日。

② 赵景深：《曲艺丛谈》，中国曲艺出版社，1982年，第186页。

③ 崔蕴华：《书斋与书坊之间——清代子弟书研究》，北京大学出版社，2005年，第14页。

考短篇鼓词的形式，创作了子弟书，即独立的短篇唱段，想唱可以多唱几段，不想唱就可以随时中止，便于在亲友之间娱乐交流。

傅惜华先生也曾指出："子弟书是北方民间曲艺的一种，是鼓词的一个支流，而在形式上比其他一般鼓词具有相当的进步性。"[①]这里的北方，显然主要指东北。而鼓词，被认为是子弟书主要起源之一。

（六）源于弦子书说

《中国大百科全书：戏曲曲艺卷》东北大鼓条目："乾隆四十八年（1783），子弟书演员黄辅臣等从北京到东北，把子弟书唱腔传入沈阳，以后又结合东北民歌而逐渐形成奉天大鼓。当时演唱的多是子弟书词，故又称演唱班社为'清音子弟班'，现通称东北大鼓。东北大鼓最初的演唱形式是演唱者操小三弦自弹自唱，并在腿上绑缚'节子板'来击节，也叫'弦子书'。"[②]

李家瑞的《北平俗曲略·论弦子书》说："弦子书亦称子弟书。"[③]

但是子弟书《绝红柳》中这样唱道：

> 一人班弦子书他腿上拴着几块板，
>
> 接骨断筋的架势还捆着一根犯法绳。
>
> 满把撸的弦子弹的总是老八谱，
>
> 嗓子憋得红头涨脸恰似出恭。

可见弦子书又叫一人班，刘世英在《陪都纪略》中介绍一人

---

① 傅惜华：《子弟书总目·内容提要》，上海文艺联合出版社，1954年。

② 中国大百科全书总编辑委员会《戏曲曲艺》编辑委员会、中国大百科全书出版社编辑部编：《中国大百科全书：戏曲曲艺》，中国大百科全书出版社，1983年，第63页。

③ 李家瑞：《北平俗曲略》，上海文艺出版社，1990年，第8页。

班为：

> 手处口，两相应。
> 打家伙，脚乱动。
> 二黄梆，生旦净。
> 乐不拘，世俗称。①

艺人怀抱小三弦，左膝盖上绑五块竹板敲击节奏，自弹自唱。唱中说白，说白中学口技，讲笑话，唱腔简单、直白。《绝红柳》极尽讽刺弦子书，很显然弦子书不是子弟书。但是弦子书的艺人后来改说评书，还是有迹可循的。

王鸿兴，原为雍正年间北京著名的弦子书艺人，雍正殁后，百日之内不准动乐，王鸿兴为了糊口，改说评书，在西直门内新街口酱房夹道说《三国演义》，成为北方评书的创始人。

黄辅臣是乾隆年间弦子书艺人。据传，黄辅臣1843年来到沈阳献艺，曾被安排到翔云阁、德泰轩等大茶楼。这些大茶楼恰是王公贵族们的领地，黄辅臣在北京宣武门内的街头卖艺，欢迎他的是底层大众，而沈阳大茶楼的观众群是王公贵族，他们喜欢那些唱词文雅、行腔婉转缠绵的作品，而不喜欢"闹腾"的弦子书，如此一来，黄辅臣在大茶楼中也只能放下弦子书，改唱子弟书了。黄辅臣在沈阳一唱就是八年，落叶归根，1851年，他回到北京，把子弟书也带到京城，很快受上层社会的欢迎。究其原因，很多满洲贵族祖籍东北，他们既欣赏子弟书的文雅，又喜爱乡音，同时还能听到东北的风情、民俗、祖籍故事，感到亲切。为此，常让黄辅臣演唱堂会。黄辅臣年龄渐老，劳累过度，嗓子嘶哑，贵族们还让他唱，实在不行了，他就推荐儿子黄文堂替他唱。小黄唱得也挺好，但表演没有

---

① ［清］刘世英：《陪都纪略》，沈阳出版社，2009年，第323页。

老黄那本事，视觉上难以满足观众的需求。老黄无奈，搬把椅子坐前边，自弹三弦表演，不出声，小黄蹲在后边唱，由于黄辅臣、黄文堂父子都姓黄，人们就把父子表演叫"双黄"，无心插柳，双黄竟然成为一个说唱曲种。

后来，为了与京剧中的"二黄"相区别，将"黄"字加上竹字头，变成了"双簧"。

在车王府现存的说唱文本中，有嘉庆二年（1797）出版的说唱体文本《刘公案》。其内容是讲述清官刘墉（宰相刘罗锅）破案的故事。刘墉逝于清嘉庆十年（1805），也就是说这部《刘公案》出版时，刘墉还在世。书中描述乾隆末年，北京宣武门内街头游艺活动时，有个生动的小镜头：

这清官举目抬头看，
北京城果然与外省大不同。
各样铺户全都有，
茶轩酒肆闹哄哄。
…………
还有那各样江湖无其数，
大人留神看分明。
头一档子是八角鼓，
第二档惯说评书佟亮公。
三档就是《施公案》，
这人在京大有名。
他本姓黄叫黄老，
辅臣二字是众人称。

黄辅臣的名号被唱在书中，可见其誉满京都，这个时候他已经在说大书《施公案》了。

弦子书是清初流行的一种表演形式，衍生出很多说唱形式，培养出一些名艺人，但不是子弟书。

（七）源于东北民歌和单鼓说

《满族说唱文学子弟书与满汉文化融合研究》一书中说："关德栋先生指出子弟书起源于辽宁，他引满汉双语的《螃蟹段》为证认为：'子弟书源于东北的民歌。'具体落实在辽宁地区：东北新宾附近几县的满民族人，跳单鼓时歌唱的满族歌曲，音调徐缓，颇类清音子弟书，因而有人说子弟书起源于东北。"[①]

耿瑛在《红楼梦子弟书》的序言中也说："子弟书的兴起，最初受满族祭祀活动中演唱的单鼓（太平鼓）影响很大。"[②]

综上：子弟书和戍边无涉，与八角鼓、牌子曲、弦子书为不同曲种。子弟书的出现是太多因素共同孕育的结果，它的产生，受唐诗、昆曲、弹词、鼓词、民歌等影响，是满汉文化融合的产物。

子弟书兴盛原因：一板三眼的唱腔，柔美清丽的曲调，文雅的辞藻，经典故事的改编，诗词曲的灵活运用，闲适的作者和观众，清净的场所，都是子弟书演出必备的，子弟书的产生和兴盛不是一蹴而就的，而是多方面因素共同作用的结果。清康熙实行了一系列的改革措施，便民利商，使整个国家趋于稳定，经雍正实行摊丁入亩的新政，至乾隆时，社会经济有了长足发展。八旗子弟受到统治者的特殊安排，他们得到统治者分封的旗地，且有很多人都在朝中当差，驻京旗兵尤其是内城旗兵的公务并不繁忙，他们有大把闲适

---

① 王立：《满族说唱文学子弟书与满汉文化融合研究》，东北大学出版社，2021年，第6页。原注，关德栋：《曲艺论集》，上海古籍出版社，1958年，第96页。

② 耿瑛：胡文彬编《红楼梦子弟书》序，春风文艺出版社，1987年，第2页。

时间供以消遣。正是这样的生活状况，为一些人日后成为子弟书的作者或观众创造了必要条件。

二、子弟书的流派

子弟书在沈阳、北京、天津三地称谓略有不同，在沈阳称"东北子弟书"或"清音子弟书"，"清音"二字有人说指清唱之意，有人说指清高之意，有人说是清门不收酬劳之意。傅惜华在《子弟书考》中说：

> 子弟书者，北京俗曲之一种，当胜清时，尝为士夫所擅场，故亦曰："清音子弟书。"[1]

子弟书在北京称"子弟书"，偶有人称其为"京音子弟书""京子弟书"，可能和演唱的子弟书段较多的京韵大鼓曾被称为"京音大鼓"有关。

"子弟书"为最旧之词曲。乃"子弟爷台"消遣品，因别于"生意"（即借此为业者）故名曰"子弟"，有"京""津"之分。……同治光绪间，此种声调，尽为生意人

傅惜华：《"子弟书"考》

---

① 傅惜华：《"子弟书"考》，《朔风（北京1938）》，1939年第5期，第180页。

所剽窃，惜其音韵失于低沉迟缓，词句每失于深奥，令人沉闷欲睡。（忆儿时侍先祖母，于夏时每日午后，听瞽者唱"子弟书"，自午饭至二炮以后，昔时钟表不甚通行，晚饭后八时，镇署鸣炮一声，谓之"定更"，十时再鸣，谓之"二炮""二炮以后"约十一时也）不过唱三五段，每段费时二钟余，每字需一二分钟，每唱余必睡，诚至灵验之催眠术也，久矣归天演淘汰之例。京子弟已无处觅，卫子弟不绝如缕，如欲聆之，或可于坤书馆前三场（落子馆于座客未到，架子未拉前，有"子弟书""评书""码头调"等，谓之前三场）中求之，其曲本为"红楼十三回"（即《露泪缘》《千金全德》《玉簪记》等），每段十数回至数回不等。[①]

子弟书初到天津时，称"津子弟书"，后来人们觉得在发音上和"京子弟书"不好区分，改为"卫子弟书"，"卫"即指"天津卫"而言。

子弟书还有东西韵之分，也称东西调。

东韵子弟书，以激昂慷慨见长。作品如《长坂坡》《周西坡》《杨志卖刀》等。西韵子弟书，以委婉缠绵见长，多演男女爱情曲文，作品如《鹊桥密誓》《红拂私奔》《游园寻梦》等。

有人说东韵子弟书的代表作家是韩小窗，东韵子弟书的产地为沈阳，而产地为北京的西韵子弟书的代表作家为罗松窗。二窗均创作过多种题材的子弟书，东西二韵一说，和曲艺的"装腔"[②]习惯有关，即金戈铁马题材的，选择激昂的旋律，谓之东韵；才子佳人题材的，选择缠绵的旋律，谓之西韵。至于东调与西调各自的旋律特

---

① 醉翁：《曲场闲话：子弟书·曲场杂耍之十三》，《庸报》，1928年6月26日。

② 装腔：演出者根据唱词内容，安排不同类型的固有唱腔演唱。

色，与子弟书的创作地域无涉。

除了"子弟书""清音子弟书""东北子弟书""京音子弟书""京子弟书""卫子弟书""子弟书词"等称谓外，另有光绪己亥年（1899）会文山房《黛玉悲秋》刻本上书"石头记子弟书"，当指红楼题材，光绪二十七年（1901）财胜堂《烟花叹》刻本上书"风流子弟书"，光绪甲午年（1894）盛京会文堂刷印《巧断家私》刻本上书"三方子弟书"，"风流子弟书"或指《烟花叹》之内容，"三方子弟书"不明就里。

关于子弟书书目的总量，北京百本张有《子弟书目录》，傅惜华有《子弟书总目》，刘复、李家瑞等有《中国俗曲总目稿》，昝宏宇等有《清代八旗子弟书总目提要》，李豫等有《中国鼓词总目》，黄仕忠等有《新编子弟书总目》，耿瑛有《北方说书叙录》。因为子弟书曲目别名很多，一半以上的子弟书均有别名，又有异曲同名的书段，还有一文拆唱许多小段者，详见书后附录。也有将民间小唱和大鼓词以子弟书为名刻印的唱本，各家掌握情况和辨别真伪标准并不一致，故统计数字不同。

现存子弟书，从清乾隆二十一年（1756）罗松窗作子弟书刻本《庄氏降香》起，到清末最后一位子弟书作家金永恩民国二年（1913）自费刻印《负心恨》止，子弟书的创作者，跨越一百五十七年的历史长河，留下了五百部左右子弟书作品。

第二章　子弟书作者和唱者

　　清康熙二十六年（1687），八旗子弟开始参加科举考试。为了提高八旗子弟的文化水平，朝廷还完善了八旗的教育制度，满族子弟的汉文化水平有了很大幅度的提高。八旗子弟读史诵经，蔚成风俗。家道殷实者请师儒私学，贫寒之人则送子弟外出就学。私学与官学相结合，使八旗子弟享有了比一般民人优越的受教育条件，他们的文化素养得到了大幅提高。这为子弟书的创制提供了基本条件。

一、子弟书作者

　　子弟书取材来源丰富，大量取材于我国明清两代通俗小说、元明清三代传奇以及戏曲故事，也有以当时社会生活及风土人情等为题材者，艺术成就有的在原著之上，影响深远，流传极广。但是说唱文学始终无法登大雅之堂。从事子弟书创作与演唱的人，均有意隐藏其真实姓名，有一部分作者将笔名嵌入曲中，而他们的字号大概分为五类。

　　一是受韩小窗、罗松窗之影响，子弟书作家的笔名叫"窗"者众，如芸窗、闲窗、竹窗、雪窗、明窗、蕉窗、梅窗、睛窗、书窗等。

二是以书斋为笔名者，如春澍斋、洗俗斋、符斋、静斋、古香轩、叙庵、蔼堂、二酉等。

三是以田园山川为笔名者，如煦园、西园、云田、西林、虬松、融川、伯庄、青园、山人、云崖、渔村、恒兰谷、喜晓峰等。

四是以各种别号为笔名者，如河西隐士、未觉叟、蛤溪钓叟、云何子、痴痴子、虬髯白眉子、白鹤山人、疏狂客、冬烘先生等。

五是以某某居士为笔名者，如二凌居士、渔阳居士、长白居士、松谷居士、泮林居士、陇西居士等。

考订子弟书的作者，一般采用三种方法：一是直接依据曲目唱词中的作者嵌名，如《刺虎》开篇："小窗氏闲墨表扬红粉志，写一段《贞娥刺虎》节烈之文。"小窗氏是韩小窗的自称。二是间接从其他子弟书曲词推断，如《周西坡》诗篇："闲笔墨小窗窃拟松窗意，《降香》后写罗成乱箭一段缺文。"韩小窗写罗成在淤泥河被乱箭射死的故事，是模拟罗松窗所作的《庄氏降香》而来。三是根据序跋及相关文献信息推理，这些序跋有直接提到子弟书作者的，如《穷酸叹》虬髯白眉子跋文："此本乃河西名宿所作，音友慕庐常为口诵……"可知《穷酸叹》的作者为河西名宿。有间接提到作者的，如《忆真妃》隆文①的序：澍斋诗文，固久矣脍炙人口，而尤善著书。如《忆真妃》《蝴蝶梦》《齐人叹》《骂阿瞒》及《醉打山门》诸作，都中争传，已非朝夕……"可知春澍斋的作品有《忆真妃》《蝴蝶梦》《齐人叹》《骂阿瞒》及《醉打山门》等多种。通过上述方式，前辈子弟书研究者逐渐梳理出有名号的作者七十余人，大部分身世无考。

此节参考了耿瑛《子弟书初探》、黄仕忠《子弟书作者考》、陈锦钊《子弟书之名家及其作品》、任光伟《子弟书的产生及其在东北之发展》、胡光平《韩小窗生平及其作品考查记》等著，特向原作者

---

① 隆文：（？—1841），正红旗清臣，伊尔根觉罗氏，字存质，号云章。

致敬。以往子弟书的研究者对子弟书作者的认定方式与结果，并不统一，有部分子弟书作者的推断尚属孤证。以下按传世作品多寡胪列信息并附原委，部分观点为笔者依据新发现的史料总结，录以备考。

（一）韩小窗（生卒年不详）

约为乾隆末嘉庆初生人，满族。留存子弟书数量最多的子弟书代表作家。传为辽宁开原县（今开原市）人，自幼父母双亡，被家住奉天（今沈阳市）小西关的姑母收养，青年时曾游历北京、锦州、辽阳等地。

确定为韩小窗作品的子弟书有十八种：

1.《樊金定骂城》（全三回）开篇："小窗氏在梨园观演《西唐传》，归来时闲笔灯前写《骂城》。"

2.《滚楼》（全四回）开篇："小轩窗静淡烟浮，笔墨消闲作《滚楼》。"结尾："小窗下纵横笔墨题成目，正是菊花几点开放东篱。"

3.《焚宫落发》（全二回）开篇："欲写慈祥仁爱君，小窗笔墨也伤神。"

4.《草诏敲牙》（全二回）：与《焚宫落发》上下接续，有合并为四回本者名为《千忠戮》。

5.《刺虎》（全四回）开篇："小窗氏闲墨表扬红粉志，写一段《贞娥刺虎》节烈之文。"

6.《徐母训子》（全一回）曲中："千古下慷慨激昂笔作哭声墨滴雨泪，小窗图写女英豪。"

7.《全德报》（全八回）篇末："小窗氏墨痕开写《全德报》，激励那千古的仁慈侠烈肠。"

8.《周西坡》（全三回）开篇："闲笔墨小窗窃拟松窗意，《降香》后写罗成乱箭一段缺文。"

9.《糜氏托孤》（全二回）结尾："闲笔墨小窗泪洒《托孤》事，

写将来千古须眉愧玉容。"

10.《访贤》（全四回）结尾："无事小窗闲笔墨，描写先臣定鼎方。"

11.《芙蓉诔》（六卷）曲中："小窗笔写风流况，一段春娇画不成。"

12.《一入荣国府》（全四回）开篇："小窗酣醉欲狂吟，忽听新籍仵案存。"

13.《白帝城》（全一回）开篇："闲笔墨小窗哭吊刘先主，写临危霜冷秋高在白帝城。"

14.《齐陈相骂》（全一回）开篇："小窗无事闲泼墨，写一段齐陈相谤酸匪嚼牙。"

15.《得钞傲妻》（全二回）开篇："闲笔墨小窗追补《冯商叹》，写一段《得钞傲妻》世态文。"篇末："小窗氏笔端怒震雷霆力，欲唤醒今古鸳鸯梦里人。"

16.《哭官哥》（全三回）开篇："小窗春日览残篇，闲阅《金瓶》忆旧缘。"

17.《巧团圆》（全四回）篇末："小窗氏闲来偶演丹青笔，画一个樱桃树下的气蛤蟆。"

18.《骂王朗》（全一回）开篇："小窗氏偶读《三国志》，闲来时月下灯前写孔明。"

以上均直接嵌有作者信息。

历来被公认为韩小窗作品的子弟书有三种：

1.《露泪缘》（全十三回），又名《红楼梦》，文中无嵌名。傅惜华《子弟书总目》谓"韩小窗撰"，后均从之。也有人说《露泪缘》为程伟元作，另有传闻说《露泪缘》原为民间作品，后经喜晓峰写定，无定论。最初此曲并非十三回，详见本书第十二章第一节。

2.《黛玉悲秋》（全五回），常和《露泪缘》同刻，《露泪缘》刻本封面题署"头本上接《黛玉悲秋》"或"《红楼梦》下接《露泪缘》"。1946年钱公来在《辽海小记》中说："韩小窗所编之三国、红楼、明末逸史小段，如《糜氏托孤》《草船借箭》《古城相会》《黛玉悲秋》《青楼遗恨》《全德报》《宁武关》等曲目。"①故此曲目一直被归为韩小窗名下。

3.《宁武关》（全五回）。除上条钱公来记述外，传光绪六年（1880）会文堂刻本有二凌居士跋文："《宁武关》是故友韩小窗愤慨之作……"此句在光绪丙子年（1876）会文山房及光绪甲午年（1894）财胜堂刻本未儒流跋文中，均无。又别本卷首开篇："小院闲窗泼墨迟，牢骚笔写断魂词。"或"小院闲窗"即寓"小窗"二字。但此二句刻本、石印本、车王府抄本亦均无。虽然如此，此段也一直被公认为是韩小窗之作品。

可能为韩小窗作品的有：

1.《宝钗代绣》（全一回）开篇："自喜小窗依枕绣，谁期隔户有人知。"

2.《红梅阁》（全四回）开篇："细雨轻阴过小窗，闲将笔墨寄疏狂。"

按：这两处小窗的嵌入，和景物描写同，故可能为作者巧嵌，也有可能只是借景抒情。

3.《慧娘鬼辩》（全一回），百本张《子弟书目录》："慧娘鬼辩，红梅阁以后。一回。四佰。"说明《慧娘鬼辩》情节与《红梅阁》上下相连，一般连续之作，多为一人之作。

4.《百花亭》（全四回）开篇："几点姣云闲水墨，一轮丽月小纱窗。"篇末："说不尽女貌郎才夫荣妻贵，无了笺暂写百花亭上缘。"

郑振铎主编的《世界文库》署罗松窗作。耿瑛将其收入《韩小窗子弟书》。关德栋《曲艺论集·现存罗松窗、韩小窗子弟书目》以

---

① 钱公来：《辽海小记》，东北生产管理局长春分局印刷工厂，1946年，第70页。

为"小纱窗"实寓"小窗"二字。周贻白《韩小窗与罗松窗》也认为："若拿韩小窗作品的常见形式来说，这'闲水墨'的'闲'字，和'小纱窗'的'小''窗'两字，合起来恰是'闲小窗'。这形式正和《宁武关》的'小院闲窗泼墨迟'一样。"不过"小纱窗"三字不排除仅为景物描写之语。子弟书作者常常使用"闲笔墨""笔不闲""闲遣兴"，若以"闲""韩"谐音作为考查小窗之作的线索，模棱两可。

5.《会玉摔玉》（全二回），卷首有句云："《露泪缘》多少悲伤嗟叹句，怕凄凉反写当初艳热文。"此篇作于《露泪缘》之后，似出同一作者。

6.《望儿楼》（全三回），胡光平《韩小窗生平及其作品考查记》据东北艺人口传为韩作，"肯定者：文俊阁、陈桂兰、袁希纯、霍树棠、关永绶。"

7.《数罗汉》（全一回），郑振铎《世界文库》第四册收录，题韩小窗作。胡光平《韩小窗生平及其作品考查记》："据老艺人文俊阁、陈桂兰、袁希纯肯定是韩作。"

8.《续钞借银》（全二回）开篇："世态炎凉最警人，闲将笔墨点迷魂……无端冒昧把前文续，欲写出猫鼠一类人。"傅惜华《子弟书总目》题韩小窗作。百本张《子弟书目录》称："《得钞傲妻》连《续钞借银》，四回。"据惯例，凡注"连"者，或应出同一作者。

9.《二入荣国府》（全十二回），百本张《子弟书目录》于《一入荣府》条下注云："接《二入荣府》。"且此篇与《一入荣国府》同韵，事亦相续，应出同一作者。

10.《走岭子》（全一回）开篇："锁窗人静转清幽，翻阅残篇小案头。笔端清遣闲时闷，墨痕点染古人愁。"将"锁窗"与"小案"对看，或寓"小窗"二字；"翻阅残篇"与《哭官哥》之"小窗春日览残篇，闲阅《金瓶》忆旧缘"中的"览残篇""闲阅"等语相关；"墨痕点染"与《千金全德》（全八回）篇末云"小窗氏墨痕开写

《全德报》"相对看，则本篇也可能出于小窗之手。

11.《旧院池馆》（全四回），本篇风格与韩小窗所作的《哭官哥》相同，同为四回。韩小窗的《得钞傲妻》与《续钞借银》相加亦为四回，《永福寺》也是四回。则叙《金瓶梅》故事均为四回或许是小窗的习惯。《哭官哥》："小窗春日览残篇，闲阅《金瓶》忆旧缘。……打开旧卷添新笔，慢把西门故事言。"则本篇或是小窗的"残篇"。观文中语句，《哭官哥》《遣春梅》《永福寺》《旧院池馆》内容相续，或为一人所作。

12.《遣春梅》（全五回），傅惜华《曲艺论丛》谓《永福寺》"通本情文，并皆佳妙，与《遣春梅》一曲，恐出一人之手"。《遣春梅》与《不垂别泪》为同一故事的不同版本。

13.《永福寺》（全四回），百本张《子弟书目录》著录《永福寺》："李瓶上坟遇春梅。《遣梅》以后，《池馆》以前。四回。"此书与前书相续，应出同一作者。

14.《票把儿上台》（全一回），阿英《中国俗文学研究·刺虎子弟书两种》题："在金氏抄本子弟书十六种之中，有韩小窗署名者凡四种，其目为《叹子弟顽票》《傲妻》《齐陈相骂》及《刺虎》。"《叹子弟顽票》当即本篇之别题。

15.《卖刀试刀》（全二回）开篇："闲笔连朝题粉黛，小窗今日写英雄。"别本为："古砚淋漓题侠烈，芸窗今又写英雄。"从写作风格看，韩小窗擅写英雄，亦题粉黛；芸窗作品多写女娥，少叙英雄。故此段或可归小窗名下。

16.《闻铃》（全二回），耿瑛《免遗珠之憾，补车本之缺——喜读子弟书珍本百种》："《忆真妃》与《闻铃》两种均取材于《长生殿》第二十九出'闻铃'。子弟书《闻铃》，从文笔上看颇像韩氏作品风格。艺人们很可能是把广泛流传的《忆真妃》错当成韩氏之作。"

17.《惊变埋玉》（全二回），与《闻铃》为上下篇连续之作。见上条。

18.《青楼遗恨》（全五回），胡光平《韩小窗生平及其作品考查记》据东北艺人口传为韩小窗作，"肯定者：文俊阁、陈桂兰、袁希纯、关永绥、霍树棠、马二琴。"钱公来《辽海小记》："韩小窗所编之三国、红楼、明末逸史小段，如《糜氏托孤》《草船借箭》《古城相会》《黛玉悲秋》《青楼遗恨》《全德报》《宁武关》等曲目。"

19.《绝红柳》（全一回），胡光平《韩小窗生平及其作品考查记》："光绪中沈阳著名大鼓演员陈菊仙得到韩小窗的指教，韩并且专为陈菊仙写了《喌红柳》（喌是东北话嘲骂的意思，红柳是一位鼓词说唱者的艺名）。文俊阁说，韩小窗写《喌红柳》的意思是讥笑红柳（当然也指某些鼓词说唱者）咬字不清……"

20.《大烟叹》（全一回），胡光平《韩小窗生平及其作品考查记》据东北艺人口传而以为韩作："肯定者：文俊阁、陈桂兰、袁希纯、马二琴。"

按：曾被传为韩小窗作品的《忆真妃》《梅屿恨》《绿衣女》《续骂城》《百年长恨》《火烧战船》《古城相会》等篇，前四篇已考作者另有其人，后三篇为鼓词，非子弟书。《数罗汉》系列作品从写作风格看，不像韩小窗作品。在沈阳，一提子弟书就说是韩小窗之作，屡见不鲜，比如子弟书《忆真妃》，被当作韩小窗的作品传唱了一百多年。胡光平《韩小窗生平及其作品考查记》中据东北艺人文俊阁、陈桂兰、袁希纯、马二琴等人口传而以为韩作的，均缺少旁证。详见本书第十三章第四节。

（二）煦园

主要活动在同治光绪年间，在清廷任职。

确定为煦园的子弟书作品有：

1.《凤仙》（全三回）开篇："煦园无事闲泼墨，写一段凤仙遗镜勉东床。"

2.《菱角》（全二回）开篇："煦园氏闲阅《聊斋》消午困，拈霜毫把文语翻成俚鄙言。"

3.《花叟逢仙》（全二回）开篇："煦园氏公余偶遣怜香笔，说一段老圃逢仙意外文。"

4.《打朝》（全一回），《旧钞北平俗曲》署"煦园自著"。

5.《庆寿》（全一回），同上条。

6.《子母河》（全一回），同上条。

7.《骂朗》（全一回），同上条。

8.《荣华梦》（全一回）开篇："煦园氏闲来返写荣华梦，叙一回睡里心欢醒后烦。"

9.《挡曹》（全一回）开篇："煦园氏挑灯无事闲泼墨，写一段华容道上义释奸曹。"

10.《军营报喜》（全一回）开篇："煦园氏春昼无聊闲累笔，演一回春闺寂寞盼胜牵情。"

煦园改订本有：

1.《晴雯撕扇》（全一回），《旧钞北平俗曲》署"煦园改订"。

2.《埋红》（全二回），同上条。

3.《大力将军》（全一回），同上条。

4.《葛巾传》（全一回），同上条。

5.《侠女传》（全一回），同上条。

6.《莲香传》（全一回），同上条。

7.《秋容》（全一回），同上条。

8.《马介甫》（全一回），同上条。

9.《嫦娥传》（全一回），同上条。

10.《凤仙传》（全一回），同上条。

11.《颜如玉》（全一回），同上条。

12.《陈云栖》（全一回），同上条。

13.《雪江独钓》（全一回），同上条。

14.《晴雯赍恨》（全一回），同上条。

可能为煦园作品的有：

《狐狸思春》（全四回）篇末："公务余暇闲戏笔，留与知音散闷玩。""公务余暇"与《花叟逢仙》（全二回）开篇"煦园氏公余偶遣怜香笔，写一段老圃逢仙意外文"之"公余"对看，疑同一人之语。

（三）鹤侣

本名爱新觉罗·奕赓（1809—1848），清宗室庄亲王绵课第十二子。别署鹤侣主人、墨香书屋主人、长白爱莲居士。曾当过六年侍卫。除子弟书外，他还有记录清代朝野典故的《佳梦轩丛著》二十一卷传世。

确定为鹤侣的子弟书作品有：

1.《鹤侣自叹》（全一回）曲中："鹤侣氏一段愁肠只自写，也当是浔阳江畔商妇琵琶。"

2.《疯僧治病》（全一回）篇末："于今世态实难寓目，鹤侣氏非敢狂狷弄笔饶舌。"

3.《何必西厢》（全十三回）开篇："鹤侣氏闲笔重描梅花梦，且看张梦晋他能体温柔意方是大英雄。"

4.《侍卫论》（全一回）篇末："非是我口齿无德言词唆险，我鹤侣氏也是其中过来人。"

5.《少侍卫叹》（全一回）篇末："话虽然说沸鼎当前此言难易，鹤侣氏故削竹简敢望倾聆。"

6.《老侍卫叹》（全一回）篇末："闲笔墨偶从意外得余味，鹤侣氏为破寂寥写谑词。"

7.《女侍卫叹》（全一回）篇末："消午闷鹤侣氏慢运支离笔，写一段闺阃小照为唤醒痴迷。"

8.《黔之驴》（全一回）篇末："这本是子厚的寓言，也是当时的世态，鹤侣氏把调儿翻新且陶情。"

9.《逛护国寺》（全二回）曲中："这是鹤侣氏新编的两回《时道人》《逛护国寺》。"

10.《时道人》（全二回），见上条。

11.《孟子见梁惠王》（全一回）篇末："只为连朝寒甚飘朔雪，鹤侣氏柴湿灶冷粟瓶空。"

12.《党太尉》（全一回）开篇："忆古人有许多赏雪吟诗的趣，鹤侣氏今写段党太尉围炉酸的肉麻。"

13.《柳敬亭》（全一回）篇末："鹤侣氏为醒痴迷于噩梦，趁余闲故将笔墨写英雄。"

14.《集锦书目》（全一回）篇末："不过是解散穷愁聊自慰，鹤侣氏虽极无能不擅此长。"

15.《齐人有一妻一妾》（全一回）篇末："这如今齐人的世业传天下，鹤侣氏借他的行乐儿解闷磕牙。"

16.《借靴》（全三回）篇末："鹤侣氏自惭才疏无妙句，闲消遣有愧书称子弟名。"也有《借靴》（二回）、《赶靴》（一回）分列本。

17.《刘高手治病》（全二回）开篇："几净窗明小院中，鹤侣氏新书一段又编成。"

以上均直接嵌入作者信息。

可能为鹤侣的作品有：

1.《挑帘定计》（全一回），又名《王婆说计》，傅惜华《子弟书总目》，《王婆说计》卷首题"鹤侣作"。

2.《寄信》（全二回），傅惜华藏本卷首题"头回鹤侣氏作"，辽宁曲协内部刊本《子弟书选》署鹤侣氏作。

3.《痴梦》（全一回），与《寄信》取材一致，文笔接近，疑为鹤侣连续作品，二凌居士曾为序修订过此本，待考。

4.《新凤仪亭》（全五回），傅氏藏抄本卷首目录署："鹤侣氏删改。"中国曲协辽宁分会《子弟书选》署鹤侣氏作。

按：关于鹤侣身世及其在沈阳之传闻，详见本书第十三章第三节。

（四）罗松窗

清乾隆时期北京人。他的早期作品《庄氏降香》刻于清代乾隆二十一年（1756）。

确定为罗松窗的子弟书作品有：

1.《庄氏降香》（全六回），关德栋、周中明编《子弟书丛钞》选录后二回，并将第一回诗篇录入，"闲时偶拈松窗笔，写一段庄氏烧香拜月文。"署罗松窗作。韩小窗作《周西坡》头回开篇："闲笔墨小窗窃拟松窗意，降香后写罗成乱箭一段缺文。"亦是佐证。

2.《罗成托梦》（全六回），罗松窗作《庄氏降香》篇末："因陶情《庄氏降香》权暂演，闲来时再纂《罗成托梦》文。"

3.《秦王吊孝》（未分回），据《罗成托梦》篇末："要知金殿伸冤枉，再看《秦主吊孝》文。"

4.《翠屏山》（全二十四回）开篇："铁笔欲留侠烈传，松窗故写《翠屏山》。"

5.《游园寻梦》（全三回）篇末："要知小姐《离魂》事，松窗自有妙文章。"

6.《离魂》（全三回），《游园寻梦》篇末："要知小姐《离魂》事，松窗自有妙文章。"表明《游园寻梦》后还有《离魂》一书。百本张《子弟书目录》于《游园寻梦》篇下注："接《离魂》三回。"亦表明二篇是同一作者。

7.《闹学》（全三回），百本张《子弟书目录》著录："《寻梦》以前。笑。三回。"表明它后接《游园寻梦》，应出同一作者。

8.《红拂私奔》（全八回）开篇："寂静松窗闲遣性，写一代娥眉领袖女英雄。"

可能为罗松窗的作品有：

1.《李逵接母》（全三回），马蹄疾《水浒书录》题罗松窗作。

2.《鹊桥密誓》（全二回），傅惜华藏本题作者罗松窗。《子弟书选》署罗松窗作。关德栋、周中明编《子弟书丛钞》亦署罗松窗作。

3.《藏舟》（全五回），傅惜华藏本题作者罗松窗。《子弟书选》署罗松窗作。

4.《出塞》（全一回），傅惜华藏本题作者罗松窗。《子弟书选》署罗松窗作。

5.《马上联姻》（全十四回），写罗成、窦线女姻缘事。故事在《罗成托梦》之前，疑为罗松窗系列作品。

6.《秦氏忆子》（全一回），写罗成之母秦氏惦念儿子事。故事接《罗成托梦》，疑为罗松窗系列作品。

7.《新昭君》（全二回），罗松窗作《出塞》一回本实为此本缩写本。

8.《还魂》（全一回），上接罗松窗作《离魂》。《离魂》尾句："见夫人抬头慢闪昏花二目，见绿纱窗外恍恍惚惚渺渺茫茫，月移树影横窗照得半暗不明。"《还魂》头两句："杏眼双合紧闭唇，只有胸前一点温。"疑《离魂》《还魂》原为一篇子弟书的不同回目，分开抄售。

按：曾被传为罗松窗作品的《百花亭》《玉簪记》《上任》《戏秀》《醉归》《大瘦腰肢》等篇，《百花亭》或为韩小窗作，《玉簪记》为云何子作，《上任》为《玉簪记》第二回，《戏秀》为《翠屏山》第三、四、五回，《醉归》为《翠屏山》第十六、十七回及第十八回一部分，《大瘦腰肢》非子弟书。

（五）文西园

确定为文西园的子弟书作品有：

1.《出善会》（全一回）篇末："真正是大家气概多尊贵，文西园闲谱尼庵作阔情。"

2.《金印记》（全四回）篇末："西园氏窗前草笔联金印，激烈那十载寒毡坐破人。"

3.《长随叹》（全一回）篇末："西园氏闲情墨谱《长随叹》，不过是守分安常醒世言。"

4.《先生叹》（全一回）篇末："文西园窗前闲谱《先生叹》，生感慨一顶儒巾误少年。"

5.《为赌傲夫》（全一回）篇末："闲笔墨西园草写《傲夫》事，欲唤醒赌博场中那些好胜人。"

6.《桃洞仙缘》（全二回）篇末："西园氏窗前墨谱《桃源洞》，堪羡那风流佳话助高吟。"

7.《擒张格尔》（全一回）篇末："西园氏灯前闲谱新疆事，写完时晨星欲暗晓日初红。"

以上均直接嵌入作者信息。

可能为文西园的作品有：

1.《烧灵改嫁》（全一回）开篇："焚香静坐过清秋，忽忆人生无限愁。闷笔窗前悲绿鬓，新词案上叹红楼。良窗空负三更月，美景难煞午夜筹。演梨园归来闲谱烧灵事，感慨那今古鸳鸯薄幸由。"篇末："闲笔墨，草写梨园增感叹，劝迷人但逢彼岸早回头。"文西园的作品喜用"窗前""闲谱""草写""草笔"等词，如《出善会》篇末："文西园闲谱尼庵作阔情。"《先生叹》篇末："文西园窗前闲谱先生叹。"又如《金印记》篇末："西园氏窗前草笔联《金印》，激烈那十载寒毡坐破人。"《为赌傲夫》篇末："闲笔墨，西园草写傲夫事。"故疑本篇亦出文西园之手。

2.《逛二闸》（全一回），系《出善会》姐妹篇。当亦为文西园作。

3.《武乡试》（全一回）篇末："消愁闷窗前草写添吟句，略表那武场英雄辅圣明。"《金印记》（全四回），文西园作，篇末："西园氏窗前草笔联《金印》，激烈那十载寒毡坐破人。"两相对看，当出同一人之手。

按：关于文西园为关东才子王尔烈第三子一说，详见本书第十四章第二节。

（六）芸窗

或即高云窗。据唐鲁孙《失传的子弟书》一文中提及："东城调又叫东韵，是高云窗、韩小窗、罗松窗所编写……当时'三窗九声'是最博得人们赞赏的。"[①]高云窗或即芸窗。另鹤侣《逛护国寺》篇内云："论编书的开山大法师，还数小窗得三昧，那松窗、芸窗，亦称老手甚精赅。"三窗并列，芸窗"亦称老手"，属子弟书早期作家之一，其作品有嘉庆道光年间刻本。

确定为芸窗的子弟书作品有：

1.《渔樵对答》（全一回）篇末："度炎暄乘闲偶弄芸窗笔，谱新词为与知音作品评。"

2.《渭水河》（全五回）篇末："笑痴人芸窗把笔闲成段，留与诗人解闷题。"

3.《林和靖》（全一回）篇末："只因为乘闲偶寄芸窗兴，感知音笔下传奇衍妙文。"

4.《武陵源》（全一回）开篇："幽斋雨过晚凉天，鸟语花香景物妍。小几摊书评往事，芸窗握管注新编。"卷末："只因为日长睡起无情思，拈微词芸窗偶遣一时闲。"

可能为芸窗作品的有：

1.《刺汤》（全二回）开篇："半启芸窗翰墨香，潇潇风雨助凄凉。每向名媛留佳句，今将烈女寄瑶章。慢道粉黛无俊杰，佳人更自有侠肠。花笺半幅闲消遣，《搜杯》后牢骚笔墨写贤良。"可知《刺汤》前或还有《搜杯》一种，或均出芸窗之手。这处芸窗的嵌入，和景物描写同，或为妙嵌，或写景。

2.《祭姬》（全一回），与《刺汤》取材自同一部戏曲。其卷首

---

① 唐鲁孙：《失传的子弟书》，《大杂烩》，广西师范大学出版社，2004年，第50页。

云："一腔浩气还天地，千古芳名入典章。叹红颜愧死须眉客，凭吊当年雪艳娘。"傅惜华《曲艺论丛》谓："情文颇佳，与《刺汤》一曲，如出一手，并佳制也。"故《祭姬》亦应出自芸窗之手。

3.《梅屿恨》（全四回）篇末："度残春芸窗偶阅《西湖志》，吊佳人小传题成遣萦怀。"作者当为芸窗。有别本篇末结句作："夏日长，小窗偶阅《西湖志》，吊佳人小传题成萦素怀。"作者又指向小窗。

4.《卖刀试刀》（全二回）开篇："古砚淋漓题侠烈，芸窗今又写英雄。"作者当为芸窗。别本此处为："闲笔连朝题粉黛，小窗今日写英雄。"作者又指向小窗。

5.《钟馗嫁妹》（全二回）篇末："这就是《钟馗嫁妹》书一段，说与知音作表扬。"按芸窗之作多喜用"知音"二字，如《渔樵对答》篇末云："谱新词为与知音作品评。"《林和靖》卷尾云："感知音笔下传奇衍妙文。"故疑本篇亦出芸窗之手。

6.《烟花楼》（全四回）曲中："急忙忙芸窗复对菱花镜，傍妆台又把胭脂点绛唇。"一般为"云鬟复对菱花镜"，不知是张松圃记错，还是芸窗有意修改。有二凌居士跋文："《烟花楼》乃《水浒传》中第二十回事，近来都门名手编出子弟书词，有江湖清客友人张松圃贯串其辞，余笔录之，脍炙口谈。"故此曲一般被认为张松圃作，实从行文看，张也只是将《烟花楼》理顺复述而已。

7.《遣晴雯》（全二回）开篇："芸窗下医余兀坐无穷恨，闲消遣楮洒凄凉冷落文。"《车王府曲本提要》注"作者芸窗"。此曲篇末："蕉窗人（氏）剔钉闲看《情僧录》，清秋夜笔端挥尽《遣晴雯》。"《红楼梦子弟书》题蕉窗作，并注别本"芸窗下"为"蕉窗下"。

按：芸窗、蕉窗之辩，详见本书第十三章第五节。

（七）竹轩

确定为竹轩的子弟书作品有：

1.《打面缸》（全二回）篇末："竹轩无事写来一笑，既无戏理莫论书文。"

2.《厨子叹》（全一回）篇末："竹轩无事听庖人闲话，借笔头写他苦乐冷热生涯。"

3.《查关》（全二回）开篇："人静竹轩闲弄笔，且把那《梭罗宴查关》演一场。"

4.《救主盘盒》（全二回）开篇："竹轩删减齐东语，为写侠义小蛾眉。"

有《救主》《盘盒》各一回本。

5.《炎天雪》（全一回）开篇："长夏竹轩苦睡魔，闲情翻检旧书阁。"

6.《芭蕉扇》（全二回）开篇："女怪男妖八十一难，写一段有情的节目做竹轩趣谈。"

以上均直接嵌入作者信息。

可能为竹轩作品的有：

1.《拷御》（全二回），故事与《救主盘盒》相续，疑同出竹轩之手。

2.《送盒子》（全二回），故事与《打面缸》相续，疑同出竹轩之手。

（八）符斋

确定为符斋的作品有：

1.《议宴陈园》（全二回）开篇："符斋氏阅览一段《红楼梦》，泼笔墨偶题《两宴大观园》。"

2.《两宴大观园》（全一回），见《议宴陈园》（全二回）开篇："符斋氏阅览一段《红楼梦》，泼笔墨偶题《两宴大观园》。"此篇内容与《议宴陈园》相连。

可能为符斋的作品有：

1.《三宣牙牌令》（全一回），刘姥姥与凤姐连续故事，疑均符斋氏作品。

2.《醉卧怡红院》（全一回），见上条。

3.《品茶栊翠庵》（全一回），见上条。

4.《过继巧姐儿》（全一回），见上条。

5.《凤姐儿送行》（全一回），见上条。以上数种或原为一篇子弟书的各回，分开抄售。

（九）闲窗

确定为闲窗的子弟书作品有：

1.《全彩楼》（全三十回）篇末："闲窗编就《彩楼记》，佳话千秋万古传。"

2.《梅妃自叹》（全二回）篇末："都只为闲窗爱看《长生殿》，因羡道梅花杨柳共度春潮。"

3.《女勔斗》（全一回）篇末："闲窗无事拈毫也，端只为政简民闲享太平。"

4.《一匹布》（甲本 全五回）开篇："闲窗敷衍《一匹布》，欲消除天下贪夫货利情。"

5.《灯草和尚》（全四回）开篇："都只为闲窗无物消长夏，剪灯花把墨研把笔捉。"

可能为闲窗作品的有：

1.《宫花报喜》（全三回）开篇："倚闲窗偶因小传添新墨，写一回《宫花报喜》夫贵妻荣。"

2.《宁武关》（全五回）开篇："小院闲窗泼墨迟，牢骚笔写断魂词。"

按：《宁武关》是韩小窗作品的证据并不充分，见韩小窗条。

（十）幽窗

可能为幽窗作品的有：

1.《钟生》（全三回）开篇："二月春光淡荡风，幽窗雨洒寄闲情。"

2.《拐棒楼》（全一回）篇末："到家时月影儿东升云影儿淡，幽窗下闲捻霜毫写俚言。"

3.《随缘乐》（全一回），评说艺人随缘乐，与《拐棒楼》风格近似，均假意谦恭，实际语含讥讽，疑出自一人之手。

4.《郭栋儿》（全一回），评说艺人郭栋，见上条。

5.《评昆仑》（全一回），评说艺人石玉昆，见上条。

按：《全彩楼》（全三十回）开篇："幽窗静坐评今古，表一位后富先贫未遇的贤。"篇末："闲窗编就《彩楼记》，佳话千秋万古传。"疑幽窗与闲窗为同一人。

（十一）春澍斋

字垚，姓爱新觉罗（约1797—1867）。辽阳人，工诗，善书法。曾在奉天（沈阳）、山东、四川等地为官。

1.《忆真妃》：启功《创造性的新诗子弟书》一文，提到《忆真妃》会文堂刻本隆文的序："乙未夏（道光十五年，1835），余由藏旋都，驻蜀之黄华馆，适澍斋同年亦以别驾来省。他乡遇故知，诚为快事。澍斋诗文，固久矣脍炙人口，而尤善著书。如《忆真妃》《蝴蝶梦》《齐人叹》《骂阿瞒》及《醉打山门》诸作……"

2.《骂阿瞒》（全一回），见上条隆文序，有盛京刻本，应即春澍斋之作。

3.《醉打山门》（全一回），见隆文序。

4.《齐人叹》（回数不详）：见隆文序。未见著录。

5.《蝴蝶梦》（全四回），除隆文序外，另有光绪十九年癸巳（1893）会文山房刻本《蝴蝶梦》二凌居士跋文"爱新觉罗春樹斋先生……"可为旁证。

按：如《忆真妃》为辽阳人春澍斋之作，与之相连的《锦水祠》，封面题"上接忆真妃，蛤溪钓叟著，静寿主人校"，《忆真妃》《锦水祠》并称为《全忆真妃》。以此推演，或二曲均为春澍斋作，蛤溪钓叟或为春澍斋别署。留有蛤溪钓叟评点之语的《诏班师》《穷酸叹》均为春氏之居住的辽阳刻本，待考。关于春澍斋的身世详见本书第十三章第一节。

（十二）书窗

1.《击鼓骂曹》（全三回）开篇："览残编书窗翻阅《三国志》，写一回正平击鼓辱骂奸曹。"陈锦钊《子弟书集成》题"书窗作"。

2.《赵五娘吃糠》（全二回）开篇："书窗菊园绽芳香，全夺秀气赵五娘。"陈锦钊《子弟书集成》题"书窗作"。

3.《五娘行路》（全四回），百本张《子弟书目录》《赵五娘吃糠》著录："接《行路》《廊会》。苦。二回。"三篇应出同一作者。

4.《赵五娘廊会》，见上条。

按：文西园《先生叹》（全一回）开篇："静寂书窗不卷帘，暂将笔墨度余年。"与《吃糠》（全二回）开篇："书窗菊园绽芳香，全夺秀气赵五娘。""书窗"两处相对，疑"书窗"为文西园另一嵌名。

（十三）未儒流

本名邸文裕（约1840—约1893），即二凌居士。辽西人，字艺圃。盛京会文山房主事人，书斋"静乐轩"，自称"艺圃主人"。祖居锦州，当地有大、小凌河，故取笔名二凌居士，在十余种子弟书上留有序跋。

《别善恶》（全一回）开篇："未儒流看透了世态炎凉薄如纸，闲笔墨照猫画虎要扯一回大蓝。[①]"

---

① 扯一回大蓝："大蓝"为切音字，用"大"的声母和"蓝"的韵母即为"淡"。"扯大蓝"即"扯淡"之意。

从二凌居士的序跋可知他补改过的子弟书：

1. 补编《痴梦》（全一回）跋文："岁在己卯，次庚伏日。是时阁内独居，静观文中游戏，闲尝懒游，轻吟无句，借得《痴梦》，残篇补缀，完成合璧。一枕初醒黄粱，半榻当天红日。灯火三更，寒窗十季。会稽太守，文运而转鸿钧；山野悍夫，房中以当幻续。著典出于老手，高歌尽乎壮志。本馆各种奇书，尽属词林笔墨，名贯东都，声华北冀。谨此特跋。二凌居士。"嵌"会文山房"于行文间，以主人身份推销。见鹤侣条。

2. 补编《烟花楼》（全四回），见张松圃条。

按：关于二凌居士的讨论，详见本书第十三章第二节。

（十四）渔村

号山左疏狂客。鹤侣《逛护国寺》篇内："那渔村他自称山左疏狂客……"山左，即山东，因在太行山之左（东）而得名。知作者原籍为山东。

1.《天台传》（全一回）开篇："渔村山左疏狂客，子弟书编破寂寥。"篇末："渔村书罢《天台传》，诸君子休笑荒唐把我嘲。"开篇另有："客居旅舍甚萧条，采取奇书手自钞。偶然得出书中趣，便把那旧曲翻新不惮劳。"本篇是其旅居他乡时所作。

2.《胭脂传》（全三回）篇末："渔村写罢《胭脂传》，劝世人人家美色莫强求。"

（十五）张慎仪

1.《活菩萨》（全一回），傅惜华《子弟书总目》著录有张慎仪所作《活菩萨》（一回）、《活财神》（一回）共两种，卷尾均有题记："瀛左张慎仪撰并书。"《活菩萨》惜已失。

2.《活财神》（全一回），见上条。开篇："混沌初开天地分，生成了争名夺利两个人。争名的苦守寒窗把书念，夺利的自谋事业把财寻。"疑为鼓词。

（十六）明窗

1.《双官诰》（全六回）篇末："闲笔墨明窗敷衍《双官诰》，激励那苦节坚贞贤孝娘。"《车王府曲本编目》著录"作者明窗"。

2.《风流词客》（全三回）开篇："闲破闷明窗慢运支离笔，写成了惯解人愁的书数行。"陈锦钊《子弟书集成》署"明窗作"。

按：《女侍卫叹》篇末"消午闷鹤侣氏慢运支离笔……"与《风流词客》开篇"闲破闷明窗慢运支离笔……"对看，明窗或为鹤侣又一自署。

（十七）竹窗

1.《二玉论心》（甲本 全二回）篇末："向竹窗写了回凄凄切切的湘君怨，倒只怕一声声谱入那流水悲风不耐闻。"

2.《绿衣女》（全一回）开篇："这些时竹窗春暖无一事，写一段《聊斋》的故事遣遣闲情。"

按：此两处均有只是景物描写的可能性，待考。

（十八）云田

1.《探雯换袄》（全二回）开篇："云田氏长夏无聊消午闷，写一段宝玉晴雯的苦态形。"

2.《晴雯赍恨》（全一回），与《探雯换袄》情节相连，风格一致。另有煦园改订本。

（十九）蔼堂

《拐棒楼》（全一回）篇内："自从那小窗故后缺会末，蔼堂氏接仕袭职把大道传。教众人演鼓排书为名扬四海，也是我们祖父的德行修积非止一年。"可知蔼堂在子弟书坛之地位为韩小窗接班人。

1.《背娃入府》（全二回）篇末："蔼堂氏消闲摹拟《温凉盏》，信笔写莫笑不文请正高明。"

2.《一匹布》（乙本 全四回）篇末："蔼堂氏偶谱戏文滋兴趣，故将谚语载歌传。岂惟到处传人笑，亦可逢场助我欢。依样葫芦惭未似，其应请政笔如椽。"

（二十）雪窗

1.《十面埋伏》（全四回）篇末："读《汉史》雪窗无事频怀古，写一段英雄血泪感慨深情。"

2.《射鹄子》（全二回）开篇："寒夜雪窗哈冻笔，闲评射艺品媸妍。"

（二十一）小雪窗

1.《官衔叹》（全一回）篇末："闲笔墨小雪窗追写《官衔叹》，顺一顺一世窝心气不平。"

2.《司官叹》（全一回）篇末："我明日穿吉服要起大早，快打主意去顶蟒袍。"似未完，《官衔叹》诗篇后："且说那三旗侍卫该班的事，按定了十二个时辰派得很清。"似续文。故疑为两篇为一篇子弟书拆抄。《车王府曲本提要》注"作者小雪窗"。

（二十二）晴窗

1.《换笋鸡》（全一回）开篇："闲笔描来消永昼，晴窗呵冻且陶情。愧才疏饱食终日无他事，乐陶陶鼓腹高歌祝太平。"

2.《全扫秦》（全二十六回）篇末："偶向晴窗拈妙笔，写出报应与循环。"

按：此两处均有景物描写的可能性。

（二十三）洗俗斋

果勒敏（1834—1900），汉文亦作果尔敏，蒙古族博尔济吉特氏，字性臣，号杏岑，又号铁梅。世袭散佚大臣。长于岔曲创作和俗曲演唱。著有《洗俗斋诗草》。

1.《牧羊卷》（全三回）开篇："洗俗斋挥毫偶应曹生嘱，写朱纯登母子相逢一段缘。"

2.《弦杖图》（全一回）篇末："欲歌福主三多曲，倩洗俗斋巧写盲人百样图。"

（二十四）幽斋

1.《萧七》（全二回）开篇："幽斋寂静晚风凉，隔苑花香味更长。"陈锦钊《子弟书集成》题"幽斋作"。

2.《秋声赋》（全一回）开篇："幽斋读罢《秋声赋》，慢剪秋灯细品评。"陈锦钊《子弟书集成》题"幽斋作"。

（二十五）河西隐士

或即李雨浓（1841—1907），原名李澍龄，又名李龙石，字雨浓，自号东白、西青、半髯叟、自了翁等。出生在绕沟（原属辽宁省海城，今属盘锦市盘山县古城子乡青莲泡村），同治元年（1861）举人，后京试不第，光绪十二年（1887）回到牛庄（今营口）教书，后落户八角台（今辽宁省鞍山市台安县）。著有《李龙集》六卷。[①]

1.《穷酸叹》（全一回），《晴雪梅花录》题"李雨浓作"。

辽阳刻本封面题："河西隐士残本，慕庐居士补，蛤溪钓叟评。"有虬髯白眉子跋："此本乃河西名宿所作……"

---

① 赵立山编注：《李龙石诗详注》，方志出版社，2004年版，第5页。

2.《黑神赴会》（全一回），《晴雪梅花录》题"李雨浓作"。

按：河西隐士或为李雨浓之另一名号。傅惜华《子弟书总目》子弟书辨伪篇，认为《穷酸叹》并非子弟书，是鼓词或小调。据传光绪元年（1875）李雨浓与韩小窗、尚雅贞、荣文达、邸文裕结识，在盛京鼓楼邸文裕主事的"会文山房"，创办了"会文堂诗社"，切磋包括子弟书在内的写作内容，详见本书第十四章第二节。

（二十六）梏腹人

1.《二仙采药》（全三回）篇末："梏腹人睡起窗前闲弄笔，写一段天台奇遇巧姻缘。"

2.《天台奇遇》（全三回），光绪七年（1881）海城合顺书坊刊印《天台奇遇》《二仙采药》两种，均题：光绪辛巳天觊日编，子弟书。内容前后相连。石印本亦为连印，两曲写作风格一致，同为三回本，应为同一作者的系列作品或原为一篇，分开印售。

（二十七）梅窗

《天缘巧配》（全六回）开篇："幽静梅窗题才女，写成函红叶传诗巧姻缘。"

按："幽静梅窗"也可能为"幽窗"拆题。罗松窗《红拂私奔》开篇："寂静松窗闲遣兴，写一代娥眉领袖女英雄。"两相对看，"梅窗"或者为"松窗"另一自署。

（二十八）叙庵

《玉香花语》（全四回）篇末："叙庵氏挑灯摹写红楼段，喜迟眠把酒频因此夜长。"

（二十九）二酉

《碧玉将军》（全四回）头回曲中："二酉氏笔端怒震雷霆力，写一段翡翠将军感慨长。"

（三十）静斋

《千金一笑》（全四回）开篇："静写幽王宠褒姒，斋中闷做戏诸侯。"篇末："闲笔墨静斋开写《千金笑》，写将来万古千秋笑幽王。"首尾"静斋"对应，即"静斋"所作之意，而非是在幽静之斋所作。

（三十一）惠亭

《蝴蝶梦》（乙本 全四回）开篇："行思堂惠亭无事凭书案，趁晴晖闲看南华秋水篇。"篇末："暮秋天惠亭无事消清昼，写一篇有功名教警世闲文。"

（三十二）西林

《三难新郎》（全四回）篇末："西林氏阅书快睹三苏氏，且把这闺秀天香作美谈。"

（三十三）融川

辽中长滩镇人。

《书生叹》（全四回）篇末："融川氏墨痕闲写《书生叹》，看起来人生好比梦一般。"

按：陈锦钊《子弟书集成》题"于融川作"。因石印本末尾注"奉天西南长滩于融川"，长滩是辽中的一个镇，因辽河在长滩处狭长得名。

（三十四）渔阳居士

《荷花记》（全二十回）篇末："我说此话如不信，渔阳居士有诗联。上写着：予村对面一池莲，一日新开日日鲜。红粉自居薄水上，清香应送画堂前。只因有藕花开早，看是无心色占先。趁此太平天日暖，任情展放莫延迟。"《车王府钞藏曲本·子弟书集》谓作者为渔阳居士。

按：此处嵌名也可看作是作者引用渔阳居士之语。待考。

（三十五）华胥未觉叟

《梦中梦》（全三回），刻本有自序落款"辛丑孟冬月望日黑甜乡，华胥未觉叟自序于梦春草之西堂侧"，首回前书"兰歧华胥未觉叟著"。

（三十六）竹儿

《僧尼会》（全三回）开篇："昨日在梨园看演《僧尼会》，归来时竹儿依样画葫芦。"

（三十七）金永恩

满族。清末沈阳大南关人。其父科兴额（满语音译）是清光绪年间本溪县令。

《负心恨》（全三回），写于清末，民国二年（1913）自费刊印，其子金国英1961年献出。

按：有金永恩之孙金碧城信札，详见本书第十五章第三节。

（三十八）韫棪

《续灵官庙》（全二回）开篇："韫棪氏闲中新谱《灵官庙》，写出那孽海情天红粉的丛林。"篇末："韫棪氏毫端怒震雷霆力，电光赫耀破精邪。"

（三十九）青园

《别姬》（全二回）篇末："代喉舌青园挥洒千行墨，惨别离今古同怀寂寞情。"

（四十）伯庄

《一顾倾城》（全二回）篇末："伯庄氏小窗无事闲中笔，这就是一顾联姻子弟文。"

按：《齐陈相骂》篇中："小窗无事闲泼墨，写一段《齐陈相骂》酸匪嚼牙。"《黛玉悲秋》赵景深藏本"探病"开篇："小窗无事遣幽情，秋到重阳爽气增。"均有"小窗无事"嵌入，伯庄氏与韩小窗是否为一人，待考。

（四十一）云崖

《梦榜》（全二回）开篇："云崖氏闲览《西厢》传妙笔，演一回望捷的崔氏忆夫郎。"

（四十二）无赖生

《苦肉计》（全一回）开篇："无赖生闷在旅窗闲弄笔，演一回三国时代的诸葛孔明。"《晴雪梅花录》题下署："持中无赖生编"。

（四十三）蕉窗

《遣晴雯》（全二回）篇末："蕉窗氏剔烛闲看《情僧录》，清秋夜笔端挥尽《遣晴雯》。"

按：因《遣晴雯》开篇有"芸窗下医余兀坐无穷恨，闲消遣楮洒凄凉冷落文"句，芸窗又为知名的子弟书作家，故此篇曾题"芸窗作"，见芸窗条。

（四十四）沧海

《绣荷包》（全二回）篇末："沧海氏闷笔今又题粉黛，遣午闷偶成小段记美人。"

按："今又"句，可知沧海创作过多篇才子佳人题材子弟书。今未见。

（四十五）泮林居士

《运神记》（全一回），盛京刻本上刻："运神记，泮林居士手著。"

按：陈锦钊《子弟书集成》题"杜泮林作"。刻本内有《送穷神文》，落款"泮林"前有一手写"杜"字墨迹。书影见本书第七章第二节《运神记》条。

（四十六）古香轩

《续骂城》（全一回）开篇："欲续小窗惭句俚，不平事教人难顾话荒唐。"篇末："消午闷日长睡起闲无事，续残篇古香轩外日夕阳。余笔墨无聊再写《西唐传》，唤醒那千古忘恩负义郎。"可知此篇是续写韩小窗的《樊金定骂城》，黄仕忠等《新编子弟书总目》题"作者古香轩"，陈锦钊《子弟书集成》题"古香轩作"。

按：胡光平《韩小窗生平及其作品考查记》谓贾天慈给他的信中提及本篇有"小窗"字样，贾天慈据此定为韩小窗所作。《车王府曲本提要》依据《哭城》为韩小窗作，《续骂城》依署"作者韩小窗"，"欲续小窗"表明非韩氏作品。然，"古香轩"或仅为书斋名。

（四十七）虬髯白眉子

辽阳人。

《诏班师》（全一回），辽阳刻本封面刻："虬髯白眉子著，蛤溪钓叟评点。步《忆真妃》原韵。"

按：辽阳刻本《穷酸叹》有虬髯白眉子跋文，可知虬髯白眉子或为辽阳书坊或诗社的参与者。

（四十八）白鹤山人

《渔家乐》（全七回）第七回开篇："白鹤山人闲戏笔，聊与我辈作杯茶。"

（四十九）恒兰谷

《劝票傲夫》（全一回）开篇："恒兰谷笔墨无知非刻苦，也皆因是实在难受故狗尾续挥毫。"

（五十）张松圃

《烟花楼》（全四回），清同治十三年（1874）会文山房刻本二凌居士跋文："《烟花楼》乃《水浒传》中第二十回事，近来都门名手编出子弟书词，有江湖清客友人张松圃贯串其辞，脍炙口谈。原本一段，今更为四回。观情会意，补短截长，未免画蛇添足，点金成铁，遂刊付枣梨，致贻笑方家，以公同好，非吾所知也。"

按："友人张松圃贯串其辞，余笔录之"，此篇应是据张松圃所述，经二凌居士记录整理。

（五十一）喜晓峰

名喜麟（1821—1886），瓜尔佳氏，号晓峰。满洲镶黄旗人，家滨辽水，少负才名，年弱冠入郡庠。工诗赋，喜书法，数次科举考试不中。至道光二十九年（1849），方举选拔贡，精通满语，以满文考取助教。同治十二年（1873），以助教升为大理寺寺丞，在京任职。光绪十一年（1885），辞官归里，次年九月卒。著有《检查诗稿》《捫揸集诗稿》。

《大烟叹》（全一回）。如是《〈忆真妃〉之著者喜晓峰之姓名》中说："……喜峰者，乃盛京省新民府东北辽滨塔人也，姓关名喜麟，字晓峰……市上流行之《大烟叹》，确为先生手笔……"①

按：坊间还有喜晓峰为《忆真妃》作者及韩小窗两次进京均住在喜晓峰家里之传闻。

（五十二）蛤溪钓叟

《锦水祠》（全一回），盛京刻本题："蛤溪钓叟著，静寿主人校，上接《忆真妃》。"黄仕忠等《新编子弟书总目》题："作者蛤溪钓叟（或谓即缪东霖）。"

（五十三）缪东霖

本名缪裕绂（1853—1939），沈阳人，汉军正白旗。清末翰林，沈阳名士缪公恩之曾孙。字麟甫、东麟，号东霖，别号沈渔、钓寒渔人、太素生、钓寒斋主人、含光堂主人等，曾任历城知县，故于济南。著有《沈阳百咏》《陪京杂述》。

《锦水祠》（全一回）钱公来在《辽海小记》中说："……而开原缪翰林东麟所编之《忆真妃》，尤为卓荣，大雅不群。"因忆真妃与锦水祠合称为《全忆真妃》，而《锦水祠》作者蛤溪钓叟与缪东霖的别号"钓寒渔人"很像，故有缪东霖作《锦水祠》一说。任光伟考察记也说"喜晓峰与缪东霖是文坛好友，他二人都死了一位爱妾，同病相怜，一个写了《忆真妃》，一个写了《锦水祠》，为姊妹篇，都是以《长恨歌》为题材而写的。"

按：《三难新郎》（全四回），曾传为缪东霖作品，为西林之作。"西林"或对应"东霖"言，见西林条。

（五十四）痴痴子

光绪时临溟（今辽宁省海城市）人。

---

① 如是：《〈忆真妃〉之著者 喜晓峰之姓名》，《盛京时报》，1935年1月15日。

《吊绵山》（全一回），盛京会文山房刻本题"临溟痴痴子"，黄仕忠等《新编子弟书总目》题："作者临溟痴痴子。"陈锦钊《子弟书集成》题："临溟痴痴子作。"

按：奉天石印东都局《吊绵山》石印本多"小窗氏泪洒忠贤谱，描写列国君吊卿"两句，疑为后人所加。

（五十五）冬烘

《荡子叹》（全一回）开篇："冬烘无事坐灯前，把文人的笔墨也动一番。"

按："冬烘"亦可能为自嘲之词。

（五十六）梦松客

光绪时沈阳人。

《浪子叹》（全一回）文盛堂刻本封面题："梦松客著，髯柳公评。"开篇："浪子房中闷悠悠，思想起来好不犯愁。近日忍饥又挨饿，无米无柴难度春秋。"疑为鼓词或小唱。

（五十七）松谷居士

《祭泸水》（全一回）《晴雪梅花录》题："松谷居士作。"

（五十八）曹汉儒

《腐儒叹》（全一回）《晴雪梅花录》题："曹汉儒作。"开篇"盘古首出立地天，三皇以后五帝相连。到了尧舜算是圣人极点，明心性讲伦理才把人道传"为鼓词或小唱。

（五十九）蔡锡三

《心高叹》（全一回），《晴雪梅花录》题："蔡锡三作。"

（六十）吴玉崑

《代数叹》（未分回），吴晓铃跋："此先翁辉山府君在北京汇文大学堂肄业时游戏之笔……煮雪山人手订，耕烟子过目，眠云道士编辑。煮雪山人为先翁别署，余二人无考。"

（六十一）虬松

《当绢投水》（全二回）篇末："虬松氏闲将笔墨驱倦鬼，翌日间把打上苏门再续明。"文本已失。

（六十二）陇西居士

《教书叹》（全一回），盛京刻本题："教书叹，陇西居士手著。"

（六十三）山人

《得书》（全一回）开篇："山人笔小不如椽，敢使英雄意不瞒。成败难论奇士志，否藏莫听后人传。"

（六十四）孔素阶

《有心人》（全一回）开篇："素阶本按十三韵，俗语编词补不足。"书末题："道光修皋岁七十二庚孔素阶集。"《子弟书总目》著录。文本已失。

（六十五）爱音

《烟花报》（全一回），盛京刻本封面题："爱音主人著。"内有"诗曰""爱音氏启"，正文下有："爱音主人谨识。"

（六十六）张兰亭

《光棍叹》（甲本 未分回），《晴雪梅花录》题下署："张兰亭作。"

（六十七）少遂

《光棍叹》（乙本 全一回）开篇："少遂氏闷坐亦是斋，思想起以往之事好伤怀。"

（六十八）爱山馆主人

《老汉叹》（全一回），《晴雪梅花录》题下署："爱山馆主人作，云深处主人加句。"篇末："就是那顶天立地英雄辈，也难免久后荒郊土一堆。看透了世态炎凉薄如纸，俱都是胜者王侯败者贼。"按《别善恶》敷衍而成，格式接近鼓词。

（六十九）云深处主人

辽阳文人，善医。《晴雪梅花录》辑录者。其曾为《老汉叹》加句。《庸医叹》（全一回），《晴雪梅花录》题下署："云深处主人作。"

（七十）售书人

白帝城（乙本 全一回）篇末："售书人雪压草舍闲弄笔，写一段刘备托孤《白帝城》。"

（七十一）三柳先生

《赤壁遗恨》（未分回），《晴雪梅花录》题下署："三柳先生编。"

（七十二）慕庐居士

名阿棱，光绪时沈阳人。
补改过《穷酸叹》（全一回）。

（七十三）静寿主人

校对过《锦水祠》（全一回）。

（七十四）董丽君

《苦海茫茫》（全六回）曲中："董丽君空有心胸和志气，为仁不富奈何天。但能够满愿随心余年乐事，不枉我好胜争强这几年。做番慷慨人间的事业，急流勇退好参禅。董丽君已经皈依佛弟子，丰泰庵的教主是我的师范。"《新编子弟书总目》注作者董丽君。

按：此处"董丽君"或是作者之名，抑或写宫女董丽君之事。

（七十五）正修道人

《佛旨度魔》（全二回），《子弟书珍本百种》注"正修道人作"。

（七十六）文真

《卖油郎独占花魁》（上下卷 未分回），署"文真订本"。

（七十七）良窗

《烧灵改嫁》（全一回）开篇："焚香静坐过清秋，忽忆人生无限愁。闷笔窗前悲绿鬓，新词案上叹红楼。良窗空负三更月，美景难煞午夜筹。演梨园归来闲谱烧灵事，感慨那今古鸳鸯薄幸由。"

按：此处良窗是否为巧嵌，待考。

（七十八）薇原静寿堂主人

修订过《梦中梦》。

《梦中梦》（全三回）首回前题："兰歧华胥未觉叟著，薇原静寿堂主人定。"

（七十九）云何子

《玉簪记》（全十回）第九回末："这也是梅雨天无事，云何子闲将小传漫为题。"

二、子弟书唱者

洗俗斋作《弦杖图》，写盲艺人生活艰苦之事。其中写道：

最可怜自幼失明双目瞽，
无缘难念圣贤书。
既不能诗词歌赋习文业，
又不能拳棒刀枪做武夫。
亦不能北马南船经营贸易，
更不能春播秋获耕种犁锄。
似这等一事无成终身废弃，
苦伶仃一家老幼待何如。
又谁知苍天无有绝人路，
吃饭穿衣各有途。
自从那师旷知音传后世，
无目人应学音律弄丝竹。

无名氏作《子弟图》，写子弟书产生的原因及前后旗人演唱子弟书时所受礼遇的落差。曲中说：

题昔年凡吾们旗人多富贵，
家庭内时时唱戏很听熟。
因评论昆戏南音推费解，
弋腔北曲又嫌粗。
故作书词分段落，
所为的是能警雅又可通俗。
条子版谱入三弦与人同乐，

又谁知聪明子弟暗习熟。

每遇着家庭宴会一凑趣，

借此意听者称为子弟书。

以上二文分别记述了子弟书艺人的两种类别，民间失目艺人的生存之技和八旗子弟的自娱自乐。

凡演子弟书者，必特具天才。因有时为邀请者所约，连演数日，即须自编曲词，继续演唱，方可应付裕如。[1]

子弟书的"编写者一般通晓音律，能唱曲文的曲艺演唱者"。一批专唱子弟书的艺人，具备编词的能力，而大部分写子弟书的作者本身也会演唱，传为幽窗作的子弟书《拐棒楼》中在介绍北京拐棒楼的演出情形时说："自从那小窗故去无会末，蔼堂氏接仕袭职把大道传。"可见韩小窗、蔼堂都是既能创作，也能演唱者。

子弟书唱者传名不多，仅有顾琳、郭栋儿（艺名醉郭）、王馨远、赵德璧、关七、汪太和、张三、王庆文、石玉昆、水浒王（失其名，以演水浒段而得名）、安静亭、任广顺、郭维屏、陈菊仙、王卉亭、程焕章、曹瞎子、曹月峰、范万龄、小彭尔、祥庆云、西孟韵（孟姓，失其名，瞽人，据传其为西韵子弟书的创立者）等。

---

① 王梅庄：《八角鼓子弟书之渊源》，《朔风（北京1938）》，1939年第7期，第279页。

第三章　子弟书的题材和故事类别

子弟书多取材于明清小说与戏曲，也有些反映清代现实生活的作品。其词句典雅工整、合辙押韵。其文本价值是我国文学的宝贵遗产，它在民间文学的基础上，充分地汲取了唐诗、宋词、元散曲在创作技法上的精华，把传统文学与民间艺术结合在一起，提高了它的表现力，文词易记，朗朗上口。写景如临其境，抑扬铿锵，如诗如画；写情牵人肺腑，水乳交融，情真意切。文学界把子弟书评价为继唐诗、宋词、元曲之后的又一个韵文高峰；曲艺界认为它是变文、诸宫调、宝卷之后的又一股说唱洪流。而且子弟书没有像唐代变文那样，只余写本，无人演唱，东北大鼓、京韵大鼓、梅花大鼓等曲种经常演唱的子弟书曲目尚有数十种，一些优秀曲本还被戏曲等其他艺术形式所吸收。

一、子弟书的题材来源

(一)《红楼梦》子弟书

有《露泪缘》《会玉摔玉》《一入荣国府》《二入荣国府》《玉香花语》《双玉埋红》《双玉听琴》《黛玉葬花》《黛玉悲秋》《椿龄画

蔷》《晴雯撕扇》《宝钗代绣》《海棠结社》《议宴陈园》《两宴大观园》《三宣牙牌令》《品茶栊翠庵》《醉卧怡红院》《过继巧姐儿》《凤姐儿送行》《湘云醉酒》《芙蓉诔》《遣晴雯》《探雯换袄》《晴雯赍恨》《石头记》《思玉戏环》《二玉论心》《游亭入馆》《探雯祭雯》《宝钗产玉》《信口开河》等篇。

（二）《三国演义》子弟书

有《连环计》《凤仪亭》《徐母训子》《挡曹》《糜氏托孤》《草船借箭》《舌战群儒》《赤壁鏖兵》《借东风》《甘露寺》《东吴记》《单刀会》《白帝城》《叹武侯》《骂王朗》《七星灯》等篇。

（三）《水浒传》子弟书

有《醉打山门》《林冲夜奔》《杨志卖刀》《烟花楼》《坐楼杀惜》《活捉》《李逵接母》《翠屏山》《丁甲山》《盗甲》《水浒全人名》等篇。

（四）《金瓶梅》子弟书

有《挑帘定计》《升官图》《得钞傲妻》《续钞借银》《遣春梅》《哭官哥》《永福寺》《春梅游旧家池馆》《葡萄架》等篇。

（五）《西游记》子弟书

有《高老庄》《撞天婚》《芭蕉扇》《火云洞》《盘丝洞》《罗刹鬼国》等篇。

（六）《封神演义》子弟书

有《渭水河》《运神记》。

（七）《吴越春秋》子弟书

有《滚楼》《一顾倾城》《范蠡归湖》。

（八）《隋唐演义》子弟书

有《庄氏降香》《秦氏思子》《周西坡》《罗成托梦》《秦王吊孝》，还有取材于《大唐秦王词话》的《望儿楼》。

（九）《聊斋志异》子弟书

有《侠女传》《莲香传》《姊妹易嫁》《梦中梦》《绿衣女》《马介甫》《大力将军》《秋容传》《萧七》《菱角》《姚阿绣》《钟生》《嫦娥传》《胭脂传》《凤仙传》《绩女》《疑媒》《瑞云》《葛巾传》《颜如玉》《陈云栖》《海献蜃楼》《洞庭湖》《谜目奇观》等篇。

（十）唐人小说子弟书

有《天台传》《桃洞仙缘》《负心恨》《红拂私奔》等篇。

（十一）《西湖佳话》子弟书

有《林和靖》《梅屿恨》。

（十二）"三言"子弟书

有《三难新郎》《蝴蝶梦》《青楼遗恨》《百宝箱》《花叟逢仙》《卖油郎独占花魁》等篇。

（十三）古代散文子弟书

有《孟子见梁惠王》《齐人有一妻一妾》《齐陈相骂》《武陵源》《黔之驴》等篇。

（十四）《宣讲拾遗》子弟书

盛京财胜堂刻印过一系列据《宣讲拾遗》改写的曲目，上下接续。

据卷四《教训子孙》改写的同名曲目，上接《双生贵子》，下接《训女良辞》，写劝说如何教育子女事。《双生贵子》是据《初刻拍案惊奇》改写的曲目，写洛阳刘元普老年无子，乐善好施感动上苍，得以增寿并添麟儿事。

据卷四《训女良辞》改写的同名曲目，上接《教训子孙》，下接《爱女嫌媳》，写良母教育女儿三从四德等事。

据卷一《爱女嫌媳》改写的同名曲目，上接《训女良辞》，下接《排忧解纷》，写婆母对女儿和媳妇不同的态度。

据卷三《排忧解纷》改写的同名曲目，上接《爱女嫌媳》，下接《贤孙孝祖》，未见传本。

据卷二《贤孙孝祖》改写的同名曲目，上接《排难解纷》，下接《谋财显报》，写陈春山寡母改嫁，陈随祖父母长大后中了状元，孝顺祖父母，其母悔而自尽。

据卷六《谋财显报》改写的同名曲目，上接《贤孙孝祖》，下接《思亲感神》，写江西南昌人张宏烈，收留逃荒至本村王苦儿做佣，六载后，王苦儿索工钱不得反被逐出，苦儿自尽。后张宏烈之子科考，苦儿阴魂将其答卷换走，宏烈之子落榜。

据卷五《思亲感神》改写的同名曲目，上接《谋财显报》，下接《双善桥》，写孟继祥别母离妻做生意耽搁了时间，家中老母少妻被恶人逼迫。因母子均供奉关帝，关帝以神力送其回家，令母子夫妻团聚。

据卷六《双善桥记》改写的曲目《双善桥》，未见传本。

这些劝人孝亲尊师、友爱兄弟、和睦乡邻、训教子孙、明理修德、解仇化忿的子弟书，是"听书看戏劝人方"的具体体现。

二、元明清戏曲对子弟书的影响

中国的戏曲与曲艺，亲如兄弟，你中有我，我中有你。有许多戏曲剧目，故事源于话本与鼓词，也有许多戏曲剧目被改编成子弟书，扩大了影响。清代子弟书中有约四分之一是根据元、明、清的名剧和舞台上的流行剧目改编而成的，现简述如下。

（一）源于元代北杂剧和南戏的子弟书

在中国戏曲史上，元代杂剧是一个戏曲创作的高峰，产生了许多名家名剧。被改编成子弟书的有以下两出戏。

据王实甫作《西厢记》改编的同名子弟书，是写唐代书生与崔莺莺的爱情故事。据原剧片段编写的曲目还有《游寺》《莺莺降香》《红娘寄柬》《拷红》《长亭饯别》和《梦榜》。

据杂剧《抱妆盒》改编的曲目有《盘盒救主》和《拷御》，是写北宋时宫女寇承御将太子藏盒内，陈琳抱盒出宫，遇刘妃盘问。刘妃事后疑心，命陈琳拷打寇承御事。明代姚茂良作《金丸记》传奇也写此事。

南戏，产生在今浙江省温州一带，戏曲史上称为宋元南戏，今存完整的剧本不多，被改编成子弟书的两出戏都是元人所作。

早在宋代，民间说唱中就有赵五娘的故事流传。据高则成作《琵琶记》改编的曲目有《赵五娘吃糠》《五娘哭墓》《五娘行路》和《廊会》，是写汉代书生蔡伯喈之妻赵五娘进京寻夫的故事。

据施惠作《拜月亭》改编的曲目有《奇逢》与《刘高手治病》，是写南宋时金兵南侵，王瑞兰在逃难途中巧遇书生蒋世隆的故事。

（二）源于明代传奇的子弟书

据汤显祖作《牡丹亭》改写的曲目有《离魂》《游园寻梦》，是写杜丽娘与柳梦梅的爱情故事。还有专写丫鬟春香的《春香闹学》。

据王稚登作《全德记》改写的曲目有《全德报》，写高怀德父女受恩于窦燕山之事。

据沈采作《千金记》改写的曲目有《追信》《十面埋伏》《别姬》

《漂母饭信》，写楚汉相争时韩信的故事。

据《金貂记》改写的曲目有《打朝》，写李道宗强抢李寡妇之事。另有《窃打朝》将唐代背景弃置，改为清代旗人生活之事。《钓鱼子》则写尉迟敬德与薛仁贵交谈事。

据《长城记》（又名《寒衣记》）改写的曲目有《姜女寻夫》，写孟姜女千里寻夫，哭倒长城事。

据《西游记》改编的曲目有《狐狸思春》，写玉面狐狸欲嫁给牛魔王一事。

据《烂柯山》改写的曲目有《寄信》与《痴梦》，写汉代朱买臣被迫休妻崔氏的故事。

据《金雀记》改写的曲目有《雀缘》，写唐代书生潘安仁与乐伎王彩凤的爱情故事。

据《芦花记》改写的曲目有《鞭打芦花》，写闵子骞受继母虐待，穿芦花所絮棉衣，其父知晓后欲休妻，闵子骞反而相劝，以德报怨事。

据鲁怀德作《藏珠记》改写的曲目有《打门吃醋》，写一男人的妻虐待妾之事。

据《三元记》改写的曲目有《商郎回煞》与《雪梅吊孝》《挂帛》，是写明代秦雪梅与商林的爱情故事。

据王骥德作《题红记》改写的曲目有《红叶题诗》，写宫女韩翠琼与书生于晋以红叶题诗传情，巧成姻缘之事。

据《桃园记》改写的曲目有《十问十答》，写曹操将貂蝉赐予关羽，关羽盘问貂蝉十事，貂蝉一一作答。

据周朝俊作《红梅记》改写的曲目有《红梅阁》《慧娘鬼辩》，写李慧娘与奸臣贾似道斗争之事。

据叶宪祖作《金锁记》改写的曲目有《炎天雪》。元代关汉卿的杂剧《感天动地窦娥冤》中窦娥冤死，而《金锁记》中的窦娥未死，以父女、夫妻团圆告终，子弟书的故事也是如此。

据苏复之作《金印记》改写的曲目有同名子弟书，写战国时苏秦六国封相的故事。

据高廉作《玉簪记》改写的曲目有同名子弟书，写书生潘必正与道姑陈妙常的爱情故事。

据《和戎记》改写的曲目有《出塞》《明妃别汉》《新昭君》，写汉元帝时王昭君和番的故事。

据《百花记》改写的曲目有《百花亭》，写元代百花公主与海俊联姻事。

据李梅实作、冯梦龙修订的《精忠旗》改写的曲目有《调精忠》，写南宋抗金名将岳飞的故事。

据《彩楼记》（有别本《破窑记》）改写的曲目有《全彩楼》《吕蒙正困守寒窑》《吕蒙正》《祭灶》《赶斋》《宫花报喜》，是写宋代吕蒙正与刘月英的爱情故事。

据王玉峰作《焚香记》改写的《阳告》，是写宋代王魁负敫桂英的故事。

据《天下乐》改写的曲目《钟馗嫁妹》，是写钟馗死后为神，将妹妹凤英嫁与同窗杜平事。

据《目连救母》改写的《望乡》，是写目连僧地府救母的故事。

（三）源于清代传奇的子弟书

据洪昇作《长生殿》改写的曲目有《沉香亭》《鹊桥盟誓》《絮阁》《梅妃自叹》《马嵬坡》《惊玉埋玉》《忆真妃》《锦水祠》《闻铃》《哭像》，写唐明皇与杨贵妃及梅妃的故事。

据孔尚任作《桃花扇》改写的曲目有《守楼》，写明末清初秦淮名妓李香君的故事。

据李玉作《一捧雪》改写的曲目有《雪艳刺汤》与《祭姬》，写明代嘉靖时，奸臣严世蕃为谋夺玉杯"一捧雪"而杀莫怀古。严府爪牙汤勤乘机娶莫怀古小妾雪艳为妻，雪艳在洞房中刺死汤勤。

据李玉作《千忠戮》改写的曲目有《焚宫落发》与《草诏敲牙》，写明代燕王带兵南下，建文帝焚宫出走，燕王当上永乐皇帝，逼死老臣方孝孺的故事。

据朱左朝作《渔家乐》改写的有同名子弟书和《藏舟》《刺梁》，写东汉时梁冀专权，太子刘蒜出宫逃走，被渔家女邬飞霞所救，最后刺死梁冀。

据《翡翠园》改写的曲目有《盗令牌》，是写明代侠女赵翠儿盗令牌，智救舒芬的故事。

据《玉搔头》改写的有同名子弟书，写明代正德皇帝出宫，在太原访到名妓倩倩，倩倩所赠信物玉簪丢失，被范淑芳拾得。正德封二女为妃。

据《双官诰》改写的有同名子弟书，写明代冯生进京谋差，托友人张近桥捎钱回家。张贪银钱，谎说冯生已死，冯家大娘改嫁，二娘带子离走，只剩下三娘王碧莲，靠织布度日，将大娘之子冯雄抚养成人。后来冯家父子二人做官，三娘荣得双官诰。

据李渔作《风筝误》改写的《诧美》，写书生韩奇仲题诗在风筝上，风筝断线，落于詹家。后韩生中状元，娶詹小姐为妻。

据《铁冠图》改写的有《宁武关》与《刺虎》，是写明末闯王李自成起义，攻打宁武关，守将周遇吉战死。闯王进京后，将前朝宫女费贞娥赐给部将"一只虎"李过，费宫人刺"虎"后自尽。

据《雷峰塔》改写的曲目有《雷峰宝塔》《金钵三法》《荣归祭扫》《白蛇传》《数罗汉》《合钵》《探塔》《祭塔》《出塔》，是写白蛇与许仙的神话传说。

（四）源于清代戏台上流行剧目的子弟书

源于昆曲的子弟书有《思凡》和《僧尼会》。

源于河北梆子的子弟书有《查关》和《八郎探母》。

源于京剧的子弟中多产生于清代后期。《樊金定骂城》，作者直接点明故事是根据戏文《西唐传》编写的。写薛礼招妻樊金定后随军一去无音。樊金定守节抚孤二十年，军前寻找薛礼，薛惧罪不认，樊金定城下自刎。《续骂城》写樊金定子薛景山欲降顺西凉，太宗棒责薛仁贵。清代《三皇宝剑》传奇也写此事。

《骂女带戏》是据京剧《窦公骂女》编写的。"带戏"二字，是指子弟书唱词中夹带原京剧中的戏词。

《游龙传》取材于京剧《游龙戏凤》，是写明代正德皇帝调戏民女的故事。

《卖胭脂》写书生张华爱上了卖胭脂的姑娘月英。故事与《聊斋志异》中的《阿绣》开头情节相似，人名不同。

在根据京剧编写的子弟书中，出自玩笑戏的曲目最多。在清代子弟书抄本上，凡是滑稽故事，均标一个"笑"字。可能是当时这类可笑的曲目，很受听众观众欢迎。故此，子弟书作者争相编写。

《下河南》故事与明代话本《钱秀才错占凤凰俦》相似，人名略异。是写一丑男胡全想娶美女，求表弟代他迎亲，反而弄假成真，留下笑柄。

《打面缸》《送盒子》故事相连，源于同名京剧小戏，都是写衙役张才与其妻周腊梅，设计戏要了贪色的县官、师爷、书吏与屠户。

《连升三级》，京剧作《连升店》，讽刺了一个以衣貌取人的店主。

《借靴》与《赶靴》嘲笑了一个把新靴子借给朋友后又反悔的吝啬鬼刘二。

《一匹布》写游手好闲的张国栋，把妻子借给朋友，想骗银钱，结果是人财两空。

《顶灯》讽刺了一个怕老婆的秀才。

《打门吃醋》写妻妾争风，反映了多妻制之害。

《烧灵改嫁》嘲笑了一个丈夫刚死就要改嫁的女人。

《背娃入府》写一个穷秀才进京献宝被封为侯，其表兄李平带子登门祝贺，因不懂官场礼节，闹出了许多笑话。

《城乡骂》，京剧叫《探亲相骂》。写城乡一对亲家母，城里人瞧不起乡下人，二人对骂。

《花别妻》以丑角为主，写花大汉投军前与娇妻吴氏难舍难分。《续花别妻》写花大汉立功回来，夫妻团圆。

《党太尉》写宋代太尉党普，力大无比，胸无点墨，附庸风雅。

此外，还有一些反映戏迷票友生活的子弟书。如《须子谱》写子弟哥儿交往不良之友，同逛野茶馆。第三回不仅提到四大徽班进京，还记述了近五十位艺人表演的几十出戏，是京剧发展史上的珍贵资料。

三、子弟书的故事类别

（一）悲壮故事

写悲壮故事的有韩小窗的代表作《樊金定骂城》《糜氏托孤》《白帝城》《徐母训子》《宁武关》《周西坡》《焚宫落发》《草诏敲牙》等。作品中赞颂了赵云、罗成、方孝孺等名将贤臣，唱词沉雄悲壮。"小窗泪洒托孤事""小窗笔墨也伤神""千古下慷慨激昂，笔作哭声墨滴雨泪"等语传出了作者写作时的心声。亦有春澍斋的《醉打山门》《骂阿瞒》，前者写鲁智深在五台山出家，醉酒后怒打寺门事；后者写祢衡击鼓骂曹事。煦园的《骂朗》《打朝》，前者写诸葛亮阵前骂死王朗事；后者写尉迟恭怒打皇叔李道宗，被罢官事。白鹤山人的《渔家乐》，写邬飞霞顶替马瑶草入梁府刺死梁冀事等。

（二）爱情故事

写爱情故事的有罗松窗的代表作《登楼降香》《游园寻梦》《红拂私奔》《鹊桥密誓》和《离魂》等。其他题粉黛的子弟书有《露泪缘》《黛玉悲秋》《青楼遗恨》《百花亭》《红梅阁》《忆真妃》《锦水祠》《僧尼会》《凤鸾俦》《寄柬》《拷红》《梅屿恨》《负心恨》《离情》《马上联姻》等，这些作品中，赞扬了杜丽娘与柳梅梦、庄翠琼与罗成、红拂女与李靖、林黛玉与贾宝玉等古代青年男女对爱情的忠贞，也有的描写了妃君之间的情丝，还有的作品写痴心女和负心汉的故事。

（三）讽刺故事

《得钞傲妻》《下河南》《借靴》《赶靴》《骂女带戏》《党人碑》《卖胭脂》《查关》《连升三级》《打面缸》《送盒子》《一匹布》《打门吃醋》《顶灯》《烧灵改嫁》《背娃入府》《城乡骂》《花别妻》《党太尉》《苇莲换笋鸡》《碧玉将军》等，讽刺人间百态，可谓嬉笑怒骂皆成文章，行藏去留尽是话题。

（四）社会故事

反映了晚清的社会生活，描述了形形色色的下层人物。如《老侍卫叹》《少侍卫叹》《厨子叹》《先生叹》《长随叹》《穷酸叹》《教书叹》《心高叹》《大烟叹》等，从题目上就可见其内容。再如《子弟图》《拐棒楼》《弦杖图》《绝红柳》《郭栋儿》《评昆论》《柳敬亭》等描写了艺人的说书情境，《出善会》描绘了庙会风俗，《为赌傲夫》和《劝票傲夫》都是写妻子规劝丈夫，也间接反映了赌徒和梨园票友的生活，《票把上台》写满族票友集会上台，出各种洋相，《射鹁子》写八旗子弟射箭比赛之百态，《螃蟹段》描写一对小夫妻不会吃螃蟹的有趣故事，《逛护国寺》等篇让人跟随着作者的"镜头"浏览了清代北京护国寺的商贾各景。

（五）文字游戏

如《数罗汉》《谜目奇观》《水浒全人名》等，《数罗汉》通过白蛇的眼睛，描写了无数天神、罗汉，恰如一幅形象的五百罗汉图。《谜目奇观》集《聊斋志异》篇目及续书《夜谭随录》篇目、《谐铎》篇目共三百种。鹤侣的《集锦书目》将子弟书一百六十种的名称编为唱词，成为今日研究子弟书产生时间的史料。也有的子弟书以堆砌掌故为能，如李雨浓的《黑龙赴会》将与黑有关的历史及传说人物、地名、物品等相关事连缀成篇，有些典故十分生僻，传唱很难，只能成为案头文学。

第四章　子弟书的艺术特色

一、子弟书的诗篇与眉批

子弟书唱词以七言为主，七言中可加衬字，更加灵活。子弟书一般无插白，唱词比唐宋以来的变文、宝卷更为活泼生动。用韵与一般北方曲艺相同，也采用十三道大辙，但不用两道儿化韵的小辙。作品百短百长，短者为单回本、上下回本，中者有五回本、六回本、八回本、十三回本，长者有数十回本。

如《忆真妃》是一回，仅八十句。而《露泪缘》则十三回，每回一韵，十三辙用全。《翠屏山》二十四回，《全彩楼》共有三十二回，全本《西厢》连起来有四十回之多。有的子弟书开首有诗篇，很像七律，讲究平仄对仗，如《忆真妃》的开头是：

> 马嵬坡前草青青，
> 今日犹存妃子陵。
> 题壁有诗皆抱憾，
> 入祠无客不伤情。
> 三郎甘弃鸾凰侣，

七夕空谈牛女星。

万里西巡君请去，

何劳雨夜叹闻铃。

所谓诗篇，就是和传统说书中的定场诗类似，演唱时，有让观者集中注意力的作用，有时也为了开开嗓儿。诗篇，也称头行儿，驳口是告一段落，都是书曲结构的一部分，且一般是带有演唱者本我观点的那部分。和诗篇一样，子弟书并不是每段都有驳口，驳口也多不长，三两句煞尾，使人意犹未尽，方显得意味深长。如《全德报》的结尾："小窗氏墨痕开写《全德报》，激烈那千古的英雄侠义肠。"《宁武关》的结尾："消午闷传奇笔仿传真迹，为将军写就冰心血泪图。"《追信》的结尾："到而今追贤佳话传千古，染霜毫敷演节目趁余闲。"《范蠡归湖》的结尾："贤愚从此分别定，免得岐疑把杠抬。笔秃墨废挨长昼，消遣光阴舒鄙怀。"这里的"把杠抬"，是把方言"抬杠"的次序颠倒一下，为了押"怀来"辙的韵脚。还有的回目的结尾留有"扣子"，让人忍不住想听下回书。如《玉簪记》第七回结尾："你看奴虽是个道姑儿什么要紧，我只眉头儿一皱谁不心系儿滴溜。"东北方言中"提溜个心"是指为某事提心吊胆、悬着心的意思，在子弟书中，也是为了"油求辙"颠倒了语序。有的驳口是对整篇子弟书的总结，要而论之，言简意赅。如《鞭打芦花》的结尾："闵子骞不仕污君称为贤圣，行大孝芳名不泯万古流传。"《子胥救孤》的结尾："借兵回国将仇报，把费无忌倒点天灯祭一祭王。"《牧羊卷》结尾："看《牧羊卷》子孝妻贤朱家的果报，方信道天理昭彰件件明。"风格各异，又有规律可循。中国的民间说唱遵循的是演唱规律基础上的自由随性，这正是曲艺的魅力所在。

也有的把诗篇压缩成四句或六句，如《炎凉叹》写苏秦失意回乡，人皆轻视；拜相之后人皆趋奉，感叹世态炎凉事。诗篇只有四句：

> 梨花如玉菊如金，
> 冷暖天时涉世箴。
> 富贵人趋贫贱避，
> 正堪激动利名心。

有的子弟书是单数回有诗篇，偶数回没有。有的子弟书只首回有诗篇，多数子弟书诗篇后接回目，并与本回辙韵一致。在唱本中，也有将诗篇全部抄在所有回目之前或之后的，如《黛玉悲秋》五回本，四十句诗篇均列于正文前，据其内容，实际是各回之诗篇。

盛京刻本《黛玉悲秋》则缺了第四段诗篇，变为了三十二句。《黛玉悲秋》因词雅曲缓，后来大鼓艺人演唱时，干脆仅用开头一句"大观万木起秋声"改为"大观园滴溜溜起了一阵秋风"，下接的原文"黛玉的丰姿迥不同"，改为"林黛玉娇姿与众不同"，使之开门见山，通俗易懂。

也有的子弟书"诗篇"冲破了七言的固定格式，如《数罗汉》：

> 般若波罗蜜多摩诃波惹法无边，
> 镇妖邪慧剑高擎祇炬燃。
> 望佛光青莲作法朱火为眉狮吼数声传妙蕴，
> 仰佛力胸流万字手作斗罗龙标一指现真禅。
> 最上乘明镜亦非台菩提本无种，
> 真下品恩爱冤孽海欢喜是愁缘。
> 因此上开觉悟法海禅师欲却床头怪，
> 施宝筏度迷津跋垢皆空是行原。

这篇子弟书从诗篇到正文均冲破旧唱本七字一行，而是运用了以七字句为基础的长短句，很适于艺人演唱。

子弟书多数题材，来自明清小说和戏曲，但绝不是形式的翻版，而是根据鼓曲艺术的特点，截取一个最适于表现的情节，加以精心的剪裁，巧妙的安排。如《忆真妃》只写唐明皇剑阁闻铃时，对杨贵妃的思念，除诗篇外，开头仅用"杨贵妃梨花树下香魂散，陈元礼带领着军卒才保驾行。叹君王万种凄凉千般寂寞，一心似醉两泪儿倾"四句，就交代清楚背景，引出了人物。陈元礼，本名陈玄礼，因需要避爱新觉罗·玄烨的圣讳，将唱词写为陈元礼。下面集中笔墨来描写唐明皇思念杨妃，悔恨交加的心情。结尾仅用"这君王一夜无眠悲哀到晓，猛听得内官启奏请驾登程"两句，就结束了全文。中间抒情用墨如泼，结语惜墨如金。真正做到了有话则长，无话则短。

再看《露泪缘》，作者采用了《红楼梦》原著中第九十六回到第九十八回的基本情节和第一百十四回、一百十六回、一百十八回的部分情节，重新结构而成。全文十三回、每回一韵，恰好是曲艺十三辙。头十二回，巧妙地用一年四季十二月孟春、仲春、季春、孟夏、仲夏、季夏、孟秋、仲秋、季秋、孟冬、仲冬、季冬开语，十三回用"闰月"凑全十三辙回目，独具匠心。作品以《凤谋》开头，提出矛盾。《傻泄》一回铺开故事，从三回《痴对》起，通过《神伤》《焚稿》《误喜》《鹃啼》《婚诧》《诀婢》《哭玉》《闺讽》《证缘》等十回，叙述了贾宝玉和林黛玉从两情相悦到生离死别的爱情悲剧，中间还刻画了薛宝钗、紫鹃等人物。最后一回，通过宝玉深夜去潇湘馆向紫鹃探问黛玉遗言的情节，再一次表现了贾宝玉对林黛玉的一片痴情。确实如作者所表白的那样："文章要有余不尽方为妙，越显得煞尾收场趣味别。"这比起直写贾宝玉愤然出走高明得多，大有回味余地。

在子弟书刻本中，超过七个字的唱词，采用的双行合一，其规律为八个字首二字合起来读一个音符，故首二字双行合一排列；十个字时，前六字双行合一；如十一个字，前或后的八个字双行合一；十二个字，前或后十个字双行合一；十三个字，后十二个字双行合一，也有时长句子离得近，为了节约版面，调整句子的位置，个别长句子把中间的唱词双行合一。在子弟书排印本中，有时为了节约篇幅，只将诗篇按韵文分行，正文则连排。

有的子弟书刻本上有眉批，眉批顾名思义是在眉毛处，即刻在正文之上，一般是对此篇唱词的简要评点。如《忆真妃》的眉批：

原原本本，高唱而入，甘弃字，空谈字，请去字，何劳字，春秋笔法，如老吏断讼，盲者焉知。如此落题，是大家手段。天衣无缝。苍老。此等度法，纯是天崇国初。一说字入口气极妙。绝妙好词。句句是情，句句是景。情中景，景中情，双管齐下，横扫五千。匪夷所思。非情天孽海中人不能如此设想。六莫不是是六层，一层深似一层。雅人深致，绣口锦心。（既不然）三字有千钧力。连理枝、比翼鸟用在此处，确乎不拔。何必西行，不错不错。此等巧对，却在眼前，他人万想不到。冤枉诚冤枉，可愧真可愧。有神之笔，写得怕人。无地自容。顾命二字，口气太毒，作书人应减寿十年。愈转愈曲，愈曲愈灵。到底不倦，何等力量。曲终人不见，江上数峰青。

再如《教书叹》的眉批也是对作品创作手法的评价：

初看去题太远，细思作者心有所感，借此以开其端，如孟子从好战引王道，以斑刀引虐政耳，入题自然。往前追一笔是反说。虚落到开谈的难字。从题前说，不然眉目不清。找馆难，是顶上圆光，引起教书之难。急转到题，

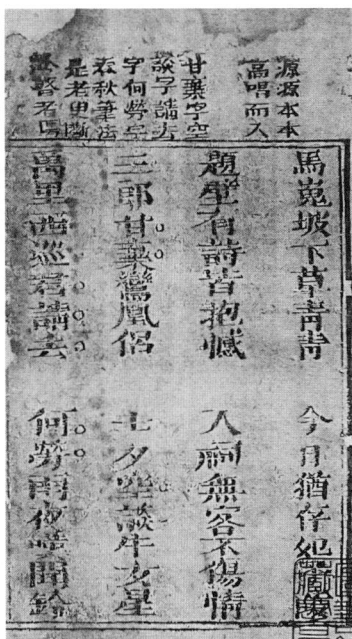

《忆真妃》眉批 1（佟悦供图）　　　　　《忆真妃》眉批 2

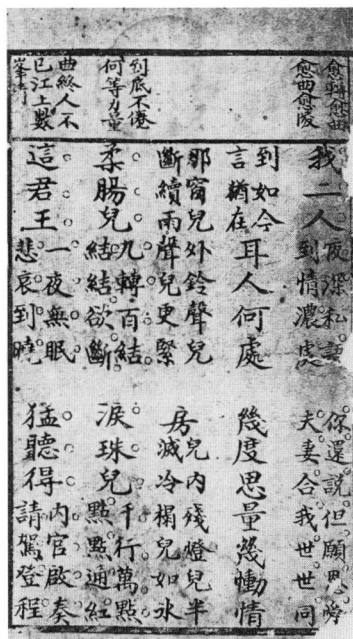

忽又推开。难字仍在题前。从使物渲染难字，是低一层写，从难见主人面，难见字是侧写。至此方写难字，却在对面，应不占实。

　　眉批与子弟书正文的同刊刻，说明子弟书在刻本之前先有抄本传阅，读者中有文人墨客，给予了一些评价。也不排除有的眉批是子弟书作者本人或书商所撰，以彰其作品佳胜。

　　也常有藏书人将自己的一时所想用毛笔题在眉批位置。

　　据一些年长者回忆，旧时此类唱本新出版者售价低廉，因其多是仅数页的短段，在书坊内或露天场所出售时，均与其他唱本一起封面向上摆列，购者如同时挑选数种，付款后售者现场用线钉好再交付，以免散失。从上示眉批可知《宁武关》是《忠孝侠义传》一部。藏书人购买的《全德报》时，可能同时还购买了《炎天雪》和

《教书叹》眉批1（佟悦供图）

《教书叹》眉批2

《教书叹》眉批3

《教书叹》眉批4

《宁武关》眉批（佟悦供图）　　　　《全德报》眉批（陈贵选供图）

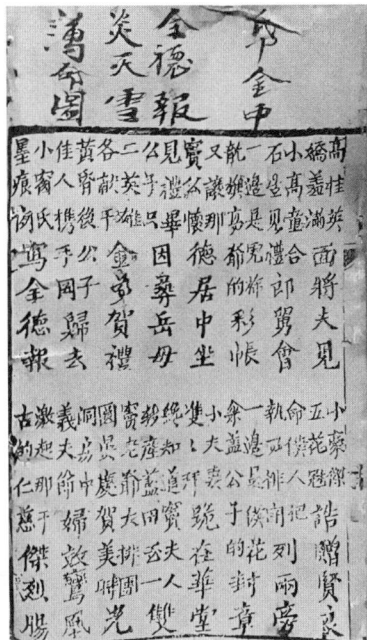

《薄命图》，藏者在《全德报》首页上进行了标注。"全贯串"指故事完整，有头有尾。

二、子弟书的人物塑造

子弟书作者，善于在短小的篇幅塑造人物与描写景物。写景也是为了写人。如《周西坡》中塑造了视死如归的大将罗成。作品开头简要地叙述了齐、英二王欲害罗成，责令他匹马单枪去会强敌将苏定方。接着就描写罗成追敌不遇，骑马归来。作品通过环境描写来烘托人物：

忽然间枯木悲号惊沙卷地，
冷飕飕朔风吹起一天云。

早则是鹅毛蝶翅从空降，
罗士信盔压雪片甲挂冰痕。
那织锦的白袍堪堪湿透，
朔风儿钻心刺骨冷难禁。
又搭着一日不曾吃战饭，
哪更堪棒疮两腿血淋淋。
白龙驹一步一滑挣扎着走，
素缨枪比冰块儿还凉压着手沉。
这时节飘飘瑞雪十分紧，
白茫茫都埋了银枪勇敢的人。
…………

英雄半晌睁二目，
见雪光闪闪树木森森。
他强咬着银牙翻身坐起，
见雪地上横躺着梨花枪一根。
白龙驹抿耳攒蹄浑身是雪，
回脖项两眼呆呆看主人。
罗士信心内明白身躯活动，
这其间恸坏了忠良为国的臣。
真可谓男儿不肯轻垂泪，
美英雄于伤心极处一横心。
皱双眉翘趄彪躯扎挣着站起，
因用力不提防挣破棒疮痕。
腿似刀剜咯嗒嗒地乱颤，
越觉得战袄精湿铁甲沉。
一阵阵腹内空虚身上冷，
那白龙唤草悲鸣眼望着人。

在传统鼓书中，罗成和罗士信本为一人，后来在北方评书中，逐渐分化为完全不同的两人，至于何时完成的这种变化，资料尚不完备。这段写罗成在淤泥河乱箭攒身而亡的故事，很多说书家都不爱说，因为其景况过于惨烈。这篇子弟书对罗成陷于险境的描写，生动而带情，甚至连其白龙马对主人罗成的感情也字字珠玑，非人胜似有情人，真是写活了！

第二回通过父子坡头对话，进一步表现了罗成对大唐忠心无二。第三回正面描写罗成拼死的悲壮场面：

> 喊一声将军使尽平生力，
> 拼了命的英雄把战杆扔。
> 冷森森一道银霞飘雪练，
> 明晃晃直扑敌将似飞龙。
> 贼帅吃惊忙躲闪，
> 素缨枪打倒河边贼数名。
> 罗士信马上点头说幸哉苏烈，
> 这便是苍天不肯助英雄。

战场上罗成大骂贼帅，苏定方劝降不成下令放箭，作者又道：

> 苏烈冷笑连说好，
> 命贼兵彻溜儿调开挑狠硬的弓。
> 说一箭箭给我挨排儿射去，
> 三军奉令有为首的队长先放雕翎。
> 响一声箭穿额角流鲜血，
> 见忠良纹丝儿不动闭口无声，
> 挺彪躯低垂双手胸脯儿腆，
> 难描那坦然的壮烈别样的从容！

唱词中的彻溜儿是满语音译词，意为难拉的硬弓。挨排儿也是方言，挨着排行次序的意思，一个不漏。从这些语汇上都可以看出满族说唱文学的地域语言风貌。八句唱词将罗成的视死如归跃然纸上。可见书场演唱，壮哉英雄，更加感人。

写英雄用笔豪迈，题粉黛泼墨含情，如《露泪缘》的第四回《神伤》，通过对比手法，描述了林黛玉的无限悲愤：

> 宝姐姐素日空说和我好，
> 谁知是催命鬼又是恶魔王。
> 她如今鸳鸯夜月销金帐，
> 我如今孤雁秋风冷夕阳。
> 她如今名花并蒂栽瑶圃，
> 我如今嫩蕊含苞萎道旁。
> 她如今鱼水和谐联比目，
> 我如今珠泣鲛绡泪万行。
> 她如今穿花蛱蝶随风舞，
> 我如今露冷霜寒怕夜长。
> 难为她自负贤良夸德行，
> 生生的占了我的好鸾凰。

在《得钞傲妻》中，前后两回鲜明反差，第一回里，写常峙节无钱买米时，妻子牛氏连哭带闹，第二回里，常峙节借银归来，牛氏眉开眼笑：

> 这泼妇房中正坐人击户，
> 没好气颠里颠顸开放门。
> 峙节迈步往里走，

头儿不抬眼皮儿不撩话儿不云。

婆娘随后将房进，

见丈夫手纳怀内满面含嗔。

响亮一声啪就拍在炕，

白花花绕眼争光两锭银。

这泼妇恰似那病人吃了投簧的药，

你睄她打丹田里立竿见影就长起精神。

…………

说你垫上些儿冰凉的炕，

你往这么来这块儿还比那块儿温。

常峙节手拈乌须佯不理，

那妇人一味地柔和脸也不沉。

又见她打火拨灰多灵便，

添柴弄水有精神。

不多时碗儿擦净锅儿烧滚，

舀半盅儿声气儿乖滑赔着笑云。

说你喝些热水压压寒气，

常峙节总不接杯脸对着门。

那妇人自知情虚与理愧，

为银子把素日泼刁化作了尘。

　　曲文中的颠里颠顸是满语，意为大大咧咧，形容做事不用心。这段子弟书借托宋代故事，实际是明清社会中市民生活的真实写照。

　　在取材于《三国演义》的《糜氏托孤》中，讲刘备败走江夏，赵云在乱军中救出阿斗的故事。对于赵云的描写，着眼侠义英雄，丰富人物形象、情节和细节。增润删刈再创作，对听众具有磁石吸铁般的艺术魅力。以情理取胜而不以离奇邀宠，以民俗俚趣点染而不使猥浪粗鄙掺杂，三回九转巧连环，千姿百态各一面，垂成逢变线屡断，细描须眉神采现。无论情节结构、形象塑造、表现手法都犹如千水流东，脉络清晰；歧岔丛集，但犹如万川汇海，围绕中心，刀光剑影掺夹柔情哀怨，情节"扣"人，情感感人，双管齐下，自让听众挪不动脚步。

写赵云三言两语，写糜氏夫人用尽笔墨，使人黯然伤神。情节弛张舒急，错落有致。交代了情节的来龙去脉，起到"文似看山不喜平"的作用，真是章法斐然，笔触细腻。

糜氏积怨填膺，难断情丝，为阿斗，毅然自决，牵肠挂肚，爱恨交织。见到赵云，变生垂成，但在无望中却又总有一线生机，令人唏嘘。

> 烈贤人把哭啼的婴儿狠着心放下，
> 转香躯身投枯井魂断幽冥。

情节急转直下，倏然收束，绝不拖泥带水。听到此处，随着情节起落而忐忑不已。"闲笔墨小窗泪洒托孤事，写将来千古须眉愧玉容。"嵌入作者的收尾，给人无尽的想象空间。

晴雯是大观园群花之中一位可爱可敬的女性。在描写丫鬟的作品中，写她的最多。其间，当首推韩小窗的《芙蓉诔》。全篇共分"补呢、谗害、恸别、赠指、遇嫂、诔祭"六卷，一部完整的《晴雯传》历历在目。作品从补裘入笔，回叙了晴雯的身世，通过人物自己回忆，叙述了她对袭人的看法，对贾宝玉与林黛玉一对情侣的同情，对所谓"金玉良缘"的反感，在丫鬟之中，最知宝玉之心者就是晴雯。因此，作者描写晴雯充满着敬慕的感情。如"恸别"一卷，从"战兢兢"起，到"恨漫漫"止，一连用了一百二十四句叠字排比句大书特书。在"诔祭"中，子弟书的祭文"笔底行行书旧恨，花前字字诉离情"。作者先写了"我这里"与"你那里"十六个对比句，接着是"愁、叹、忧、哭……"十六个排比句，还嫌不足，又一气写了"可爱你""可敬你""可感你""可叹你""再不能""我为你""想得我""只哭得"八番重复句，每番都是十六句。全篇祭文共计一百六十句，仅仅一个"可"字就连用了六十四个。字字是血，声声是泪，比之曹雪芹原作中两千余字的《芙蓉女儿诔》更为感人。

刘姥姥是曹雪芹笔下一个形象生动的小人物。《二人荣国府》借助小说第三十九回刘姥姥信口开河半回书的情节，就铺展成十二回共一千二百行的一部中篇子弟书。可以想见，改编者要丰富多少生活细节。不熟悉刘姥姥这类人物的生活是绝对写不出来的。处处注意刻画人物性格与处境。刘姥姥把贵庚之"庚"当作耕田之"耕"，把见面之"面"当成吃面之"面"，把"下榻"当成"下塔"，是以她的生活知识来回答问题，正像她一入荣国府，乍听挂钟响，错当罗面声是一样的道理。刘姥姥赴宴一段，语言是多么符合人物身份。

> 在乡下蒜泥儿拌生茄子，
> 小米儿熬粥腌菜根。
> 几工儿有了客才吃豆腐，
> 哪有这鲜酒活鱼入嘴唇。

接着作者以评述口气写道：

> 这婆子形容虽笨心中巧，
> 常言道长老了的生姜更辣人。
> 一句句捎言带语把艰难诉，
> 奉承时随风儿上顺可人的心。
> 来意原为是求周济，
> 看光景搭讪着便把腿儿伸。

可见作者对饱经世故的刘姥姥摸得是多么深透。下边刘姥姥在灯下诉说农家辛苦一段，从男人春种秋收，说到女人纺线织布，又从旱涝天灾之苦，说到杀鸡待客之乐。子弟书写人状物，精彩处极多，限于篇幅，不再细录。

三、子弟书的景物描写

子弟书的景物描写以写虚为主，主要借物喻人、借物喻情。也有的子弟书对清代街景的描绘是用的白描手法，是写实的，让人仿佛回到了子弟书流行的那个年代。如鹤侣的《逛护国寺》写人状物：

> 饭后无聊自出神，
> 夏日长天困磨人。
> 欲待出城听天戏，
> 偏偏今日是坛辰。
> 忽想起今朝还是护国寺的庙，
> 何不前去略散心。
> 吩咐家人们套车鞴马，
> 站起身将衣衫换妥即刻出门。
> 一路上星驰电转如风快，
> 霎时来至庙西门。
> 下车来跟役后面拿着烟袋钱包马坐褥，
> 至门前见一人当门而立面含春。

坛辰是禁止演出的日子，去逛护国寺，从套车、更衣、拿烟袋等细节描绘，将清代社会中市民生活的真实写照写出画面感。再如韩小窗的《春梅游旧家池馆》：

一枝枝芍药凋残堆败叶，
一丛丛牡丹憔悴剩枯根。
韵萧萧翠竹飘零丹凤走，
碧森森苍松退却了老龙鳞。
冷凄凄庭前红叶无人扫，
空落落三径黄花何处存。
细条条兰蕙离披无气色，
娇怯怯梅花冷落少精神。
乱蓬蓬杨柳心空横岸上，
干巴巴梧桐根朽卧墙阴。
扑啦啦乌鸦展翅惊人起，
当啷啷铁马摇风入耳频。
凄凉凉庭院经年无熟客，
静悄悄楼台终日锁寒云。
又见那满地花砖堆粪土，
又见那几条香径长苔纹。
又见那颓垣坏壁东西倒，
又见那野蔓枯藤上下分。
又见那纱橱暗淡灰都满，
又见那匾对模糊看不真。
又见那回廊的画壁经风坏，
又见那夹道的雕栏被雨淋。
卧云亭狐狸出没真凄惨，
大卷棚鸟雀成群可叹人。
荼蘼架霜寒雪冷无花朵，
太湖石土没苔封卧水滨。
玩花楼辜负了良宵与丽景，

秋千院消磨了月夜与花辰。
翡翠轩游蜂穿碎了窗棂纸，
藏春坞鼠子钻通了山洞门。
亭儿前鹿儿也死鹤儿也去，
池儿内藕儿也烂鱼儿也沉。
门儿外帘儿也收钩儿也落，
镜儿边人儿也散影儿也昏。
炉儿里香儿也尽灰儿也冷，
琴儿上弦儿也断声儿也闷。
窗儿前栏儿也折风儿也透，
地儿下苔儿也厚土儿也屯。
春梅姐对景伤怀肠欲断，
不由得思前想后泪沾襟。

大段的萧条描写，衬托出春梅的对景伤怀之情，也给子弟书的演唱者提供了表演空间。

四、子弟书的语言特色

子弟书用词典雅，讲究文采，在修辞造句上，多用重复、排比、对比、对仗等笔法。抒情写景，精雕细刻，如《露泪缘》《忆真妃》等代表作，详见前文。但一个"雅"字不能代表子弟书的全貌，作者们也常使用一些活生生的口语，如《下河南》开头：

有个罗锅子名叫胡全貌不全，
遣媒婆要聘绝代的佳人白玉兰。
相女婿丑鬼如何见岳母，
无奈何央求表弟小吴元。

四句唱词把人物关系、事件起因交代得多么清楚。此文结尾两句："小窗人闲笔偶演丹青笔，画一个樱桃树下的气蛤蟆。"用词造词，雅俗共赏，这点题之笔，简直就是一幅绝妙的漫画。文中对胡全的夸张描写：

见他滴溜溜儿像个巧笔画成的一团和气，

身子是出类超群拔了萃的矬。

鸡胸脯踢溜拖罗个屎瓜肚子，

虾米腰吉叮棒块老大个罗锅。

红花子脚又搭着罗圈腿，

柳罐头正对影袋脖。

细留神复又瞧他的脸蛋子，

模样儿是万人见笑，实在的约薄。

坠腮脸上供的麻子五个一撮，

最难瞧是挺高的颧骨把个鼻子挟着。

莲蓬嘴唇不包齿吃水常淌，

斗风眼黑白不分赛过胶锅。

狗绳须鼠耳挓挲贼眉散乱，

说话儿本是结巴还带着咬舌。

曲词中的踢溜拖罗是满语，指衣服过长拖泥带水。影袋指瘿病，颈前喉结两旁结块肿。约薄也是满语，指不好看、不好听，用作动词时指用刻薄话贬损他人。

这段人物肖像描写同二人转《蓝桥会》中对地主周玉景的描写颇为类似，足见作者是吸收了民间口头文学的长处，夸张中多用比喻，更加形象。再看下面写吴元的"气话"：

罗锅子往里行，吴元朝外跑，

这丑鬼一见了书生哪里受得。

说，好好好你干的好事！你干的好事！

昨夜晚洞房花烛你你你倒快活。

小叔儿胆大诓了嫂嫂，

书呆子心坏卖了哥哥。

我就是土驴、木马、癞皮鬼，

也不肯怕死贪生让给你老婆！

这八句中，头四句是近似散文，不仅合乎胡全此刻气急败坏的语气，而且还带有"结巴"特征，与前文叙述相符。中间两句，是通俗易懂的对仗句，上下句前后呼应，生动自然。

子弟书在重点描写人物时，用墨如泼，可是在交代情节时又惜墨如金，甚至在一句唱词中就可以概括出两个人物的对话，如韩小窗的《周西坡》中罗成、罗春父子相见一段：

（罗春）忙问道城外是何人？

忠良（罗成）说是我……

子弟书唱词既讲节奏，又极灵活，如《会玉摔玉》中的：

太君说咱家的三个丫头呢？今朝不必将学上，

他嬷嬷们怎不带了来相见？好一起死人！

这两句就像讲拍节、自由体的"散文"，它不是刻板的句式整齐的韵文。这说明子弟书绝不是专供人阅读的案头文学，而是供艺人演唱的书场唱本。再如韩小窗的《全德报》中的：

启柴屏英雄入院将门进，

进茅屋孝女垂帘秉上了灯。

仅仅两句，不仅交代了人物关系，还描写了人物动作——开门、进门、垂帘、点灯，又叙述了具体环境——柴屏、茅屋。子弟书这种遣词炼句的功夫可与唐诗媲美。

五、子弟书的写作手法

子弟书写人状物，精雕细刻，也常使用一些活生生的口语，如此"人有人情，书有书理"，既合乎人情，亦便合乎书理。于是中国说唱文学就有了强调"理、味、趣、细、技"的五要素。

子弟书从作品写作手法上分，有故事段、叙事段、抒情段、说理段、知识段、娱乐段等不同类型。

故事段，人物逼真，故事动人。其中描写的小说人物都是家喻户晓、妇孺皆知的。如三国段中所描写的主要人物不过十几个，蜀汉人物写诸葛亮、关羽的曲目较多，写东吴、曹魏人物的较少。水浒段中所描写的梁山好汉也不足十人。红楼段写贾宝玉和林黛玉的曲目最多，晴雯次之，宝钗、湘云、妙玉的曲目只各有一段。

子弟书中也常写一些小人物，尤其是家庭故事段，写的都是普通人家的父母夫妻子女等，都是不见经传的张三李四，这类作品反映了普通人的善恶是非，各类人物形象鲜明，生活中常闻常见的矛盾更让人喜闻乐见，如上述《得钞傲妻》等。

叙事段，只记述人们关注的大事。如《宁武关》只写"别母乱箭"，也有的曲目是概述某一名人一生之事，如《叹武侯》叙述诸葛亮的一生。可以用"叙事是大事，写人是名人"来概括这类作品的特点。

抒情段，借景写情，情景交融，以情感人。喜怒哀乐忧思悲恐惊都是情。如《单刀会》写关羽过江赴会，在江头借观江景抒发了英雄人物的豪情壮志，突出一个豪字；《诏班师》写岳飞奉旨班师时对误国奸臣的痛恨之情，突出一个恨字；《忆真妃》写唐明皇逃难中夜宿剑阁行宫，雨夜闻铃怀念香消玉殒的杨玉环的心情，突出了一个思字；《悲秋》写病中的黛玉看到窗外秋风落叶倍感伤情，突出了一个悲字；《徐母骂曹》骂出了徐母对曹操的满腔愤怒，突出一个愤字；在《老汉叹》《穷酸叹》《浪子叹》等曲目中，写各种人物对沧桑变迁人生之苦的感叹，则忧思愁苦百味皆在其中了。

说理段，是非分明，以理服人。如《大烟叹》，通过对烟鬼的描述，说明大烟的害处；《劝票傲夫》写夫票戏成痴，妻劝其适可而止，句句以理服人。

知识段以智慧锦囊开启认知新境，娱乐段用诙谐情景照见生活本真。这些子弟书作品以四两拨千斤的巧思，于观者心田撒下星光，令人会心一笑。

第五章　特殊体例的子弟书

一、快书与硬书

快书因源于子弟书，其体制彼此也十分相似，如不细察，极难分辨。快书实出于"带戏子弟书"，与"硬书"原属于子弟书的范围之内，现存清抄本《乐善堂子弟书目录》，其二回一栏最后一行，便列有《秦王降香》硬书、《打登州》快书各一种，其后各自独立，《书名》岔曲说："硬书的调儿高，快书是硬砍实凿……子弟书三眼一板实在难学。"《百本张快书目录》将快书独立于子弟书目录之外。《子弟书全集》《子弟书集成》均将硬书予以标注。

清代百本张子弟书抄本中，常常按作品类型，分别在题目下标有"苦""笑""春""粉"，赵景深认为："情节悲壮的，还注明'苦'字；近于讽刺的，还注明'笑'字；英雄豪迈的，还注明'硬书'。"①

可见硬书内容属于金戈铁马类型。

---

① 赵景深、关德栋、周中明编：《子弟书丛钞》序，上海古籍出版社，1984年，第1页。

二、满汉合璧、满汉兼、汉夹满子弟书

《寻夫曲》是"满汉合璧"子弟书,《拿螃蟹》《升官图》为"满汉兼"子弟书,《查关》《官衔叹》等为"汉夹满"子弟书。

满汉合璧子弟书是指用满文和汉文同时记录同一部子弟书。满语和汉语内容大致相同,各自独立成篇。说书人既可以用满语演唱,也可以用汉语演唱。日本汉学家波多野太郎认为,子弟书原来是满汉合璧的,以后兼用满洲语的唱法,渐渐唱不上了,而且汉族作家也陆续撰写子弟书,汉族唱书的也讲唱起来,因此满汉合璧的唱本遂一年比一年减少。尤其是到了满语式微汉语渐兴的时候,这类满汉合璧的本子就没有了。满汉合璧子弟书反映了清代前期的满汉双语阶段的语言特点。

在满文未创制之前,女真人只有语言而没有文字,只能借用蒙文和汉文。直到努尔哈赤在明万历二十七年(1599),命大臣额尔德尼、噶盖创制了满文,此后,皇太极、顺治、乾隆都十分注重满语的推广应用。努尔哈赤在八旗中每旗都设有一名师傅(即高级满文专职教员)。皇太极以行政手段加强满语满文的使用,专门设立文馆翻译汉文大量兵书和典籍颁行。清顺治八年(1651),清廷专门举行八旗乡试,规定不会汉文者可以用满文参加考试。康雍时期,清廷多次举行满文翻译考试,考中者多充当笔帖式[①]一职。当然,清廷也鼓励王公大臣及八旗子弟吸收汉族文化。纳兰性德堪称这一文化政策的受益者,他的汉语词作清新隽秀、情深意浓,当时有家家争唱《饮水词》之说。

大连市图书馆存放的清代内阁大库及总管内务府收存的清代档案有诏令、奏章、外国表章、历科殿试试卷等两千零一十五件,其

---

① 笔帖式:清代官府均有笔帖式,司记录整理文书档案等事。

中顺治、康熙年间的八百六十一件，皆满文；雍正、乾隆年间的一千一百九十件，皆满汉合璧。从这些清宫存档可见满文使用发生演变的情况。刊刻于雍正八年（1730）的满语教科书《清文启蒙》采用满汉合璧的双语形式，并用汉文标注满语发音。

日本京都大学图书馆藏有《温凉盏》三十八节，亦为罕见的满文"单字还音"的满汉合璧写本。

现存唯一的满汉合璧子弟书无名氏的《寻夫曲》（不分回），是以汉族流传较广的民间故事"孟姜女哭长城"为素材创作的。

寻夫曲（满汉合璧）（科隆大学藏本）

乱种诗喷无字邱
贪心犯罪春秋笔
为贪富贵献娥眉
万古羞名吕布章

寻夫曲

科伦大学藏钞本满汉合璧子弟书寻夫曲

lioi bu wei i gicuke gebu tumen jalan de isitala,

万古羞名吕不韦，

emu bayan wesihun be hicume gise alibure sahiba.

为贪富贵献娥眉。

doosi weile šajingga nomun i jurgan be necihebi,

贪心犯罪春秋笔，

lehele i basucun hergen akū i eldengge wehe i sasa algišaha.

乱种讥喧无字碑。

此曲本汉语押韵用"灰堆辙"，满语并没有按照其传统押头韵，满语诗歌传统是押在每一句的第一个字的第一个音节上，而汉语诗词是押韵脚，可以看出这篇子弟书是以汉语为底本进行翻译的，汉语版《姜女寻夫》是五回本，而满汉合璧本未分回，其内容是汉语本前四回之内容。可以猜测这段子弟书是先有汉语本，然后被翻译成满文，且只译了前四回，从满汉合璧本上标注的汉语来看，与汉语本又有很多不同。如"万古羞名吕不韦，为贪富贵献娥眉"，盛京刻本为"贸易奸商吕不韦，为图大利献娥眉"，疑为满文本后又有人用汉文翻译一遍。在翻译再翻译的过程中，还将一些句子做了删增修改。最明显的例子是将很多东北方言修改了。大概率这段子弟书是早期东北作家所作。

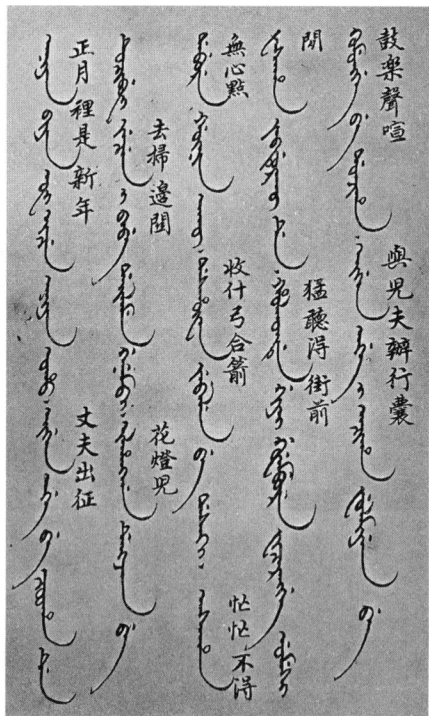

民歌《永团圆》满汉对照本（陈贵选供图）

满汉合璧也称为"满汉对照""满汉并用"，子弟书只存孤品，其他唱本传世不少，比如东北民歌《永团圆》等。

　　满汉合璧后，有满汉兼子弟书传世，是清代满语汉语混合写成的俗文学作品。每一句中既有满语出现，又有汉语出现，这是满汉两种语言相互影响过程中出现的一种独特的语言形式。《螃蟹段》叙写一对屯居的满族青年和汉族妻子移居城市后，某日，丈夫买螃蟹回来，二人既不知何物，更不知如何吃法，后来经邻妇指点，才有滋有味地吃完螃蟹。此段中的满语配合了汉语的韵脚，满语以最末元音"a"押韵，且与汉语的"发花辙"押同一韵，在演唱时仍朗朗上口。所以有关"满汉兼"及满文译本的这些资料，实为满汉文化交流中的重要一环，更应为满族文化研究者所注意。

螃蟹段（满汉兼）（早稻田大学藏）

Katuri jetere 子弟书

tangū se（百岁）光阴实可嘉，

倒不如 ederi tederi（邂逅相逢）玩景华。

gašan i nure be tunggalaci（逢着村酒）吃几盏，

bigan i ilha be sabufi（见了野花）戴几枝花。

满汉兼较之满汉合璧更加灵活，类似"饭已OK了，下来密西吧"。关德栋论述说："过去读过一个人记的一首歌谣：今日'三音阿不喀'，闲来无事出'都喀'，'阿补'必须穿'撒补'，要充朋友得'几哈'①。曾想像这样满汉语混合写成的民间文学产物，应当还遗留下许多别的东西才对。三十二年春（1943）在一位满语言学者斋头，看到一本满语与汉语混合写成的'子弟书'——《螃蟹段儿》的刻本。这种满汉语汇合写成的子弟书的介绍，在民国二十四年（1935）的时候，朝鲜金九经（后易名为靳马进）曾将他藏的《吃螃蟹》公刊了。他所藏是一个钞本，故事的内容与我看到刻本相同，只是在字句间颇有出入。以后在傅惜华先生的文章里，知道了这种满汉语合作写成的子弟书还有两种，……可以知道这种用满语与汉语混合写成的子弟书，叫作'满汉兼'。这种曲文的写作年代，我想推想大约最晚是嘉庆年左右的作品，因为满语的再兴盛时期是在乾嘉之间，而子弟书最流行的时候，作品产生较多的时候也是在嘉庆间。满洲语书籍收藏家德人福克斯（Fucise）在他三十一年（1942）出版的《续满洲书目》著录《螃蟹段儿》时，曾记着是西记1800年间的产物，1800年即嘉庆五年，可知这种曲子为一百五十年以前的产物，大致是没有问题的。"②

《满汉合璧寻夫曲》《螃蟹段》在关德栋、周中明编《子弟书丛

---

① 意思是今日天气好，闲来无事出门，走路快必须得穿鞋，要面子交朋友就得大方花钱。

② 关德栋：《"满汉兼"的子弟书》，《华北日报》，1947年9月5日。

钞》中均有满汉对照文字录入。

《升官图》是满汉兼子弟书的另一种形式，即全书皆用汉字，句中满语词也用汉字记音，全句句型皆为汉语语法。"升官图"本是掷骰子的游戏，又名"彩选格""选官图"，子弟书利用这种游戏的官名加上汉语言文字的谐音，把西门庆和潘金莲初次约会的情形描绘出来。本曲用了将近四十个满语词，只取汉字音译谐音，汉字旁译是参考满语意思的注释。《升官图》句中用汉字译音书写，边侧写满字。

升官图（满汉兼）(傅斯年图书馆藏)

西门庆调情把钱大史花，

请潘金莲去裁那包衣达（booi da）①。

王婆子他倒上门军②躲出去，

西门庆他色胆如天把司狱③发。

　　《升官图——记满汉兼子弟书之一》叙述："满汉兼子弟书《升官图》一卷，旧抄本，四页半（九面），七十二句，未题撰人。傅惜华先生碧蕖馆藏书，傅氏《子弟书总目》著录：撰人无考。标作满汉兼《升官图》。注'西门金莲，春，一回，五佰。'《集锦书目》曰：'说升官图何日吐气把眉扬。'按此书系以满汉文字组织而成，故《子弟书目录》标以'满汉兼'三字。"④

　　《升官图》子弟书原文，日本语言学家太田辰夫根据全文研究注释后，写有论文，⑤1988年6月收入《汉语史通考》⑥。太田辰夫在该论文中，对于满语官职名目，都做了比较翔实的注释。

　　与子弟书同期的单弦牌子曲中也有满汉兼曲词，如牌子曲《鸟枪诉功》中《叠断桥》曲：

大夸兰呢达（kuwaranida）⑦见面也无谦让，

---

　　① booi da：满语。汉名"内管领"，但旧时"包衣按班"即内务府大臣也这样称呼。这里单指"衣"。

　　② 门军：守门的士兵。这里单代"门"。倒上门军，从外面插上门。

　　③ 司狱：掌管狱囚的官名，这里谐"私欲"。

　　④ 关德栋：《升官图——记满汉兼子弟书之一》，《华北日报》，1948年8月13日。

　　⑤ ［日］太田辰夫：《以〈金瓶梅〉为题材的满汉并用的俗曲〈升官图〉》，《明清文学语言研究会会报》第6期，1965年9月。

　　⑥ ［日］太田辰夫著，江蓝生、白维国译：《汉语史通考》，重庆出版社，1991年，第259—271页。

　　⑦ kuwaranida：满语。官职，营长。

是我的本事强，官事有个商量。

精奇呢武布（jingkini ubu）①我先当，

那笔特式（bithesi）②在我的头上晃。

光绪十年至二十年（1884—1894）北京城内流行岔曲《八旗自叹》，内容中提及平谷丫髻山行宫，丫髻山行宫是清帝去东陵祭扫或出巡的驻跸地。被派到这里执勤把守的都是处于八旗最底层、无权无势的穷苦旗丁。是晚清时部分尚有羞耻感的旗民面对本民族垂朽病态和八旗兵废弛无能面貌的自嘲。有一段唱词是：

听见放达（ola）③混剜清（hun wancing）④，

戛拉达（galai da）⑤的跟前胡进贡。

黄带子⑥，有龙性，

四衩开气儿⑦袍子根子硬。

满汉兼子弟书的每一句中汉语和满语同时出现，相互补充。这种语言形式的出现，表明了满族人在日常生活中已经能够掌握满汉两种语言，并加以运用。

在特殊体例的子弟书之中，还有一种是汉夹满，指在汉语中夹有满语音译词，多数是旗人工作生活的专业术语，以汉字记音。这种语言形式的出现，说明汉语逐步替代满语的进程加快，如小雪窗

---

① jingkini ubu：满语。官职，正执事。

② bithesi：满语。官职，笔帖式。

③ ola：满语。开火。

④ hun wancing：满语。闲聊天。

⑤ galai da：满语。官职，翼长，操演军官。

⑥ 黄带子：宗室。

⑦ 开气儿：衣服两边或下边留的开衩。官吏士庶开两衩，皇族宗室开四衩。

作《官衔叹》写侍卫在圆明园值班之苦时道：

> 偏遇着高眼儿滑贼是个识货的手，
> 他大咧咧吗达摸赫软搬曾①。
> 分明是越口卯孙②硬充朋友，
> 点真病一句戳心脸就红。

再如竹轩所作的《查关》，在写汉元帝太子刘唐建独行北漠遇番女之事时，也用了很多满语音译词语。

> 西委居西呢阿玛③是何人也，
> 亚巴衣呢呀拉妈④住在哪乡。
> 五都塞⑤是七十八十或三两岁，
> 矮阿呢呀⑥是狗儿兔子和小猴王。

这种汉夹满还是比较多的，如描述八旗左领为官之难的《叹固山》：

> 领催马甲⑦加差役，
> 笔帖分得⑧累得可怜。

---

① 吗达摸赫软搬曾：满语。借当度日。
② 越口卯孙：满语。装腔作势。
③ 西委居西呢阿玛：满语。你父亲是谁。
④ 亚巴衣呢呀拉妈：满语。哪里人。
⑤ 五都塞：满语。几岁。
⑥ 矮阿呢呀：满语。哪一年。
⑦ 领催马甲：为八旗各佐领。马甲指清代骑兵，亦称骁骑。
⑧ 分得：又称骁骑校，佐领下下级军官，正六品。

世管公中①诸印务，
子男都尉世袭官。

鹤侣写老侍卫感叹半生辛苦的《老侍卫叹》：

呀不好咧特武特海②，
往下看还有多罗多日飞③。
章京巴吟飞④还要问话，
因今日差使未到要不依。

这些作品有个共同的特点就是，官职名称往往用满语音译词来写，汉夹满子弟书中满语并不是每句都有，只是一种满语残留。这些曲词，满语只作为音译词出现，韵律为汉语形式。《查关》中还引用了古典诗词，如"哪里有报晓鸡声茅店月，几曾见早行人迹板桥霜"，引用了唐代诗人温庭筠《商山早行》中"鸡声茅店月，人迹板桥霜"两句诗。由此可见，汉文化对满族的影响力不断增强，清代的满人说汉语夹带着满词汇是谈者不觉，听者不知的。这些特殊体例的子弟书是研究满汉文化的重要文献。

---

① 世管公中：指佐领名目。
② 特武特海：满语。即刻，立即。急件。
③ 多罗多日飞：满语。加盖戳记。
④ 章京巴吟飞：满语。章京为有职掌的官员，巴吟飞指亲自、当面。

第六章　子弟书的刻本和抄本

　　子弟书的文本是可唱可读的。这些唱本不单面向专业演唱者，更多是供业余的喜好者自我消遣的。

　　子弟书的刻本、抄本及石印本，每种都有自己的流传。关于子弟书的版本，吴晓铃《绥中吴氏双梧书屋所藏子弟书目录》谈到的主要抄本有：百本张、聚卷堂、别野堂。提到最早的抄本是清嘉庆二十年（1815年）乙亥抄本的《俞伯牙摔琴谢知音》，说明子弟书在嘉庆年间抄本开始流行。刻本提到的书坊有：会文山房、三盛堂、裕文斋、文盛书坊。这些书坊从乾隆时期一直到清末，最集中出现的时间是光绪年间。子弟书文本流行的时间可能远长于子弟书作为说唱形式流行的时间。

　　多种子弟书都有几种版本流传。《新编子弟书总目》提到《摔琴》的版本有十七种，《忆真妃》有十一种，《露泪缘》有十六种。包括百本张、别野堂、聚卷堂、耕心堂等钞本，会文山房、文盛书房等刻本，还有清末民初北京、上海、沈阳等地的石印本等，可见受欢迎程度之高。

　　清代的子弟书目录，集中出现于道光至光绪年间，这些目录和大量的抄本刻本是子弟书文本流通盛行的重要标志。子弟书作为八旗子弟的一种自我娱乐形式的大致时间是乾隆到嘉庆时期。在顾琳

《书词绪论》的表述中，子弟书还没有进入书场。子弟书进入书场的时间约在道光年间，子弟书真正表演的记载并不多见。而名家如石玉昆、郭栋儿等人都已经将子弟书的唱腔做了改编，更适合大众接受。从版本上看，百本张抄售的子弟书盛行也是道光到光绪年间。子弟书的抄本中，明确注明年代的，光绪年间是最多的。子弟书的版本繁复也说明其作为一种独立的文本的价值。子弟书的文本流传并没有因为子弟书作为一种演唱形式的失传而停止，其传播的渠道不仅仅是演唱者之间的传授，本身就是文人们的一种爱好。

一、子弟书刻本

所谓刻本，即先将图文描绘在板上或绘在薄纸上反贴于板面，由雕工进行雕刻，刻好以后，涂以墨色，将软纸贴在木板上，用毛刷将图案或文字拓于纸上，如套色需要多次拓成。木板与纸一比一大小，一版一页。在活字印刷发明以前，是除手抄以外，复制稿本的一种方法。现在的中国传统年画还保持着这一做法。

木刻板与纸样（陈贵选供图）

清代子弟书因属难登大雅之堂的民间文学唱本，刊印高品质图书的书坊对其不屑一顾，加之篇幅较短，因此在北京多以抄本形式流传，并有百本张、别野堂、乐善堂、聚卷堂等以抄售此类唱本为业者，刻本数量反倒不多。而盛京情况恰好相反，刻本数量很多而抄本少见，也从一定程度上说明，当地因其流行而刊印者求多、求快、求薄利多销的心态。购者数日内将唱词看熟后即弃置一旁，少有精心收藏者，这也是其印量不少但传世不多的原因之一。

清代子弟书木刻本，目前可考的北京木刻本有四十一种，盛京木刻本有八十四种。有多段子弟书两地均有印发，也有的一段子弟书有多种刻本传世，其中也有鼓词唱本被赋"清音子弟书"之名刊发的。

北京刻印过子弟书的有文萃堂、泰山堂、崇义堂、锦文堂、合义堂、经义堂、中和堂、东二酉、起生堂、文华堂、四德堂、盈聚堂、裕文斋、崇文阁等家。沈阳及沈阳周边刻印子弟书的书坊有盛京会文山房（后兼用同文山房、文盛堂、盛京老会文堂名）、盛京程记书坊、盛京财盛（胜）堂、盛京聚盛书坊、盛京东华门义生堂、盛京汇文书坊、诚文信书房、大酉山房、小酉山房、同乐堂、海城聚有书坊、海城合顺书坊、海城裕顺堂、海城文林书房、海城牛庄魁文书坊、辽阳三文堂、辽阳文益堂等家。

木刻本中，在北京影响较大的是文萃堂。冯伟《清代北京琉璃厂刻书研究》指出文萃堂为乾隆时期的刻坊。文萃堂的子弟书刻本有：《庄氏降香》《不垂别泪》《合钵》《刺虎》《刺汤》《春香闹学》《春梅游旧院》《拷红》《红叶题诗》《访贤》《祭灶》《吃醋》《戏秀》《还魂》《离魂》《罗成托梦》《单刀会》《紫艳托梦》等。

在沈阳刻印子弟书影响较大的有会文山房和程记书坊。

会文山房：开设在沈阳城内鼓楼南大街路西（今大舞台附近），在道、咸年间，人们看到的悬在门面上"会文山房"的大字匾额，为喜晓峰所题，据传会文山房由喜晓峰转给了邸文裕，并一度更名同文山房。其经营的具体项目，在邸文裕的《陪都景略》和刘世英的《陪都纪略》中都有记述。两书可以互相参照，而《陪都纪略》描述得尤为详尽："打乌丝，画博古，文人作，子弟书，真草字，寿山图，刷仿影，刻图书，宣笺纸，分十路，红白口，八行书。名家帖，写桃符。"[1]从这里更能看出同治以前会文山房的历史情况。由于它主要是服务于读书人，并收受订件，作裱画装潢、印刷刻章等事，在墙壁上又挂些绘画字联之类，文人雅士常来光顾，以文会友。同治九年（1870）六月，邸文裕接手经营。邸文裕本是锦州人，他好交文士，以会文山房为平台，聚集了大批文人。在邸文裕撰写的一篇题为《会文山房》的介绍其经营业务的文字中，他特别强调"文人作，子弟书"。在邸文裕的大力提倡下，会文山房刊刻了一批子弟书段。

程记书坊：地址在天佑门（小南门）里，是沈阳最早的书店。前店后厂，出版、印刷、批发（谦）零售。程记书坊创立不久，便刊刻子弟书。直到光绪末年，程记书坊刻印的子弟书还在广为销售。

沈阳及其周边能留下如此多的子弟书刻本的原因，一是因子弟书是文人与民间文学艺术相结合的产物，沈阳为"一朝发祥地、两代帝王都"，多个民族聚居，多种文化交融，形成了丰富多彩的民间文学艺术形式；二来是因为嘉庆末至道光年间，清廷屡次颁布禁止编写唱词和翻印鼓词的指令，北京尤甚，子弟书作者只好把活动场所由北京逐渐转入沈阳。子弟书的作品，在一定程度上反映了当时社会生活中的矛盾以及中下层群众的苦闷。

盛京子弟书流行时期，沈阳刊刻出售子弟书内容、字体、封面文字基本相同，仅书坊名称互异，或两家书坊所刻书目为同一人作序题跋者，很难确认各书坊之间关系，因其同处一城甚至同在四平街及钟楼南区域，恶意盗版可能性不大，存在书坊更名、出资人相

---

① ［清］刘世英：《陪都纪略》，沈阳出版社，2009年，第331页。

同或有协作关系等具体情况，虽然给研究者了解各书坊文本来源带来不便，却也反映出盛京子弟书流行时期，新刻唱本因需求量较大而畅销的事实。

二、子弟书抄本

（一）车王府，有子弟书抄本二百九十七种。

（二）百本张，亦称"百本堂"，约有子弟书抄本一百五十种。

（三）故宫博物院抄本，约有百种，其中大部分同为百本张本。

（四）别野堂、乐善堂、聚卷堂、老聚堂等家也较有名气，抄本数量不详。

（五）少量民间私人的子弟书抄本。

关于北京抄本和沈阳刻本有两种推论，一是沈阳刻本传入北京后，又经北京"百本张"等书坊转抄，而流传至大江南北；二是沈阳得到北京的抄本，改头换面，做成刻本。实际情况可能二者兼而有之。

子弟书的兴盛是八旗子弟构建自己文化圈的一种努力和成功。子弟书的繁荣在乾隆时期就开始了。"蒙古车王府曲本"的收藏时间也可作为子弟书兴盛的一种证明。关于"车王"与"车王府"，郭精锐《漫谈"车王府曲本"》认为："'车王'全称车登巴咱尔王（1817—1852），清代喀尔喀蒙古赛因诸颜部人，成吉思汗直系子孙。"所谓的车王府，就是这位王爷的府邸："今天，我们所说的'车王府'即北京'那王府'。这座王府因车登巴咱尔而称为车王府，因达尔玛而称达王府，因那彦图而称那王府。"①黄仕忠《车王府曲本收藏源流考》认为车王本人的收购时间为："曲本基本上是按书坊目

---

① 郭精锐：《漫谈"车王府曲本"》，《中山大学学报》，1990年第2期，第120页。

录成批购入的，其购入时间当在道光二十一年（1842）以后，咸丰二年（1852）之前十年间。"这个时间也是车王车登巴咱尔年仅三十五岁的人生中的盛年时光，正可以欣赏包括子弟书在内的这些"俗曲。"

　　1925年，马廉（1893—1935）为孔德学校购入蒙古车王府旧藏大宗戏曲小说时，顺带购买了数千种车王府旧藏抄本曲本，次年顾颉刚为之分类并编制目录。抗战时，孔德学校所藏曲本移交北京大学，但并未全部交出。1952年，孔德藏书归首都图书馆。这些抄本曲本大受关注，而马廉最初所购源出车王府的"大宗小说戏曲"则知者甚少，其中可确认者至少有六十余种弹词。或谓这批曲本为"未刻的稿本"，大误。以三百种原抄本子弟书为例，实来自百本张等书坊，分数批购入。今学界多认同车王为车登巴咱尔之说，但对其世系则不详。今考得其族出外蒙古喀尔喀赛音诺颜部，主要世系为策棱、成衮扎布、拉旺多尔济、巴颜济尔噶勒、车登巴咱尔、达尔玛、那彦图。车登巴咱尔生于嘉庆二十二年（1817），卒于咸丰二年（1852）。长于京师，兼擅满、汉语，能汉诗，善绘画。娶清宗室多罗贝勒奕绘之女，岳母顾太清为著名词人。[①]

百本张创于乾隆五十五年（1790），至光绪年间生意仍然兴旺。

　　百工技艺之巧，天下皆有，惟乾隆时之百本张，所售

---

　　① 黄仕忠：《车王府曲本收藏源流考》，《文化艺术研究》，2008年第1期。原注，参见马廉：《顾颉刚编〈北京孔德学校图书馆所藏蒙古车王府曲本分类目录〉附识》，《孔德月刊》1927年第4期，载《马隅卿小说戏曲论集》，中华书局，2006年，第181页。

各种东西韵子弟书，石韵书，硬书之本，仅此一人。并擅为彼时各名伶戏班妆造。其仿做细小之物，如桌椅铜锡磁器，一切市廛所用者，均与真者无二，曲尽其妙，供案头清玩也。其心思精巧，堪称绝技。此人张姓，系汉军正白旗之旗兵，生于乾隆初年。因善做各种玩物，即以此为业，独创一行技艺。后始售各子弟书抄本，在东西庙，及厂甸等处摆摊，因此起家。而其子亦业此，竟传数代。至光绪十余年，传至已故百本张张二，已不做各种玩物，只售子弟书。鄙人与渠相识，故知其家世。考子弟书，分东西韵。东韵书，为东城瞽者，曹月峰所创，故谓之东韵。西韵书系瞽者孟姓，独创新声，称为西孟韵。石韵，即石玉昆所遗绝响。此三人，皆乾隆时成名之人。后光绪时代，东西韵，石韵至门遐迩中（即常至各府邸世家说书者），如范万龄，小彭尔，祥庆云等，皆能之。今诸人已物故，东西韵亦无人能说，殆成广陵散矣！石韵，唱杂牌子曲中，尚有用者。编辑子弟书者，乾隆时代，有韩小窗（化名小窗氏，鹤侣氏等）初创。以后能编制子弟书者辈出，至光绪时代，尚有洗俗斋主之子弟书。词句风雅中而含滑稽，颇足欣赏，共有三百余种。如近日刘宝全之大鼓《长坂坡》《宁武关》，即子弟书也。余家昔年所藏甚多，庚子兵燹时，遗失大半，因此余常至护国寺寻觅子弟书，故识张二。虽购多种，尚不及昔时所藏之半。近闻百本张张二病故，已不在西城西直门内井儿胡同居住矣！东西韵书，现已难觅，余藏之本，若再秘而不传，岂不可惜。拟将所有子弟书，分期录刊，公诸同好，以免永饱蠹鱼也。[1]

---

① 清逸：《百本张之子弟书》，《北京画报》，1932年第5卷第237期，1932年7月16日。

"在北京：从清末起就出现了一些馒头铺兼营租书，有的也售书，直到光绪三十四年（1908）还存在……"① "百本张"的创办人张轶，人称张大，另有张二，二人均曾在护国寺附近经营。李家瑞《北平俗曲略》关于"百本张"的记述为："乾隆年间西直门高井胡同有一家抄卖唱本的书铺字号是'百本张'，因为他姓张，人们都称他为'百本张'。"《新编子弟书总目》认为"百本张"始于乾隆年间，衰歇于庚子事变之后。何海鸣《韩小窗之鼓词》有关于百本张的记述："惟百本张所售者谓之真词，并均系钞本，其价甚昂，较坊间所刻者价昂十倍以上。且子弟书惟百本张有之。每一曲往往分上中下三册，各有定价，不折不扣。……其设摆处在隆福寺后大殿西掖门之外，再向西转至一高阶上。所卖之稿本，实不止百本。惟以子弟书为最佳。"②说明百本张是民间流传中最贵也是最好的版本，在隆福寺附近出售，且数量很多。到1926年，何海鸣听瞽人唱子弟书时，瞽人依然说在隆福寺有百本张的脚本出售。虽然何海鸣多次去问询，隆福寺并没有百本张，也没有子弟书，但至少说明，按照瞽人的说法，百本张消失的时间并不太早，应该到了民国初年。

---

① 孙忠栓：《北京的租书业》，《北京出版史志》，北京出版社，1999年第13辑，第179页。

② 何海鸣：《韩小窗之鼓词》，《民众文学》，1926年第14卷第1期，第10页。

第七章　子弟书的序跋

一、子弟书序跋的类型

子弟书之序跋的内容对考证子弟书有着重要的意义。无论是对创作背景、出版原因，还是子弟书的作者归属都有一定的帮助。

就子弟书序跋内容而言，大概分为以下六类。

一是指出本篇作者。如子弟书《穷酸叹》虬髯白眉子跋："此本乃河西名宿所作，音友慕庐常为口诵……"通过序跋，让子弟书研究者知道了《穷酸叹》的原作者为河西名宿，此篇由慕庐居士补记。此类序跋还有《烟花楼》《诏班师》《蝴蝶梦》等。

二是带出作者其他作品。如《忆真妃》序："乙未夏……澍斋诗文，固久矣脍炙人口，而尤善著书。如《忆真妃》《蝴蝶梦》《齐人叹》《骂阿瞒》及《醉打山门》诸作，都中争传，已非朝夕……"由此段可知辽阳人春澍斋的作品有《忆真妃》《蝴蝶梦》《齐人叹》《骂阿瞒》及《醉打山门》等多种。

三是对人物的评价，如《糜氏托孤》二凌居士序："糜氏托孤，子龙救主，字字金石，句句入骨。写夫人节义无双，表将军忠贞不贰。"二凌居士对赵子龙及糜氏夫人均给予肯定。《姜女寻夫》《青楼遗恨》《宁武关》等子弟书的序跋皆属此类。

四是对事件的感慨。如《俏东风》"辽郡金玉堂主人涂鸦"："是谁著此《俏东风》？却如竹影淡留踪。绘景绘情超象外，传奇传事入寰中。野史稗官难并美，古词书段竟无同。"再如《绝红柳》无名氏偶题等均有感而发，子弟书《梦中梦》《双玉听琴》《骂阿瞒》《烟花乐》《全德报》《大烟叹》《双生贵子》《刺虎》等序跋皆属此类。

五是宣传书商书目。如《痴梦》二凌居士跋文："会稽太守，文运而转鸿钧；山野悍夫，房中以当幻续。著典出于老手，高歌尽乎壮志。本馆各种奇书，尽属词林笔墨，名贯东都，声华北冀。谨此特跋。"将"会文山房"藏头于篇中，"本馆各种奇书，尽属词林笔墨，名贯东都，声华北冀"的吆喝，是书商的推文。

六是警告盗版者。如《巧断家私》跋文："训于善恶者……"用"善恶有报"来提醒他人不要盗版。《爱女嫌媳》和《洞庭湖》二篇子弟书的跋文则用"无能之辈禽兽之行""此等不如禽"来咒骂盗版者。由此也可推演清末子弟书刻印售卖之时的某些情形。

二、子弟书序跋辑录

（一）嘉庆二十年（1815）《摔琴》序

五伦者，君臣也，父子也，夫妇也，兄弟也，朋友也。然五伦中夹入朋友，颇觉不属。然细思之，四件总关系是一件。且四件或有暂无，而朋友必不能无。君臣亦可为朋友，父子亦可为朋友，夫妇亦可为朋友，兄弟亦可为朋友，四件不相及之处，又皆此一伦济之。在五行论，即寄旺四时之义。故其德主信，所关甚重，夫岂容滥？番僧利玛窦，以友为第二我，此深明知己之解者也。与其交而后择，易生怨。孰若择而后交，可寡尤。昔人云："人情以一言适合，片语投机，谊成刎颈，盟结金兰。一日三秋，恨见之晚；倏时九转，识爱之新。甚至气协情孚，形于痱瘵，欢喜无量。复何说哉！"一旦情溢意满，猜忌旋生，和蔼顿消，怨气突起，弃掷前情，酿成积愤。逞凶烈性，遇煽而狂焰如飙；蓄毒虺心，恣意而冤成若雾。使受者不堪，而报者更甚。况积憾一发，决若川流而不能遏也。非欢喜不成冤家，非冤家不成欢喜，居今溯昔，大抵皆然。何至以伦常中所应敦笃者，乃言及冤家二字？盖上古之世，如管、鲍者有之，如羊、左者有之，彼皆能敦崇友谊，千古高风，所以垂诸后世者也。惟今之世，酒馔追随，有无周济，秽言相谑，术数相胜。于是规图便利，谄谀取容，友道扫地矣！于其间求始终如一、富贵贫贱、死生不易者，未之有也。因欢喜而成冤家者，比比皆是，在在皆然。究本穷源，盖由今之交友过易。看得易，所以转轻，不知人之落落者难合，一合便不可分；欣欣者易亲，乍亲忽然成怨。古人云："得一人知，可以不恨。"深言知己之难也。逢人班荆，到处投辖，然则知己若是其多乎！欲征其实，予于《俞伯牙摔琴谢知音》之书，得其略矣。予幼而失学，于一切深文奥旨，不能明悉。尝自撰一联云："诗书门外汉，市井个中人。"虽自赋庸愚，然每于稗官野史，凡无违于名教者，必细心玩味。偶购得书，见其事可伤心，文堪寓目。盖伯牙不遇子期，则天下绝少知音之友；子期不遇伯牙，举世更无相知之人。如此千秋奇遇，竟未能终遂其愿，阅之使人感慨难释。故不嫌鄙陋，谬加评点，贻笑大方。《谐铎》有云："非敢放颠，亦非作达，然比我同心。"见此书者，幸怜予之苦心，谅予之痴态可也。

嘉庆二十年（1815）岁在乙亥小阳月既望北平

王锦雯雨帆氏题于京师之一石山房

（二）道光十五年（1835）会文山房《忆真妃》隆文序

乙未夏，余由藏旋都，驻蜀之黄华馆，适澍斋同年亦以别驾来省。他乡遇故知，诚为快事。澍斋诗文，固久矣脍炙人口，而尤善著书。如《忆真妃》《蝴蝶梦》《齐人叹》《骂阿瞒》及《醉打山门》

诸作，都中争传，已非朝夕。兹长夏无事，欲解睡魔，澍斋因以近作诸本赐观。余卒读之，纯是八股法为之。以史迁之笔，运熊、刘之气，来龙去脉，无不清真，而出落处，更属井井。至于意思新奇，字句典雅，又其余事。曾记共研时，霜桥孝廉戏澍斋句云："前有袁子才，后有春澍斋。"虽曰戏之，实堪赠之云，愚兄云章隆文拜读。

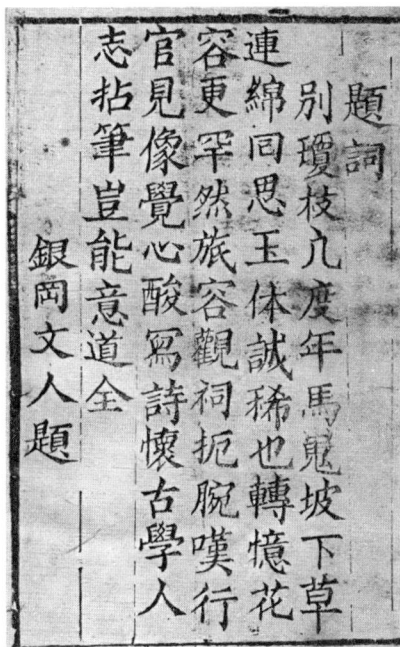

《忆真妃》银冈文人题

通首诗文，尚未之见。今观此本，已诚为文坛捷将矣。拜服，拜服！晓瞻弟张晟拜读。①

财盛堂《全忆真妃》银冈②文人题

> 别琼枝，几度年，
> 马嵬坡下草连绵。
> 回思玉体诚稀也，
> 转意花容更罕然。
> 旅客观祠扼腕叹，
> 行官见像觉心酸。
> 写诗怀古学人志，
> 拈笔岂能意道全。

银冈文人题

（三）同治己巳年（1869）会文山房《绝红柳》无名氏偶题

绝妙新辞费苦思，红腔紫韵讵称奇。
柳青梅落皆淫曲，子舍寅窗拟幼词。

---

① 启功《创造性的新诗子弟书》著录，未见原本。
② 银冈书院位于辽宁省铁岭市龙首山下，始建于清顺治十五年（1658）。

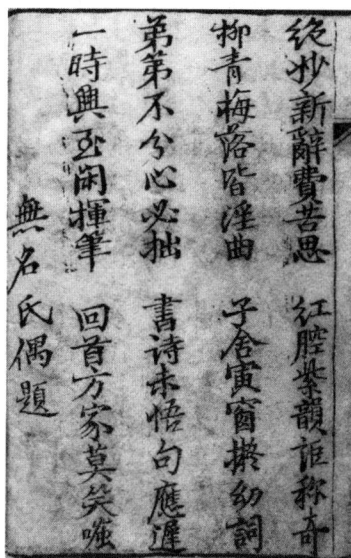

《绝红柳》无名氏偶题

弟第不分心必拙，书诗未悟句应迟。

一时兴至闲挥笔，回首方家莫笑嗤。

无名氏偶题

按：会文山房1896年刻本，"绝妙新辞费苦思"的"绝"字，误刻为"後"。

（四）同治昭阳年（1873）会文山房《大烟叹》未入流序

量不在高，有瘾则名；交不在深，有钱则灵。斯是烟室，惟吾叹声，横陈半面黑，斜卧一灯青，谈笑有走狗，往来无壮丁，可以枕瑶琴，论茶经。无忠言之逆耳，无正事之劳形，长登严武床，如在醉翁亭。鬼子之何戒之有。

未入流录于静乐轩中

同治昭阳（1873）崇林堂《大烟叹》未入流序

量不在高，有油则明；瘾不在大，有烟则灵。斯是陋室，惟吾烟声，苔痕首巾绿，草色入脸青，谈及有走狗，往来无壮丁，可以讲窑论，念黄经。有邪说之入耳，无正事之劳形，长登严武床，如在醉翁亭。鬼子之何戒之有。

未入流录于静乐轩中

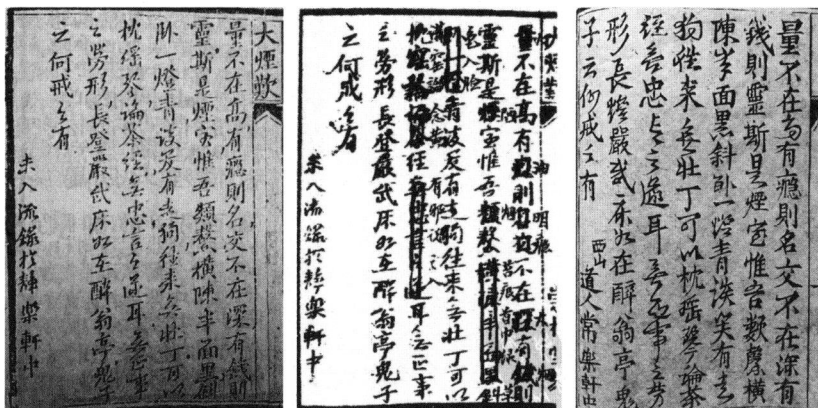

会文山房未入流跋　　崇林堂未儒流跋文　　起升堂西山道人跋

按：光绪癸卯年（1903），清音子弟书，起升堂，跋文同会文山房版，落款为"西山道人常乐轩"。

（五）同治甲戌年（1874）会文山房《烟花楼》二凌居士跋

《烟花楼》乃《水浒传》中第二十回事，近来都门名手编出子弟书词，有江湖清客友人张松圃贯串其辞，余笔录之，脍炙口谈。原本一段，今更为四回。观情会意，补短截长，未免画蛇添足，点金成铁，遂刊付枣梨，致贻笑方家，以公同好，非吾所知也。

二凌居士手跋

按：石印本改题"海上非非居士"题跋。

《烟花楼》海上非非居士跋

（六）同治甲戌年（1874）财胜堂《糜氏托孤》二凌居士跋

糜氏托孤，子龙救主，字字金石，句句入骨。写夫人节义无双，表将军忠贞不贰。作者笔快如刀，观者眼明如镜。通篇看来，会意传神。两回编完，文心巧妙，描写如画更如生，神龙见首不见尾。

> 甲戌上巳之吉题于静乐轩
>
> 二凌居士谨识

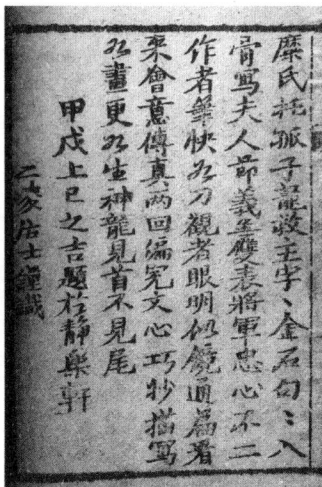

《糜氏托孤》二凌居士跋

（七）光绪丙子年（1876）会文山房《宁武关》未儒流跋

周将军原籍锦州，镇守宁武关及山西代州等处总镇，殉难于崇祯十七年（1644），国朝定鼎，顺治建元甲申，奉天锦州城西门外街北建有专祠，内塑全眷像宛然如生，其祭享忠烈表扬大节，与关壮缪、岳忠武同一典辙。英风不朽，忠孝节义萃于一门。可谓大丈夫哉。

> 同乡处士未儒流谨跋

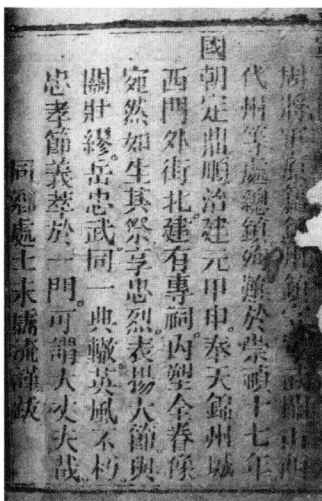

《宁武关》未儒流跋

光绪甲午年（1894）财胜堂《宁武关》二凌居士跋，光绪丁未年（1907）诚文信房刻本从之

稗官野史，高士批评。论三纲之大节，传百世之英名。周总镇千秋正气，宁武关万代光容。写慈母良言善语，描夫人玉洁冰清。

小公子品同红珊碧树，老家人志秉翠柏苍松。漫道词场浮夸，尽出青莲才子；请看艺苑妙语，不啻乌角先生。纸贵洛阳，是三都作赋；书行海内，为五没陈情。赞著手之豹管，表将军之精忠。

周将军原籍锦州，镇守宁武关及山西代州等处总镇，殉难于崇祯十七年（1644），国朝定鼎，顺治建元甲申，奉天锦州城西门外街北建有专祠，内塑全眷像宛然如生，其祭享忠烈表扬大节，与关壮缪、岳忠武同一典辙。英风不朽，忠孝节义萃于一门。可谓大丈夫哉。

光绪六年（1880）会文山房《宁武关》二凌居士跋

《宁武关》是故友韩小窗愤慨之作。周（遇吉）将军原籍锦州，镇守宁武关及山西代州等处总镇，殉难于崇祯十七年（1644），国朝定鼎，顺治建元甲申，奉天锦州城西门外街北建有专祠，内塑全眷像宛然如生，其祭享忠烈表扬大节，与关壮缪、岳忠武同一典辙。英风不朽，忠孝节义萃于一门。可谓大丈夫哉。

同乡处士未儒流二凌居士谨跋①

（八）光绪己卯年（1879）会文山房《痴梦》二凌居士跋

岁在己卯，次庚伏日。是时阁内独居，静观文中游戏，闲尝懒游，清吟无句，借得《痴梦》，残篇补缀，完成合璧。一枕初醒黄粱，半榻当天红日。灯火三更，寒窗十季。会稽太守，文运而转鸿钧；山野悍夫，房中以当幻续。著典出于老手，高歌尽乎壮志。本馆各种奇书，尽属词林笔墨，名贯东都，声华北冀。谨此特跋。

二凌居士

---

① 前人多有引用，未见原本。

（九）光绪庚辰年（1880）海城合顺书坊《凤仪亭》序

《三国志》中第八回。王司徒巧使连环计，董太师大闹凤仪亭。金圣叹先生批云：双股剑，青龙刀，丈八蛇矛，不如女将军一点丁香小口。此回写貂蝉之慧，董卓之迷，吕布之恋，李儒之智。四人当场，生面齐开。作者一管笔。天花乱坠。说者三寸舌，风雪飘扬。听者似清夜闻钟，醒者如当头赫棒。毛苌诗序，真能惩劝信哉。

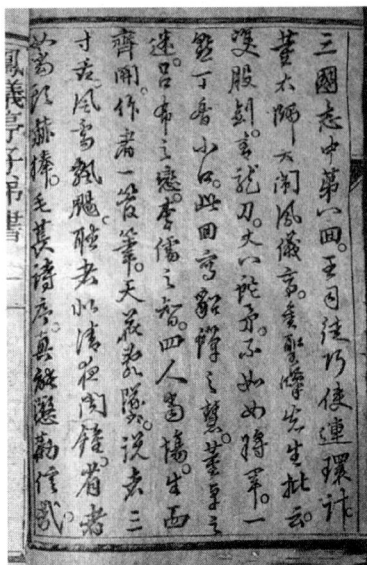

《凤仪亭》序

（十）光绪庚辰年（1880）同文山房《说书小段》二凌居士题

说一句来算一句，书中有女颜如玉。
小技雕虫顺嘴诌，段段非是放狗屁。

二凌居士

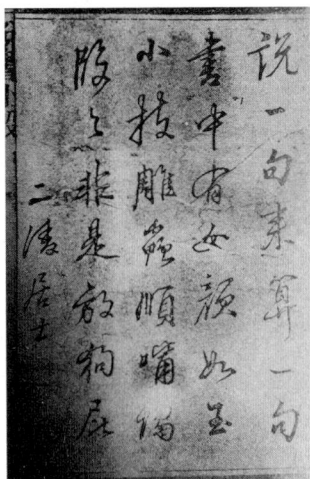

《说书小段》二凌居士

124

（十一）光绪五年（1879）《运神记》序《送穷神》文（括号中为同刊批语）

维光绪五年，岁次己卯，月建癸未朔日丁卯，清醒子谨以香帛酒醴，祭送穷神之前曰：呜呼，唯我穷神，不传姓氏，道以穷成，德以穷显，人心以穷鼓励，世界以穷雄持。忆自陶渔（帝舜帝）困苦，曾以穷厚眷帝王；版筑勤劳（傅说举），曾以穷玉成贤相；绝粮陈蔡（孔圣兴），曾以穷坚至圣之心；乐道箪瓢（颜子显），曾以穷固大贤之志。伍子胥吹箫市上，冥默中曾有扶持；晋文公拜土田间，仓促里曾加呵护。所以兴悲季子，非穷困不下工夫；见弃买臣，非穷途不争气节。神无声而无臭，不折靖节之腰（元亮高风）；穷有守以有为，能壮子龙之胆（常山英气）。显威灵于淮市，英雄低胯下之头（壮哉韩信）；施法力于辽东，志士戴终身之帽（高矣管宁）。合古今互证，成全不少英豪；天地同流，磨炼许多志气。在左在右，增益人所不能；亦保亦临，闻见我所不到。古人荷神庥而发愤，大困皆已大亨；今人借神力以图功，有逆必能有顺。时当六月，节属三伏，乡试临别，虔诚祷送；神威赫赫，昔年虽未迎来；神道昭昭，此日正当送往。雨师洒道，风伯清尘，来本无踪，去应有地。或游阆苑，或上瀛洲。或归兜率之宫，或入太虚之境。或玄玄妙妙，高登云路三千。或渺渺溟溟，远步鹏程九万。喜今日菩提露洒，指点迷津；祝他年般若船开，超拔苦海。从此大罗天上，洋洋乎品列金仙，选佛场中，雍雍乎班联玉笋。以欣以颂，不劳尚父之封（后太公而神）。来格来尝，窃效昌黎之送（继韩子之饯）。猗欤休哉！伏维尚飨。（痛快淋漓，笔端有准，文有富而意无穷，使穷神闻之，定为鼓掌。）

曾以窮固大賢之志伍子胥吹簫市上
冥默中曾有扶持晉文公拜土田闕倉
猝棄曾加呵護所以興悲李子其窮困
不下工夫見棄賢臣非窮途不爭氣節
神無聲而無臭不折靖節之腰窮有守
以有為能壯子龍之膽顯威靈於淮市
莫雄低膊下之頭施法力於遼東志士
戴終身之帽合古今互證成全不少英

送窮神文

維光緒五年歲次己卯月建癸未朔日
丁卯清醒子謹以香帛酒醴祭送
窮神之前曰嗚呼維我窮神不傳姓氏
道以窮成德以窮顯人心以窮鼓勵世
界以窮維岩憶自陶漁困苦曾以窮厚
春帝王版築發曾以窮玉成賢相絕
糟糠祭何以窮掌至聖之心樂道尊

林澤林

或歸兜率之宮或入太虛之境或玄玄
妙妙高登雲路三千或渺渺淇淇遠步
鵬程九萬喜今日菩提露洒指點迷津
祝他年般若艣開超拔苦海從此大羅
天上洋洋乎品列金仙選佛場中雍雍
乎班聯玉筍以欣以頌不勞尚父之
來格來嘗效昌黎之送猗歟休哉伏
惟尚饗

豪與天地同流磨鍊許多志氣在左在
右增益人所不能亦保亦臨闈見我所
不到古人荷神座而發憤大困皆已大
亨今人藉神力以圖功有逆必能有順
送神威赫赫昔年雖未迎來神道昭昭
時當六月節屬三伏鄉試臨別虔誠禱
此日正當送往雨師洒道風伯清塵來
本無蹤去應有地或遊閬苑或上瀛洲

《运神记》送穷神文

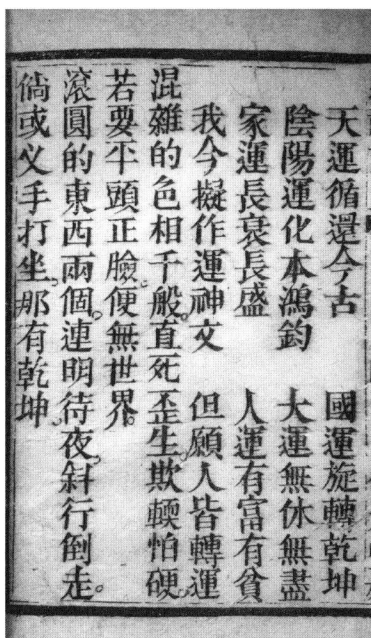

《运神记》跋

后有《右调西江月》跋

天运循环今古,国运旋转乾坤。

阴阳运化本鸿钧,大运无休无尽。

家运长衰长盛,人运有贵有贫。

我今拟作运神文,但愿人皆转运。

混杂的色相千般,直死歪生,欺软怕硬,若要平头正脸,便无世界。滚圆的东西两个,连明待夜,斜行倒走,倘若叉手打坐,哪有乾坤。

(十二)光绪甲申年(1884)同文山房《姜女寻夫》序

鉴书所载,始皇于乙卯即天子位,计三十七年建都咸阳,今陕西省西安府,惧匈奴侵入边界,遣派民夫七十万众,北筑长城以御之。自临洮起至辽东止,延袤万余里,以贻子孙永世无疆基业。范

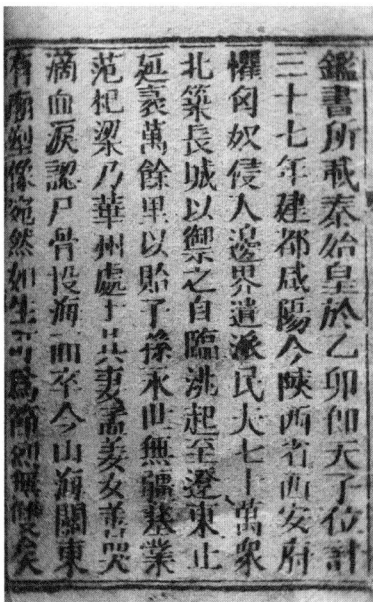

《姜女寻夫》序

杞梁乃华州处士，其妻孟姜女善哭，滴血泪认尸骨，投海而卒。今山海关东有庙塑像宛然如生，可谓节烈无双矣。

光绪癸卯年梅月中旬
上浣。判。

末有高宗皇帝御题《姜女庙诗》

凄风枯树吼斜阳，尚作悲声吊乃郎。千古无心夸节义，一身有死为纲常。由来此日称姜女，尽道当年哭杞梁。长见秉彝公懿好，讹传是处也何妨。御制诗在乾隆年间未缀头末。御笔题诗中外闻，孟姜节烈女钗裙。长城万里临山海，潮水不没义冢坟。

（十三）光绪壬辰年（1892）财胜书房《青楼遗恨》未儒流跋

心思费尽，描写杜十娘一片痴心，李生一派负心，孙富一种淫心，柳遇春一点良心。青楼姐妹一团热心，作者一段会心，读者一般赏心。余本无心，故而专心，以公同心，庶几悦心、快心。问吾居心，心不在焉，为此留心，待遇知心。

未儒流题于静乐轩中

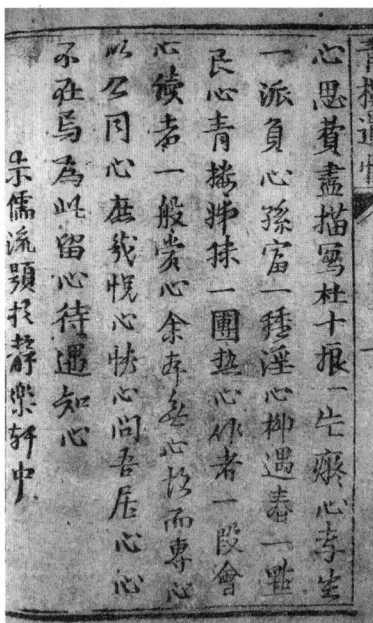

《青楼遗恨》未儒流跋

（十四）光绪癸巳年（1893）会文山房《蝴蝶梦》二凌居士跋

爱辛（新）觉罗春樹斋先生，都门优贡生，宦游奉省年久，与余笔墨中最为知己，所著各种书词向蒙指示，公寿逾古稀，精神健壮，临终先时敬呈楹联十四字云：公正廉明真学问，喜怒笑骂尽文章。夫子赏鉴遂以此书稿相赠，梓付手民，以志不忘云尔。

二凌居士谨跋

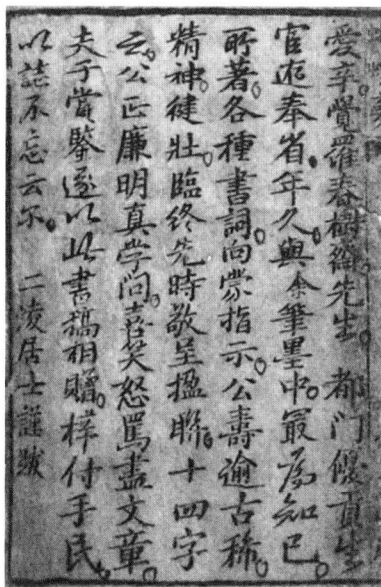

《蝴蝶梦》二凌居士跋

（十五）光绪甲午年（1894）三方子弟书，盛京会文堂《巧断家私》序

训于善恶者有云：行善之人如春园之草，不见其长，日有所增；行恶之人如磨刀之石，不见其损，日有所亏。善恶两端，即为祸福之门，人可不知戒哉！先引古圣之经传以为证，后借文帝之良言以为据，见善恶之有报，并非世人之虚语亦已。提笔摹文。

（十六）光绪岁次甲午（1894）财胜堂《全德报》本阁主人题

痛别谁解父女悲，
枕边留契暗分离。
哪知入府爹娘识，
复感深恩赘婿时。

本阁主人题

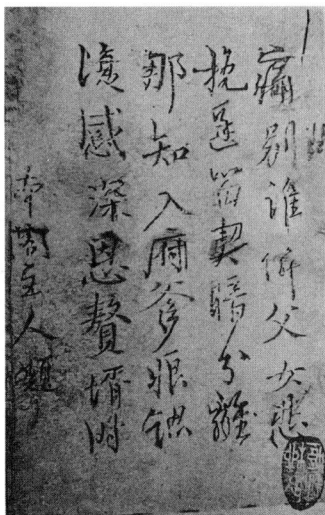
《全德报》本阁主人题

（十七）光绪己亥年（1899）石头记子弟书，文盛堂《黛玉悲秋》二凌居士跋

前人韩小窗所编各种子弟书词，颇为脍炙口谈，堪称文坛捷将，乃都门名手。惟此悲秋一段，未注姓氏，而句中笔法，可与欧阳赋共赏，描写传神，百读不厌，故将本内错字，更正无讹，令看官入目了然。书坊主人求余跋序，仅题二句云：乃见焕乎非俗子，不知作者是何人。

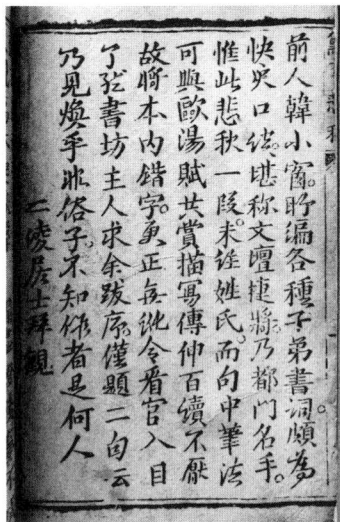
《黛玉悲秋》二凌居士跋

（十八）光绪念（廿）七年（1901）风流子弟书，财胜堂《烟花叹》跋

书虽市井之语，付梓却也无妨。
黄童白叟问其详，自待轺轩探访。
句非雕金琢玉，心同惜玉怜香。
方借俚语混铺张，绘出烟花景况。
　　　　　　调寄西江月

（十九）光绪廿七年（1901）财胜堂《穷酸叹》虬髯白眉子跋

此本乃河西名宿所作，音友慕庐常为口诵，奈其间字句十缺八九，予以未窥全貌为憾。急嘱其附加补汰以成完璧，及竣令予校正，予见其形容，揣度真可令人绝倒。予送搆资付梓以公同好。

　　　　　　　　　　　　虬髯白眉子跋

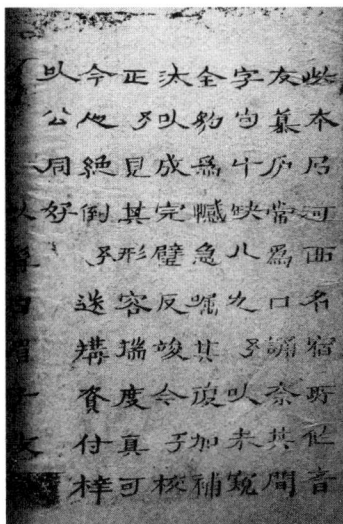

《烟花叹》跋

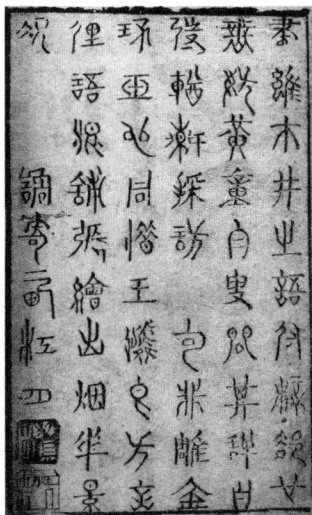

《穷酸叹》虬髯白眉子跋

（二十）光绪辛丑年（1901）《梦中梦》华胥未觉叟序

人生特一梦耳。然梦境不一：或以富梦，或以贵梦，或以老寿梦，或以贫窭梦，究未若曾某之善梦者。忽而孝廉，忽而宰辅，忽而升，忽而贬，忽而囚，忽而鬼，忽而受冥诛，忽而返阳世，忽而乞人，忽而妾妇，数十年之荣辱死亡，不过须臾梦寐中幻象。虽庄生之蝴蝶，郑人之蕉鹿，邯郸之一枕，槐国之南柯，未必有如斯之变态也。然入得梦去，也出得梦来。曾生亦可谓其梦人，非若寻常之梦梦一生堪可比。

辛丑孟冬月望日

黑甜乡华胥未觉叟自序于梦春草之西堂侧

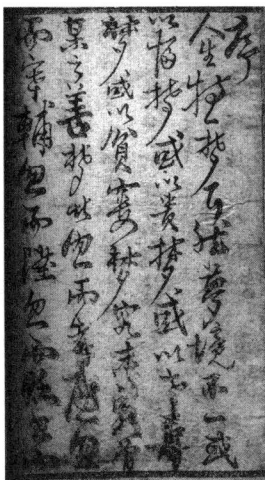

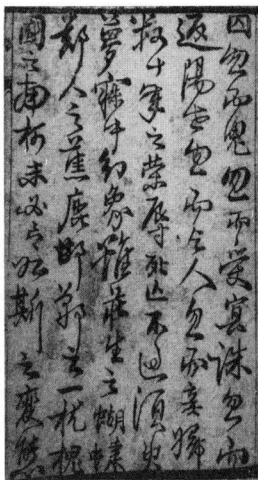

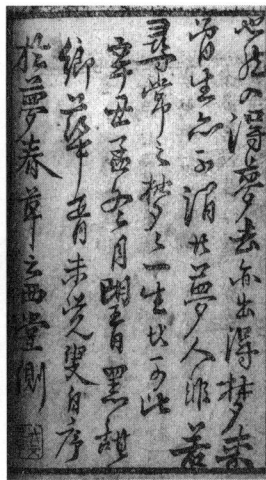

《梦中梦》华胥未觉叟序

（二十一）光绪癸卯年（1903）牛庄魁文书坊《白蛇传》序

今古奇观，表忠孝节义，历代英雄，皆称盖世，贤贞烈女，皆称报志，流芳千古，额列踪迹。许仙种德，良缘克觅，白娘报恩，多费心续，宝塔受苦，满足得地。今称菩萨，白衣大士，同升仙界，双双皆俱，今人大赞，可谓人人佳提，作书先生真是精机。

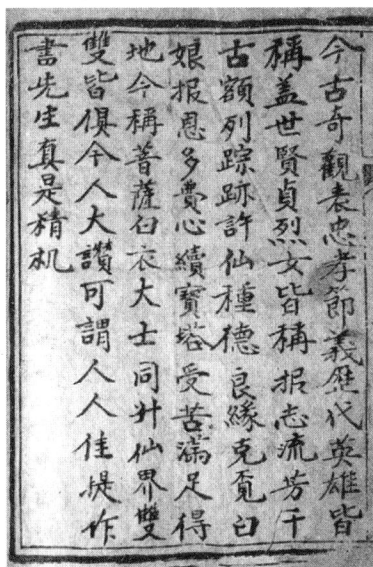

《白蛇传》序

（二十二）光绪癸卯年（1903）海城裕顺书坊《宋江杀楼》序

大宋江山一统，八帝驾坐朝纲。天下纷纷不安康，各占山寇为王。有位家住郓城，姓宋字公明名江，久住衙门当差，刚强猛烈在刑房。收下徒儿三郎，爱走烟花柳巷。结交婆惜女娘，修下一座五楼房，送礼庆贺端阳。婆惜心肠改变，结交公子三郎。怒恼公明老宋江，提剑接杀楼房。

《宋江杀楼》序

（二十三）光绪念（廿）九年（1903）大酉山房《烟花乐》蛤溪钓叟书

帘卷香风，着粉施朱夕照中，秋水菱波动，勾引多情种，咚，酒绿与灯红，请君入瓮，帐卧销金，直把金销送，君看，露水夫妻总是空。

蛤溪钓叟书

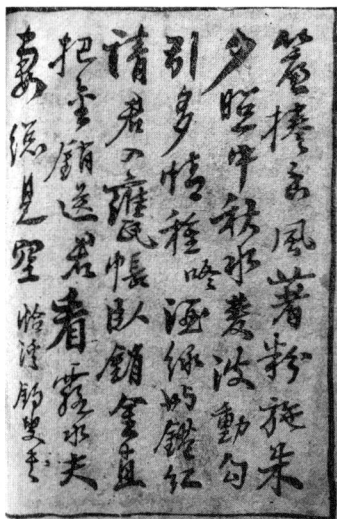

《烟花乐》蛤溪钓叟书

（二十四）光绪乙巳年（1905）海城裕顺堂板《灵官庙》序

盖世人为僧为尼者，以修德修善为怀，诸声色货利，莫能夺其志而坏其品也。孰意庙拜礼佛，不能清贞持守，反以淫邪是行，宇宙之下，隐天神之谈；灵官庙内，难免玉师之讨也。世之为僧尼者当共戒之。

（二十五）光绪乙巳年（1905）老会文山房《八字成文》序

百家一书古人留，幼学必读苦苦求。

因此百姓想贤士，纲鉴史记问根由。

忠臣良将美名在，圣君明主书中收。

休看几篇闲言语，子弟颂罢乐悠悠。

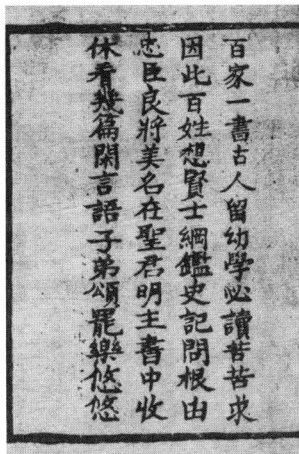

《八字成文》序

（二十六）光绪丙午年（1906）老会文山房《圣贤集略》二陵居士拜题

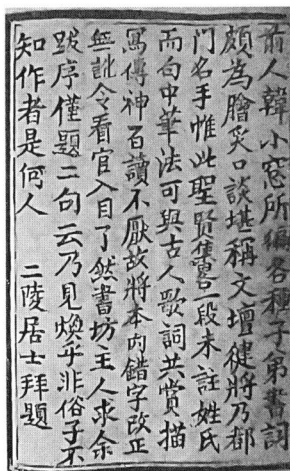

《圣贤集略》二陵居士拜题

前人韩小窗所编各种子弟书词，颇为脍炙口谈，堪称文坛健将，乃都门名手。惟此《圣贤集略》一段，未注姓氏，而句中笔法，可与古人歌词共赏，描写传神，百读不厌，故将本内错字改正无讹，令看官入目了然。书坊主人求余跋序，仅题二句云：乃见焕乎非俗子，不知作者是何人。

二陵居士拜题

（二十七）光绪丙午年（1906）《华容道》序

绿缎扎巾包顶，身穿锁子光辉。
五绺长髯颏下吹，面赛朱砂酒醉。
一双丹凤神眼，二道卧龙蚕眉。
青铜偃月两手推，三国英雄无对。

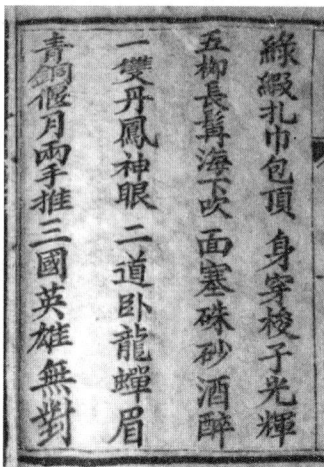

《华容道》序

（二十八）光绪三十四年（1908）石印本《海献蜃楼》序

花面逢迎，世情如鬼，嗜痴之士，举世一辙。小惭小好，大惭大好，若公然带须眉以游都市，其不骇而走者，盖几稀矣！彼陵阳痴子，将抱连城玉。向何处哭也？呜呼！显荣富贵，当于蜃楼海市中求之耳！

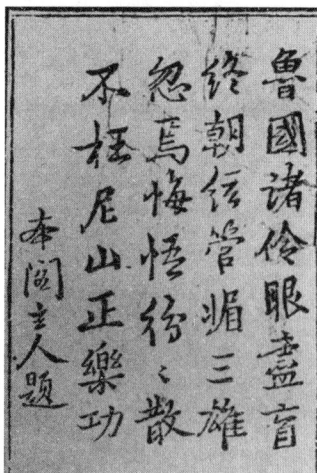

《论语小段》本阁主人题

（二十九）《论语小段》本阁主人题

鲁国诸伶眼尽盲，
终朝弦管媚三雄。
忽焉悔悟纷纷散，
不枉尼山正乐功。

本阁主人题

(三十)《俏东风》金玉堂主人涂鸦

是谁著此《俏东风》？却如竹影淡留踪。绘景绘情超象外，传奇传事入寰中。野史稗官难并美，古词书段竟无同。谁知付梓人辛苦，费了闲时多少工。

辽郡金玉堂主人涂鸦

(三十一)《烟花报》爱音氏诗

天理昭彰日，
吉凶报应时。
烟花柳巷女，
忽作宦官妻。

爱音氏启

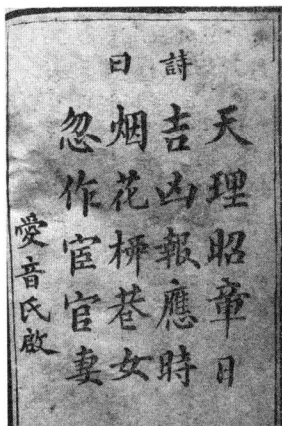

《烟花报》爱音氏诗

(三十二) 财胜堂《爱女嫌媳》跋

此样原做费尽如许工夫，资本甚巨，不过以图微须名利。奉劝诸公切莫翻造。公等印出奇异新样，吾以决不偷翻，俟后如有不纳吾劝，依样翻造刻印者，无能之辈，禽兽之行，定非人类矣。如照此样改正者，亦是平康里后人。

按：《思亲感神》同此跋文。

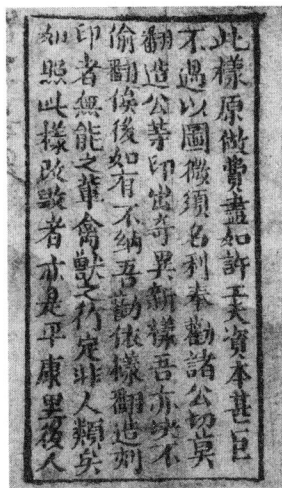

《爱女嫌媳》跋

（三十三）《洞庭湖》跋

刻书刷印费多金，切莫偷翻仿故文。
任有新编终不采，诸公各自理斧斤。
贪财步造非君子，见善施磨是歹人。
不纳予言仍窃取，看来此等不如禽。

（三十四）会文山房《骂阿瞒》季安恒泰拜

黄卷青灯夜雨，金马玉堂春风。
但觉云生足下，岂知禄在其中。

季安恒泰拜

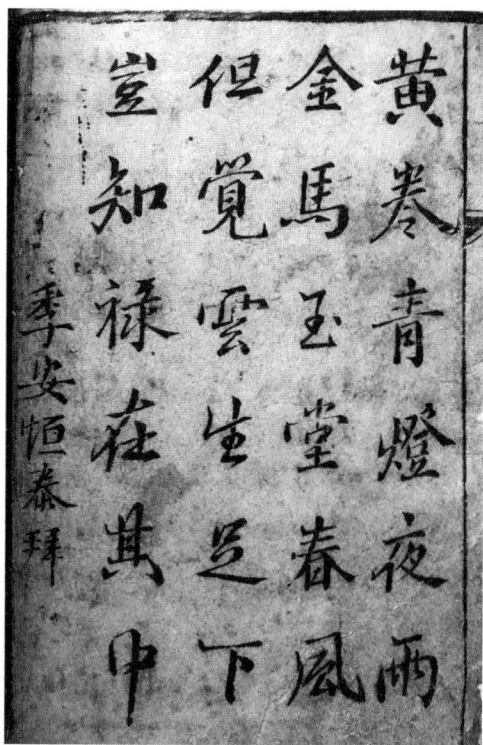

《骂阿瞒》季安恒泰拜

（三十五）《代数叹》吴晓铃序

此先翁辉山府君在北京汇文大学堂肄业时游戏之笔。句中所讲陈夫子，即陈在新博士，先翁从之学。余于民国二十二年癸酉考入燕京大学时，博士犹主数学系讲席，其子陈哲、陈敏昆仲皆余中学同窗。陈哲工绘事，在校共启元伯（功）兄有一时瑜亮之誉，已逝多年。陈敏为创伤名医，死于唐山地震。此本扉页题：煮雪山人手订，耕烟子过目，眠云道士编辑。煮雪山人为先翁别署，余二人无考。

（三十六）文盛堂《浪子叹》梦松客自题

予当兵燹之后，因见世之子弟流人于放浪者多，虽苦口相劝，何能遍及人人。于是爰笔著为小说，而词粗意浅，使阅者一目了然。虽不如宣圣书之感人深，亦可当头一棒。

于养正书屋涂

《浪子叹》梦松客自题

139

（三十七）石印本《西厢子弟书词》六种卷之一

诗曰：

西厢一书唐至今，骚人搁笔费尽心。

虽然内念私情窃，男女居室人之伦。

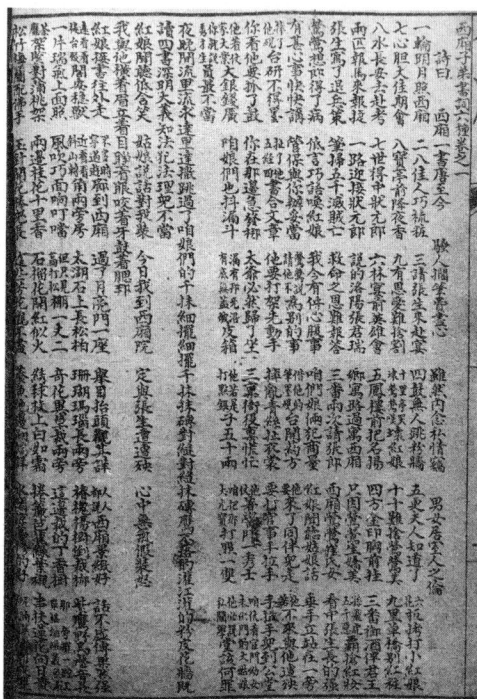

《西厢子弟书词》诗

（三十八）财胜堂《训女良辞》序

盖世间最可恨的是妇女，更可怜的也是妇女。为何可恨？恨的顽梗难化，任意心脏。不顾廉耻，善言难以变化气质；不信报应，好道难以改换性情；不明妇理，难入正途，故此可恨。怎么可怜？怜的是未曾读书，愚昧无知，智识浅陋，难开聪明，不晓人情世故，无从广其见闻，并不知违礼犯法等事，所以可怜耳！

（三十九）刘元普阴功得报，财盛堂《双生贵子》古银洲文人题

善事之行志贵专，循环报应是诚然。矜孤恤寡由心地，持危扶颠本性天。无子终能得令子，大年自获享高年。古来刘某名元普，多寿多男□两全。

荷月上旬题于省垣小两官车捐局南窗左侧

古银洲文人题

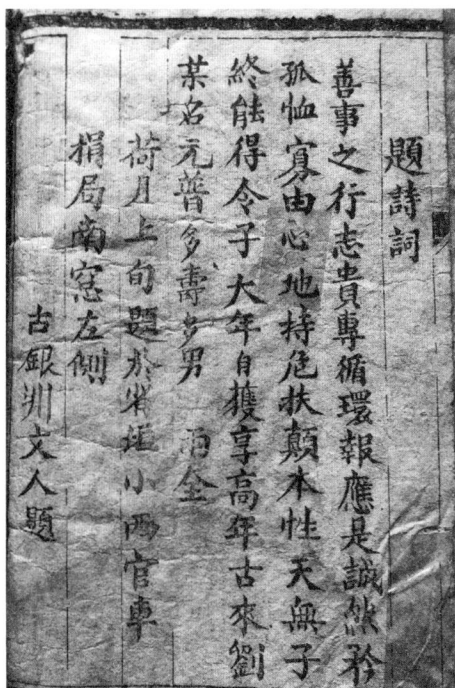

《双生贵子》古银洲文人题

（四十）《双玉听琴》二凌居士序

作者当年手非凡，都门名士共相传。

开谈不讲《红楼梦》，读尽诗书是惘然。

二凌居士

（四十一）民国二年（1913）《负心恨》金永恩自序

霍家小玉，李氏十郎，谓非夙世业根，何以因缘得遇？独是昙花遽现，好梦难寻，固由于红颜命薄，亦足征文士无行矣！今之士女，动讲自由恋爱，而轻易表爱情于人者，其亦知人情胥以杨花，世态迥如春燕也哉！一旦美玉生瑕，必致残蒒见弃；秋风飙至，纨扇同捐。乔木倾斜，鹧鸪焉附？世少黄衫侠客而多雪涕恨人，能鉴往知来，方不负著者之初意也。噫！

（四十二）《刺虎》高凌雯跋

《明史》载：宫人费氏，年十六，投眢井中，贼钩出，争夺之。绐曰：我长公主也。李自成命中官审视，非是。以赏部校罗某。复绐曰：我实天潢，义难苟合，宜择吉成礼。罗喜，置酒。费氏怀利刃，俟罗醉，断其喉，立死。遂自刎。《绥寇纪略》《烈皇小识》《西河雜笺》俱书其事。《明鉴》及《通鉴辑览》亦引之。袁枚、陈大年、张大复辈，播为声歌，题曰《刺虎》。然于宫人里居未及也。天津西门外道左旧有碣，曰费宫人故里。今移于乡，人共立之烈女祠，而祠内木主，亦以宫人居首。当涂马寿龄、迁安高继珩，俱以城中之费家巷为宫人故里，乡先辈咏歌其事者尤伙。《缄斋杂识》谓宫人小字贞娥，居费家巷，疑即卫指挥金事费敬之族。然则宫人为天津人。虽云父老传闻，当不诬也。近传戏剧词曲，多谓为韩桂贞事，鄙俚原不足辨。读韩小窗先生所谱《刺虎》一阕，颇足动人，因附识之。

民国七年（1918）三月，天津高凌雯谨跋。[1]

---

① 天津艺剧研究社排印本著录。未见原本。

（四十三）《诏班师》序

虬髯白眉子，辽郡布衣，与予为总角交，迄今十余年如一日也，性嗜古，往往不谈时□。每有所作，皆寓笑骂于文章中。适值兵燹后，予过其家，见案上有《诏班师》之一册，步《忆真妃》原韵，虽依样葫芦，而字句之间，别翻新意，真可令人大呼可惜者再。予遂嘱其付梓，彼谢不敢，曰：如此浪墨付梓，恐遗人笑。予曰：否否。夫文人之笔墨，岂畏人笑，然有笑我者（下缺一行十六字）。

第八章　子弟书中的说唱艺人和书目

清代子弟书中，有些作品记述了曲艺作家与作品及曲艺、杂技艺人的表演，这些表演艺术有的在不断发展中转化为今日舞台上的新样式。

一、子弟书中的说唱艺人

子弟书对说唱艺人的记述，主要有以下诸篇。

（一）《柳敬亭》

鹤侣作，取材于《桃花扇》。写明亡后柳敬亭隐逸江湖，以说书为业，讲说当年城破之事，歌颂了明末清初说书家柳敬亭的人品与书艺。

> 柳敬亭见座儿上的人齐慢慢站起，
> 装模作样顾盼自雄。
> 醒木一拍腮含笑，
> 掀须咳嗽顿清了喉咙。
> 未曾开书先有纲领，

唉自古人生若梦笑痴迷不悟人情。

茫茫世界万物如泡影，

何必向蜗牛角上苦相争。

又说道今日是财神下界，

小老儿多蒙众位各垂青。

今朝下顾我无可为敬，

且把那先师的故事明一明。

四顾说远望西秦有天子气，

那强兵队里我去抓响筝[①]。

你仗强梁使唤我，

从今后叫你闻我之名脑袋疼。

金受申在《评书与戏曲》中说："在说书史上，曾出现了数不尽的善于说书的演员，但几乎全部是无名英雄，少数几个有名字记载的，也不被人留在记忆里，其中只有一个人，是人人知晓、人人重视的说书大师，这便是柳敬亭——柳麻子。柳敬亭是明末清初的说书人，他是江苏说书人中的杰出者，许许多多书里，都记载了他说的书动人、感人，张岱描写柳敬亭说书技巧，很是生动。张岱这样说：'其描写刻画，微入毫发，然又找截干净，并不唠叨。有时声如巨钟，说至筋节处，叱咤叫喊，汹汹崩屋。武松到店沽酒，店内空缸空甓皆瓮瓮有声。闲中著色，细微至此。'这段文字描写柳敬亭说书，可以说是形象化了。[②]

柳敬亭是江苏泰县人，曾住过南京、苏州、杭州等地，在北京也说过书。

---

① 抓响筝：指弹琴说书。

② 金受申：《评书与戏曲》，北京出版社，2017年，第22—23页。

（二）《鸳鸯扣》

无名氏作，描写了北京一个满族家族的娶亲喜事，反映了不少民间婚俗。其中第十一回，记述了说唱艺人献艺贺喜的情景：

> 包牙子张三子弟书甚好，
> 八角鼓邀的本是林大头。
> 徐老叔的评词《隋唐演义》，
> 画眉杨的相声《大闹酒楼》。

这里的子弟书艺人张三，必是有几颗包牙。八角鼓艺人外号"林大头"。徐老叔的评词，即评书，说明这位说书人有了一定的年龄，《隋唐演义》也即《兴唐传》《大隋唐》《响马传》《三十六英雄》，是说秦琼等四十六友（三十六友）反隋之事，是评书中的"蔓子活"。相声艺人"画眉杨"，口技好，会学画眉叫而得其号。此处之"相声"又作"像声""象声"，也称"隔壁戏"，实为口技，只不过，隔壁戏是"暗春"，演员躲在布幔里表演，观众只闻其声模拟世间万物，惟妙惟肖，而不见其人，像声是"明春"，演员露脸表演，在口技表演时加入很多介绍词。《红楼梦》第三十五回，薛宝钗啐薛蟠时说的"你不用做这些像生儿"，这里的像生儿即像声，有校注本注："原指对客观事物的声音、状态的模拟仿效。"薛蟠只是用言语刺激了妹妹，类似口技中的幽默串联，这种串联词，艺人称之为"口"。现在的相声演员也称"使口的"，可见相声与"像声"之间的姻缘关系。"画眉杨"及其口技，昭梿《啸亭杂录》卷八中记述："画眉杨，京师有善作口伎者，能为百鸟之语，其效画眉尤酷似，故人皆以'画眉杨'呼之。余尝见其作鹦讲呼茶声，宛如娇女窥窗。又闻其作鸾凤翱翔戛戛和鸣，如闻在天际者。至于午夜寒鸡，孤床蟋蟀，无不酷似。一日作黄鸟声，如睍睆于绿树浓荫中，韩孝廉崧触其思乡之感，因之落涕，亦可知其伎矣。"①按《啸亭杂录》所著作年代分析，画眉杨的口技流行北京当在乾隆后期至嘉庆年间。《大闹酒楼》为《康熙私访月明楼》中的一个片段，讲群侠大闹酒楼，活捉"四霸天"之事。画眉杨应该擅长用口技模仿酒楼上人物打斗场面。

（三）《逛护国寺》

鹤侣作，头回中描写了作者在北京护国寺庙会上亲眼见到的情景："至东碑亭见百本张摆着书戏本，他翻扯了多时，望着张大把话云，我定抄一部《施公案》，还抄一部《绿牡丹》亚赛石玉昆。"

《施公案》《绿牡丹》都是长篇说唱，"亚赛石玉昆"指此书好像说书家石玉昆先生的"石派书"风格。另一段唱词写道：

> 仓儿的像声据我听来全无趣味，
> 跑旱船锣鼓喧天震耳闻。
> 王麻子的像声儿也无甚么意味，
> 鸭蛋刘伸着脖子把剑吞。

这里提到的两个像声艺人仓儿和王麻子，口技水平都不高。另有跑旱船和吞剑等表演。《逛护国寺》有一段唱词还记述了书摊：

> 见同乐堂在西碑亭下摆着书戏本，
> 近日他新添小画想发财。
> 马六站起忙让座，
> 说请看这两回新书倒诙谐。
> 这是鹤侣氏新编的《时道人》《逛护国寺》。

---

① 昭梿撰、何英芳点校：《啸亭杂录》，中华书局，1997年，第237页。

他说拿来我看看坐下将书接过来。

看了两篇摇头晃脑说成句而已，

未必够板数来宝一样何苦来。

论编书的开山大法师还数小窗得三昧，

那松窗、芸窗亦称老手甚精赅。

竹轩氏句法详而稳，

西园氏每将文意带诙谐。

那渔村他自称山左疏狂客，

云崖氏、西杭氏铺叙景致别出心裁。

这些人俱是编书的国手可称元老，

亦须要雅俗共赏合辙够板原不是只论文才。

这段唱词中，鹤侣氏说自己的两篇子弟书是"成句而已"乃自谦之词，下边是评论子弟书八位元老作家的创作。小窗，即韩小窗，松窗，即罗松窗，芸窗，即高云窗。三窗九声在当时非常有影响，三人均是子弟书早期作家，留下的子弟书作品较多。小窗写过《骂城》等近四十种子弟书；罗松窗写过《庄氏降香》等十种子弟书；芸窗写过《渭水河》等七种子弟书；竹轩写过《救主盘盒》等六种子弟书；西园，即文西园，今存《金印记》等七种子弟书；渔村，今存《胭脂传》等两种子弟书；云崖写过《梦榜》；西杭氏疑为西林氏，写过《三难新郎》。

（四）《女觔斗》

闲窗作，描写了野茶馆中的说唱艺人表演：

十不闲尚是男身装丑态，

女觔斗直将妇道哄愚蒙。

报子上写三个堂名儿今日准演，

必定是拥挤不动满高棚。

一自那城中断戏馆子苦，

都说是柜上能事会调停。

先是评书把场面引，

正当着传茶让座闹哄哄。

紧接着响当鼓彩像声儿等等，

座儿上心不在焉不看不听。

十不闲正是中场又是彩唱，

引得人眉开眼笑满面笑容。

不多时收场罢了莲花落，

四下里好哇好哇一声声。

城里不让开戏园以后，旗人们到城外的野茶馆观看十样杂耍，这台节目是评书开场，接着鼓曲（鼓）、戏法（彩）、口技、十不闲、彩扮莲花落等艺术纷纷登场，这种曲艺杂技等同台演出的形式一直持续到民国，曲艺、杂技、木偶、皮影还经常同台。

（五）《评昆论》

无名氏作，评论了清代同治光绪年间北京说书名家石玉昆的石派书：

编来宋代《包公案》，

成就当时石玉昆。

是谁拜赠先生号，

直比谈经绛帐人。

《包公案》又名《龙图公案》，据说当年石玉昆被礼亲王磨得一定要编一新书，《包公案》汇集民间传说的部分，只有二十七回原

《龙图公案》故事。听众当然不满足，石玉昆便挖空了脑子去想，他偶然在端阳节这天，看到人家墙上挂着一张猫扑蝴蝶图（耄耋图），触动他的灵机，便塑造出御猫展雄飞、花蝴蝶花冲，从挂画的如意钉敷衍出双侠丁兆兰、丁兆蕙等人物，又从有猫必有鼠这一想法上，塑造出五个不同性格的五鼠五义，并且先把花耗子锦毛鼠白玉堂，埋伏在颜查散进京一段上，丰富了一段《三吃鱼》，成了一部长篇蔓子活。其故事被听众记录下来，删去唱词，取名《龙图耳录》，这就是话本小说《三侠五义》的底本。

> 正思量先生交代一回节目，
> 下场来诸公拱手道劳音。
> 石先生无心应酬推托歇息，
> 调元气不离陈绍泡人参。
> 接他的场自称贱号车前子，
> 走膀胱专与诸公利水门。

唱词中，石玉昆每段说完，观众不过瘾，希望石先生接着演出。当石先生推托，有少数观众就借这个机会去如厕。接演之人看到观众哩哩啦啦离座，便自嘲"贱号车前子"，中药车前子是利尿的，这种自嘲也是无奈之举，因为石先生的场子太难接了，后面的艺人如果技艺稍逊，便撑不起场子，这也是后来总是将名气最大、技艺最佳的演员安排在一台晚会的最后一个节目的原因之一吧。

（六）《郭栋儿》

无名氏作，记述了一位东北去北京献艺的说书先生，绰号叫"醉郭儿"，唱词中写道：

> 乐春芳是个说书的督会处，

几年来或评或唱有多少江湖。

安静亭虽没嗓子劈哑得有味，

任广顺总有腔儿文理不足。

雾闪的汪太和一晃儿不见，

或者他重上学房里又念书。

关七和尚而今安在，

也不知王庆文先生有无。

猛见了红笺报子写着个郭栋，

这名号叫人辗转费踌躇。

赶着就花个茶资去听他一次，

原来是车辙隔壁抹街的书。

双头人儿弦子弹的南城调，

羊叫唤拙气憋得脖子粗。

我从来见过说书的人不少，

全不似这一个说书的过于脱俗。

　　唱词中点到的几位说书艺人，有人说他们都是子弟书艺人，因为前边有"或评或唱"四字为证，应该是既有评书艺人，也有鼓曲艺人。安静亭的嗓子劈哑得有味，很像当代评书名家单田芳的艺术风格。任广顺总有腔儿文理不足，定是一位鼓曲艺人。汪太和可能是学徒。关七和尚，不一定是出家的和尚，很可能是因秃头而得的绰号。"双头人儿"是由八角鼓演变而来，早期的八角鼓是多人登台献艺，有说学逗唱吹打弹拉八功。后来听众把一人手持八角鼓演唱，另一人操三弦伴奏，称为双头人儿，就是现在的单弦。下边还有几十句唱词描写了郭栋儿的表演特点，形容他"一嘴的嘎什哈"，嘎什哈是满语"鸟"的意思，代指郭栋儿语言特色，"书上的话关东字儿带嘟噜"。这位郭先生可能原来是关东艺人，后到北京献艺的，虽然他"比那像声儿更有自功夫。招得那满座听书的笑个足"，可是本文作者是个文人，却是听不下去。说此人"而且是矮调搭着连趟子嘴，又不似真讲气力高显臣的快书"。高显臣是清嘉道年间京郊有名的艺人，听众曾赞其："高显臣的快书真讲气力。"虽然作者对郭栋儿的书艺没有好感，却也把他的表演形容得活灵活现。

（七）《随缘乐》

无名氏作，记述了八角鼓名家司徒瑞轩的书艺，艺名"随缘乐"。有一段唱词是：

> 适才这武松杀嫂惊人典，
> 原出在《春秋左传》天启八年。
> 他又把在座诸人全都耍笑，
> 都说道骂得舒服似得了道的仙。
> 那先生满场上发脱恬不知耻，
> 恰像活猴丑态难言。
> 见一人台前又把揖做下，
> 我想着不是同盟就是同年。
> 原来是讨脸之人烦妙曲，
> 他求道《风流焰口》不接三。
> 积作得口眼歪斜五官挪位，
> 满口胡柴当作美谈。
> 场上说明朝准演《聊斋》段，
> 真是子弟全都不要只要车钱。
> 到处无非交友圆信，
> 只备下四辆车仪大事全完。
> 学相声好似还魂张三禄，
> 铜骡子于（余）三胜到像活的一般。

"烦妙曲"即烦劳演一段自己喜欢的节目,"武松杀嫂"是《水浒传》中的故事,却硬说是《春秋左传》的典故。"天启"是明熹宗朱由校的年号,他只当了七年皇帝,哪有什么"天启八年"?《聊斋》是清朝小说,明朝怎么可能演出?这都是无稽之谈,故意找笑,后边的张三禄艺名"管儿张",原是八角鼓艺人。后来成为同治年间相声名家,有师承谱可查。余三胜(1802—1866)是早期京剧著名老生,他与程长庚、张二奎并称"老生三杰"。作者把随缘乐比成了张三禄还魂,余三胜重生,由此可见其书艺之高。

八角鼓和子弟书原来都是在八旗子弟里自娱自乐的一个演唱形式,是当时的时尚,因为谁家要能请来有身份的旗人演唱子弟书或八角鼓,是身份的一个象征。京城的八旗子弟,吃喝玩乐,提笼架鸟,他们借了内务府很多银两,雍正年间,国库亏空,雍正就派人去清算欠款,这些八旗子弟变卖家产还债,家道中落。这些人中会唱子弟书、八角鼓的人,尚不具备用它来跑江湖赚钱的能力,这个时候,谁家办事情,去给人家唱书,尚可混顿饭吃。当时艺人是下九流,八旗子弟撂不下这个脸儿,很怕民间艺人嘲笑,但实际上混吃混喝的时候已经是算半职业艺人了。但是他们的这种演唱还没有完全职业化。有史料记载,雍正叫内务府给这些人办一个龙票,可以到各地去唱书,龙票上有龙纹,上面写着发给"某某票房",没有这个龙票,是不准到各个地区传唱的。到了清中叶,治安稳定,经济发展,就不再需要有这个官方核准的龙票了。也就是说,谁愿意去唱都可以,这个主动去唱的人,就叫"票友"。他们虽叫票友,手里却没有龙票,到各地演出叫"走票"或"玩票"。这些票友演出唱曲不卖票,也不能要任何报酬,"只备下四辆车仪大事全完"。

(八)《风流词客》

明窗作,记述了早期的相声艺人马麻子。开头写道:

有一人是京都顺天府宛县人氏，

原籍姓马把像声装。

只因为幼年出花儿的差使富贵，

不知他怎么得罪了老娘娘。

保佑他做下的麻子比瓜子儿还大，

又搭着天生的气色满面黑光。

因此上得了个绰号叫相声麻子，

他算是江湖的尤物出色的当行。

论像貌似汉世的张飞，唐朝的敬德，

论口齿似孔明的舌战，蒋干的说降。

他本是心灵性巧资格美，

齿俐牙能话语强。

看了些古今演义心能悟，

学多些市井流言口不脏。

上述唱词，形象描写了马麻子的奇特面貌，伶牙俐齿，他读过书，悟性好，语言通俗却不带脏字。下边说："从没有各处茶园请他，夏令儿或在野茶馆里露露面，不过是一月半月不能长。他最爱在西城一带谋生计，大街以上受风霜。"这说明他是一个撂地①的相声艺人。

第二回中，写的是马麻子常说的曲目及表演特点：

先打个诗篇儿必是《调寄西江月》，

不然就是七言绝句的旧诗章。

最爱说正月十九的《会仙记》，

---

① 撂地：在庙会或集市露天演唱。

154

有拿手还数全本的《古董王》。

…………

学老婆儿齿落唇僵半吞半吐，

学小媳妇娇音嫩语不柔不刚。

学醉汉呼六喝幺连架势，

学书生咬文咂字忒酸狂。

"先打个诗篇儿"即"头行"，可见子弟书的诗篇创作方式和其他曲艺形式有共性。唱词中提到的《会仙记》，又名《白云观会神仙》，旧时北京正月十九是白云观庙会，俗称"燕九节"。这一天，白云观前有杂耍游乐，传说元代成仙的道士邱处机会化作冠仙、仕女、乞丐下凡，故称为会神仙。这个相声已经失传。单口相声《古董王》今有张寿臣的口述本，已经把清代故事改成民国故事，说的是北京一个绰号叫"古董王"的人的各种趣事。马麻子善于学各类人物的语言及动作，他为人仗义，打钱时，留下整数，剩下零钱还送给别人。

第三回，专写他打钱方式，行话叫"托楮儿"，这是演员获取酬劳的"楮门子"，说上一两段之后，观众短暂地休息，伙计到台下去敛钱。马麻子把听众比成仙人，在八仙中他只请七位男仙，不请女仙何仙姑。这可能是当时听相声的都是男性。他对头一个听众说："你本是头位神仙快给一个，往后请一顺万顺必吉祥。"那位说："我刚来还没听一句。"不想给钱，架不住马麻子一套江湖话，只好给一个铜板。他靠江湖话一个个打够了钱，直到日头平西才收场回家。这篇子弟书，真把马麻子写活了。

（九）《阔大烟叹》

无名氏作，会文山房以子弟书名义刻售的唱本，里面提到了光绪中期，奉天（沈阳）舞台上出现的女艺人金蝴蝶。

金蝴蝶生于光绪元年（1875）。她十二岁拜梁福吉为师，坐科三年，十五岁正式登台。当时的观众看惯了男艺人表演，突然冒出个女大鼓，立即产生新鲜感。金蝴蝶色艺双全，相貌漂亮、嗓音甜润，所以大受欢迎。她本来随师学唱南城调，十七岁时，来到沈阳后改唱奉调。她把奉调的婉转缠绵唱得十分到位，很快红遍了沈阳，各大茶楼都争相邀她演出。《盛京时报》介绍女大鼓的竹枝词，如此形容：

> 杏脸暗藏一点春，
> 轻发皓齿启朱唇。
> 销魂岂在歌新曲，
> 巧笑秋波偷看人。

她十九岁那年的深秋，和当弦师的丈夫王维恒在沈阳公余茶社献艺。一天散场后，一个五十多岁的听客问弦师王维恒：你媳妇卖不卖？王维恒以为他是胡闹，并没在意。谁料第二天上午，那个听客带着打手、拿着银票，来买金蝴蝶。王维恒撕碎银票，那人让打手们暴打王维恒，抢走金蝴蝶。原来，那人叫姚远山（人称姚秧子），他是看守老罕王努尔哈赤皇陵的长史，属于正三品，虽然没有实权，也算高官。金蝴蝶被抢到长史府中，受尽虐待。1895年春天，一代红伶金蝴蝶二十岁时惨死在马棚。会文山房的唱本《阔大烟叹》，内容是说一位阔大爷吃喝玩乐抽大烟，到处游山玩水，听书看戏。他从辽北旅游到沈阳，住在旅店，叫来女大鼓为他一个人唱堂会。《阔大烟叹》中写道：

> 这一日他来到奉天省，
> 住在了德胜门外大南关。
> 叫来个说书的女大鼓，

唱的是廷秀打赵男。

王二姐思想那位张廷秀，

她唱得好像真的一样般。

女艺人名叫金蝴蝶，

阖城人等知得全……

赵闻东的弦子好，

韩永滔的评词在鼓楼南。

赵闻东，本为评词艺人，在沈阳小西门里石头市洪泰轩献艺，他也兼弹三弦，给金蝴蝶伴奏过。韩永滔是专说《西游记》的评书艺人。

金蝴蝶所唱的"廷秀怒打赵男"是《回杯记》中的故事。王二姐的姐夫叫赵昂，唱词中，为了押韵写成赵男。在《阔大烟叹》的文本中，出现了金蝴蝶，可见其知名度之高。

（十）《弦杖图》

洗俗斋作，此曲描写了一位说书唱曲的盲艺人。诗篇作：

百里辞家入帝都，

风流乞丐走江湖。

朝夕冷暖三弦伴，

道路崎岖一杖扶。

高歌南北名公曲，

雅韵东西子弟书。

可见这是个靠一把三弦、一根木杖闯荡江湖，走进北京的外地瞽目艺人。他唱南北名曲，还唱东西韵的子弟书。曲中写到他的学艺缘由和下的苦功。

一技学成平生仰赖，
半世衣食自此出。
再若能精于数术谈星命，
遇知音何愁家业不丰足。
因此上寻师觅友学弹唱，
无明晓夜下功夫。
三冬两夏非容易，
千辛万苦自支吾。
曲词儿腔调急迟休错乱，
弦点儿工尺高矮莫生疏。
字眼儿尖团平仄须清楚，
指法儿粘扳揉扣要纯熟。
说话儿蹈矩循规恭而且敬，
凑趣儿应变随机雅而不俗。

他学成后，来到京都走街串户，受尽奔波之苦。

愁只愁最怕春深三月半，
哎哟满街上陷坑刨满添了无数埋伏。
好容易逛到黄昏得了个买卖，
小院中一条板凳一把茶壶。
房檐下蚊聚如雷乱叮乱咬，
脑门上蝇飞成阵难赶难逐。
满耳中男女嘈杂又说又笑，
两旁边儿童吵闹行嚷行哭。
也不知谁是东家何人破钞，
也只得你等二字用个总称呼。

到此际曲子要长书的回头儿要大，
说唱毕饶了个八字还要想磕竹。
到冬来半夜三更下了买卖，
小胡同崎岖背巷影儿孤。
朔风儿倒海移山天旋地转，
一阵阵臭土如烟往脸上扑。

"八字还要想磕竹"是指测八字和用木片占卜。艺人不仅要会唱曲，还要会占课算命。夏季院中唱曲，蚊虫乱咬，冬天说书，半夜归家，破屋冰凉。而那些技艺超群的盲艺人，则"车来车去""人接人送"，出入大户豪门，收入甚丰。

虽不能鉴貌辨色睄光景，
要向那聆音察理用功夫。
口角中脏字儿删清还得说说笑笑，
心窝内烦难堆满也要坦坦舒舒。
终日间画堂深处陪清话，
那一番谨慎留神可也不自如。
会了些位重爵尊王公宰相，
听了些高文典策者也之乎。
得了些彩缎白银官靴活计，
摸了些奇珍异宝美玉明珠。
吃了些苦辣酸甜新鲜肴馔，
穿了些蓝驼灰绛官样衣服。

此曲写出了走街串巷的盲艺人生活之艰苦，他羡慕那些红艺人，冰火两重天，是盲人百样图。

二、子弟书中的说唱书目

子弟书对说唱书目的记述有很多，除了上节提到的部分书目外，尚有《凤仙》中提到了唱吕蒙正故事的《破窑》，《玉语花香》中提到了唱丁郎千里寻父杜景隆的《丁郎寻父》、唱黄伯央布阵，王禅助徒孙膑破阵的《黄伯央大摆阴魂阵》、唱孙悟空故事的《大闹天宫》和唱姜子牙故事的《封神斩将》等，有两篇子弟书对说唱书目的介绍较为典型。

（一）《集锦书目》

鹤侣作，全篇集取子弟书书目一百六十种，排以成文。与《柳敬亭》均为道光年前的作品。凡此曲中提到的书目，均应为道光以前流传的子弟书。下文将曲文中子弟书用书名号圈出：

> 有一个《风流词客》家住《高老庄》，
> 一心要往《游武庙》内《庄氏降香》。
> 转过了《长坂坡》儿前来至《蜈蚣岭》，
> 《走岭子》《党人碑》一过到了《望乡》。
> 前面有《淤泥河》儿《桃花岸》，
> 老渔翁在《石头记》上《独钓寒江》。
> 《新长亭》紧对着《旧院池馆》，
> 《下河南》在《凤仪亭》上暂且歇凉。
> 那《拿螃蟹》的人儿《渔家乐》，
> 《花木兰》里面蓼花香。
> 舟子《藏舟》在《梅花坞》，
> 《俏东风》刮来阵阵凉。
> 《先生叹》说人生《痴梦》耳，

《长随叹》说笑他们不醒这《蝴蝶梦》《黄粱》。

《观水》已毕把《百花亭》下，

直奔那《一顾倾城》走慌忙。

远远地望见了《虎牢关》一座，

那《宁武关》影影绰绰在云树旁。

前有《马跳澶溪》拦去径，

后面有《丁甲山》《翠屏山》紧靠城墙。

那《查关》的《侍卫叹》对《司官叹》，

说《升官图》何日吐气把眉扬。

昼夜巡逻怕有贼人来《盗甲》，

若有那《骂城》的前来用《刺梁》。

《逛（过了）二闸》将城进，

见大街上《卖刀试刀》《齐陈相骂》《闹学》《刺汤》。

《奇逢》遇见了《严大舍》，

《阳告》日《永福寺》里《秦王降香》。

他二人《二玉论心》已毕忙去《游寺》，

进《山门》走过《分宫》细端详。

见《滚楼》《絮阁》直耸百尺将《顶灯》挂，

《金印记》高悬《佛殿》穗头儿长。

东廊下游人齐看《女舫斗》，

那《石玉昆》《郭栋儿》《柳敬亭》俱各说书在庙旁。

《西厢》以内《灯谜会》，

又有商贾杂陈《百宝箱》。

《阔大爷》《大奶奶》拉着《哭官哥儿》随意逛，

《时道人》儿将《过继（的）巧姐》儿用肩扛。

《公子戏氅》手拉着《嫁妹》，

《沉香亭》去听盲女《琵琶行》。

拜《叹（了）武侯》《数罗汉》，

《灯草和尚》击磬在一旁。

《祭灶》毕平身出后皋，

猛抬头见《雷峰塔》一座甚伟昂。

随步《入塔》前去《祭塔》，

《连升三级》直至正中央。

《闻铃》十里如千军《私奔》，

远看那《出塞》垛口似群羊。

这其间也有《大爷》也有《老斗》也有《厨子（齐声一）叹》，

说真《篆须子》各《趁心愿》《报喜》非常。

观览多时俱各《出塔》，

《坐楼》以上去饮茶汤。

手摇着借来的《芭蕉扇》，

从《绣荷包》里面取槟榔。

又至那《葡萄架》底下去《醉酒》，

《苇连换笋鸡》五味调和细品尝。

闲消遣《三宣牙牌令》，

把那《骨牌名儿》《全水浒人名》儿《活捉》短长。

不多时夕阳斜照《梅屿恨》，

将《盘盒》收起要转家乡。

出庙门见路南正对着《梨园馆》，

那台上演的是《军营》《探母》的杨八郎。

《天缘巧配》又遇见《戏姨》儿《背（着）娃（子去）入府》，

说是《探晴雯》《换祆》回来路过庙场。

在《续戏姨》儿家《得钞》买了《一疋布》，

她那里《为赌嗷夫》正闹饥荒。

说罢分手《五娘行路》，

162

《打御》路一直《出关》乡。

一路上见《渔樵问答》在《武陵源》上，

《新戏蝉》在《林和靖》上韵悠扬。

《打围》《回围》的将城进，

好一似《红旗捷报》走慌忙。

一霎时《风云会》合天欲雨，

急忙《夜奔》到家乡。

进门来见《花别妻》一声《军妻叹》，

说你《游园》一日哪管奴家咽土《吃糠》。

那《射鹘子》的差人来《借靴》说明日《庆寿》，

《满床笏》的喜酒设在《禄寿堂》。

《遣春梅》《追信》与你《寄柬》，

《房得遇侠》《太常寺》的《赞礼郎》。

说你《刘阮入（了）天台》路，

那《狐狸思春》《尼姑思凡》《哭城》里面困《商郎》。

我这里《打门吃醋》干生气，

你那里《思玉戏鬟》逞癫狂。

你看那《彩楼》上《悲秋》的人儿同《寻梦》，

《巧姻缘》的《风月魁》有限，况值漏永更长。

集书目虽排成句无文理，

恐未免识者讥诮笑大方。

不过是解散穷愁聊自慰，

鹤侣氏虽极无能不擅此长。

（二）《拐棒楼》

幽窗作，描写了六月初雨后一天，作者到拐棒楼观赏曲艺的场面。拐棒楼是北京郊外的一个"野茶馆"。

弦响处气概从容排东韵，

说的是遇吉别母的《宁武关》。

　　一个少年登台演唱子弟书《宁武关》，有三弦伴奏，东韵指东调子弟书，善于表现金戈铁马等内容。而后几个英俊的青年纷纷登台献艺。有个大烟鬼唱了一段自编的《续戏姨》。《续戏姨》是《调春戏姨》的续篇，都是写姐夫调戏小姨子的所谓艳曲。下边还有：

等多时换上一场八角鼓，

坐正的唱了个曲儿是《今日下班》。

还有那湖广调码头调与边关调，

也不过是《八不从》和《艳阳天》。

内有个须鬓皆白耆老者，

好精神气力充足唱《访贤》。

众人一见齐喝彩，

丑儿说列位压静听在下一言。

　　这个丑儿自称董六，《拐棒楼》的掌柜，说"列位压静"，茶馆作为演出场地，也是观众交流的场所，在演出前、演出间歇，老书座都互相交流，言语嘈杂。一般演员准备好了，拿起醒木一拍。木头一响，看台底下掌柜的或伙计就喊："压言——诸位。"这种演唱前提醒观众静言的习惯在清后也一直延续下来。董六说，今天表演不收赏钱，还为大家备好了酒饭，列出了许多菜名。由此可见这是一个自娱的票房。文中提到的《今日下班》是反映清代中期北京旗人生活的传统岔曲：

今日下了班儿，堪可得闲儿。吃完了早饭，要去射野

箭儿。小草帽儿，旧布衫儿，褡裢里装上了几百钱儿。一

164

张弓，两支箭儿，烟袋荷包配着火镰儿。小小子儿拉匹骟马，背着草口袋，披上了一把打草镰儿。〔过板〕

……转过了绿柳村头，有座野茶馆儿，小天棚儿挂着茶牌儿。三间茅舍多清雅，没有桌子砌着灰台儿……这一个蹲在灰台唱大戏，那一个就去摘三弦儿，定了半天没定准，叭的一声拧断了弦儿。唱曲儿的无字无板无腔调，打了个诗篇短第七句它不合弦儿。说了几个笑话没人笑，倒赖人家解不开儿。实实在在的讨人厌，呕得人心里头一阵烦儿。叫过堂倌会了账，戴上草帽儿拿着弓箭儿，叫小厮拉马驮上草口袋，顺着高粱地，绕过小河湾儿。一望四下里人影儿淡，日头残照夕阳天儿。村子里摇鼓的吆喝着馇馇肉，灌园子的辘轳歌儿唱着玩儿。小河边儿儿童争打琉璃排儿，门儿外村姑背草晒干柴儿。行至在绿树荫浓无人处，把《扎昆固山塔儿哈本》背了一番儿。忽听背后人呼唤，原来是摩机哥气喘吁吁跪上前儿，说章京们现在印房把你等，叫我攥着帖子城里关厢〔卧牛〕跑了一圈儿。大喜咧，大人保你"卓异"预备引见，快走吧，对履历好写那"呢彦兀术"的绿头牌儿。

《扎昆固山塔儿哈本》是《八旗箴》；"摩机哥"是"报事人"；"卓异"指官吏治绩超群；"呢彦兀术"是"绿头牌"的满语音译。绿头牌是向皇帝引荐官员的时候拿的，上边写这个被引荐官员的姓名和履历。这个岔曲也是汉夹满形式的。湖广调，码头调，边关调都是清末流行的小曲，其中码头调是因艺人跑码头演出而得名，当时《八不从》和《艳阳天》都是常唱的曲目，《访贤》是韩小窗作子弟书。

第九章　子弟书中的民俗

　　子弟书中有很多篇反映了清代的民俗，如《乡城骂》《灯谜会》《射鹄子》《家园乐》《出善会》《逛二闸》《逛护国寺》等曲词中对清代的行为民俗多有记述。有两篇特色突出，分述如下。

一、《绝红柳》中的市井民俗

《绝红柳》写光绪年间作者在沈阳大东区观看的一场演出。

> 江湖遍地各逞能，
> 州城府县到处行。
> 士农工商齐赞美，
> 声价高抬尽扬名。
> 闻说都京多绝调，
> 近来关东大时兴。
> 现如今有一位玩票的先生真和气，
> 开谈未唱他就先带满面春风。
> 本地人现在沈阳东关住，
> 儒生子弟生铁万字号维屏。

上场时准得伙计俩，

一个唱手一个不扔。

《绝红柳》是一篇非常独特的作品。作品中对清代流行的多种曲艺表演形式有所描写，又涉猎较多清代民俗，是研究清代曲艺及民俗的珍贵资料。

本曲前六句，交代了时代背景，即江湖艺人各处演出，均受到欢迎，这种风气也传到东北。在子弟书《石玉昆》中有类似的描写：

高抬声价本超群，

压倒江湖无业民。

惊动公卿夸绝调，

流传市井郊歌唇。

可见当时，"绝调"是对子弟书的一种赞词。声价，指艺人的演唱酬劳。

江湖，泛指江湖艺人。玩票的先生即前文提到的票友。生铁万字：指郭姓。曲艺行话，姓什么叫什么万（蔓儿），锅是生铁制成，锅、郭同音。"一个唱手一个不扔"唱手即演唱者。"不扔"即"拨棱"，指弹弦的伴奏者。

大鼓的三弦不是快书更非双高调。

野史小说七言的古词就叫漫西城。

也不说诗篇也不打段，

那是无关紧要啰唆太多就困明公。

按篇翻照本念无差无错，

句头儿要不好也许改更。

口白字眼叫真叫实，按洪武的正韵，

嗓门子嘹亮恰似西洋带刻自鸣钟。

巧腔儿和弦绝妙得很，

一字一板的，卯是卯来丁是丁。

平上去入，韵脚永不带重字，

即便遇着随口更改也不叫雷同。

非比寻常打落货，

不是往日屁先生。

南腔北调他瞎扯，

东一句西一句少头无尾净窟窿。

"按篇翻，照本念"，曲艺说唱在长期流传过程中，几乎没有固定的文学剧本，也没有明确的作者，全靠艺人口传心授。偶有手抄本或记录本流传于世，是只有大致情节的文本提纲，称其为"梁子"。民间艺人根据自身条件和演出地点，灵活表演，唱词和道白不固定，称为"唱梁子戏"，逐渐有文人帮着记录剧本或者创作剧本，按照剧本表演，称为"唱谱子戏"。唱谱子戏的艺人行内成为"本先生"。这里是说郭维屏的唱词是文人创作，有着固定台本的。

"生子"指一些胡搅蛮缠之人，过去说书艺人最怕"官欺民压生子搅"，"熊"是东北方言"熊人"，欺负人的意思。作者认为艺人只要循规蹈矩认真作艺，就应该获得尊重，而实际情况却并非如此。

快书指联珠快书。双高调是西河大鼓中的一个曲牌。漫西城是奉天大鼓曲牌之一，源于辽西一带。奉天大鼓尚未定名时，在农村被称为"屯大鼓"，进入城市后，文人们称之"漫西城"。不说"诗篇"，是指开门见山就唱正文。

过去说书艺人每演完一段，就要停下打钱。艺人撂地演出时，都是说唱一段打一段钱，多少不限，没钱也可以听，所以演员每说完一段要"拴扣子"，让观众不舍离席。艺人一般来说还会虚报所赏钱数，如王姓观众给十块钱，打钱的喊："王大爷赏钱二十！"这样一来，既抬高自己身价，也让其他观众不好意思少给。"今日定准每位一串钱"：艺人进茶馆后，仍为"打钱制"，不过规定好一段几文钱，一般是一场演出五六段，最后有半段奉送。

郭维屏是票友，不收钱，叫"也不打段"。"明公"指听众都是明白书情书理之人。"句头儿"指一句的节奏。遇有节奏不对时，演唱者可增减衬字。《洪武正韵》是韵书。"打落货"指三流艺人。"窟窿"指说书情节中的漏洞。

> 往常的那些说书的十三道大辙记不准，
> 说到江洋又唱到工声。
> 最讨厌的梅花调，
> 拿着两片铧铁噔噔山响，口内还哼哼。
> 擂皮的渔鼓，声音更难入耳，
> 仔细听次崩次崩又次崩。
> 一人班弦子书他腿上拴着几块板，
> 接骨断筋的架势还捆着一根犯法绳。
> 满把撸的弦子弹的总是老八谱，
> 嗓子憋得，红头涨脸，恰似出恭。
> 讲平词的指手画脚，拿着一块警醒木，
> 你看他挤眉溜眼好像抽风。

"江洋、工声"指北方曲艺常用的十三道大辙中的两道宽辙。"梅花调"是西河大鼓旧名，使用的"铧铁"是民间艺人在田间演唱，用两块碎片打击节奏而来的。后来改为两片半月形钢板或铜板，取名为梨花片。"渔鼓"是筒形小鼓，两面敲打，唱道情艺人所用。"弦子书"是一人自拉自唱。另有两块木板，一块在桌子边上，一块用绳连在大腿上，腿动板响，打击节奏。这段记述否定了子弟书又名弦子书的说法。

"平词"即评词、评书。"警醒木"是评书艺人醒木、手绢、扇子三件小道具之一，开书时敲一下醒木，提醒听众注意。醒木用硬木或玉石制成，也叫醒子。早年书场，如果有人对说书艺人有意见，到台上把其醒木横过来，艺人就得停下演出，行话称"横买卖"。

> 只这位郭先生有点交人，不带黑心利，
> 总然着哀而不伤一蚂蛉。
> 玩笑场中无大小，
> 在位都是好弟兄。
> 人缘钱得大家帮凑，
> 你动横托老的少的谁肯答应。
> 说书的不顺情理准挨揍，
> 搁不住好小伙子一巴掌。
> 嘴里不带粉红字，
> 哪个生子敢硬熊。

"大面"指听众中是有头有脸的人物。"过节"指书中的人物情节的内在关系。"迟紧顿错"指说书语气的变化。"蚂蛉"是东北方言，也作蚂螂，即蜻蜓。"玩笑场"此处指说书场。上述子弟书《郭栋儿》中也有"上了场几句诗篇俗派得很，粉红字不敢斟酌含里含糊"。"粉红字"指色情词句。百本张子弟书抄本中，部分作品在题目下标有"粉"，即此类书目的类型。

拉典，曲艺术语，可理解为"引经据典"。《绝红柳》的拉典颇多，包罗万象。

> 你要是恶言恶语将人骂，
> 难道说是些老实巴交，就没个愣虫。
> 大头朝下四条拐儿分开再看一看，

光棍不吃眼前亏，哪个门重哪个门轻。

打棋式黑红着儿得会巧，

左右观观车马象仕将军推炮分兵。

"四条拐儿"指的是一种赌博方式。《陪都景略》有载："《压黑红宝》黑对金、绿对红，四条拐看分明，钱押妥、准非赢。"押宝的玩法是宝脚（赌徒）、宝官、宝令三人利用宝盘、宝盒等赌具进行。宝盒分四门，由宝官在密室中，根据赌注的情况，定好指针。宝脚根据自己的意愿在宝盘上下注，由下注最多的宝脚当众开盒，输赢立见。

"打棋式"也叫摆棋式，棋是厚纸片糊的，行话叫"戳木花子的"，蹲在地上摆五个小卒拱一个老将，当间一个卧心卒，就差一步，一将就完，红棋是两个炮，底下有两个车，这边炮打过去，一将之后，黑棋把红棋的炮吃了，再一将，又被黑棋给吃了，吃完之后两边对车了，拿车往下一戳，黑棋就输了。还有一套词："一将两将连三将，连吃二将奈何妨，一连吃了二员将，背后闪出一杆枪。"这种小赌摆棋的人只赢不输。这大段的民俗描写当然不是为了写赌博技巧，而是作者清楚，一行有一行的规矩，艺人想在剧场立足，除了演出技艺之外，还有很多门道儿。

里七外八算到归堆是一千五，

奉天到顺天，千字文一句东西二京。

书底虽熟可不深，所以他老未进场，

文秀才当不上了，哪辈子考武再拉弓。

年头远了往近里办，

今日定准每位一串钱，明日五鼓就登程。

上北京给郭老爷加捐一个外务府的白头顶，

钱要花不了，有剩然后插上大眼棒槌翎。

高升时独轿杆的衙门，往没根里坐，

随意戴黑缨黄缨还有绿缨。

"里七外八算到归堆一千五，奉天到顺天，千字文一句东西二京。""归堆"是东北方言，指撺到一起。"里七外八"指沈阳到北京：以山海关为界，关外沈阳至山海关是七百里，关里山海关至北京是八百里，共一千五百里。借《千字文》中的"东西二京"句指盛京（奉天）和北京（顺天）。"加捐一个外务府的白头顶。"捐官即花钱买官。白头顶指没翎的帽子，是下等差人。"大眼棒槌翎"指清官员的冠饰是插孔雀翎子，多者为贵。一般捐官者为最高也就是一眼花翎。"独轿杆的衙门"是以独杆抬轿，乘坐者为丑角，"往没根里坐"丑角用袍服将独杆上的圈椅覆盖，看起来很像是直接坐在独杆尖上，轿另一端由人操纵，一起一落，通过夸张的舞蹈动作，表现封建社会贪官污吏的滑稽可笑。"黑缨、黄缨、绿缨"可区分官职大小。作者借某位观众对郭维屏讽刺挖苦，勾勒了当时的官场百态。

从以上可以看出，子弟书《绝红柳》作者对当时社会的种种民俗十分了解，并十分清醒地提出好的演出应该"不带粉红字"，也就是应该远离"三俗"。更为深刻的是作者还借郭维屏的境遇，讽刺了花钱捐官的人，即便"前呼后拥"，也不过"乱哄哄的净是一些绿豆蝇"。这篇子弟书今日读来，仍觉与某些情形契合。作者能俯瞰时代，难能可贵。

二、《鸳鸯扣》中的满族婚俗

《鸳鸯扣》描写出身于满洲八旗世家的一对青年喜结良缘的故事，对满族婚俗的描述细致详尽。应产生于这种文学形式的兴盛时期，大致在乾隆末至道光初的几十年间。此曲共二十四回，头回介绍了主人公的家庭背景，其中"汉夹满"注释，由佟悦译，见脚注：

姑挖佳①哈拉②苏完久驻，

嗹不勒依七③固山厄真④专管满洲营。

从龙东土把江山定，

到后来进关保驾定燕京。

因功绩显著官至头品，

这如今子孙繁衍世代清。

有一支近派嫡孙书香堪继，

这位爷出身是翻译进士公。

由部属擢任扬州为知府，

又升任监司在兖州城。

夫人贤淑是名门的女，

赫舍哩⑤哈拉族中有位世袭公。

所生一子雄而秀，

清语⑥飞熟一膀子好弓。

…………

老爷在任教导少子，

请了位三江的秀士八股儿通。

五经念毕兼学骑射，

又与二阿哥捐了个监生。

---

① 姑挖佳：满族姓氏之一。也作"瓜尔佳"。

② 哈拉：满语。姓氏。

③ 嗹不勒依七：满语。右翼，指满族八旗之正黄、正红、镶红、镶蓝四旗。

④ 固山厄真：满语。旗主、都统。

⑤ 赫舍哩：满族姓氏之一。

⑥ 清语：指满语。

转瞬光阴催人毛鬖，

这老爷已竟年登六旬零。

因南方湿潮过盛又兼秉气弱，

微微显露病形容。

从唱词可知这是一个满洲官员之家，在南方为官。这篇子弟书虽然描写的是清代北京满族的婚俗，但是从今天南方的福建等地婚俗来看，当时的清代官员把满族的婚俗带到了各地。

"一膀子好弓"和"兼学骑射"，说明清代的满族保持了女真人的骑射的习俗。"飞熟"指极为熟悉。满族作家老舍在《不成问题的问题》中"两天之中把大家的姓名记得飞熟"的用法与此处是一致的。满族早期居住在东北的白山黑水间，在狩猎生活中形成了骑射的民族风俗。老爷在任上病故后，唱词中还唱到了丧事的习俗：

母子商议搬灵柩，

水旱兼程不消数月来至京。

知会了阖族与亲戚朋友，

在阜成门外万明寺内暂停灵。

择日开丧将经诵，

请的是旃檀寺内喇嘛僧。

三十五日将殡送，

将老爷黄金入柜葬入先茔。

…………

惟这二阿哥绝顶聪明内清而外秀，

不怪老太太与阿浑阿失①把他偏疼。

转眼三年孝服满，

---

① 阿浑阿失：满语。指兄嫂。

老太太耍了心中的大事情。

那一日眼望大爷把阿哥叫，

说你二兄弟今年十六身已长成。

你在外面相好的之中留神打听，

与他提门亲我就死在黄泉也闭睛。

阿哥嘁嘁答应是，

可巧这日有个相熟的张氏媒婆到家中。

　　停灵、诵经、三十五天出大殡的民俗，以及"夫死从子"的封建观念，在平铺直叙中展开。书中"二阿哥"为父守孝三年，年满十六岁，其母让长子给二阿哥找媳妇。

老太太说什么从容不从容我只要是满洲世派，

要的是姑娘言貌不管她家道从容。

那张媒婆说任凭老太太亲相看，

这老爷曾为翼长现在告老在家中。

所生一女年方二九，

虽有阿哥们尚年轻。

　　数日便由媒婆介绍了"年方二九"即十八岁的姑娘。可见当时议婚的年龄一般在十六岁往上，且女大于男的风俗。阿哥出身八旗世胄之家，议婚的重要条件之一是对方也应是八旗人家，"我只要是满洲世派"，即"旗人""民人"不通婚之俗。通信、相看，属议婚程序。"通信"是男家把去女家"相看"的日期，通过媒人告知女方。"相看"则是由男方至亲女眷（一般是嫂子或婶、伯母）前往女家，如书中老夫人说："叫我们大奶奶（二阿哥之嫂）前去相看，我老两眼昏花看误了事情。""相看"的内容主要是女方的言谈举止、容貌和针线技艺。

这大奶奶坐下留神将佳人细看，
只见她盘膝稳坐不动身形。
粉颈低垂含娇带愧，
香腮上一阵子白来一阵子红。
…………
虽是个武职人家倒也文雅，
老派儿佛满洲阔哩①甚实恭。

"盘膝稳坐""香腮上一阵子白来一阵子红"和《黛玉悲秋》中林黛玉病重时半卧床榻时的"骨拐儿②一个儿白来一个儿红"句头相似，显然女方不是坐在椅子上，而是坐在床榻或炕上。沈阳故宫清宁宫"口袋房、弯子炕③，烟囱建在地面上"，皇后寝宫也是三面连通的火炕，这也反映了满族建筑的特点。书中说大奶奶看到女方一派满族的礼法，感到满意。

张罗叫裁缝做衣打扮兄弟，
早定下线缨纬帽与新靴。
首饰楼打造金簪换宝钏，
好容易诸般事儿妥妥帖帖。
又请下六眷的男亲陪伴新婿，
亲族的女眷插戴姐姐。
厨子们落作整忙了半夜，
第二日天才大亮门前就车马不绝。

---

① 佛满洲阔哩：佛，老、旧；阔哩，礼法、规矩。
② 骨拐儿：也作孤拐儿，这里指颧骨。
③ 弯子炕：也称万字炕、蔓枝炕。

先来的是穆昆①萨都哈拉②后到，

旗下人最重的是姑老爷。

　　男女两家彼此认同后，开始筹备婚事，做新穿戴，打造金银首饰，这种给女方金饰的习俗一直延续至今。族长也来家中道喜。至所约之日清晨，男家邀集亲友，早饭后同赴女家：

太太们珠翠盈头上车先走，

齐全人簪匣捧定又用红袱严遮。

飞檐轿车倒有十数多辆，

不多时香尘碾起街道就占了半截。

老爷们吃过了香茶也就不好久待，

乱哄哄接鞭上马齐奔了长街。

有的是花红亮蓝水晶顶戴，

飘摇着花翎线翎在脑后轻旋。

朱尔憨③的三亲绝无起花的金顶，

乌个孙④的六眷都是四个开气儿的黄爷。

俱各是蟒袍补褂把朝珠戴，

枯忒勒⑤雕鞍骏马也是络络不绝。

簇拥着红缨白马的新娇客，

到女家未曾下马就有人接。

进门来许多的亲朋全都说是久候，

乱哄哄一齐都赶着拉手让进不迭。

---

① 穆昆：满语。族长。此处指管理本旗事务的佐领。

② 萨都哈拉：满语。亲家。

③ 朱尔憨：满语。部院。

④ 乌个孙：满语。皇族宗室。

⑤ 枯忒勒：亦作库秃勒。满语。跟马人，跟役。

外面是清话清语齐譖多热闹，
里边的太太们先到更闹撅些①。

"齐全人"也叫"全和人"，指有配偶、儿女双全的人。在结婚、生子与各种喜庆场合，常忌讳所谓"命凶运乖"之人，而需要"命佳运吉"，配偶、兄弟姊妹俱全，有儿有女的完美之人，民间称为"全和人"。这种习俗至今还在北方许多地方保留着。"闹撅些"指不论年长年幼、辈分高低，都可准备新婚的夫妇逗乐。这种民间习俗演变至今日的"闹洞房"。

清朝服饰以开衩为贵。皇族宗室穿开四衩的"蟒袍"，上面还有"补褂"。补褂也叫补服、补子，官服前胸及后背缀有用金线和彩丝绣成的图案，是代表官位品级的标识，文官绣鸟，武官绣兽。

只磕得阿哥浑身汗都湿透，
好容易亲戚拜毕算是叙了叙情节。

女家亦亲友齐集，然后便是"磕头"。同时在内宅的男家女眷为姑娘"插戴"，即把准备的金银首饰为姑娘戴上。此日固有男方族人向女家"求亲"之意，故女家并不备饭，只以茶相待。诸事即毕，男家客人告辞而归，由男家备饭款待，而且比早饭时丰盛得多，含感谢和庆贺之意。此项亦称"放小定"，如《啸亭杂录》所说："意即洽，赠如意或钗钏诸物以为定礼，名曰小定。"②

过礼或称"放大定"。作品中未做具体描述，只以"好容易过礼已毕桃夭将近"一笔带过。此仪实即男家下聘礼。《啸亭杂录》载：

① 撅些：满语。戏谑之语。
② ［清］昭梿撰，何英芳点校：《啸亭杂录》，中华书局，1997年，第281页。

178

"改月择吉男家下聘，用酒筵衣服、绸缎羊豵诸物，名曰过礼。"[①]其用意一是结好姻亲，一是为其制作嫁妆提供原料和资金。

　　添箱定亲诸仪后，两家已择定结婚"吉期"，如书中所说"三月三蟠桃大会该遇仙姑"，此后便进入结婚阶段。

> 初一日先就搭棚厨子来将作落，
> 西厢房收拾洁净早已裱糊。
> 铺上了新毡房中却无摆设，
> 为的是嫁妆来到免误工夫。

　　同时，女家也在准备嫁妆：

> 头两日先进嫁妆房中堆满，
> 彩绸赁下又雇定了人夫。
> 四季的衣裳折叠在箱内，
> 中衣儿红绿围腰儿单夹俱足。
> 她的母半世辛勤做下许多鞋脚，
> 亲戚们添箱的鞋袜就难论精粗。
> 佳人体己的鞋袜是送婆婆嫂嫂，
> 六只箱登时装满又开了柜橱。
> 背人的东西藏在连三桌内，
> 姑娘的锡罐还有姑爷的尿壶。
> 抽屉内各样的饽饽防她挨饿，
> 叶子烟手纸也不敢疏忽。
> 匣子装荷包平抽俱是内造，
> 香囊香串都缀着流苏。

---

① [清] 昭梿撰，何英芳点校：《啸亭杂录》，中华书局，1997年，第281页。

蓝白的棉线还有包头手帕，

汗巾儿丝线腿带也就预备了个足。

懒梳妆胭脂宫粉也言不尽，

绒花通草首饰尽是金珠。

此时女家亲属要赠送一些礼品财物，谓之"添箱"。所送之物一般为价格不高但实用的日用品，如书中所举鞋袜、锡罐、饽饽、叶子烟、手纸、荷包、香囊、香串、汗巾、手帕、胭粉、首饰之类。其中的"叶子烟"说明，满族进关以后，仍然保持着"窗户纸糊在外，大姑娘叼烟袋，养活孩子吊起来"的习惯。女方准备的东西里，另有几种具有特定含义：

竖柜里数串黄钱怕她受憋，

抽屉藏银子几锭祝她多福。

顶柜中塞满棉花愿她荣华长远，

枣儿栗子取的是儿女盈屋。

"枣儿栗子"是取谐音"早立子"之意。这个习惯现在也保存在北方婚俗之中。

按例"添箱"亲友应在这天日落前将物品送到，以免耽误送妆，所以书中说"添箱的亲戚散去早又日落了金乌。"

送妆、迎妆照例在婚礼"正日子"前一天，女家要将嫁妆送至男家。这是仅次于娶亲送亲，中等以上人家都力求办得排场。

俱各是焦黄的铜锁把红绒系，

到婆家方才掐紧也费工夫。

好些个顶子翎子骑着马送，

黑鞭子八把为的是挡狂徒。

众家丁新帽新衣来回地照应，
车儿上搽胭抹粉抱着包袱。
这桩事原来热闹旁人的眼，
点头说这个人家也算是富足。

送妆的女方亲友及家人随行保护，"好些个顶子翎子骑着马送"
"车儿上搽胭抹粉抱着包袱"，可见是男骑马女坐车。这种招摇过市，
和过去东北富裕人家马队排上多老远，以及如今接亲的车队异曲同工。

将到达时，男家在鼓乐伴奏下引领进院，将嫁妆放在事先搭好
的棚内，然后女家亲友进入新房。

看着钉好了帐竿把帘幔挂上，
一桩桩搬进霎时就摆满了金屋。

按例不在男家用饭，新房布置停当，男家要"放赏"，类似今天
的"挂窗帘钱"。

至女前后的火把点起照如白昼，
羊角灯八对恰似不夜的明珠。
猩猩毡的官轿走得十分平稳，
压轿的童子打沉韵。
百子的盖头后边车上拿定，
红毡子遮拦井口凶煞全除。
一路上细乐笙吹马蹄儿乱响，
临近时一声掌号就惊了送嫁的众亲族。

红纸压井盖的习俗现在还用。去迎亲的时候，花轿不能空着，
一般要找一个父母双全的小男孩压轿，小孩下轿，新娘上轿，给小

181

孩赏钱，小孩再跟着轿子走回。

乱纷纷外面求亲里边把包儿来要，
忙碌碌里边梳洗外面怎敢开门。

到女方家门前，按俗先不开门，要由娶亲队伍向其央求并给门
内之人赏钱，隐喻不愿轻易嫁女，门开后娶亲太太进上房寒暄，为
新娘遮好盖头，新娘由叔父抱上轿，本家兄弟等骑马，送亲太太诸
女眷坐车，一路吹打前往男家。

到婆家娶亲的爷们也将门闭，
本为是叫人吹打好热闹街邻。
关了会说是磨性也就开放，
把轿子抬起棚内回避了闲人。
旗下礼不兴宝瓶只把红毡来倒，
娶送的两旁挽定慢移身。

"磨性"意在去掉新娘的脾气。稍候片刻门开，喜轿抬进院内棚
中。"抱宝瓶"是新娘至男家下轿，由迎亲妇女将宝瓶递与新娘抱于
怀中后，上炕或入帐内"坐福"。宝瓶为木制或锡制，形似花瓶或似
壶，内装金银锞、小如意、珍珠、大米、大黄米等（金银米）等，
瓶口覆以红绸或红布，系以五彩线。抱宝瓶寓婚后多福多财之意，
这里说旗人不兴"抱宝瓶"，"只把毡来倒"。"倒红毡"是从新娘下
轿到入洞房之间的仪节，即把红毡铺于喜轿通向新房的地面上，因
红毡不够长，需以两块以上倒换接铺，故有此称。新娘由娶、送亲
女眷分别从两侧挽扶踏红毡入洞房。二人转《蓝桥会》中也有"倒
红毡"的唱词：

旦：童男童女，

丑：倒红毯。

旦：红毯倒得快，

丑：小奴走得欢。

旦：红毯倒得慢，

丑：小奴没动弹。

子弟书《露泪缘》中也有描写：

伺候的女人将轿帘掀起，

雪雁儿手扶新人缓步毡条。

到了洞房，就是揭盖头的环节，新郎手拿秤杆将盖头挑下去：

二阿哥手拿秤杆轻轻地走到，

把盖头款款地挑去面生春。

然后吃子孙饽饽：

仆妇们端上了饽饽送亲的就让，

先说姑爷请用然后才让佳人。

你昨日水米不沾用些儿才好，

怎当她十分害臊哪肯沾唇。

勉强地咬点边儿仍然吐掉，

阿哥他嚷是生面就笑坏了旁人。

"饽饽"是一种满族面食，与汉族的小饺子相似。主要在婚礼等场合中使用，寓意着多子多孙和家族的繁荣。也叫子孙饽饽，"阿哥他嚷是生面"，这是故意不煮熟，取"生"育之意。

> 先绞了三线明一日才开脸，
> 盘头改换钿子是簇新。
> 戴上那富贵绒花同心如意，
> 装新的衣服换遍了浑身。
> …………

将近"吉时"，先由娶、送亲太太象征性地"绞三线"，意在去掉新娘面部汗毛，俗称"开脸儿""绞脸儿"，然后梳头更衣。

> 外面的羊乌叉①羊腿都煮好，
> 肉丝儿仓米干饭为的是祭告诸神。

这些是满族祭天祭神的传统供品。

> 银执壶银杯俱用红绒对系，
> 小桌儿迎门放好就去搀起了新人。

合卺为婚礼中最重要的仪式。这些是为喝交杯（合卺）酒而备。

> 阿叉布密②的两夫妻在红毡上拜倒，
> 差车密③的片肉是白效殷勤。
> 告过天地然后才交杯合卺，

---

① 羊乌叉：满语。羊背部、臀部至尾骨。
② 阿叉布密：满语。合卺礼。
③ 差车密：满语。抛撒。

推杯换盏不过是略略地沾唇。

　　这是按满族传统礼俗为新人举行祈吉祝福仪式。一般是由族中萨满（或宗老）主持，边用满语念祝词（称"阿叉布密（合卺）歌"或"哈拉巴经"），边从摆放的供肉上割下薄片抛向空中，以示飨神之意，即所谓"白献殷勤"。满语祝词大意是将一对新人喜结良缘之事祭告天神，并请求赐福于他们。[1]

合卺已完连忙地挽起坐帐，
抢裆头双双并坐众人就退出了房门。

　　合卺礼后，"抢裆头"是指二人争坐被褥高处，俗传此时坐在高处者，婚后地位亦高。"坐帐"又称坐福，满族传统婚俗。新婚夫妇拜完天地后，进入洞房。事前先请两位全福人把炕或床铺好，新娘入内便盘膝坐帐中，主要是新娘的仪节，新郎仅略示意而已。

　　喜筵至"日高三丈"之时，娶亲之家准备"早饭"款待送亲及贺喜亲友。

筵席摆放在露天搭设的喜棚中。
筵席是四大四小还有四碗，
节节高的名儿吉利不同寻。
另外是十大碗把新亲待，
照样儿一桌抬去敬年尊。
果碟子鲜明栽摆着龙凤，

　　[1] 阿叉布密祝词满语及汉译，参见张其卓：《满族在岫岩》，辽宁人民出版社，1984年，第87—88页；爱新觉罗·瀛生：《京城旧俗》，北京燕山出版社，1998，第15页。

羊乌叉算是酬谢送亲的人。

"年尊"即家中老人，此处指新娘之父，因他当日并不到场，故需送至其家。筵毕还要有庆贺堂会演出，内容为戏曲、曲艺、杂耍之类。演出后送亲者告辞，新郎相送。回头再次款待本家亲友吃晚宴。席间新郎要逐桌敬酒致谢：

　　　　平辈站着长辈须得下跪，
　　　　只半晌磕了足有几百头。

亲友及厨役人等散去，已近午夜，新婚夫妇要同吃"长寿面"，寓婚后天长地久、白头偕老之意，"长寿面本家下好早已起了更筹。"饭罢，由留下的女家仆妇为新娘摘去头饰，铺好新房被褥后退出，一对新人洞房花烛。

开脸上头均于次日清晨在新房中进行。"开脸"即用线绞去新娘脸上的汗毛，并修饰鬓角、眉毛，标志她成为已婚妇女。此事由专程前来的娘家女眷主持，书中所述颇详：

　　　　洗净了花容三姓人①先绞九线，
　　　　然后把汗毛绞净又用鸡子②轻推。
　　　　生成的四鬓只用镊子儿打扫，
　　　　开脸已毕又改换了蛾眉。

其后的"上头"也是为改换成满族已婚妇女发式和装束：

─────────────

① 三姓人：有丈夫、有儿子、儿媳妇的妇人。
② 鸡子：鸡蛋。

186

只见她钿子时兴却用绉绸包定，

满头上翠钿金凤还有珠串相围。

红青缎的大裀钉着团龙八个，

镶领袖的袍子挖杭儿①只露些微。

团龙是古代传统寓意纹样，龙纹的一种表现形式，内以龙纹设于圆，构成圆形的适合纹样，称为"团龙"。新娘换装已毕，由新郎引领向本家诸神行礼：

自然是阿哥拈香新人随拜，

两口儿双双叩首谢了神祇。

然后抱柴把灶王参见，

大锅台虽然打扫也得撩衣。

先拜神后拜灶王爷，新郎领新妇拜见前来的本家至亲，也称"认亲"。从辈分高者至平辈年长者逐一引见、磕头行礼。受礼者一般要说些祝福之词，并送新妇钱物，即"众女眷都有拜钱簪环也不少"。新妇还要为诸亲友装烟一一敬上，故也称所得之见面礼为"装烟钱"。这个东北婚俗保留至今。

梳头酒即为新妇改换装束所设之宴。先由娘家人前来"开脸、上头"。婚礼后第二天，新妇将自己缝绣的衣服鞋袜等分赠婆家诸人，一为增进感情，二为展示自己的女红技艺。其娘家长辈女眷仍专程来参加，如前日其与新妇告别时所说"明日饭后我们就来开箱"，当日清晨其父也可来看望女儿。

回门，婚后第四日，新婚夫妇同往女家，谓之"回门"。女家前一日即开始准备，"张罗着杀猪做菜闹哄哄。"因为老规矩回门不见娘

---

① 挖杭儿：满语。马蹄袖。

187

家的瓦"，故天不亮就要启程，新妇坐娘家来接的车先走，新郎骑马随后赶到。吃饭时女父及至亲男客同陪一对新人，还要"先端上乌叉叫给亲家太太送去"，与前文男家设筵时送羊尾骨肉给女家是同样礼节。回门不能逗留时间过长，"老科例未交晌午就要回程。"回时新郎先行告辞返家，新妇随即坐车而归，至家后代父母向公婆问候。

拜亲，此为新妇婚后数日内的礼仪。由婆家至亲女眷带领，往男方至近亲友家拜见，既有答谢之意，也为便于日后往来，亦称为"谢亲"，书中"自然是嫂嫂带定把诸亲拜"即指此事。新婚满一个月，新妇回娘家住数日，其具体天数由婆婆决定，如书中说"她婆婆偏生许下叫住八天"，此谓之"住对月"。去时新郎相送至家，返回时由娘家派车送回以示自愿之意。"住对月"返归婆家后新婚礼节即全部结束。

《鸳鸯扣》中所反映婚俗有许多明显区别于非八旗人家的细节。如第三回叙述前往女家"插带"的男方亲友时说"先来的是穆昆萨都哈拉后到"，穆昆是满语族长之意，萨都哈拉是满语亲家之意。说明与当时满族社会中的家族、氏族组织仍然具有重要作用。又如第八回写娶亲车轿出发前"牛录上这才送到克什蒙乌"。"克什蒙乌"是满语恩赏银，是八旗官兵遇有喜丧事时按规定赏赐的银两，由牛录即佐领负责发放，娶亲嫁女之家皆可得到。再如第十八回写吃"梳头酒"筵席时说"旗下人娶亲也用拉拉饭"。此处之"拉拉"是满语，汉译为用小黄米等蒸的黏饭，或称"什锦稠粥"，是满族人平时很爱吃的一种饭食，有时还用于祭祀，故在婚庆宴会中也以之待客。类似的细节都具有很纯正的满族特色。

《鸳鸯扣》满风满韵中可以看其民间生活礼俗的传统模式的个性。正像很多满语融进汉语一样，满族中的婚俗也对汉族的婚俗产生了一定的影响。

此外，还有一些反映民俗学知识的作品，如《过继巧儿姐》中关于富家子女过继给贫家，认了干亲好养活，也是旧时的北方民俗。

第十章　子弟书的收藏与刊行

一、子弟书收藏

子弟书的文本得以保存下来，和子弟书的收藏者分不开。郑振铎、阿英、傅惜华、马彦祥、杜颖陶、吴晓铃、关德栋、李啸仓、贾天慈、梅兰芳、程砚秋等人，其中有学者，也有艺术家。他们的喜爱可以见出子弟书的价值，也可见流传之广。

（一）个人收藏

傅惜华曾藏有子弟书抄本三百多种，编有《子弟书总目》等书，"文革"时部分藏品被毁，余者捐中国艺术研究院，辽宁曲协的内部资料《子弟书选》即傅惜华供稿。程砚秋曾藏有百种子弟书，部分现存中国艺术研究院图书馆。梅兰芳所藏子弟书三十余种，部分现存中国艺术研究院图书馆。吴晓玲藏子弟书八十余种，部分现存首都图书馆。

日本会石武四郎、长田夏树二人藏子弟书书目不详，部分现存东京大学东洋文化研究所，多种由波多野太郎收入横滨市立大学纪要《子弟书集》。杜颖陶、马彦祥、李啸仓、贾天慈、阿英、关德栋、耿瑛、张文彬等人均曾有藏，不少是子弟书稀本、孤本，今多数藏书均不知去向。金永恩家藏子弟书二十多种，原藏辽宁省图书馆，亦遗失。现存子弟书刻本，佟悦藏有四十种，陈贵选藏有十种。

（二）单位收藏

中国艺术研究院图书馆，藏子弟书丰富的单位之一；傅斯年图书馆，所藏三百二十种子弟书；国家图书馆，约有一百三十种子弟书馆藏；北京大学图书馆，主要藏有清蒙古车王府旧藏约三百种；首都图书馆，藏有车王府旧藏及车王府过录本约三百种；故宫博物院，藏百本张抄本为主的子弟书九十二种；天津图书馆，藏有数种孤本及佚名编《子弟书目录》及文澄《子弟书约选日记》等文献；民族图书馆，藏有《旧钞北京俗曲》，内有子弟书多种为煦园改订本；中山大学图书馆，车王府旧藏过录本多种；东洋文化研究所图书馆，藏有子弟书数十种，存于双红堂文库；早稻田大学图书馆，有数种清刻本及石印本。目前除各大图书馆外，尚有一些缺本散落民间。

二、石印本的刊行

除清代刻本、抄本外，民国时期子弟书的刊行以石印本为多。石印技术是近代的产物，石印术传入中国后并非一开始就印刷鼓词唱本，它最先印刷的是报纸杂志和基督教小册子，后来才印刷翻译书籍、士子学习应试的参考书和古籍，再后来才印古旧小说和唱本。尤其是1905年科举制度废除后，石印科举用书失去市场，各种石印古旧小说和唱本才逐渐盛行。《露泪缘》1920年左右大成书局出过石印本，后中华印刷局出的已是散本。石印传入东北应当更晚，而子弟书还在印行之列，其独特的文本价值就更见一斑了。

子弟书石印本主要以沈阳奉天东都石印局和上海大成书局、上海锦章图书局、上海启新书局、北京打磨厂学古堂等印发为主，版本很多，存世量不少。沈阳石印本多为单页双面印刷，上海多为筒子页双面印刷，一般封底有广告页，介绍该书局所发书目。

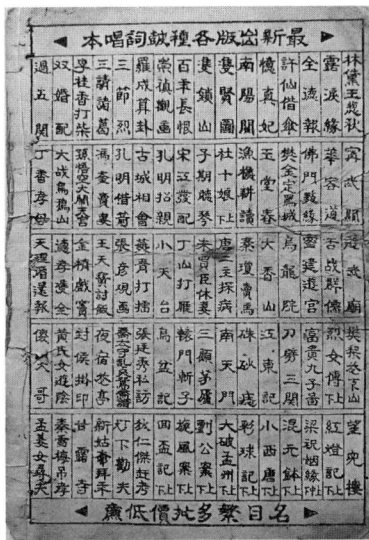

奉天东都石印局广告页

上海锦章图书局《〈三国〉子弟书词八种》

北京打磨厂学古堂《全本杜十娘》

上海大成书局《全德报》绘图本

上海大成书局《书生叹》　　　　上海德和义书庄《别善恶》等

北京中华印刷局排印本鼓词汇集，首本有大鼓名伶图片及序言和目录，后按忠孝节义排为四辑，收入的曲目有如下。

忠：《长坂坡》、《取荥阳》、《武穆还朝》、《罗成叫关》、《李陵碑》（乐亭调）、《白帝城托孤》、《包公夸桑》、《草船借箭》、《贞娥刺虎》（子弟书）

孝：《宁武关（别母乱箭）》、《火烧绵山》、《南阳关》、《目连救母》、《郭巨埋儿》

节：《审头刺汤》、《昭君和番》、《鸿雁捎书》、《孟姜女寻夫》、《秦雪梅吊孝》

义：《古城相会》、《华容道》、《战长沙》、《二本战长沙》（对刀）、《三本战长沙》（马失前蹄）、《四本战长沙》（箭射盔缨）、《俞伯牙摔琴》、《闹江州》、《蜈蚣岭》、《先生祭灵》

其中大部分是子弟书改编的鼓词。

石印本中，子弟书与其他俗曲、小戏合刊较为多见，有的冠以文明大鼓之称。

◉鼓曲彙編卷貳(孝)

選輯　古瀛齊嘉棻

◉崤武關(別母)

大廈將傾散見君臣徹心一木豈支持可儒孝母忠君將偏遇孝子興波怨氣悲風遮體甲蒼雲慘霧透征衣滿腔熱血酹明主崤武關畫世容光周遇吉這將軍鋪宇岱州被城攻破也是國家散人力難移也思親情切切幾回欲死又遲遲一道兒紛紛塵滾銀槍冷慘慘風欽白馬斷奔到了崤武關中自家門首見那位孫張老家將請安已畢接槍馬勇忽及把銀盜鬆鬆料料袋進儀門闖階花磚行甬路到廳前英雄舉目心使森竟忘萱親堂上開瓊宴妻子庭前捧玉巵(呀)這是我爲國忘家都把心使森疑惑只見了太夫人今日暮期太夫人)聞人報將軍一見快喚來早見當前拜到堂吉說請太太萬福金安有憑否太太說溫存殘喘離爲兒應吾兒免禮惠良姑

鼓曲汇编卷二（孝）石印本

◉鼓曲彙編卷壹(忠)

選輯　古瀛齊嘉棻

◉長板坡

古道荒山苦相爭蒙氏塗灰血飛紅燈照黃沙天地暗座迷星斗鬼哭愁名標千古重壯忠良生死一毛輕長板坡前滴血汗行將寅趙子龍那位劉立德投奔江陵藏鋒養銳不堪防任當陽路上遇見了追兵圍重圍刀鎗林內君臣們失訊踏荒郊喊救聲裏糜氏夫人慢抱阿斗身隨月色淚瀿西風被劍傷從半夜昏絕在荒草地只有那呼吸氣一絲未斷到了大明夫人死去重又蘇醒瀿瀿冷似冰叉聽得身傍秋蟲聲聲喚繞知阿斗在懷陳陣疼慢睜杳眼兒亂舞挺阿斗在懷中落葉兒堆滿了創傷身冰涼的露冷沁殘是未散月影兒斜明彭兄斜明香驅亂戰夫人坐起兄寒煙歷地衰草橫空廠埋塗釉香薛冷血墊弓趕透襪紅伸手向懷中摸了摸公子只

鼓曲汇编卷一（忠）石印本

◉鼓曲彙編卷肆(義)

選輯　古瀛齊嘉棻

◉古城會

古城相會訴折膈膈軍豪幣手拉着劉備豪了聲大哥會記得兄弟桃園立結義烏牛白馬祭過神佛立地誓烏牛祭地福壽多劉豪分大關爲二涿州范陽三分漲氣曾記得弟兄徐州大失散一十二載幾得會合明一陣大破黃巾兵百萬刀新華維溫酒關前一場戰槍殺呂布紫金冠三弟时翼德孟德一見心歡悅七品縣令賜與大哥也是三弟作事多們猛撞鞭打欽差曹德一見心歡悅假陶倚仗兵馬強將又丟我有心四馬單刀諾巷下馬波南門外拾敦陶(公祖)曹孟德倚仗兵馬強把吉順說他言道雲長公無有糧草雖養銳兮無何赤兔馬不卸刀劉兒的隊何人保護車羣車(念着)如問實吾免時常陪我如問寶夜左右戰志雖待刀不分暫夜左右戰志雖待我如問寶夜時常陪我把酒喝

鼓曲汇编卷四（义）石印本

◉鼓曲彙編卷三(節)

選輯　古瀛齊嘉棻

◉審頭刺湯

牛散芸鸞響墨香蕭蕭風雨著淒涼粉窯無傑俊佳人更有侠賜名園留住句今將烈女記瑤璋慢道言道恩多成怨半幅消遣搜遣邁後枯搜垂蟲賢良帝人雪豔娘再想着巫山一夢會雲而他不想當聲徽自引鳳凰他自知莫已陷雪姬是弱女那曉得嬌弱嬋娟寬是倒催命的惡闖王這住人一腔節烈橫了鐵胆惡澤賊誠心妄想作新耶擇逢良辰黃道日婆進雪豔拜罷堂寬正是奉艷巧樁多齊齊那一番莊嚴陳股不尋常瑶瑚鸞香燒萬壽羁金鈿光燦燦燭點通寶照玉堂赤鬧賙金鈎幔挂垂玉墮碧森森牙床疑毯眠露霜亂面嬌淼淼一心氣愾一腔憤愾滿腹思量想我今春山在蠻原因舊主冤仇未雪

鼓曲汇编卷三（节）石印本

三、郑振铎主编的《世界文库》

民国二十四年（1935），郑振铎主编《世界文库》第四、第五册分别列入韩小窗《东调选》五种和罗松窗《西调选》六种，使韩、罗此两位子弟书名家，"与塞万提司、果戈理、巴尔扎克、托尔斯泰、高尔基等辈并驾驰骋。"①国内外学术界对我国俗文学研究日益重视。

限于史料缺乏，郑振铎将韩小窗、罗松窗所作子弟书彼此有错安，陈锦钊在《论清蒙古车王府藏曲本及近年大陆所出版有关子弟书》一文中说：

> 考订子弟书的作者，必须有凭有据，绝不能凭空捏造。可是，在现存子弟书的资料中，却不尽如此。如1935年郑振铎所编《西调选》一书，分别收录有《大瘦腰肢》《鹊桥》《出塞》《上任》《藏舟》《百花亭》等六种曲本，均题是罗松窗所作。因郑氏是我国的俗文学专家，他的著作影响后世极为深远，现今所见的各种中国文学史等，凡提及子弟书时，大多以郑氏为马首是瞻，故将近六十年以来，因此而造成的混淆，迄未稍减。②

陈锦钊的观点是严谨的，而提到郑振铎对子弟书的贡献，启功的观点是："但子弟书在出版物上首次列于世界名作之林，不能不归功于郑先生。"③

---

① 赵景深：《子弟书丛钞》序，上海古籍出版社，1984年，第1页。
② 陈锦钊：《论清蒙古车王府藏曲本及近年大陆所出版有关子弟书》，《民族艺术》，1998年第4期，第154页。
③ 启功：《创新性的新诗子弟书》，《文史》第23辑，中华书局，1984年，第239页。

郑振铎在《中国俗文学史》中说：

> 所谓子弟书，是指八旗子弟的所作。八旗子弟渐浸润于汉文化，游手好闲，斗鸡走狗者日多，遂习而为此种鼓词以自娱娱人。
>
> 但其成就，却颇不少。
>
> 子弟书以其性质分为西调、东调两种。西调是靡靡之音，写"杨柳岸晓风残月"一类的故事的。东调则为慷慨激昂的歌声，有"大江东去"之风的。
>
> ……《宁武关》开篇：
>
> 小院闲窗泼墨迟，牢骚笔写断魂词。
>
> 可怜孝母忠君将，偏遇家亡国破时。
>
> 怨气悲风凝铁甲，愁云惨雾透征衣。[①]

这个记述与盛京刻本和车王府抄本均相似却又不同。

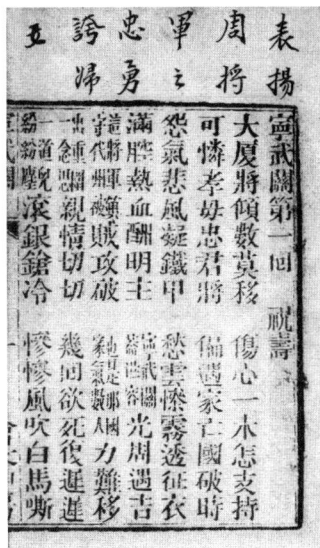

大厦将倾数莫移，
伤心一木怎支持。
可怜孝母忠君将，
偏遇家亡国破时。
怨气悲风凝铁甲，
愁云惨雾透征衣。
满腔热泪酬明主，
宁武关盖世荣光周遇吉。

《宁武关》刻本第一回

---

① 郑振铎：《中国俗文学史》，商务印书馆，2005年，第631页。

小院闲窗泼墨池，
牢骚笔写断魂词。
可怜孝母忠良将，
偏遇亡国离乱时。
青天冷照银花甲，
荒草烟埋粉绣衣。
半世冰心千古恨，
宁武关苦死了将军周遇吉。

《宁武关》抄本第一回

第十一章　子弟书对北方曲种的影响

子弟书初只用一面八角鼓作为击节乐器，曲调简单。嘉庆末年，民间鼓词艺人演出子弟书又增加了三弦伴奏。子弟书每回一韵到底，音乐和板式上变化较少，所以到光绪初年，随着京、津地区之各种民间大鼓艺术的崛起，子弟书的演出日渐稀少。后废去了八角鼓，改用三弦伴奏，于北京与怯大鼓合流，形成京韵大鼓，于沈阳与屯大鼓合流，形成东北大鼓。

一、京韵大鼓与子弟书

子弟书中的优秀作品，成为京韵大鼓的演出曲目。钱来公《辽海小记》中说："入民国后，清音子弟书，唱遍平津刘宝全，白云鹏，张小轩……"

刘宝全（1869—1942），京韵大鼓刘派创始人；白云鹏（1874—1952），京韵大鼓白派创始人；张小轩（1876—1945），京韵大鼓张派创始人。刘白张擅唱子弟段，在宣传时，常以"得小窗真传"为噱头。

京韵大鼓于清末形成。先是从直隶（今河北）河间府传出，伴奏乐器只是鼓和板，进了北京以后，增加了三弦，"打鼓弹弦走街

白云鹏《林黛玉归天》唱片　　白凤鸣《打鼓骂曹》唱片（谢岩供图）

坊"卖艺，时称"逛街儿"。清咸丰年间旗人金德贵将有板没眼的木板大鼓，发展成一板一眼的板式，命名为"京气大鼓"，同治、光绪年间住在北京石头胡同的艺人胡金堂（胡十），为适应城市听众的需要，移植了子弟书《长坂坡》《樊金定骂城》《高怀德别女》等。还有擅唱《三国》短段故事的霍明亮，他也移植了子弟书《单刀会》《战长沙》等。京韵大鼓声名渐起。

　　宝全所唱之书词，则又大半出自韩小窗之手。韩氏不仅文学修养甚深，对于吹打弹唱，亦无不精。惟以功名蹭蹬，屡试不售，在清朝末季，留都中为部曹，浮沉于末秩之间，居恒郁郁，则以编制鼓词，遣其才思，宝全辄问之请益，情逮在师友之间，迨韩没时，贫至无以为殓，宝全代为经营丧葬，可谓无负于知己矣！[①]

旧吾的这篇文章说韩小窗在北京去世时，身无长物，刘宝全代为发丧。刘宝全生于1869年，1890—1908年在北京献艺。后人考刘

---

① 旧吾：《韩小窗与刘宝全》，《南京晚报》，1947年2月10日。

宝全行艺时间，这或许是研究者将韩小窗的卒年记为1890年之后的一个原因。

京韵大鼓演唱的子弟书曲目有《白帝城》《马鞍山》《华容道》《虎牢关》《七星灯》《双玉听琴》《宁武关》《方孝孺》《建文帝》《长坂坡》《黛玉焚稿》《宝玉娶亲》《林黛玉归天》《哭黛玉》《太虚幻境》《徐母骂曹》《罗成叫关》《樊金定骂城》《贞娥刺虎》《千金全德》《晴雯补裘》《探晴雯》《祭晴雯》《遣晴雯》《红梅阁》《晴雯撕扇》《剑阁闻铃》《红拂传》《狸猫换太子》《昭君出塞》《凤仪亭》等。这里有很多曲名与子弟书不同，有的本来就是子弟书的别名，有的是摘唱了某中篇子弟书的一回或数回。

《糜氏托孤》成为刘派京韵大鼓的代表性曲目之一。唱腔很有特色，如开始四句都是翻高唱，渲染了曹、刘两家鏖战的情景和人喊马嘶的气氛。中段稍快，通过唱腔的起伏、节奏的徐疾表现了糜夫人失落战场在衰草寒烟中紧揽阿斗的凄楚感情。末段用弛张交错的紧板表现糜夫人与赵云的对话，唱腔描摹赵云之忠义，糜夫人之义烈，淋漓尽致。结尾"闯重围救阿斗与那刘备去相投"用了徐缓的高腔，把忠义名标、永垂千古的主题进一步渲染升华，余味无穷。《徐母骂曹》一曲，亦其撒手锏。训子之悲，骂曹之愤，嗓音于转瞬时，尽变化之能。

白云鹏，字翼青。1910年到京津一带演唱由木板衍变而成的京韵大鼓。初时演唱的曲目有《长坂坡》《战长沙》《单刀会》等。随着在四海升平游艺场演唱"文明大鼓"，白云鹏不断地在实践中探索，发展自己的艺术风格，孕育着新的艺术流派。1910年后白云鹏根据自己的素质和理解力加工创造了白派的代表作《焚稿》《哭黛玉》《探晴雯》及《孟姜女》等。他嗓音虽低，听来却圆润浑厚，吐字清晰有力，唱腔于妩媚中透着苍劲，善于通过半诵半唱传达人物的内心情感。白派在描绘景物和抒发人物忧思之情时，常用平中见奇、稳而有变的唱法，恰当地调动了排比句的功能，具有深挚的艺术感染力。对白派艺术的评价在民国报纸已足够翔实：

论白云鹏之艺术

　　白从事丝竹檀板生涯以来，不下数十年，对歌曲之造诣颇深。白吐字清晰，轻重分明，嗓音苍脆，悠扬动听，且表情作像，逼真细腻深刻动人，真谓之炉火纯青近入化境，擅唱儿女情长柔意缠绵的故事。如歌红楼段尤为所长，聆曲观作（动作表情也），宛如怡红公子潇湘妃子复生，其对曲内中心人物可谓研究入骨，例如把曲内女性们个性的温柔、骚艳、娴雅、清高、恋爱、嫉妒、卑陋、阴谋等等的情绪，歌出如画，并把男女间的离合、悲、欢、嬉、怒、笑、骂等心理状态，完全歌出，表现无遗，若非艺员本身对《红楼》一书未加深刻研究，焉能臻此妙境！似此苦工实他艺员所不及也！其他，白对三国段也称擅长，如《战马超》《哭祖庙》等均称精彩动听。此外白的特点，即是无普通艺人之一般骄傲心理，至今白发高龄，于台上演唱，从不敷衍偷滑，每歌认真唱作由始至终，气力充沛，虽热汗淋漓，丝毫不懈怠！

　　白虽唱作俱佳，足以称雄鼓界！然细考助其成功最为有力者，当推其所用之曲词，白所取之鼓词，多出自有清一代名儒韩小窗之手笔，非但词句幽美雅致可喜，且韵律工整，绝非一般粗俚频俗之曲词可比，即按小块文章论之，每段亦可称之为文情并茂之抒情诗也！例如红楼段《焚稿》中之"文章误我，我误春光！"《探晴雯》中"钏松怎担重添病，腰瘦何堪再减容？"均为文章中难得之佳句，况哭玉，幻境中几乎满篇珠玑，尽为佳句，若依不佞谬论，尝思韩所编红楼之各段曲词，"其文婉美哀而不伤，可比子健之诗！""清高娴静雅秀可爱，可比渊明之文！""辞藻富丽

才华纵横，可比王勃之赋！"且文而易解，简而不俚，雅俗
共赏，如此佳曲，复经唱作兼优之白云鹏歌出，更为生色，
故白无此曲难展其才，此曲无白，尤属遗憾也！

　　白于鼓曲中，能唱者颇多，段段精彩，如红楼段之
《双玉听琴》《晴雯撕扇》《补裘》《遣晴雯》《恸别》《探晴
雯》《祭晴雯》（或名悼芙蓉，惟不常露唱）《焚稿》《娶亲》
《哭玉》《太虚幻境》等，三国段如《斩华雄》《凤仪亭》
《骂曹》（或名徐母训子）《三顾茅庐》《长坂坡》《战长沙》
（共四段）《战马超》《白帝城》《哭祖庙》等，其他如《金
定骂城》《拷童荣归》《孟姜女》《霸王别姬》《方孝孺》《费
贞娥刺虎》《宁武关》（共三段）等共三十余段。①

再论白云鹏之艺术

　　日昨刘紫虹对于白云鹏之大鼓，很有一个清晰的论断，
足见刘君徵歌有年，尤其对于白派大鼓之爱好，刘君文中
所谈刘宝全、白云鹏、张小轩等三人为现在大鼓中之三宗
派，但在此三人之上，曾有胡十宋五霍明亮三人，刘白张
均以该三人为宗范，白云鹏之派系得之于霍明亮，故由子
弟书词而编入大鼓之中者，均由霍行之而白彰之，如果我
们按照新文学的比喻来说，张似论文，刘似小品，而白之
大鼓则如散文诗，何以喻之为诗，因为他能使人沉吟与回
味，但其中柔媚虽有余，而刚毅则不足，故爱此曲者均为
性情沉静长于文思之人②

---

　　① 刘紫虹：《论白云鹏之艺术》，《真善美画报》，1947年12月10-11日。
　　② 王子民：《再论白云鹏之艺术　敬覆刘紫虹兄！》，《真善美画报》，1947年
12月13日。

张小轩青年时常在北京南郊票演北京时调小曲《绣麒麟》《叹五更》等。后因清廷禁唱时调小曲，改学木板大鼓，拜朱德庆为师，登台演唱时海报贴"文明大鼓"。他擅唱的曲目有《博望坡》《古城会》《华容道》等。百代公司曾灌制《华容道》《草船借箭》《单刀会》《游武庙》等唱片。

张小轩访谈记

记者素日有听鼓之癖，病中犹不能忘情，张小轩自山东来了，我听见实是欢喜，因为和他五六年没有见面，特地赶了去访他，不料想见了面一看，他还是当初的相貌，和旧日的神情，六十三岁，年近古稀的老朋友，一点也不老，那副矍铄精神，比前二十年还差不多，听了唱一回《斩颜良》，气力充沛，仍然还能声震屋瓦，大吕黄钟真是不同凡响呢。[①]

谈京韵大鼓

北边的大鼓，和我们南方的说书差不多：不过说书有连绵不断性，每部书至少须一二个月才能说完。听众非有久耐的性子，极闲的工夫，是不易享受耳福的。大鼓则不然，各自为段，各自成篇，撷取每一故事中最有精彩的一段，播为鼓词，自成首尾，所以仅不妨今天说《三国》，明日唱《红楼》，后天再换《水浒》，亦唯如此，才能适合燕赵人士的脾胃。大鼓，种类极多，有京韵，有梨花，有梅花，有关东，有河西，有乐亭，有滑稽，有铁片等，种种不同的名目，各异的腔调，京韵大鼓要算最普遍而最受欢迎的一种了！

---

① 晳香：《张小轩访谈记》，《中南报》，1936年4月29—30日。

现代鼓界最享盛名的有三个：刘宝全，白云鹏，张小轩。

宝全之技，出神入化，鼓界公认为王，伶界大王谭鑫培生前，亦倾倒备至，字眼极讲究，阴阳尖团，一丝不苟，年来日渐衰迈、有时嗓子不佳，必预先声明说："今天嗓音不好，抱歉得很！嗓虽哑；字眼儿可不能让他哑，诸君赏下耳音，静听好了！"其自负若此，演唱时有身段，有表情，处处顾到词中人的身份、唱《闹江州》《单刀会》《宁武关》诸折，俨然一黑旋风、关云长、周遇吉，慷慨激昂，得未曾有，每一登台，座为之满，克享盛名，非偶然也！

白云鹏之技，则近于纤巧一流，以哀感顽艳悱恻缠绵胜，红楼诸折，如《探病》《悲秋》《哭玉》等，侧耳细聆，恍闻小儿女在枕边窗下，作喁喁私语，令人之意也消！他也自知其长，所以此次北平书场开幕，就拿《黛玉归天》《孟姜女》来打炮。

张小轩黄钟大吕，中气极足，本钱很够，可惜火气太重，失之粗野，即以他的拿手杰作《游武庙》《长坂坡》《马鞍山》而论，亦远不如刘白之韵味醇厚，引人入胜，此殆限于天赋，非人力所可强求。[1]

从民国各报的访谈报道或介绍，可以看出子弟书在民国期间的发展和传播，而之影响也成就了相当多的京韵大鼓艺人。

白凤鸣八岁从父学艺，十二岁参加"宝全堂艺曲改良杂技社"，在北京大观楼、水心亭等处登台演唱，有"神童"之誉。十四岁拜师刘宝全，学习近五年，他基本上能演唱刘宝全擅长的《长坂坡》《单刀会》等曲目。十七岁时已掌握刘派大鼓演唱真谛。他深知老师造诣之深，不仅在于汲取前辈宋五、胡十、霍明亮诸家之长，还贵

---

[1]《谈京韵大鼓：从刘宝全说到小黑姑娘》，《时事新报》，1933年4月16日。

在融会贯通、富于独创精神。因此，他立志广撷博采，从兄弟曲种和姊妹艺术中借鉴表现手段与技法。他酷爱京剧艺术，并经与王少卿、陈富年、杨宝忠几位益友切磋，尝试在演唱《击鼓骂曹》时，以单键击出双键鼓点的技法，配合《夜深沉》，使演唱效果声情并美，一时被誉为创举。擅唱《千金全德》（三本）、《建文帝出家》、《别母乱箭》、《白帝城》、《单刀会》等子弟书段，民国间灌有《建文帝出家》《马失前蹄》《方孝孺骂殿》等唱片。

骆玉笙（1914—2002），出生于江南地区。京韵大鼓"骆派"创始人。1931年，十七岁的骆玉笙正式开始演唱京韵大鼓。艺名"小彩舞"。1934年，拜韩永禄为师，学刘（宝全）派大鼓曲目。1936年，开始在中华电台进行现场直播鼓曲，并在天津新开业的小梨园剧场演出。1948年，应邀参加梅兰芳先生五十四岁寿辰，在堂会上演唱了子弟书段《刺汤勤》与《白帝城》。擅演的子弟书段有《剑阁闻铃》《红梅阁》《子期听琴》《伯牙摔琴》《击鼓骂曹》《祭晴雯》《七星灯》等。

孙书筠（1922—2011），原名孙慧文，八岁从父学唱京剧，十一岁拜王文瑞为师学京韵大鼓。十六岁开始到桃李园等曲艺演出场所演出，得到了名弦师韩德荣、钟少亭、钟德海等人的指点，技艺大为提高。十八岁首次来到天津，在庆云戏院演出，经过一个时期逐渐站稳了脚跟，她认真地观摩学习刘宝全的艺术特色，并虚心向刘求教，二十岁与鼓王同台演出。代表作品包括《连环计》《徐母骂曹》《长坂坡》《子期听琴》等。

小岚云（1923—1992），原名钟俊峰。八岁学习京韵大鼓，十岁拜京韵大鼓女艺人石岚云为师。小岚云常与刘宝全、白云鹏等鼓曲高人同台演出，刘宝全多次亲传面授。小岚云更是求艺若渴，几乎每天晚场演出后，到刘宝全住所求教。在近两年时间里，刘宝全先后向小岚云传授了刘派的拿手曲目《徐母骂曹》《白帝城》《大西厢》等。1942年刘宝全去世后，他的两位弦师——小岚云的二叔钟少亭、四叔钟德海转而为小岚云伴奏，并把刘宝全留下的珍贵遗产二十三个曲目全部传给了小岚云。小岚云较为全面、完整地继承了刘宝全的京韵大鼓艺术，20世纪40年代演遍了天津的小梨园、大观园、燕乐、丹桂等十余处园子，并在京津等著名园子任大梁，一时间闻名遐迩，誉满津京。

阎秋霞（1927—1988），习白派京韵大鼓，在王家齐先生的《问津·京韵大鼓史略》中说："他（白云鹏）在弟子方红宝适人以后继承无人，直到日帝投降后，才招收了白派直接继承人——女徒弟阎秋霞。传授了红楼段子，而自己便辍演了红楼段子，师徒逐渐分工，各有自己的节目，一直坚守着京韵岗位。"在马志明、谢天顺的相声《自食其果》中有这样的台词：

> 甲：白派，我们团的是赵学义，还有一位著名老演员。
>
> 乙：阎秋霞。
>
> 甲：阎老师，唱得好，那天来了，坐底下听了，培养青年。确实好呀，阎秋霞唱出来，尤其是《红楼梦》的段子，《探晴雯》《祭晴雯》《黛玉焚稿》《双玉听琴》，啊，多好呀。观众那词都会呀，《黛玉焚稿》那词都背得下来，老观众坐在底下闭着眼听，美，听着美，"孟夏园林草木长，楼台倒影入池塘。黛玉回到潇湘馆，一病恹恹不起床。"
>
> 乙：就是这词。

可以说，子弟书的曲目，哺育了众多的京韵大鼓名家，且对北方鼓曲的创作有着深远的影响。请看1946年王子民试作，大梁酒徒删润的红楼鼓词《祭晴雯》（节选），可以与子弟书《芙蓉诔》相媲美：

> 我与你五六年来朝夕与共，
> 耳鬓厮磨一往深情。

咱二人鲽鲽鹣鹣双栖双宿，

如鱼得水似影随形。

可敬你春花秋月难比美，

可敬你白璧无瑕玉洁冰清。

可怜你娇花骤然逢暴雨，

弱柳无辜遇狂风。

可叹你误中谗言祸生肘腋，

害得你香消玉殒遗恨无穷。

从今后再不见珠箔灯前风鬟雾鬓，

再不闻茜纱窗外叱燕嗔莺。

再不能玳瑁床头嘘寒问暖，

再不得翡翠屏后蹑足潜踪。

真好似花钿委地遗草莽，

真好似珠玉埋尘葬蒿蓬。

真好似风流云散同逝水，

真好似电光石火一场空。[1]

二、东北大鼓与子弟书

清代后期至民国间，继都城北京后，盛京成为满族清音子弟书最为流行的城市。随着子弟书影响的扩大，具有乡土特色的鼓曲"漫西城"，也有了新的进步，并在继承吸收子弟书精华的同时羽翼渐丰，成为具有新生命力的民间艺术"奉派大鼓"的前身。

关于盛京子弟书的实际演唱情形，具体记载并不多见。从宏观影响分析，沈阳城内子弟书演唱主要形式，似乎不像北京乾嘉时期那样，以八旗子弟间在各宅门消遣娱乐式表演为主。原因是沈阳城内居

---

① 《星期六画报》，1946年第11期。

马宝山《忆真妃》唱片　　　　　　　朱玺珍《黛玉望月》唱片

住的旗人所占比例虽高，却非但无王公身份的宗室贵族，即使三品以上大员也多是京旗或其他地区驻防八旗人，少有在此定居长住者。沈阳本地旗人中，考取贡生、举人、进士者又多在外地为官，致使当地旗人中文雅之士难以形成群体优势，则子弟书的非营业性长期存在缺乏社会基础。所以，子弟书在此地流行后，很快便扩散至民间。

东北大鼓的源流有两说：一说是辽西一带农村产生一种大鼓书，爱好文艺的农民们，买来一些当时书坊出版的小唱本，用当地民间小调演唱。某些算卦的盲人自弹小三弦，也学会了这些小段。盲人弹唱故事走村串屯，比算命更受欢迎，人们称这种东北大鼓雏形的民间艺术为屯大鼓。清道光年间少数艺术水平较高者开始走进大城市献艺，因为常用漫西城曲牌，文人们称其为漫西城。另一说法乾隆年间北京的弦子书传到沈阳，吸收了当地的小曲小调，演变为一人打板击鼓演唱，另一人用三弦伴奏的演出形式。两种说法不相悖，正是两种艺人合流，推动了东北大鼓的形成与发展。为了适应城市的观众，演唱了很多由文人创作的文雅曲目，沈阳最先演唱子弟书的有梅、清、胡、赵四家，号称清音子弟班。子弟书的文本被很多曲种吸收保留，东北大鼓是传唱子弟书数量最多的，在《东北大鼓传统曲目大全》中，子弟书段就有三十三篇；三国段中来源于子弟书还有十余篇；而"草段"中有数篇鼓词曾被作为清音子弟书刊行，这都说明子弟书和东北大鼓是水乳交融的关系。

盛京子弟书由于流行较北京晚，加之当地社会文化水平的限制，其地方创作作品与较早的北京子弟书相比，八旗贵族文化气息相对较弱，更接近于当地民间文化的水平。在同光时期的沈阳地区，从子弟书流行开始，就与普通的大鼓书发生着相互影响，而受影响最多的就是被缪东霖列为说书者"最上等"的子弟书与"第三等"的漫西城。

子弟书对漫西城的影响，是其在沈阳的流行使当地的漫西城艺人发现了一种新的演唱方式，即除"蔓子活"之外，单独唱子弟书那样的"唱片儿"同样可以受到观众欢迎，甚至获得更好的效果。于是，他们将文人编写的子弟书也用作自己的唱本，一方面扩大了子弟书的影响，另一方面也促使那些文人和书坊多编书多刻书，把一般鼓词类作品也冠以子弟书之名，子弟书文本的俗化过程中，漫西城这个曲种却因演唱子弟书，高质量曲目较以前增加，受到更多人欢迎，进而在清末民初成为子弟段与其原有的"草段"及"蔓子活"并存，生存能力大为提高，并能在八旗制度和八旗子弟逐渐退出历史舞台后，凭借在清末积累的生存能力继续发展，出现诸多名家。

民国后沈阳的女大鼓艺人增多，除了刘氏姐妹刘问霞、刘丽霞、刘妙霞、刘筱霞，还有那氏姐妹那月邻、那月朋、那月辉，王桂影、陈桂兰、朱玺珍、白姑娘等。这些女大鼓，均以唱子弟书段子为主。照原文演唱的有五十多段。东北大鼓名家陈青远说："那阵段子分三种，子弟书段、三国段、草段。我学时，这三种段并行，各有所爱。"[1] 东北大鼓名家霍树棠口述的《三国鼓词故事选》[2]多次再版，共收有《斩华雄》《虎牢关》《凤仪亭》《白门楼》等二十种三国段，部分为

---

① 关永振、陈丽洁：《陈青远的评鼓书艺术》，中国华侨出版社，1996年，第27—28页。

② 霍树棠：《三国鼓词故事选》，春风文艺出版社，1956年。

子弟书。东北大鼓老艺人鲍延龄口述、陈杰记录的东北大鼓《小送饭》（又名《送饭段》）这样唱道：

> 小奴我该会几个子弟段，
> 串辙丢韵我会呼。
> 夜宿剑阁唐天子，
> 想起了太真妃子滚泪珠。
> 白蛇借伞雷峰塔，
> 蓬莱盗丹闯阵图。
> 窦公行善全德报，
> 燕山声名四海出。
> 悲秋单表林黛玉，
> 思想宝玉不住哭。
> 刺虎费贞精忠女，
> 要替明主把恨除。
> 宁武关前来拜寿，
> 忠孝节义世间无。
> 露泪姻缘贾宝玉，
> 因想黛玉泪模糊。
> 青楼遗恨沉百宝，
> 柳生仗义把财疏。
> 焚宫永乐坐了殿，
> 立逼建文把家出。
> 单说节烈孟姜女，
> 千里送衣寻丈夫。
> 望儿楼上表一表，
> 窦国母盼子滚泪珠。
> 该会一段天仙痴梦，

崔氏女笑对菱花把头梳。

长坂坡前一场战，

子龙救主又叫糜氏托孤。

得钞傲妻常峙节，

改名又叫贤人奖夫。

庄周出家蝴蝶梦，

观音点化在路途。

贫生做梦穷酸叹，

听见耗子蹬四书。

巧言詈人别善恶，

说的那虎狼伤人更狠毒。

捎带上损大烟叹，

说的个吃大烟的脸面无。

说段西厢莺莺女，

差遣红娘去下书。

双美奇缘拷红记，

张生赶考奔京都。

说完二十子弟段，

松松弦子住了书。①

　　嵌入唱词内的子弟书段有《忆真妃》《雷峰塔》《全德报》《黛玉悲秋》《刺虎》《宁武关》《露泪缘》《青楼遗恨》《焚宫》《姜女寻夫》《望儿楼》《天仙痴梦》《糜氏托孤》《得钞傲妻》《蝴蝶梦》《穷酸叹》《别善恶》《大烟叹》《红娘下书》和《双美奇缘》二十种，都是在东北大鼓中流传很广的曲目。此外东北大鼓还有《宝玉探病》《黛玉望

---

　　① 耿瑛、杨微：《东北大鼓传统曲目大全》，春风文艺出版社，2007年，第629-630页。

月》《晴雯补裘》《滚楼》《锦水祠》《游旧院》《樊金定骂城》《白帝城》《重耳走国》《罗成叫关》《双玉听琴》《百花亭》《太子藏舟》《调精忠》《漂母饭信》《鞭打芦花》《拷打寇承御》《刺汤》《洞庭湖》《乔太守乱点鸳鸯谱》等子弟书段。

1931年，刘问霞应邀到天津演出，誉满津门。上海百代唱片公司派人携带设备到天津，专程为她灌制了《红娘下书》《大西厢》《刘金定观星》《小拜年》《宝玉探病》等六张唱片。刘问霞声名鹊起，被称为"鼓界大王"。

当时，京韵大鼓男艺人刘宝全名气极大，是全国公认的"鼓界大王"。不能同时有两个"鼓界大王"，刘问霞回到奉天后，茶社贴海报时，改称"奉天鼓王"。民国时期，《盛京时报》等经常发表奉天大鼓名家的演出评论及消息。

刘问霞（1900—1944），东北大鼓第一代女演员，随父亲刘连甲学艺。民国初年，她在沈阳的演出地点多在小河沿的凝香树及鸿泰轩茶馆等。1930年，她以四百元之价购下城内的公余茶社，其后便以此为演出基地，不再到别处演唱。刘问霞擅长唱子弟书及抒情小段，善于表达细腻含蓄的感情，委婉缠绵，韵味浓厚。在奉天大鼓女艺人中，她是第一个打破"目不斜视"旧规矩的，设计有不少优美传神的表情动作，为人们交口称赞，并为许多女艺人所效仿。刘问霞虚心向人请教，二琴居士马毓书（马二琴）就常为她所唱新书段品评指点，从而使她的技艺不断提高。上海百代公司为她灌制了唱片。九一八事变后，她的艺术生涯变得十分艰难。1944年8月，刘问霞被日本侵略者逮捕，折磨致死。刘问霞大鼓艺术之精湛，请看民国报纸之评价：

书场漫话

沈市鼓书场，年来兴盛起来了，不是十年前的景况了，往年只是小河沿开时，鼓书林立，一到魁星楼即能听见鼓弦的声音。但是一到中元，此等歌场即随秋风收拾而去，光剩大片荷花在那里飘零着，空惹诗人发其牢骚，生出许多闲愁闲恨。这几年不然了，这几年冬天各茶社亦多有了鼓场，如今年秋后沈市的鼓书场已有八九家之多，在这钱紧而毛的时候，有这许多的歌场，还能说不是好的景象吗？这许多地方男女的艺者，出奇的还是出奇，唱好的也很多，后起的一些小女孩也真有惊人的，书场情形如此，与沈市未来的繁荣总算是不无关系了。

城内的公余社，设备雅洁，地址适中，堪称诸社之冠，自刘问霞接管后，益发起色起来。刘嬢之艺，各界皆知，勿用赘述，唯有人说刘嬢年岁稍大一点，不及十七八岁的人漂亮些。这话照说要专以艺人而论，是无关的，因为我们要听鼓词，不定以貌取人，谁的脸庞怎样，又何必追求呢？要是唱的，我们只论其唱，比方刘宝全和张小轩两个人说，谁都知道是鼓界的老名家，要听不着他们的唱，还想听他们留声机的唱片呢，还能问其脸好看不好看吗？又如万人迷、荣华亭、讷鉴泉诸人，他们相声的精到，自然也有人欢迎，脸上又有什么问题呢？何况佳人才女，原不单由脸上而分，要是金玉其外，败絮其中，自然是无取处了。问霞歌喉流利，不异当年，这正是鼓书界一可庆幸之事。而且有时稍一敷粉，穿上绣花蓝袍，亦不减其美丽，望之犹若十七八岁之人。其实问霞要修饰修饰，与十七八的女郎还不是一样吗？我想真诚之士，当重艺而不重貌，年龄大小，在问霞艺业上，当无关紧要的。此外几个人，如朱士喜、齐素云、刘桂荣、郎小菊、文玉兰、陈桂兰诸人，这几个人中，也有年事稍长的，也有中姿其貌的，他们在这八九家茶社里，总能站住脚，老是有人邀聘。又袁世卿、张小香、董小霞诸鼓姬，也比

小孩大得多，他们也终日忙唱，有人赞成，重艺不重貌，可见一斑了……①

鼓书场的姊妹花

　　刘问霞之歌之妙，谁都知道的。可是到了如今呢，愈发的好。不信看看公余茶社总是满座的。由此满座上看，即说做实了。而刘问霞之妹刘筱霞，近来也大见出息，脸庞是长得肥胖，唱的三国段亦颇精当而无土气。还是那句话，问霞穿上新衣，脸上来一点粉，依然是万泉河柳绿花鲜的黄金时代。绝无暮气之可云。要是佳人才女不过二十岁，总是不妥的。美人迟暮，那是牢骚，牢骚干什么？要是一肚子粪土，虽芳龄二八，又有什么出奇呢？二霞姐妹勉乎哉。我呢偷闲五日，而未到茶馆，所以托小轩开的名单也未得取，与友人老六的约会也误钟点失了信。老六其不怪我马虎吧。

　　朱士玺、朱玺珍姐俩儿，士玺唱起来，快时如疾风暴雨，淋漓尽致。一高兴一气呵成，这是其歌之妙之特殊，其板眼之准，尤为一般小妞所不及。玺珍呢？虽然年幼，会曲至三十之多，三国段儿常唱，子弟词通熟。若再研究，当能进步。士玺年前说，少睡一会儿觉，腾出工夫作一小稿，一月有余，此债今使得偿还，士玺亦不怪我马虎哉。

　　花佩霞、花佩秋，姐妹花也。佩霞之长在流利；佩秋之长在雄壮。二人均具有天然一副好嗓子，这虽难得，佩霞有股媚气，佩秋有股英气。二花与二朱有合一社消息，相亲相爱，美满为佳。我在这里举杯劝和呢。②

---

① 《盛京时报》：1930年11月19日。
② 东海庸生：《盛京时报》，1931年1月8日。

文中提到的朱玺珍（1913—1978），辽宁省沈阳市西郊人，年龄幼小时，拜于秀山为师学唱东北大鼓。9岁登台，一唱即红，因而得了个"九岁红"的艺名。每次演出时，师父都给她梳上两条小辫儿，她蹦蹦跳跳地登上舞台，那两条小辫儿一走一颤，显得天真活泼。观众们都很喜欢这个小女孩，便亲切地叫她"朱小辫儿"。

据说，20世纪30年代，天津著名京韵大鼓艺术家骆玉笙想跟朱玺珍学唱东北大鼓经典曲目《忆真妃》。朱玺珍虽被称作"鼓皇"，却十分谦虚。她对骆玉笙表示：以您的本领、名望、影响力，您唱《忆真妃》，往后谁还听我唱？如果您想唱这段，我可以把唱词念给您，但是您不能叫《忆真妃》，得改个曲名。就这样，骆玉笙先生把东北大鼓《忆真妃》移植为京韵大鼓《剑阁闻铃》，成为骆派京韵大鼓代表作之一。

另外《盛京时报》介绍演唱子弟书的女大鼓还有黄彩金和陈桂兰：

黄彩金之前途

流光如驶，又届隆冬，长夜漫漫，孤灯无赖，连日携友人踏雪听歌于得泰轩，于此处又见一悦目之珠。黄彩金者二八女郎个中之翘楚，群鸟之凤凰也。数聆其《滚楼》《悲秋》《全德报》《青楼遗恨》等阕，珠喉流利，巧腔婉转，眉目清扬，鬓发卷漆，樱唇玉齿，脉脉迎人。板眼字句，已臻平正。只以年尚稚初解风情，犹有书情未谙之处，似觉美中不足耳。然以现艺而论，将来必登上选。倘有通家加以点拨，自己加以烹练，此女不成名，吾不信也。其主要者书曲之来源，篇中之用意，词句之轻重，声调之抑扬，音节之疾徐，字音之尖团，前后之局势，皆须细细讲求，遇有余眼，再多识几字，亦比中之一大辅助。刘问霞之所以成大名者，除天赋歌喉外，皆虚心讲求、解识字意书情之故耳，惜余已中年以后，为俗物所累，无暇及此，有此英才而不得教，世有热心人请稍行留意，助之成才。亦此道之幸，吾人之耳福也。[①]

孟晋不已之陈桂兰

余昔供职辽宁边署时，退食之暇，笼无聊赖，辄以征歌品茗为排遣，而其时擅奉派大鼓者，虽多如过江名士，卒皆材艺平庸，碌碌无称。惟陈桂兰以冰雪之聪明，秉芝兰之淑气，歌喉婉转，音韵抑扬，长幽怨离伤之曲，极描画声形之妙，堪称个中翘楚。嗣蒲节后，余即橐笔来哈，忽忽半载，歌沉音疏，几如声□。然积癖已深，檀林金缕，固时犹入梦也。上月回沈数日，再聆清歌，则桂兰艺术，益复孟晋。每一登台，四座俱寂，惟闻弦歌鼓板之声，与歌声相应和。如怨如慕，如泣如诉，如猿啼，如鹤唳，如珠走盘，如丝荡空，如海水澄法，如奇峰陡起。能使听歌之人，快者掀髯，愤者扼腕，悲者掩泣，美者色飞，诚尽歌者之能事。近闻犹潜心研究，排习《留契》（全德报之一）、《哭玉》、《骂城》诸段。谅不日即可谱入新弦，登台奏演，以饫一班周郎之耳福。惜乎，余遥寄水天，难聆佳曲，仅成俚词，以致远怀云耳。

其一：灯明星灿照芳姿，
　　　　正是歌喉轻啭时。
　　　　羯鼓一声春欲笑，
　　　　万花齐放小桃枝。
其二：犹闻檀板响叮叮，
　　　　巾帼须眉柳敬亭。

---

① 听歌人：《盛京时报》，1930年12月6日。

　　　　我亦青衫旧词客，

　　　　琵琶幽怨不堪听。

其三：漫将旧话谱新声，

　　　　唱演当年儿女情。

　　　　凄恻缠绵无限恨，

　　　　骚人惹得泪眦盈。

其四：玉润珠圆白雪歌，

　　　　绕梁底不让嫦娥。

　　　　莫言举世知音少，

　　　　自有平章推誉多。①

　　《盛京时报》关于东北大鼓的记述有数百篇短文，当另文记述。这些曲评的频繁刊发，对民国时期鼓曲艺术的发展无疑有很大的推动作用。《盛京时报》1914年还发了一条"呈请发给评词鼓书研究员文凭"的短消息。

　　　　模范说书馆附设评词鼓书研究社，原有研究员马悦卿、奎成辅、贾胜歧、何凤鸣、张庆祥、李庆扬、古治麟、德治源、赵庆年等五十名，现已第一班研究期满，故日昨该馆馆长呈请教育司发给毕业文凭，以便分途演讲改良社会，经莫司长昨已将文凭分别发给该员等收执矣。②

　　民国二年（1913）奉天教育司创办了奉天模范说书馆，该馆附设评词鼓书研究社，一面招考研究人员，一观编印古今唱本，供艺人演唱。弘扬民族文化，提倡移风易俗。这个研究社不同于前清时

---

① 鹤自哈寄：《盛京时报》，1930年12月24日。

②《盛京时报》，1914年4月10日。

的"江湖行"，它不再是曲艺艺人的行帮组织，而是研究曲艺艺术、培养曲艺艺人的新型机构。当时报考的艺人不下二百人。民国三年（1914）三月三十日，评词鼓书研究社第一届研究员期满，有马悦卿等五十五人获得了等级证书。同年四月五日，《奉天公报》发表了《评词鼓书研究员毕业等级分数表》。

评词研究员共有二十一人，甲级有马悦卿、奎成辅、贾胜岐、何凤鸣、张庆祥五人；乙级有李庆扬、古治麟、德治源、赵庆年、张雨波、郑胜义、苑庆山、崔春玉、蔺荣林等九人；丙级有松云山、宋胜明、甘庆雨、王凤岐、金庆治、汪庆和、孙胜久等七人。鼓书研究员共三十四人，甲级有王宪章、冯春、丁蕙、赵璧、苑景塘、李玉庆、凌云阁、张万盛、刘连甲等九人；乙级有王凤山、陈连升、张玉珍、黄来明、董宝堂、曾宪元、赵清山、刘清山、李德林、尹宝山、张宝臣、王德生、马景顺、贺庆珍等十四人；丙级有尹宝发、文连举、车德保、胡连吉、陈仲山、柳玉堂、费恒祥、何玉臣、李

民国三年（1914）四月五日《奉天公报》

树棠、杨福堂、王文德等十一人。鼓书研究员中绝大部分为奉天大鼓艺人。奉天大鼓"梅家门"传下"隆、兴、成、奎、玉、山、河、江、海、湖"十个字。清末民初，"玉"与"山"两代艺人较多，上述名单中有"玉"字辈三人，"山"字辈五人。其中，王凤山、赵清山、尹宝山、陈仲山（陈青远之父）有"四大名山"之称。"清家门"传下了"士、尚、林、德、鑫、广、修、正、义、仁"十个字。上述名单中有"德"字辈两人。其他门户中，"连"字辈有三人，其中刘连甲是刘问霞之父。可见民国时期，百姓非常喜爱大鼓艺术。曲艺家郝赫还讲过一个才子演唱东北大鼓子弟书留下的佳话。

陈旧是民国时期沈阳著名的才子。他会唱东北大鼓，不但喜欢，而且还没事就上园子里边票一场。那天唱《宝玉探病》：

九月重阳菊花红，
金风飒飒透帘栊。
潇湘馆病倒了姑娘林黛玉，
又来了探病的宝玉，黛玉的表兄。

中东辙。黛玉正在床上躺着，一脸病态，宝玉看黛玉的形象，有一组对比：

柔气儿一阵儿娇吁一阵儿嗽，
细声儿一会儿哎哟一会儿哼。
绣鞋儿一面儿遮藏一面儿露，
纤手儿一只儿舒放一只儿横。
小枕儿一边儿垫起一边儿靠，
书本儿一卷儿抛西一卷儿东。
乌云儿一半儿蓬松一半儿绾，
骨拐儿一个儿白来一个儿红。

骨拐儿一边白来一边红，就是一个肺结核的病态。陈旧就在台上唱："那个骨拐儿，一边红来……"唱错了！

彼时的听众和现在不一样，基本上是遗老遗少，都会唱。你在上面唱，他们在下面闭目拍着节奏跟着唱，陈旧一唱"一边红来"，那观众把眼睛全睁开了，都起范儿，等着叫倒好了。

你陈旧那么有学问，你唱"一边红"了，看你下边怎么唱？

陈旧自己还未觉，弹弦的就踢他一脚，他这才反应过来，自己唱错了，先唱一边红了，下边唱一边白不行啊，不在辙上啊。大伙就等着听他怎么唱。

陈旧重复了"一边红来"，接着唱道："一边不红……"不红，是什么颜色？他等于把红排除了，另一边肯定不红，可以是一边青、一边白、一边黄，这都属于病态。给观众留下悬念，留给观众去琢磨。

观众们立刻起身站起来鼓掌："太有才了！"此事说明艺人须有文化，没文化，你只能成为艺人，成不了艺术家。陈旧到台上唱错了，临时编词都能产生这样的效果，传为曲坛佳话。

这些都从侧面说明子弟书对东北大鼓的影响之大。不仅演员喜欢、票友喜欢，观众更喜欢。从清末到20世纪40年代，东北大鼓的舞台上虽然出现了金蝴蝶、刘问霞、朱玺珍、陈桂兰、黄彩金等著名"女大鼓"，但她们算不得主体，主体还是男大鼓。东北大鼓男艺人众多，他们都为东北大鼓创造过辉煌。要论成就最显著者，前数霍树棠，后数陈青远。

请看陈青远的长篇东北大鼓书《薛丁山与樊梨花》中唱到樊梨花初次进薛礼大帐的场面：

樊梨花一听喊叫威武音，
倒把个佳人吓掉魂。

你看她抖抖精神壮壮胆，

把心一横也就跟进帐门。

见帐上两旁众将如狼似虎，

一个个瞪眼皱眉那样的精神。

好将官有的是，恰好似六丁六甲童子重出世，

好兵刃有的是，刀枪剑戟斧钺钩叉晃目昏。

好盔甲有的是，金盔金甲银盔银甲铜盔铜甲铁盔铁甲碗子盔撩膝甲重重叠叠千间大厦鱼鳞瓦，

好战袍有的是，鹅黄袍淡黄袍乌罗袍皂罗袍素罗袍密匝匝绿配红的颜色而更新。

见众将那真是，高的矮的丑的俊的瘦的胖的数不尽，

一个个脸分五色，黄的黑的白的蓝的紫的那真像凶神。

樊梨花看罢众将往上看，

只见坐在上边的老帅更吓人。

见他老戴一顶银光显显银龙，银龙似水适衬银盔盔一顶，

顶门上镶衬着大如斗口红光绕火焰生，十三曲簪缨压在顶门。

外挂着银装甲，甲有龙鳞锁子唐猊铠，

前胸佩吞口兽，兽咬嚼环晃目昏。

衬一领素罗袍上绣龙蟒，

鸟飞凤凰如龙虎穿在身。

系一条好巧手刺绣的玲珑宝带，

穿一双虎头靴云跟衬衬云跟，虎头战靴刚沾尘。

腰挂宝，带一口三尺纯钢杀人剑，

玉把龙头不带血腥便能杀人。

见他老面皮苍老多威武，

有一部花白胡须飘洒在前胸。

怨不得他老在中原为上将，

真有那尚武神威威震乾坤。

再看看子弟书《十问十答》中貂蝉进到关羽大帐时的描写：

这女子一边走着偷睛看，

众将官威风凛凛令人惊。

好盔甲凤翅盔锁子甲烂银盔柳叶甲铁幞头乌油甲荷叶盔龟背甲板沿盔镔铁甲碗子盔撩膝甲，不亚如千间大厦密砌的鱼鳞瓦，

好袍带绛红袍磨琼带素罗袍白玉带蜀锦袍黄金带皂罗袍皮鞓带团花袍银妆带绿罗袍狮蛮带，好一似万树桃花绿配红。

好将官一个个燕额虎头巨环眼睛钢须乱乍青筋叠暴怪肉横生腰圆背厚身高九尺腰乍三停的擒龙捉虎将，

好兵器一口刀双锋剑三股叉四棱铜五钩枪六合棒七节鞭八瓣锤还有那九股红绒拧成的套将绳。

看毕两边往上看，

瞧见那圣贤老爷美髯公。

威风凛凛冲霄汉，

杀气腾腾满乾坤。

但只见翠阴阴光闪闪青惨惨绿包巾头上戴，

起一顶巧匠制成金丝累就二龙现宝光辉缭绕的将抹额，上面有九曲盘桓颤巍巍的一朵朱缨。

穿一身九吞八扎兽面玲珑鳞密砌唐猊的锁子连环黄金铠甲，

一领西蜀绿锦，锦征袍上巧织就社稷江山，山河湖海，海水翻波，波内生云，云现九龙，龙背上现起金鳞。

系一条无瑕玉，玉磨琼，琼花集凤，凤鸣丹山，山峰

叠翠，翠比苍松，松隐白鹤的碧玉带，

左佩一口太阿剑玉把龙头，龙头凤尾，削铁如泥，吹毛利刃，在匣中常作龙吟虎啸声。

又见那黑漆漆的卧蚕眉，眉如卧蚕神眉两道直入鬓，

丹凤眼，眼似丹凤，凤目一睁如电转星飞鬼怕神惊。

重枣面，面如银朱出海的朝霞映红日，

五柳髯，髯如墨染戏水的龙髯罩乌云。

化他为我，贴切传神。《薛丁山与樊梨花》中，还有一段唱词，其排比、对偶运用之妙，比喻之形象、感情之深切，体现了东北大鼓书堪比子弟书唱词的艺术特色：

大雁一声天地空，
天高气爽起金风。
百草枯黄柳不绿，
遍地落叶甚凋零。
亮晶晶残月清光似水，
静悄悄夜静万籁无声。
夜沉沉帅府男女全入睡，
愁窦窦房内丁山睡不成。
薛丁山站灵前眼花耳鸣，
扶灵哭泣不敢高声。
我对你吵吵闹闹好几载，
你对我恩恩爱爱表衷情。
这回我诚诚恳恳来团聚，
谁料你孤孤单单丧残生。
临终前贤妻未留一句话，
这才叫千古遗恨恨千重。

你为我玉碎珠沉人不在，
我想你镜花水月化成空。
元帅府深闺绣楼依然在，
住楼的贤惠娘子影无踪。
你早想恩情美满成佳偶，
哪知道负义男人太无情。
好像是命中造定无缘分，
怨恩师不该当初牵红绳。
连理枝狂风吹散分左右，
比翼鸟棒打鸳鸯各西东。
怨只怨最后永诀没见面，
恨只恨满怀心事对谁倾。
愁只愁何人能代三路帅，
怕只怕无你难把杨凡赢。
从今后要想夫妻重团聚，
除非是鼓打三更在梦中。
贤妻你奈何桥上等一等，
拙夫我要跟你去酆都城。
只哭得月暗星稀没了气，
好像是云愁雨泣助悲情。①

可见，不仅东北大鼓的短篇曲目借鉴了子弟书唱词，长篇大书
也受益良多。

---

① 耿柳：《听唱再翻杨柳枝——〈薛丁山与樊梨花〉回眸》，《中国艺术报》，
2021年11月5日。

三、二人转与子弟书

同治十三年会文山房刻本《陪都纪略》（刘世英著）中，"诸般技艺"项下记"碰碰"曰：

> 逢庙会，人烟盛。堂客喜，碰碰碰，抱孩子，净发愣，
> 忆真妃，梦中梦，赶车的，更好胜，车骡俱静。

"碰碰"也叫"蹦蹦"，即二人转的早期形式。不过，其演唱的《忆真妃》和《梦中梦》，前者作者应为春澍斋，后者署"兰歧华胥未觉叟著，薇原静寿堂主人定"，均为有盛京刻本之子弟书。即使以上所记是由蹦蹦艺人演唱，也应是按照鼓词的表演形式，听众为抱孩子逛庙会的普通妇女和属于劳动阶层的车夫，说明自同治年间子弟书流行于盛京初期起，就并非只在旗人内部演唱，甚至走入庙会这种民间文化的场合，并得到当时的普通百姓认可。艺谚有云：东北大鼓漫西城，二人转里走了红。

有的二人转改编了子弟书，如将子弟书《八郎别妻》改为二人转《回岗岭》，增加了《小两口分家》的风趣唱词；将子弟书《查关》改为二人转《美人查关》《梭罗宴查关》，还增加了一些蒙古族语言，成为"蒙汉兼"的二人转；将子弟书《送枕头》改为二人转《樊梨花送枕》，增加了一些细节描写和喜剧成分。

艺谚说："二人转是个筐，什么都能往里装。"二人转《蓝桥会》中蓝瑞莲有一段"酒色财气"四大劝的"外垮虎"，表述因为好色而亡国的昏君有商纣王和隋炀帝二人，与子弟书《太师还朝》类似。

1962春风文艺出版社出版的王铁夫著《二人转研究》一书，在《二人转的剧目》一章中，《子弟书段》一节说：原是东北或各地子弟书或鼓词，以二人转形式演唱的有《全德报》《忆真妃》《望儿楼》

224

《露泪缘》《白帝城》《调精忠》《借东风》《草船借箭》《糜氏托孤》《孔明招亲》《樊金定骂城》等。

上列十一个曲目中，《草船借箭》与《孔明招亲》是鼓词，其他九个曲目均为子弟书。

《全德报》，韩小窗作，故事源于明代传奇《全德记》。叙五代时，高怀德家贫，他去投军时，将女儿桂英抵债给窦公。窦公不忍心将桂英收作小妾或当成使女，而将她收为义女，并为她招婿石守信。石郎婚后也投军而去。后来高怀德、石守信立战功，做官回来，感谢窦公的大恩大德。二人转艺人唱的《高怀德投军》是子弟书的第一、二回。

《忆真妃》，春澍斋作，取材于《长生殿》传奇第二十九出"闻铃"。是描写安史之乱后，唐明皇李隆基西逃，杨贵妃被迫在马嵬坡自尽。不久唐明皇来到剑阁行宫，雨夜闻铃，思念杨贵妃的情景。二人转唱的原文。

《望儿楼》，韩小窗作，故事源于《大唐秦王词话》。叙唐初秦王李世民带兵出征多年未归。窦国母思念爱子，天天登楼观望，可是李世民得胜归来时，窦国母已经病故，是一篇生动感人的抒情段。二人转唱的基本是原文。

《露泪缘》，故事源于小说《红楼梦》，是写贾宝玉与林黛玉的爱情悲剧。二人转常唱的《宝玉娶新》《宝玉哭黛玉》两段，均改编自《露泪缘》。

《白帝城》，韩小窗作，故事源于《三国演义》中刘备临终托孤之事。东北大鼓中也有此曲。

《调精忠》，故事源于《说岳全传》。叙南宋抗金名将岳飞，奉旨被迫班师回京，民众送行的情节。二人转唱的原文。

《借东风》，故事源于《三国演义》中诸葛亮联吴抗曹的情节。二人转唱的基本是原文。

《糜氏托孤》，韩小窗作，故事源于《三国演义》。叙赵云在万马军中救出阿斗，糜氏夫人投井自尽的情节。二人转改为一段演唱。

《樊金定骂城》，韩小窗作。故事源于《三皇宝剑》传奇。叙唐将薛仁贵征东途中，在樊家庄，收妻樊金定。婚后夫妻分开，十几年未见，后来樊金定听说薛仁贵征西，她带儿子薛景山到锁阳城来寻夫，薛仁贵因有前妻，不敢与樊氏相认。樊金定一怒之下自刎城下。后有古香轩作《续骂城》。写薛仁贵认子葬亡妻等。历史上的唐代本无西唐、东唐之分，但是民间说书艺人则把《薛丁山征西》和《秦英征西》，称作《大西唐》和《小西唐》。二人转唱的改编本。

《二人转研究》一书未提到的与子弟书相关的二人转还有很多。

（一）列国段

子弟书《子胥救孤》，二人转改名《禅宇寺》。唱词略异。

子弟书《鞭打芦花》，有同名二人转，唱词略异。

（二）三国段

子弟书《十问十答》，三国传说故事，叙吕布死后，曹操将美女貂蝉送给关羽，关羽盘问貂蝉，共分十节，每节十问十答，都是关羽从一问到十，貂蝉回答是从十答到一。包括了天文、地理、历史、典籍等内容，貂蝉对答如流，关羽知其为奇女子，最后送她出家为尼。东北大鼓改为一回本，更名《关公盘道》。这种以关公提问，貂蝉回答的"盘道"方式，和二人转的《李翠莲盘道》、拉场戏《梁赛金擀面》等曲目中的盘道、盘家乡如出一辙。

子弟书《华容道》，是三国时关羽放曹操的故事。有同名二人转，唱词略异。

子弟书《单刀会》，是三国时关羽过江的故事。有同名二人转，"观江景"一段为子弟书原词。

（三）唐代段

子弟书《罗成托梦》，叙唐将罗成在州西坡阵亡后，回家给其妻庄氏托梦的故事。同名鼓词与二人转，均为一段。唱词不尽相同，当为改编本。

子弟书《送枕头》，叙唐将薛丁山征西时，在锁阳关战败，回到寒江关搬请其妻樊梨花。樊氏因丁山无故休妻，不愿出兵相救，丁山夜宿书房，樊氏又担心丁山晚上受冻，抱枕头、被子来会丁山，夫妻和好，次日同赴战场。二人转改编本为《樊梨花送枕》。

子弟书《拷红》，有同名二人转。

子弟书《投店》，叙狄仁杰上京赶考，中途住店，夜间，女店主前来调戏他，狄仁杰不为色动。故事源于小说《浓情快史》。清末有莲花落《马寡妇开店》（姑苏辙）将女店主改为马如虎之妻张莲珠。后成为二人转曲目，有《女开店》《状元图》《阳功报》等多种演出本流传，是间接来源于子弟书的二人转。

子弟书《八郎别妻》取材于京剧《雁门关》。写杨八郎在北国与青莲公主成婚，得知母亲余太君亲征到辽，回宋营探母事。二人转名为《回岗岭》，增加了《小两口分家》的风趣唱词。

（四）宋代段

子弟书《八郎探母》，叙《杨家将演义》中杨八郎流落北国，被招为驸马后，宋辽交战，杨八郎回宋营探母和前妻的故事。二人转《回岗岭》中也是这段故事。历史上的北宋名将杨业，人称"杨无敌"，有七子，在小说戏曲中的老令公杨继业，也有七子，人名与史书不同，另有王令公之子王平，是杨令公的义子，即杨八郎，改名杨延顺。子弟书与二人转都只称杨八郎，而没写其名。《回岗岭》中在夫妻离别一节中，夹入了一段遥条辙的《小两口分家》，如"丈夫在炕头，妻子在炕梢，一个抱小狗，一个搂小猫，你过来小狗把你咬，你过来小猫把你挠"等风趣唱词，这是从小帽儿中搬过来的唱词。这篇二人转与子弟书唱词大异。可能是艺人根据河北梆子改编的作品，只是情节与子弟书相同。

子弟书《水浒全人名》，全文没有故事，主要是唱《水浒传》中梁山好汉一百单八将的主要人物名。二人转《忠义堂》与《归梁山》，都是在子弟书《水浒全人名》影响下的作品。所写的梁山好汉都只有三四十个人名。

子弟书《蜈蚣岭》，叙《水浒传》中武松夜走蜈蚣岭、杀恶道人的故事。同名二人转内容相同，唱词大异，为改编本。

（五）明代段

子弟书《游武庙》，叙明太祖朱元璋带军师刘基去游看宋代修建的武庙（历代功臣庙），朱元璋认为楚将伍子胥不该弃楚投吴，更不该在楚平王死后鞭尸。命人把其神像移到庙外砸碎。还认为"汉室三杰"之一的张良，不该辞官不做，隐归山林，也把其神像移出庙外。刘伯温看出朱元璋有杀功臣之心，不久后也辞官回家。同名二人转，唱词略异，当为改编本。

子弟书《卖油郎独占花魁》，取材于《醒世恒言》。讲述了"花魁"莘瑶琴与卖油郎秦重之间的爱情故事。有同名二人转，唱词不同。

（六）其他故事段

子弟书《黛玉悲秋》，是《红楼梦》故事。二人转常唱其中的《宝玉探病》。另有二人转《黛玉恨》，为改编本。

子弟书《僧尼会》，取材于同名戏曲。是一僧一尼俱不愿出家念佛，二人下山巧遇，结为夫妻，二人转中有拉场戏《双下山》，故事相同，唱词大异。

子弟书《红梅阁》，取材于明代传奇《红梅记》，写南宋奸臣贾似道，带歌姬李慧娘去游西湖，因慧娘无意中对书生裴舜卿出言赞美，贾似道回府后将慧娘杀死，还将书生裴舜卿抓来，关在红梅阁中。慧娘魂灵不散，当夜放走裴生。同名二人转，分为《游湖遭祸》与《魂闹相府》两回。

子弟书《得钞傲妻》，是《金瓶梅》中常峙节夫妻争斗故事。有同名二人转，系改编本。

子弟书《雷峰宝塔》三卷三十回，取材于白蛇的传说。二人转唱段包括《借伞》《盗丹》《水漫金山》《断桥》《合钵》《诉功》《祭塔》等，为改编本。

子弟书《痴梦》，二人转改编本名《夫人梦》，讲述崔氏嫌朱买臣家贫，逼夫休妻，后听闻前夫朱买臣得中高官，恍惚间自己成为太守夫人的南柯一梦。

第十二章　子弟书名篇疑团

一、《露泪缘》原来不是十三回

《露泪缘》现存有程记书坊、会文山房、文盛书房刻本及多种石印本等。流传而今的曲本回目依序为凤谋、傻泄、痴对、神伤、焚稿、误喜、鹃啼、婚诧、诀婢、哭玉、闺讽、余情、证缘，各回均有诗篇，与单出头《王二姐思夫》唱全十三道大辙异曲同工，《露泪缘》也正好用全了十三道大辙。内容主要是根据《红楼梦》第九十六回"瞒消息凤姐设奇谋，薛宝钗出闺成大礼"及"泄机关颦儿迷本性"，第九十七回"林黛玉焚稿断痴情，病神瑛泪洒相思地"以及第九十八回"苦绛珠魂归离恨天，痴公子余痛触前情"，第一百零四回"醉金刚小鳅生大浪，痴公子余痛触前情"改编而成，敷衍贾宝玉和林黛玉的爱情悲剧，着重在介绍他们的前世因缘，今世相识相惜相知，私订终身，最后不被封建大家庭所接受，造成林黛玉魂归的悲痛与无奈。

第一回述凤姐设计蒙骗贾宝玉将娶林黛玉。第二回述傻大姐多嘴泄露天机。第三回述林黛玉听到贾宝玉欲娶薛宝钗后，神情恍惚至怡红院找贾宝玉，二人却对坐傻笑。第四回述林黛玉病情日笃，不禁感叹父母早逝，身世凄凉。第五回述林黛玉病情日重，忆及往事，悲愤满怀，终至焚稿。第六回述贾宝玉误以为将娶林黛玉，满心欢喜。第七回述贾宝玉成亲当日，紫鹃为林黛玉不平，拒绝陪新人薛宝钗。第八回述成亲当日，贾宝玉获知实情，痛哭心碎，终至发病。第九回述林黛玉病重不起，对紫鹃交代后事。第十回述贾宝玉成婚数日后，前往潇湘馆哭悼林黛玉。第十一回述婚后薛宝钗苦劝贾宝玉上进考取功名。第十二回述贾宝玉前往潇湘馆找紫鹃，紫鹃不理。第十三回述贾宝玉昏睡中，证得前世露泪情缘，悟彻世情。

听书看戏，一直是百姓获得知识的捷径。一些普通百姓是通过传唱的子弟书段子才知道宝黛故事的，所以有人说子弟书是《红楼梦》艺术生命的延展。子弟书的作者多为具有较高文学修养的八旗子弟，他们擅长赋比兴，且看黛玉归天的一段唱词：

> （林黛玉）香魂艳魄飘然去，
> 这时候正是宝玉娶宝钗。
> 一边拜堂一边断气，
> 一处热闹一处悲哀。
> 这壁厢愁云怨雨遮阴界，
> 那壁厢朝云暮雨锁阳台。
> 这壁厢阴房鬼火三更冷，
> 那壁厢洞房佳气一天开。

宝钗拜堂和黛玉魂断的画面不断闪回，如同电影的蒙太奇，对比强烈，真是"满座重闻皆掩泣"。何海鸣曾描述过他听《露泪缘》十三段演唱时的情形：

> 是夜所歌为露泪缘十三段，即红楼梦说部中宝玉与黛

玉一段情史。分十三段次歌毕。歌时，用鼓，用三弦琴，用铁板。瞽者云，京音铁板大鼓，乃鼓书中之正宗，但绝非山东之梨花铁片，歌调至和缓，最宜于表现哀婉……①

子弟书作家的描述从宝玉定亲至黛玉仙逝，词句清隽典雅细腻处不逊于曹雪芹原作。

《露泪缘》曲目的形成有迹可循的是，它并不是一经写出就是十三回，而是经过几次修改才成为今天我们看到的样子的。

魏如晦《小说搜奇录·红楼梦子弟书》：咸丰抄本《红楼梦子弟书》一卷，得之于冷摊，大部分为韩小窗之作。内容始黛玉悲秋，王熙凤为宝钗说媒，一直到贾宝玉梦游太虚。共分十一篇：《悲秋》《凤谋》《悲泄》《痴对》《自叹》《焚诗》《误喜》《游魂》《恸情》《解疑》《太虚》。叙写得极是细腻。《露泪缘》别题《红楼梦》，此咸丰抄本即题《红楼梦子弟书》，内容包括《悲秋》，一共只有十一篇。是十一"篇"而不是十一"回"。意思是说以《红楼梦》为内容的子弟书分别独立为篇，篇目也与会文堂刻本回目只有《凤媒》和《痴对》相同，其他都不一样。②

《露泪缘》包括《悲秋》原来只有十一回。

胡光平《韩小窗生平及作品考查记》中列出的《露泪缘》十三回，也是包括《黛玉悲秋》的。见下图。

---

① 何海鸣：《韩小窗之鼓词》，《民众文学》，1926年第14卷第1期，第2页。

② 高柏苍：《子弟书〈露泪缘〉叙述》，《东北大鼓艺术论辑》，春风文艺出版社，2008年，第31页。

全书包括《黛玉悲秋》共十三回，其余十二回作者依春夏秋冬来写。内容如下：

凤谋（孟春）		鹃啼（孟秋）	
傻泄（仲春）		不详	
痴对（季春）		黛玉魂游（季秋）	
黛玉自叹（孟夏）		宝玉恸情（孟冬）	
黛玉焚稿（仲夏）		宝钗直言解疑（仲冬）	
误喜（季夏）		宝玉魂游太虚境（季冬）	

《魂游太虚境》结句点明全篇："贾宝玉时下大悟归本座，把那些露泪姻缘历历清。从今后了却怡红相思愿，千古恨竟作阳台一梦中。"①

此时《露泪缘》包括《黛玉悲秋》在内为十三回本，比上引多了一回。查引文中的句子在十三回的《露泪缘》中，为第十二回之结尾："这宝玉言下大悟归了本性，把那些露泪姻缘历历清。谢吾师

---

① 胡光平：《韩小窗生平及作品考查记》，《文学遗产·增刊》12辑，中华书局，1963年，第98页。

当头棒喝把迷途指，我情愿撇下家园从你修行。"即原曲目到"宝玉魂游太虚境"就结束了。

> 道咸以降，子弟所编演之大鼓书，如水浒，西厢，红楼等折，盛极一时。（红楼中有所谓《露泪缘》者，演黛玉事。春夏秋冬各三折，又闰二折，词句清隽，诚非俗手所能办。）[1]

上引可知，《露泪缘》早期版本包括《黛玉悲秋》在内有春夏秋冬十二折，即上文的十二回，加上闰二折，共十四折，何时又去掉一折，去掉的是《黛玉悲秋》吗？

① 王梅庄：《八角鼓子弟书之渊源》，《朔风（北京 1938）》，1939年第7期，第280页。

坊间有《露泪缘》手抄本，四十六筒子页。封面题：上书戊辰岁，孙德勤记，露泪缘。曲尾题：岁次戊辰榴月下旬，录于长春。戊辰岁应为清同治七年（1868），此时《露泪缘》开篇"大观万木起秋声……"是现本《黛玉悲秋》的诗篇，而不是车王府抄本《露泪缘》的"孟春岁转艳阳天……"孙德勤记抄本结尾是现在《露泪缘》的第十三回的"乜斜"辙，但结束较早，尾八句：

孙德勤抄本	车王府抄本
不过是有句衷肠话，	不过是有句衷肠话，
为的是万恨千愁在心上叠。	问你个明白就心愿歇。
快些开门让我进去，	快些开门让我进去，
霜华满地湿透了新鞋。	霜华满地湿透了新鞋。
紫鹃说有话明朝再来讲，	紫鹃说有话明朝再来讲，
这时候我这里要安歇。	这时我也要安歇。
宝玉说我也没有别的话，	宝玉说我也没有别的话，
说个明白心就歇。	为的是万恨千愁在心上叠。

现存《露泪缘》"为的是万恨千愁在心上叠"后还有二十四句。孙德勤抄本不分回，但中间有换辙，前为言前辙，中间为遥条辙，结尾为乜斜辙。中间遥条辙的六句："一点真魂早已散，任凭你咒骂与我怎敢逃。倒不如叫我和她见一面，辩明心机两下里开交。又说我也不久辞人世，妹妹呀想来总是我误你……"在车王府抄本中前两句是第三回的一七辙："这黛玉一点真魂离了窍，任凭她叫唤总不知。"后四句在十三回本里是第八回的遥条辙："倒不如叫我和她见一面，辩明心迹两下里开交。又说我也不久于人世，一点真魂早已消。"

可见《露泪缘》原的确与《黛玉悲秋》是为一体的，1868年时它还是《黛玉悲秋》《露泪缘》的合体，此时韩小窗早已名声大振，可见它确实未必是韩氏作品。质疑或否定《露泪缘》为韩氏作品的非只一例。

韩小窗之鼓词

唯鼓词中歌咏红楼梦故事者原不只此十三段，他如黛玉悲秋，近日小口大鼓常可得闻。又就予所知者，尚有黛玉葬花、宝玉探病等折，而宝玉探病又有两种不同之脚本，其一种起句为数九隆冬冷似过冰，亦用时令开场。略如露泪缘。但词甚浅薄，不似韩小窗笔墨，而另一种则起句即大书韩小窗无事遣幽情，开场即表出作者姓名。体裁甚怪，亦不敢断定为小窗手笔也。唯葬花一折，明明叙出日间效小窗调笔墨，是仿小窗体而为之，自是另一才子所作。但词句尚佳，不愧为善学小窗者。此皆零散折，与露泪缘无关连者也。[①]

泪缘并非韩手笔

韩小窗子弟书脍炙人口久矣，韩为清乾隆朝大清人士，创北韵，著成《常峙节得钞傲妻》《白帝城》《千金全德》《樊金定骂城》《徐母骂曹》数种，皆写落拓人生之悲壮事迹，言中有物，他人未□知也。至《长坂坡》《雪艳娘》《贵宫人》《宁武关》。皆非韩所作，察其文质可见其情。《露泪缘》十三回所写皆儿女缠绵之曲，绝不相似，且小窗之笔豪放而近于练，慷慨激昂，□本曾有，若刺虎之"花月春风不卷帘"雪艳"春风揉碎梅花被"旖旎风光，迥异于"得意凌雪难解饿，搅海翻江不挡穷"之悲放，且《露泪缘》之辞藻章法，均极文弱，与《傲妻》《骂城》相较，

---

① 何海鸣：《韩小窗之鼓词》，《民众文学》，1926年第14卷第7—8页。

相信《露泪缘》绝非韩手笔，或谓清初时某失意词人所作，以写其抑郁者，似乎近理。[①]

子弟书《露泪缘》叙述

其实，将《露泪缘》确定为韩小窗作品并无具体根据，只是都觉得像这样的作品除韩小窗外别无他属罢了，像《全德报》那样，结尾处有"小窗氏墨痕闲写全德报，激励那千古的仁慈侠烈肠"的句子吗？没有。像《红梅阁》卷首诗篇那样，"细雨轻阴过小窗，闲将笔墨寄疏狂"的意义非指人名，只是小窗二字连署的句子也没有。即令像《滚楼》卷首那样，"小轩窗静淡烟浮，笔墨消闲作滚楼"，小窗二字并不连署，只是隔字嵌入"小"和"窗"的句子也没有。[②]

《忆真妃》不也被传为韩小窗的作品很多年吗？后来证明是春澍斋所作。韩小窗在近二十种子弟书中留有嵌名，而影响最大的《露泪缘》为何偏偏不署名呢？此曲作者归属仍存疑点。

据传已故沈阳名医马二琴和古书商袁希纯曾说《黛玉悲秋》的作者是程伟元。从程伟元与《红楼梦》的实际关系，和传说他支持子弟书活动并开设程记书坊刊刻子弟书的情况看，说《露泪缘》的作者是程伟元倒似有据。因为《露泪缘》亦名《红楼梦》，《黛玉悲秋》原来就是《露泪缘》的组成部分，而且是第一部分。当然，肯定作者是程伟元的证据也还不足，甚至程记书坊是否为程伟元所开设也无实证。

① 霜杰：《韩小窗曲词正讹 泪缘并非韩手笔》，《声报》，1938年11月21日。
② 高柏苍：《子弟书〈露泪缘〉叙述》，《东北大鼓艺术论辑》，春风文艺出版社，2008年，第28页。

从长春抄本不分回到《露泪缘》十三回本的语言风貌，可以看出这段子弟书很早就在东北流传。

二、《忆真妃》作者何人

唐朝杨贵妃名玉环，号太真，故称真妃。《忆真妃》仅有八十句唱词，是子弟书中最有影响的唱段之一。作者借题发挥，泄尽幽思，字字血泪，句句痛心。写唐明皇剑阁闻铃时，对杨贵妃的思念用四句唱词就交代清楚背景，引出了人物。在与之协调搭配的语言抑扬顿挫、平仄相间和独具的音阶、韵律、节奏长短与变化、对比中，令人尽享听觉之美而为其陶醉。

刻本《忆真妃》上的眉批钱公来说是当时的盛京将军依克唐阿所作，启功说可能是隆文所批。这段作品的作者也存在很大争议。作者之争主要集中在韩小窗、春澍斋、喜晓峰的身上。由于韩小窗留下的子弟书唱段最多，名气最大，东北大鼓艺人都认为《忆真妃》是韩小窗所写。

1980年中国满族文学史编委会学术年会在沈阳举行，辽宁学者任光伟（1932—2006）的论文《〈忆真妃〉作者考查记》认为作者是喜晓峰。

这份材料被子弟书研究者广为采信，另有辽宁省新民市文化馆原馆长、副研究馆员朴云良先生在他的《喜晓峰创作

中国满族文学史编委会学术年会（材料之二十）

《忆真妃》作者考查记
任光伟

子弟书为鼓书的一种，它从清代中叶到清末则在京津一带以及东北各地普遍流行。子弟书遗留至今的四百多个书段中，最脍炙人口的应推《忆真妃》。

《忆真妃》是以唐明皇李隆基与杨贵妃的爱情事为题材的。作者在作品中，通过李隆基在剑阁行宫雨夜闻铃时，细腻入微的刻划出李隆基对杨玉环深切的怀念之情。由于作品人笔隽丽，声字传情，如泣如诉，情深而意远，因而一直作为中国民间文学的一个珍品传诵。至今，在东北民间它的作用与影响远比白居易《长恨歌》为大。

解放后《忆真妃》曾多次在国内的传统曲艺集成期刊杂志上登载，日本、法国也早已翻译成日文和法文，并在国际上有所传诵。

《忆真妃》的作者究竟是谁？多年来在学术界一直有所争议，大多数人认为作者无考，个别人则认为是韩小窗或廖东麟，为搞清这一问题，笔者于五十年代曾在民间进行了多次考查，并于六十年代、七三年在文章中提到这件事，但因为廖东麟这位作者较少有人介绍其生平、作品，关于《忆真妃》未能详述，为了说明问题，特将当年及近来的考查情况介绍如下，与同志间探讨、指正。

1953年至1955年为考查清音子弟书的历史，笔者访问了许多当时在沈阳的社会名士与民间艺人，当时研讨《忆真妃》之作者时，他大多数肯定为韩小窗，其中包括，廖东麟之易亭名皮影艺人穆文峰、沈阳名士医生马二等、著名古书商有人书店店主表希纯以及老树工关永顺等，现将他们提出的主要论证叙述如下：

文殿阔（当年78岁）幼时听穆东麟讲《忆真妃》为喜晓峰所作，文本人于光绪十五年（公元1890年）前后多次在其父廖东麟家中看到过喜晓峰，从画面上看喜约有五十来岁，民国二十五年（1946年）廖东麟由济南归过沈变卖房地产，关于喜晓峰《忆真妃》的事情文又同过穆，《忆真妃》确为喜晓峰所作，那时廖与喜尚很年轻，一次喜晓峰来看穆东麟回到了一位爱妾不在，精神颇为苦恼。喜晓峰颇述了自己的心事，不久喜晓峰写出了这部书《忆真妃》，专门送给穆麟甫，廖谓后怕独被羞恼，何尝为什么写的这样隐秘？喜举开玩笑地说"伤心人酒遥醒且，流泪人写真妃，故而一往情深"，原来可以，直至不久前他给了一位爱妾，不久穆麟也写了《秋水词》与《忆真妃》的这件事，后来在社会上传为佳话，二人都以《长恨歌》为题材又写了一篇子弟书，因而一些人产生了误会认为《忆真妃》和《秋水词》都是穆作的，因为文殿阔同回到这件事。所以廖东麟特意把这两篇子弟书的创作情况告诉文，并谈到了"我告诉你这件事是不让后人把喜晓峰埋了"。在这次谈话中将

11

中国满族文学史编委会学术年会
（材料之二十）

中国满族文学史编委会学术年会（材料之二十）

〈忆真妃〉》中说得更为具体，为了弄清《忆真妃》作者真相，他曾亲自到新民市辽滨塔村考证，并见到了喜晓峰的后人。据当地老人们讲述，喜晓峰从北京辞官后，带着心爱的小姜回归原籍，当时的新民府辽滨塔村。回家不久，他那爱姜水土不服，一命呜呼。喜晓峰万般哀痛，日日黄昏时节坐在辽河岸边，眼望辽滨塔怀念爱姜。他把辽滨塔当作"剑阁"，面对风声雨声，耳听塔檐下的铃铛响动，见景生情，便借用唐明皇怀念杨贵妃的故事，写下了这篇经典子弟书《忆真妃》。

《盛京时报》《戏剧报》有关《忆真妃》作者的讨论，见下表。

1	忆真妃（六十年前之古作柳翁家藏之本）	《盛京时报》1934年11月28日第5版
2	忆真妃有为喜晓峰所作说	《盛京时报》1934年12月1日第8版
3	忆真妃作者是否白某	《盛京时报》1934年12月3日第3版
4	答关于忆真妃之问	《盛京时报》1934年12月12日第7版
5	对于忆真妃作者之我闻	《盛京时报》1934年12月15日第7版

6	忆真妃之著者 喜晓峰之姓名	《盛京时报》1935年1月15日第7版
7	正关于忆真妃作者诸说（上）	《盛京时报》1935年4月24日第5版
8	正关于忆真妃作者诸说（下）	《盛京时报》1935年4月27日第5版
9	歌坛舞场-谈忆真妃传为缪太史所撰	《盛京时报》1938年8月20日第5版
10	喜晓峰遗作忆真妃一词有由其一宿撰成说	《盛京时报》1938年8月28日第10版
11	风花雪月主人著子弟书忆真妃	《戏剧报》1941年6月15日第2版

以上说法后被子弟书研究者信以为真，仔细分析，很多记述与事实不符。

沈阳故宫博物院研究员、满族文化学者佟悦曾于1987年往该村寻访，亲见其家族谱牒及清末户口册、祭仪图文等，后与姜相顺、王俊编有《辽滨塔满族家祭》，其中记录了1869年当地住户的户籍情况，"喜林"的部分有：

> 一户另户故刑部笔帖式喀达郎阿，羊年，七十一岁，九月二十七寅生。
>
> 长子大理寺丞喜林，蛇年，四十八岁，正月廿日辰时生。
>
> 妻陶氏，兔年，五十一岁，七月二十日未时生人。
>
> 长子仪凤，牛年，二十七岁，四月二十五日寅时生。
>
> 妻王氏，鼠年，二十五岁，二月初九未时生。
>
> 长子宿格，猴年，十岁，十月二十日未时生。[①]

喜林即喜晓峰，1869年时他四十八岁，属蛇，生于清道光元年（1821）辛巳年（蛇年）正月。此家祭相当于"户口普查"，记录了

---

① 姜相顺、佟悦、王俊：《辽滨塔满族家祭》，辽宁民族出版社，1991年，第101页。

当地满族居民的家庭成员的生卒年及当时的年龄。在1869年时，喜林条中无"故妻"条。

《忆真妃》较早的刻本，是启功说其见过的"乙未（1835）夏"有隆文序的刻本，喜晓峰才十四岁，怎么可能是因为晚年死了一个老伴而写的《忆真妃》呢？1937年时如果喜晓峰活着已经一百一十六岁了。如果说启功见到的本子是六十年一甲子之后的1895年，和隆文（？—1841年）的生卒年对照，显然是不可能的。

《忆真妃》文盛堂刻本   《忆真妃》会文山房刻本

图片两种刻本很有意思，会文山房刻本并无启功所说之序文，"癸亥长夏"前"留白"并未写同治年字样，上面还有当时的藏书人手写的"色大抱天"四个字，光绪癸卯（1903）文盛堂的刻本也有"观完即当奉还，不可丢弃一旁损坏""潇洒斋主人置"等自题。启功见到的或隆文手写的序文？依隆文序，《忆真妃》便是春澍斋的作品，但还是需要一番考证方可确认。

第十三章　子弟书作者考论

一、春樹斋与春澍斋

　　启功所见道光十五年（1835）（会文山房）《忆真妃》隆文序，可知春澍斋写过《忆真妃》《蝴蝶梦》《骂阿瞒》《醉打山门》等子弟书。

　　光绪十九年癸巳（1893年）会文山房刻本《蝴蝶梦》，取材于《警世通言》卷二，写庄子戏妻故事。

　　由二凌居士跋文可知春樹斋姓爱新觉罗，满族，在奉天做官多年，年过七十而终。清光绪元年（1875）红杏山房刻本铁岭籍诗人魏燮均《九梅村诗集》卷十四，有《哭春澍斋先生》诗一首。

忽听风流老谪仙，
遽辞尘海赴重泉。
人间剩有诗名重，
辽左犹将政绩传。
青眼怜才知我早，
白头折节属公贤。

　　　　　　　　　　　　　　　　　　　　哲山
　　　　　　　　　　　　　　　　　　　　左人

新秋雨夕書懷兼呈玉蕉園李午橋鄭乙蕚三君

不遑再說傾襟日回首春風十六年

遠左貆將政績傳青眼憐才知我早白頭折節屬公賢

忽聽風流老謫仙遽醉塵海赴重泉人間賸有詩名重

哭春澍齋先生諱珊號羅氏官襄州知州詩

笑他小草出山時

懸屋百丈登歔崎幾木幽閣卻倒垂位置自高危不座

懸屋閣

不堪再说倾襟日,

回首春风十六年。①

魏爕均(1812—1889)是活跃于东北地区的文化名人,这首诗题目下双行小字曰:"讳垚,觉罗氏,官义州知州,工诗。"义县,古称义州、宜州,位于辽宁省锦州市北部,这与"宦游奉省年久"对应。爱新觉罗系清代皇族姓氏,清代皇族依与皇帝血缘关系的远近分为宗室和觉罗。宗室是皇族的第一阶层,称"黄带子"。觉罗是皇族的第二阶层,称"红带子"。春澍斋与春樹斋姓爱新觉罗,或可在《星源集庆》宗谱、《仙源集庆》宗谱中查阅。如二凌居士与魏爕均所记为一人,魏爕均这一卷诗作于清同治丙寅(1866)和同治丁卯(1867)两年,均按时间顺序排列,则可知春澍斋的卒年是在同治丁卯(1867)。如年逾七十而终,春澍斋应该生于嘉庆初年,生卒年约(1797?—1867)。

二凌居士笔下的春樹斋和隆文序中的春澍斋是一人否?子弟书《蝴蝶梦》似可作为佐证。目前所见《蝴蝶梦》最早版本为同治甲戌(1874)花朝日梓镌,清音子弟书,会文山房《蝴蝶梦》,按二凌居士所言,春樹斋临终交付手稿,随即付梓,似乎间隔时间较长。

首都图书馆子弟书目中:

同治精刻本俗曲三种/(清)二凌居士辑.--刻本.--沈阳:会文山房,清同治九至十三年(1870—1874).1册.函套题"同治精刻本俗曲三种,十九年秋半农得于厂肆"。半叶7行,行15字,白口,四周单边,单黑鱼尾,半框13.1×9.3cm。钤"刘复臧"朱文印、"晓铃臧书"朱文印.线装。子目:

蝴蝶梦:四回/(清)爱辛(新)觉罗春樹斋著.子弟书

---

① 魏爕均:《九梅村诗集》,1925年铅印本,卷十四,第41页。

谤可笑，又名，犯相：一出/（清）二凌居士著. 皮影戏

金石语，一名，打灶：一出/（清）二凌居士著. 皮影戏

惜未见首都图书馆藏《蝴蝶梦》刊刻时间，如为1870，似时间上与春澍斋卒年更为接近。这里插一句，有人说《谤可笑》等是韩小窗写的，看来未必，应出自二凌居士手笔。隆文序中，"适澍斋同年亦以别驾来省"，应是春澍斋到四川任职，这在二凌居士和魏燮均笔下无法认证。喜在李振聚《子弟书〈忆真妃〉作者新考》中看到其考证结果：

> 《清代官员履历档案全编》载其履历云："奴才觉罗春垚，正蓝旗满洲崇福佐领下优贡生，年四十岁，现任太常寺赞.礼部记名，以抚民通判用，令签升四川绥定府城口厅通判缺。敬缮履历，恭呈御览。谨奉奏。道光十五年三月二十八日。"[1]可知，春垚，正蓝旗人，为北京优贡生，道光十五年四十岁，当生于乾隆六十年。《开原县志》云其为笔帖式出身，大概以优贡生充北京某衙门的笔帖式。笔帖式升迁较快，为八旗子弟出身之道。隆文屡称同年，又称同研，查《清代进士题名碑录》并无春垚之名，至若后来任开原县知县、义州知州，《奉天通志》著录也仅为"荫生"。他应是一直没有考上举人、进士，大概在生员时期与隆文是同学。其充笔帖式的时间应在嘉庆二十年（1815）夏季以后，至道光四年（1824）夏季之前这段时期，因这段时期的《缙绅全书》笔者未能检阅到，嘉庆二十五年（1820）夏《缙绅全书》中的京师各衙门笔帖式无春垚名，而道光四年夏《缙绅全书》太常寺衙门赞礼郎名单中有春垚之

---

① 原注：《清代官员履历档案全编》，第29册第447页。

名①。查《缙绅全书》可知，其自道光四年（1824）夏至道光十四年（1834）夏一直做太常寺赞礼郎。道光十五年三月升四川城口厅通判，至道光十七年（1837）一直在城口厅为官，直到道光十七年七月福来接任②。……其乾隆六十年生，跋中称其"寿逾古稀"，可知其应逝于同治四年（1865）至同治六年（1867）之间。当然最可能的是逝于同治六年，即魏燮均作诗的年份。其行历大概可考的即这么多。③

李振聚的考证解开了谜团，证据链完整，春澍斋生卒年基本确定。如此《忆真妃》便确为春氏作品。那么还有一个疑问：作为"与余笔墨中最为知己"的二凌居士，为何没有在会文山房、文盛堂刻印《忆真妃》时加以评论序跋，点名作者呢？

二、二凌居士其人

二凌居士，大部分学者认为其即会文山房主事人邸文裕。

> 函来询及喜晓峰姓氏，喜公满人无汉姓，拔贡出身，……此公曾在钟楼南路西，开设会文山房裱画铺，喜作灯谜，兄时年方舞勺，两淋铃鼓儿词，久已盛行，后又改为《忆真妃》。会文山房改为同文山房，让给邸文裕……④

《盛京时报》文提到的喜晓峰，同治十二年（1873），以助教升

---

① ［清］福格《清代缙绅录集成》，第9册，212页。
② （道光）《城口厅志》卷十四职官志。
③ 李振聚：《子弟书〈忆真妃〉作者新考》，《文献》，2012年10月第4期193−198页。
④ 刘伟华：《正关于〈忆真妃〉作者诸说》，《盛京时报》，1935年4月24日。

为大理寺寺丞，在京任职。也即因此，将会文山房转让给邸文裕。耿瑛在《曲艺纵横谈》中说：

> 二凌居士原名邸文裕，字艺圃。祖居辽西锦州一带，当地有大凌河、小凌河二水，故取笔名二凌居士。邸文裕爱好文学，又喜书法、水墨画，广交文人学士，是清代同治、光绪年间的东北子弟书作家兼评论家。①

张政烺在《会文山房与韩小窗》中说：

> 邸文裕号艺圃，是会文山房的主人。这里凌川、沈水相对为文，都不是正式的地名，凌川即凌河。是邸文裕的家乡，上文所举二凌居士也就是邸文裕。②

也有学者对此提出了疑问："会文山房主人邸文裕，张文以为即二凌居士。按二凌居士为锦州人，见《宁武关》跋文。邸文裕自署辽左，或署凌川，我所见到过的邸文裕题词，多自署其名号。而二凌居士则从不署名，有时与未儒流（意为未入流）连署。他是会文山房的编辑人员，会文堂所刻子弟书多有其题跋，每称'书坊主人，求余序跋。'可见他不是书坊主人。"③

"书坊主人，求余序跋。"这段跋文，有两个疑点，引起子弟书研究者争议：一是"惟此《悲秋》一段未注姓氏"，坊间流传《黛玉悲秋》与《露泪缘》均为韩小窗之代表作，为何韩氏"未注姓氏"

---

① 耿瑛：《曲艺纵横谈》，春风文艺出版社，1993年，第243页。

② 张政烺：《会文山房与韩小窗》，社会科学战线，1982年第2期，第212页。

③ 陈力：《关于子弟书作家韩小窗——兼与张政烺先生商榷》，社会科学战线，1984年第3期，第218页。

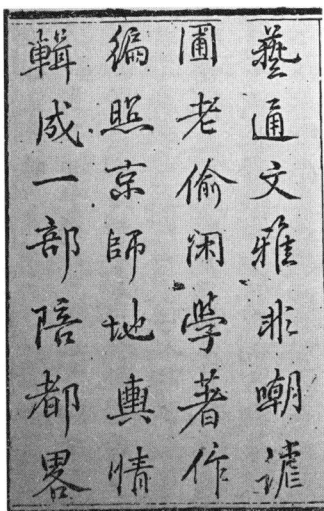

《陪都景略》藏头诗

呢？二是"书坊主人，求余跋序"，既然二凌居士为会文山房主事人邸，那何来"求余跋序"呢？

1873年，会文山房刊刻了邸文裕所编的《陪都景略》一书，前署"凌川邸文裕艺圃编辑"，内页刊藏头诗："艺通文雅非嘲谑，圃老偷闲学著作。编造京师地舆情，辑成一部陪都略。"首字示"艺圃编辑"，跋署"辛未季冬中浣抄录于静乐轩，艺圃主人谨识"。如此将邸之籍贯（凌川）、名（邸文裕）、字（艺圃）、室名（静乐轩）齐现，昭示《景略》为本坊主人自编自刊。

在《陪都景略》刊印的同年，会文山房的子弟书《大烟叹》，序署"未入流录于静乐轩中"。次年的子弟书《縻氏托孤》，序署"甲戌上巳之吉题于静乐轩，二凌居士谨识"。以"静乐轩"斋号分与未入流、二凌居士联署，因旧时文人室名、别号均本人专属，三下对看，静乐轩主人邸文裕，字艺圃，别号未入流、二凌居士。"清代不列入九品之内的官称为未入流。"①后引申为白丁布衣。以未入流（后改署未儒流）自称与邸相符，"二凌"即辽西名川大小凌河，邸文裕籍贯"凌川"，以二凌居士为号亦无不合，且此后多喜用之。

另据子弟书《天仙痴梦》二凌居士跋："会稽太守，文运而转鸿钧，山野悍夫，房中以当幻续。"首字切"会文山房"于行文间，以主人身份自作推销，说明二凌居士就是会文山房主事人邸文裕。

1873年至1898年间，沈阳之子弟书刊本，署未儒流、二凌居士题词序跋者迭出。沈阳刻本目前存世的有八十种左右，其中留有

_____

① 王力：《中国古代文化常识》，北京联合出版公司，2021年，第105页。

"未入流""未儒流"或"二凌居士"序跋的资料见下表：

名称	出版日期	称谓	刊印者	版本	藏处	备注
大烟叹	同治（1873）	未入流	会文山房	木刻	长田下树藏	
大烟叹	同治（1873）	未入流	崇林堂	木刻	傅图藏	跋文有改
大烟叹	光绪（1903）	未入流	起升堂	木刻	陈贵选藏	跋文同会文版
糜氏托孤	同治（1874）	二凌居士	财胜堂	木刻	佟悦藏	
烟花楼	同治（1874）	二凌居士	会文山房	木刻	艺研院藏	
烟花楼	民国	海上非非居士	上海启新书局	石印	早稻田藏	跋文同会文版并改署
黛玉悲秋	光绪（1875）	二凌居士	文盛堂	木刻	佟悦藏	
黛玉悲秋	光绪（1875）	二凌居士	会文山房	木刻	佟悦藏	跋文同文盛版
白话成文	光绪（1875）	二凌居士	会文山房	木刻	藏者不详	张政烺文
黛玉悲秋	光绪（1899）	二凌居士	财胜书房	木刻	佟悦藏	跋文同会文版
宁武关	光绪（1876）	未儒流	会文山房	木刻	佟悦藏	
宁武关	民国	未儒流	东都石印局	石印	佟悦藏	
说书小段	光绪（1880）	二凌居士	同文山房	木刻	刘振超藏	
青楼遗恨	光绪（1892）	未儒流	会文山房	木刻	耿柳藏	署名很像"朱儒流"
青楼遗恨	光绪（1892）	未儒流	财胜书房	木刻	佟悦藏	跋文同会文版
青楼遗恨	光绪（1892）	未儒流	永成堂	木刻	孔网，藏者不详	封面另有"邱凤沂纪"
蝴蝶梦	光绪（1893）	二凌居士	会文山房	木刻	佟悦藏	跋
蝴蝶梦	光绪（1893）	二凌居士	财盛房	木刻	张文彬藏	跋文同会文版
蝴蝶梦	光绪（1893）	二凌居士	文盛堂	木刻	长田下树藏	跋文同会文版
蝴蝶梦	光绪（1904）	二凌居士	永远堂	木刻	陈贵选藏	封面另有"三支堂记"
双玉听琴	光绪（1898）	二凌居士	文盛堂	木刻	艺研院藏	题诗
别善恶	民国	未儒流	东都石印局	石印	佟悦藏	作者
别善恶	民国	未儒流	德和义书庄	石印	陈贵选藏	作者
别善恶	民国	"末"儒流	久敬斋	石印	天图藏	嵌名错印
天仙痴梦	光绪（1879）	二凌居士	财胜堂	木刻	辽图藏（现失）	跋文嵌"会文山房"
天仙痴梦	民国	二凌居士	上海启新书局	石印	早稻田藏	跋文同上
圣贤集略	光绪（1906）	二陵居士	老会文堂	木刻	艺研院藏	仿黛玉悲秋跋并改署

《陪都景略》"裱画装潢"下书："词林反影，子弟书篇，石图光润，水笔硬尖。会文山房在钟楼南路西。"《陪都纪略》记载为："打乌丝，画博古，文人作，子弟书，真草字，寿山图，刷仿影，刻图书，宣笺纸，分十路，红白口，八行书。名家帖，写桃符。"①二书均将会文山房的子弟书刻印作为经营特色之一描述。

陪都即盛京，今辽宁省沈阳市，顺治元年（1644）清朝迁都北京后，盛京为留都，在1644年—1912年期间亦为陪都。

《陪都景略》和《陪都纪略》均为会文山房1873年刻印，二书内容多有相似，盛京城内的城池街巷、商市店铺、土俗民风、名景胜迹、诸般技艺等均有记述，出自亲历寻访，多翔实可信，同为盛京民间记载地方风物较早之作。编者分别为锦州人邸文裕和北京人刘世英。而二书的刊印时间，却大有门道。

《陪都纪略》于同治癸酉（1873）九月十二日刊印，《陪都景略》封面题同治癸酉（1873）荷夏（6月）之吉新镌。按此，《景略》早于《纪略》三个月付梓。

《陪都纪略》编者刘世英乃北京人，字晓棠，号卧云居士，同治六年（1867）至同治十二年（1873），客居沈城六载，寻访世风民俗类见闻，参以方志记述，仿京师《都门纪略》体例，编纂《陪都志略》，后称《陪都纪略》。刘世英自序中写："校对间，适逢邸艺圃，言及伊早有此志，但未成编，随示以数则，载之卷中。"②又在《凡例》中注："邸艺圃本内无关盛京及不实者，均未录取。"可见，刘校对间，邸《景略》虽具雏形，但未成编。

邸文裕编《景略》内载："彭宝臣提学《陪都景略赋》、柏静涛大司空序、李小南茂才《沈阳行八十韵》、韩晓春广文《奉天设官序》，诸公堪称圣朝硕儒，所著原稿向无刻本。类集成册，备载卷首

---

①〔清〕邸文裕：《陪都景略》，沈阳出版社，2009年，第197页。
②〔清〕刘世英：《陪都纪略》，沈阳出版社，2009年，第332页。

梓付手民。是谓有同好焉。辛未（1871）季冬（12月）中浣钞录于静乐轩。艺圃主人谨识（后有'知我者当自有人'钤印）。"邸文裕强调1871年《陪都景略》已"首梓付手民"。内文录有清末诗人李小南（字大鹏）撰《沈阳行八十韵》，文后有刘万金跋文："此五言载于《仙源诗集》篇中，友人艺圃先生类辑成册……同治十二年（1873）秋桂月（8月）中浣之吉。"李小南《仙源诗集》有自序："……同治十二年（1873）闰六月初五日营州野客自传于旷真堂之北窗下。"李小南的《仙源诗集》刊于同治十二年（1873）闰六月后，刘万金观跋署为1873年8月，足证《景略》刊于1873年6月系不实之词。书中收彭浚《陪都景略赋》及柏俊《景略赋》序，原标题均为《陪都赋》，"景略"二字，乃邸为使之与己书关联而加。实邸所编《景略》1871年刻本无人所见，1873年刻本问世也必在刘《纪略》后。邸致力编著盛京指南，却被刘捷足先登，心有不甘，为示《景略》早于《纪略》出版，不惜改头换面。

邸虽身在商海，喜以风雅中人自视。自在会文山房主事后，山房自刻及沈阳其他书坊之子弟书刊本，署末儒流、二凌居士题词序跋者迭出，新设书坊多有用其文其名渔利者，一时间言盛京子弟书者几无不知二凌居士名，俨然盛京文坛一名宿。

二凌居士序跋常有与子弟书作者相交甚笃之语，如同治甲戌年（1874）会文山房藏板《烟花楼》"有江湖清客友人张松圃贯串其辞，余笔录之"，二凌居士意在

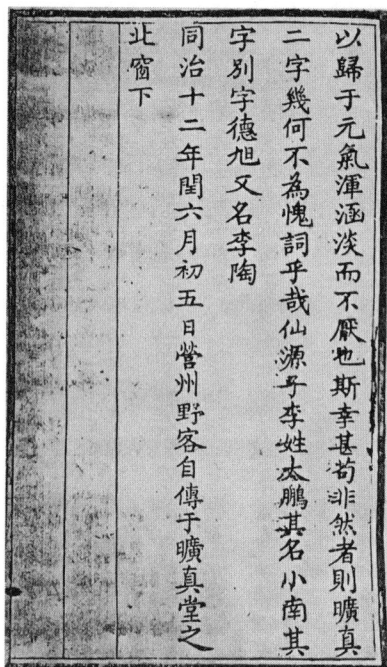

《仙源诗集》自序

250

说张松圃是其好友，如《痴梦》跋文一样，再次称所刊唱词经其补缀，《黛玉悲秋》跋文也标榜自己"将本内错字改正无讹"。

上引会文山房同治甲戌（1874）花朝日梓镌《蝴蝶梦》二凌居士跋文示《蝴蝶梦》一曲，是春澍斋遗墨，由会文山房首刊。实则不然。启功《创新性新诗子弟书》载隆文序："乙未夏……"[1]1835年，《忆真妃》《蝴蝶梦》等本已存，可见二凌居士跋文常好自矜夸。

二凌居士序跋本为借以沽名，取旧抄本对照，有凭己意添续正文者。子弟书《蝴蝶梦》，原曲本结尾至"欲唤醒今古荒唐梦一场"已堪称完璧，其后却又增四句："春花秋柳君休恋，树叶梅枝草上霜。斋藏圣贤书万卷，著写奇文字几行。"用藏头示"春树斋著"，画蛇添足，有违子弟书创作成规。

文人墨戏之"藏头诗"，二凌居士视为展现才华之技，上引《景略》《痴梦》序跋中均可见。另会文山房《绝红柳》无名氏偶题："绝妙新辞费苦思，红腔紫韵诓称奇。柳青梅落皆淫曲，子舍寅窗拟幼词。弟第不分心必拙，书诗未悟句应迟。一时兴至闲挥笔，回首方家莫笑痴。"首字切"绝红柳子弟书一回"，亦应出二凌居士手笔。光绪庚辰年（1880）首夏梓镌同文山房《说书小段》："说一句来算一句，书中有女颜如玉。小技雕虫顺嘴诌，段段非是放狗屁。二凌居士。"首字切"说书小段"，为藏头而不惜用词庸俗。

光绪岁次甲午年（1894）文盛堂藏板《全德报》有"本阁主人题"："痛别谁解父女悲，枕边留契暗分离。哪知入府爹娘认，复感深恩赘婿时。"暗合"痛别、留契、入府、赘婿"前四回之回目名。都有以文字游戏为文采，且乐此不疲之举。

邸文裕所言是虚实参半的，二凌居士虽身在商海，以风雅中人自视，喜弄笔墨以为消遣，"书坊主人，求余跋序"句，为其避王婆

---

① 启功：《创造性的新诗子弟书》，《文史》，1984年，第23期，第239页。

卖瓜之嫌而为之也。

会文山房的诸多子弟书刻本与抄本对比，多有不同。《痴梦》刻本比北京抄本多了十四句。《双玉听琴》刻本比抄本多四句。《青楼遗恨》刻本第五回"不知那李生焉往怎么在此飘零"后至结尾，与车王府抄本几乎全异。《宁武关》头回原抄本前两句为："小院闲窗泼墨池，牢骚笔写断魂词。"刻本为："大厦将倾数莫移，伤心一木怎支持。"后文也有多处不同。《黛玉悲秋》原抄本将五回的诗篇胪列于前，标注了诗篇，每组八句，共四十句。刻本未标注诗篇，只有三十二句，缺少原第四回的诗篇。《全德报》刻本与抄本《千金全德》部分回目有别。《关公盘道》刻本（约三千五百字）篇幅不及车府抄本《十问十答》（一万五千余字）的四分之一。《得钞傲妻》刻本曲文结尾比抄本多了"得钞傲妻新抄"几字。《樊金定骂城》刻本不分回，抄本分三回。《糜氏托孤》刻本与《长坂坡》抄本对照，头回结尾多两句："常言说传流盖世英名在，湏立人间未有功。"且第二回前四句与抄本有别……以上种种，应为二凌居士所为。韩氏的诸多作品，如果是在会文山房的诗社写的，以二凌居士的商贾积习，一定会渲染他与韩氏交好之情形的。只能说二凌居士听闻"都门名手"韩小窗有诸多名篇，惜无缘结识，素未谋面。翻刻韩氏及其他流行曲文作品，题跋增删故弄玄虚，为书坊牟利手段。

会文山房在同治、光绪年间刻印了大量清音子弟书，对东北文化的普及、民间文学的传播确有功绩。"以刻印唱本书坊主人论，二凌居士洵为盛京同行中翘楚，堪为后世称道；若论学识才华人品，其粗通文墨但距入泮尚远，视以热衷附庸风雅之商贾足矣，与文士尚为两途。"[①]

------

① 耿柳：《从子弟书搜集编目到深度研究——李芳〈清代说唱文学子弟书研究〉读后》，《戏曲与俗文学研究》，第十四辑，社会科学文献出版社，2024年，第354页。

关于二凌居士的年龄，光绪元年（1875）《白话成文》二凌居士序：光绪建元，岁在乙亥，元宵佳节，前后五日，出设灯谜会集文人、颇能建兴，聊解愁闷，无非取笑而已。余性本拙鸠，情同懒鹤，一生潦倒，半世无成。今近不惑之年，诗文少见，笔墨难明……"

"光绪建元，岁在乙亥"，即1875年二凌居士"近不惑之年"，推算其约为1836—1839年间生人。

三、鹤侣氏——奕赓[①]

中山大学的康保成教授的《子弟书作者"鹤侣氏"生平、家世考略》[②]影响颇大。作者考证鹤侣为绵课嫡长子，生于1792年左右，卒于1862年左右，写过十八种子弟书。

"爱新觉罗宗谱"，详细记载了奕赓的生卒年及具体时辰。庄亲王绵课条有：

> 第十二子，奕赓，三等侍卫。嘉庆十四年己巳五月初九巳时生，母侧福晋夏氏，六品典卫和申布之女。道光六年十二日赏戴头品顶戴，十一年五月赏三等侍卫，道光二十八年戊申三月二十一日酉时卒，四十岁。[③]

可知鹤侣（1809—1848），本名爱新觉罗·奕赓，为清宗室庄亲王绵课（1761—1826）第十二子。

---

① 此文后半部分节选自佟悦：《笔写世态 俗曲传名》，《天潢贵胄》，辽宁大学出版社，1997年，第143—155页。

② 康保成：《子弟书作者"鹤侣氏"生平、家世考略》，《车王府曲本研究》广东人民出版社，2000年，第458页。

③ 爱新觉罗宗谱：伪满宗谱整理处，1932年排印本，第539—540页。

"爱新觉罗宗谱"一

"爱新觉罗宗谱"二

　　清代皇族人物中有诗文集传世的不下百人，而创作戏曲、小说、曲艺作品者却寥寥无几，其中能够称为俗文学作家的大概仅奕赓一人而已。他是一个无爵王子，有许多雅致的别号，如长白爱莲居士、鹤侣主人等，其书斋名佳梦轩、爱吾庐、寄暇吟舫。他还自称"天下第一废物东西"，由此可见他玩世不恭、洒脱自嘲的性情。

　　奕赓生母夏氏出身于一个六品官员之家，被绵课纳为侧福晋。庄亲王府在清代八家"铁帽子王"中是传承世系比较复杂的一家。其初受封者是清太宗皇太极的第五个儿子硕塞（1629—1655），原号

254

承泽郡王，至其子博和托（1610—1648）时改封为庄亲王世袭罔替。因博和托死后没有可以承袭爵位的儿子，康熙皇帝把自己的第十五子胤禄（1695—1767）过继其名下。胤禄之子弘普（1713—1743）未及袭爵便死在了其父之前，所以由其下一代的永瑞（1716-1769）承袭庄亲王，永瑞又无子，过继其弟之子绵课接续，于乾隆五十三年（1788）袭封庄亲王。如从硕塞而论，其后世子孙应属远支宗室，但因其间有胤禄过继，便成为康熙皇帝支脉的宗室，其子孙可以按用"弘、永、绵、奕、载"为第一字的排序取名。奕赓的父亲绵课与道光皇帝绵宁是未出五服的从兄弟，因此奕赓一降生，便享有"天潢近支"的显贵身份。

在奕赓童年和少年时期，父亲绵课很受皇帝信任，在道光六年（1826）绵课去世前，其家中安逸舒适，奕赓可以在优越的环境中习文学武。奕赓自幼聪慧，在汉文学业日进的同时，对满语满文的掌握运用水平也超过常人。可是，这位兼通满、汉语的少年王子并没有受到皇帝的青睐。在父亲死后，庄亲王爵位并没有落到他的头上，而是由绵课第十三子、奕赓同母兄弟奕镈承袭王爵，奕赓则连一个最低的皇族爵位也没有得到，只是在道光六年十二月被加恩赏给头品顶戴。对一般人而言，能够成为"当朝一品"是梦寐以求的美事，而作为朝中和硕亲王的儿子，这个赏赐就是微不足道的了，而他的几个哥哥却获得封爵。更为不幸的是，连这个"头品顶戴"也没能在奕赓头上多久。道光八年，因绵课生前负责承修的宝华峪陵寝地宫漏水，皇帝追究责任，已故的绵课被降为郡王。第七代庄亲王奕镈也随之降为郡王。奕赓和其他兄弟们的职爵全被免除。刚刚二十岁的昔日王子，成了一个没有任何头衔的"闲散宗室"。

三年之后，皇帝似乎觉得因绵课的过错，让其儿子代受惩罚有些不近人情。因此于道光十一年五月加恩赏给奕赓一个三等侍卫的官职，按照清朝的官员品级相当于正五品。这一年奕赓二十三岁。

侍卫的满语译音称为"辖"，分为头等、二等、三等、四等及蓝翎侍卫。一般是由宗室、觉罗子弟和正黄、镶黄、正白"上三旗"满蒙八旗人担任。汉人中只有中武进士者才有资格入选。而按照规定，宗室只担任头、二、三等侍卫，只是有过错时才降为四等侍卫，可见奕赓得到的恩赐只是宗室侍卫里的最低等级。

侍卫的主要职责，是守卫皇家宫苑和护驾出行。奕赓任侍卫共六十一个月，为奕赓的文学创作提供了丰富的素材，他的子弟书作品中，以侍卫为题材的有《侍卫论》《老侍卫叹》《少侍卫叹》《女侍卫叹》等，实际上也是用文学语言记叙包括自己在内的侍卫阶层状况。如《侍卫论》）开头写道：

平明执戟列金门，
也是随龙护驾的臣。
翠羽加冠多荣耀，
章服披体位清尊。
腰悬宝剑威风凛，
手把门环气象森。
问尊兄荣任是在何衙署，
鞠躬道小弟当辖在大门。

几句词便点出这一职务的与众不同之处。再如写侍卫中人员成分的复杂，其中既有眼空步阔、高谈狂妄的"胎里红出身豪门贵公子"，又有形端表正、面善心慈的"泥而不滓的道学夫子"，也有填词作赋、高谈阔论的"人才蕴藉的风流名士"，还有嘴钝才短、行事疏心的"一班无能辈"，和"能吃亏能舍脸能挣金银"的"真哭真笑伪君子"，甚至俗气熏人的"街面上的英雄车辙里的土棍"，置身于这些良莠不齐的"同事"中，奕赓看出了这些"随龙伴驾"的八旗子弟们，在腐败世风的熏陶下，个人以及波及社会的危机。年轻侍卫们：

学问深渊通翻译，
夯力能开六力弓。
性格聪明嘴头滑顺，
人情四海家道时兴。

……………

立金门森森气象熊腰虎背，
见上司栗栗悚悚兔遁蛇行。
在同寅内有说有笑也是瞧人行事，
与苏拉（杂役）们赏赐丰高故而呼唤有灵。
又搭着小殷勤小扇子小旋风小妇气象，
在章京前小心下气从小道儿进铜（钱）。

及至老年，身无长技，仍是大手大脚，花钱摆阔，只落得：

酒债寻常行处有，
朝回日日典春衣。
当票子朝朝三五个，
账主儿门前闹泼皮。

道光十六年四月，二十八岁的奕赓告别了宫门执戟生涯。从本人自述和其他有关记载看，此后他再没有担任其他职务或受封什么爵位，而是过着"没齿甘为井底蛙"的闲居生活，在他的"爱吾庐"中，做着"佳梦"，爱着莲花，与闲云野鹤为侣，用笔打发闲暇。其有关清代掌故等方面的著述和文学作品，大部分应是在此后的十年中完成的。

他在《佳梦轩丛著》中说："盖余生长贵邸，性情未免高傲，视天下物渺如也。幸叨一命之荣，醒我片时春梦。充役虽只六载，世

257

味则倍尝之矣。如黄粱梦醒，回思旧味，不觉哑然自笑。"①

奕赓在文学上的成就，集中体现在子弟书创作方面。奕赓生活的嘉庆、道光时期，正是子弟书、八角鼓等满族曲艺在北京方兴未艾之际，一些宗室贵族也常在家中邀人演唱或自行登台，甚至到社会上与艺人同台献技。奕赓的《东华录缀言》和《管见所及》等书中，就曾记有贝勒奕绮因"登台度曲"被革爵之事，可见当时风气之盛。

在这种环境中，奕赓投入俗文学创作者的行列之中，成为与罗松窗、韩小窗、竹轩、芸窗等并称的著名子弟书作家。在当时，从事这类文学创作被视为不登大雅之堂的"末艺"，而其作者又大多为具有一定社会地位的八旗文人，为避免不必要的麻烦，他们在作品中一般都不暴露自己真实姓名，以至于后世研究者们也很难查考其真实身份。奕赓在自己创作子弟书中多嵌入"鹤侣氏"之名，由于他在《东华录缀言》等著作中也曾使用这一别号，而署名"鹤侣氏"的作品，在思想内容、语言风格、创作题材和时代特点等方面也都与奕赓相符，因而使他成为极少数可以确定生卒年代和身世经历的清代子弟书作家。

奕赓的许多子弟书，与他的笔记类著述有着共同的倾向，就是在子弟书中较多地使用借古讽今手法，影射清朝社会现实："到处只讲割城池，哪管生灵涂炭中"，权贵们"楚馆秦楼日为家，顾不得春寒翠被有人嗟叹，整日昏昏把钱花"。又借讥讽历史上"腹内全无些星儿墨"的党太尉自诩"虽系武夫满腹才华"，花天酒地无所事事，被众姬妾们轻视取笑，影寓一些不学无术的皇亲国戚饱食终日的无聊生活。《刘高手治病》《疯僧治病》《黔之驴》等几篇，都是描写江湖庸医招摇撞骗、谋财误病之作。其笔调诙谐辛辣，描绘世情入骨。

---

① ［清］奕赓：《佳梦轩丛著》，《清史资料汇编补编》，河洛图书出版社（影印本），第461页。

《鹤侣自叹》是奕赓的一篇自传性作品，以自己擅长和喜爱的子弟书体裁，描绘几十年的生活经历和对世道人生的态度，也是奕赓独树一帜的创举。

> 吁乎今世命弗佳，
> 半生遭际尽堪嗟。
> 十年回首如春梦，
> 数载韶光两鬓鸦。
> 也曾佩剑鸣金阙，
> 也曾执戟步宫花。
> 也曾峨冠拟五等，
> 也曾束带占清华。
> 也曾黄金济贫士，
> 也曾红粉赠娇娃。
> 也曾设榻留佳客，
> 也曾金樽酒不乏。
> 也曾雄辩公卿宴，
> 也曾白眼傲污邪。
> 也曾高谈惊四座，
> 也曾浩气啸烟霞。

这篇作品应是奕赓去世前不久写成。他以惆怅悲愤的笔调写出自己从踌躇满志的王府公子，到失意闲居，半世寥落的遭际。

道光二十八年（1848），年仅四十岁的奕赓在他的佳梦轩中默默逝去。当时和后来的人们很少提及他的名字，直至近年来一些研究者发现这位宗室文人的不凡才华，将他载入有关清代文史的著述之中，才使这位"为破寂寥写谑词……也只好置向床头自解颐"的俗文学作家获得应有的地位。

由于奕赓平时注重对世态人情的观察了解，对社会各阶层人物性格、语言特点都能较好地掌握，使他的子弟书作品既有很高的文学性，又有较强的大众性。在语言风格上也以轻松幽默、深刻尖锐而自成一家。此外，他的《逛护国寺》《集锦书目》两篇作品，还成为记录当时子弟书曲目和作者、流传情况的宝贵资料，受到后世研究者们的特殊重视。尤其是"论编书的开山大法师还数小窗得三昧"一句，将韩小窗的成名时间确定在奕赓在世的年限之中。

四、到底有几个韩小窗

在辽宁铁岭博物馆，有一尊清代文人韩小窗的塑像，在他的生平中写道：

铁岭博物馆韩小窗雕塑

韩小窗，约生于清代嘉庆年间，卒于光绪初年，铁岭人，少年失去双亲寄养在姑夫家中，成年后，壮游辽东各地，开始创作满族鼓曲艺术——子弟书。他和一些诗友把酒酬唱，赋诗著文，创办了当时辽东著名的民间艺术组织——芝兰诗社，以子弟书唱本流行于世，影响深远。他写的子弟书曲本结构严谨，剪裁得当，描写细腻，风格典雅，语言形象简练，层层展示人物内心世界。他改编的《红楼梦》子弟书尤为突出，几乎家喻户晓，其在中华曲艺界的历史贡献和不朽功绩，将永铭史册。

其实，韩小窗只是笔名，他真名为何，长什么模样，无人知晓。塑像是雕塑师想象出来的，形象与宋惠民创作的油画《曹雪芹》中的曹公有几分相似。

王度庐在《一位平民文学家》一文中说："韩小窗是前清人，大半还是旗籍。就是他所编的《露泪缘》（十余段）、《宁武关》、《长坂坡》、《得钞傲妻》、《刺虎》看来，这人确实是位有天才、有辞藻、有思想的文学家。他能把他这种才学，不去作八股，不去批试帖，而能用来编大鼓，他的平民思想可见了，他的环境可见了，而他的清高也可见了。更有一件，我们听他所编的大鼓词中，颇有一种讽世唤世、奖忠崇孝之意，或者此人也许是个生在清末浇漓之世，而又怀才不遇，借此警众，而别具一种可怜的深心者罢！"[1]

王度庐1953年起在沈阳的实验中学教语文二十年，晚年被下放到铁岭地区的开原，直至病故。他的评价很准确，但是小窗到底是何人，至今成谜。

（一）参加沈阳诗社的韩小窗

在谈到韩小窗子弟书时，相关著述称以会文山房为活动场所，聚集了很多文人参与子弟书创作，所以会文山房刻印了包括韩小窗作品在内的多种清音子弟书。

---

[1]《小小日报》，1930年4月12日。收入徐斯年编纂：《王度庐散文集》，天地图书有限公司，2014年，第45-46页。

光绪元年（1875）李龙石与韩小窗、尚雅贞、荣文达、邱文裕结识，在盛京鼓楼邱文裕主事的"会文山房"，创办了"会文堂诗社"，切磋包括子弟书在内的写作内容。①

同治年间，会文山房出版了一批子弟书段，并标明为清音子弟书，如喜晓峰的《忆真妃》，缪东麟（霖）的《锦水祠》，春树（澍）斋的《蝴蝶梦》，韩小窗的《大烟叹》《周西坡》《千金全德》《绝红柳》等。②

光绪初年（1875），韩小窗来沈阳。三年（1878），与友人组织诗社（社名不详）于沈阳鼓楼会文山房（后改会文堂）逢期集会：会文，作诗，写诗谜，出诗榜。集会时间定为每月逢三、逢六、逢九日。召集人似为尚雅贞。韩小窗是诗社的主要成员……由于会文山房主人和韩小窗的私人关系较久，韩小窗的作品，尤其是参加诗社这一时期的作品多由会文山房印行，如《宁武关》《大烟叹》《滚楼》《青楼遗恨》《刺虎》《得钞傲妻》等。③

（二）盛京刻本上的韩小窗

现存盛京（沈阳）书坊刻印的韩小窗（或传为韩小窗）作品一览表（以时间为序）。

---

① 赵立山编注：《李龙石诗详注》，方志出版社，2004年，第5页。
② 任光伟：《艺野知见录》，春风文艺出版社，1989年，第4页。
③ 胡光平：《韩小窗生平及其作品考查记》，《文学遗产·增刊》，中华书局，1963年第12辑，第93页。

年代	曲名	书坊名	封面题	序跋	嵌名
1869	绝红柳	会文山房	同治己巳年新正元宵节日剞劂｜绝红柳｜清音子弟书｜会文山房藏板	无名氏偶题	
1873	大烟叹	会文山房	同治昭阳作噩季冬镌｜大烟叹｜清音子弟书	未入流录于静乐轩中	
1874	糜氏托孤	财胜堂	同治甲戌清和月梓镌｜糜氏托孤｜清音子弟书｜财胜堂	未儒流题于静乐轩中	闲笔墨小窗泪洒《托孤》事，写将来千古须眉愧玉容。
1876	宁武关	会文山房	光绪丙子荷夏上浣之吉镌｜宁武关一段忠孝节义之全部｜清音子弟书｜会文山房藏板	同乡处士未儒流谨跋	
1892	糜氏托孤	会文山房	光绪壬辰榴月梓镌｜糜氏托孤｜清音子弟书｜会文山房	二凌居士谨识：甲戌上已之吉题于静乐轩	
1892	青楼遗恨	会文山房	光绪壬辰新秋上浣镌｜青楼遗恨｜清音子弟书｜会文山房藏板	未儒流题于静乐轩中	
1892	青楼遗恨	永成堂	光绪壬辰新秋上浣镌｜青楼遗恨｜清音子弟书｜永成堂	未儒流题于静乐轩中	
1894	宁武关	财胜堂	光绪甲午牡丹生日镌｜宁武关｜清音子弟书｜财胜堂藏板	同乡处士未儒流谨跋	
1894	得钞傲妻	会文山房	光绪甲午年正月上浣新镌｜得钞傲妻｜子弟书｜盛京会文山房藏板		闲笔墨小窗追补《冯商叹》，写一段《得钞傲妻》世态文。小窗氏笔端怒震雷霆力，欲唤醒今古鸳鸯梦里人。
1894	全德报	文盛堂	光绪岁次戊戌菊月梓行｜全德报｜上部：病别、留契、入府、招婿｜文盛堂藏板；光绪岁次甲午（1894）榴月梓行｜全德报｜下部：洞房、训女、拷童、荣归｜文盛堂藏板	本阁主人题	小窗氏墨痕开写《全德报》，激励那千古的仁慈侠烈肠。

年代	曲名	书坊名	封面题	序跋	嵌名
1894	全德报	财胜堂	光绪岁次甲午榴月梓行｜全德报｜上部：病别、留契、入府、招婿｜财胜堂藏板；光绪岁次甲午（1894）榴月梓行｜全德报｜下部：洞房、训女、拷童、荣归｜财胜堂藏板		小窗氏墨痕开写《全德报》，激励那千古的仁慈侠烈肠。
1896	焚宫	文盛堂	光绪丙申荷月新刻｜焚宫｜清音子弟书｜盛京文盛堂。		欲写慈祥仁爱君，小窗笔墨也伤神。
1896	绝红柳	文盛书房	光绪丙申年新正元宵节日剞劂｜绝红柳｜清音子弟书｜盛京文盛书房	无名氏偶题	
1898	双玉听琴	文盛堂	光绪戊戌年次奥伏日梓镌｜双玉听琴｜清音子弟书｜盛京文盛堂	二凌居士题诗	
1898	望儿楼	文盛堂	光绪二十四年文盛堂		
1899	黛玉悲秋	会文山房	光绪己亥季春月重镌｜黛玉悲秋｜石头记子弟书｜会文山房	二凌居士拜观	
1899	黛玉悲秋	文盛堂	光绪己亥季春月重镌｜黛玉悲秋｜石头记子弟书｜文盛堂记	二凌居士拜观	
1900	樊金定骂城	会文堂	光绪庚子年桃月镌｜樊金定骂城｜子弟书｜盛京会文堂		小窗氏在梨园观演《西唐传》，归来时闲笔灯前写《骂城》。
1903	大烟叹	起升堂	光绪癸卯荷月刊｜清音子弟书｜大烟叹｜起升堂	未入流录于静乐轩中	
1905	青楼遗恨	财盛堂	光绪乙巳季春之月重刊｜青楼遗恨｜清音子弟书｜财盛堂	未儒流题于静乐轩中	
1905	青楼遗恨	老会文堂	光绪乙巳季春之月重刊｜青楼遗恨｜清音子弟书｜盛京老会文堂印		
1906	黛玉悲秋	汇文书局	内午新镌石头记下接露泪缘｜黛玉悲秋｜子弟书全部｜汇文书局	二凌居士拜观	

年代	曲名	书坊名	封面题	序跋	嵌名
1906	露泪缘	程记书坊	光绪丙午｜凤献计策、使女傻泄、面对痴呆、黛玉神诀｜露泪缘｜子弟书上卷｜盛京程记书坊		
1906	宝玉误喜	程记书坊	荷月望日｜黛玉焚稿、摘星花烛、婚诧诀婢、紫鹃悲怒｜宝玉误喜｜子弟书中卷｜盛京程记书坊		
1906	绛珠女迁	程记书坊	清音改正｜寻闻哭玉、钗劝宝玉、梦会证缘、愚醒余情｜绛珠女迁｜子弟书下卷｜盛京程记书坊		
1907	宁武关	诚文信书房	光绪丁未荷夏上浣之吉镌｜宁武关｜清音子弟书｜诚文信书房藏板		
1908	青楼遗恨	程记书坊	光绪戊申仲秋上浣镌｜青楼遗恨｜子弟书全部｜盛京程记书坊		
年代不详	露泪缘	文盛书房	新刻子弟书｜露泪缘｜头本上结（接）黛玉悲秋｜文盛书房梓行；新刻子弟书｜露泪缘｜二本｜文盛书房梓行；新刻子弟书｜露泪缘｜三本｜文盛书房梓行		另有财胜堂、格致书房、会文山房版
年代不详	黛玉悲秋	财胜书坊	清音子弟书｜红楼梦｜下接露泪缘｜黛玉悲秋｜全部｜盛京财胜书坊藏版（板）	二凌居士拜观	
年代不详	滚楼	会文山房	清音子弟书｜清和月新刊｜滚楼｜全部｜盛京会文山房藏版（板）		小窗下纵横笔墨题成目，正是菊花几点开放东篱。

从上表可以看出，盛京刻本中，韩小窗的作品或传为韩氏作品的刻印时间在1869年至1908年，计十四个曲目的不同版本三十多

种，会文山房（文盛堂、老会文堂）的占了一半。如韩小窗的子弟书是在会文山房首刻的，韩小窗至少在1870年左右还在世。

（三）车王府抄本中的韩小窗

在车王府子弟书中与盛京刻本内容基本一致，传为韩氏的作品有《长坂坡》（盛京刻本名为《糜氏托孤》）、《青楼遗恨》、《得钞傲妻》、《千金全德》（盛京刻本名为《全德报》）、《草诏敲牙》（盛京刻本名为《焚宫》）、《双玉听琴》、《望儿楼》、《滚楼》。另车王府藏本子弟书《拐棒楼》有句："弦响处气概从容排东韵，说的是遇吉别母的《宁武关》。"可见《宁武关》的演唱时代也在车王府收藏子弟书的时间范畴内。

考车王府曲本今知最晚时间为光绪十四年（1888），经数代人之手才汇集成全部曲本。其中子弟书二百九十七种，大部分在1852年前搜集，包括了上述韩小窗的主要作品。

首都图书馆藏韩小窗作《千金全德》之抄本，署："道光二十五年（1845）七月初旬得书……"可证《全德报》并非沈阳首刻，其他韩氏作品也大致如此。

车本子弟书《拐棒楼》在介绍北京拐棒楼演出情形时说："自从那小窗故后缺会末，蔼堂氏接仕袭职把大道传。"

这个在北京经常走票的"小窗"，在《拐棒楼》写出前已经故去了。最晚卒于1888年之前，实际可能在1852年之前，甚至更早即已离世。

（四）二凌居士笔下的韩小窗

光绪己亥年（1899）石头记子弟书《黛玉悲秋》跋文："前人韩小窗所编各种子弟书词，颇脍炙口谈，堪称文坛捷将，乃都门名手。惟此悲秋一段未注姓氏，而句中笔法，可与欧阳赋共赏，描写传神，百读不厌，故将本内错字改正无讹，令看官人目了然。书坊主人，求余跋序，仅题二句云：乃见焕乎非俗子，不知作者是何人。二凌居士拜观。"

《双玉听琴》原有文萃堂刻本及道光二十三年（1843）北京金梯云等多种抄本，盛京刻本多了二凌居士题诗："作者当年手非凡，都门名士共相传。开谈不讲《红楼梦》，读尽诗书是枉然。"前两句与《悲秋》跋文"前人韩小窗……乃都门名手"对看，似指同一作者。后两句明显是借鉴了嘉庆二十二年（1817）刊行的得硕亭作《草珠一串》里的原句："闲谈不说《红楼梦》，读尽诗书是枉然。"《草珠一串》另有句："西韵《悲秋》书可听……"原注："子弟书有东西二韵，西韵若昆曲。《悲秋》即《红楼梦》中黛玉故事。"[①]

二凌居士称"前人韩小窗"，可见二凌居士为韩小窗晚辈。称韩氏为"前人"，其口吻似此时韩小窗已故。如此说来，韩小窗生年必早于二凌居士。但是世人知道小窗姓韩，或可感谢二凌居士。"前人韩小窗……"是迄今见到的最早出现的小窗姓韩的出处。

（五）鹤侣笔下的韩小窗

鹤侣的子弟书《逛护国寺》中提到："吩咐家人们套车鞴马，站起身将衣衫换妥即刻出门……"这是鹤侣氏新编的两回《时道人》《逛护国寺》，可见鹤侣创作此篇子弟书时，家道未败落。奕赓当侍卫六年，也即说他的《逛护国寺》应该写于1837年前。"论编书的开山大法师，还数小窗得三昧，那松窗、芸窗，亦称老手甚精赅。"三窗并列，松窗有乾隆年间刻本，芸窗有嘉庆道光年间刻本。从语境看，小窗与松窗、芸窗年龄应相距不远，"三窗"均年长于鹤侣。

清代嘉庆二年（1797）顾琳著《书词绪论》一书："书之派，起自国朝，创始之人不可考。后自罗松窗出而谱之，书遂大盛。"既然提到罗松窗，为何未谈韩小窗呢？推测1797年时韩小窗尚未成名。

---

① ［清］杨米人等著，路工编选：《清代北京竹枝词》（十三种），北京出版社，1982年，第50页。

而鹤侣写《逛护国寺》时，韩小窗子弟书的影响力已经超过了罗松窗。

　　鹤侣的子弟书《集锦书目》中，提到的韩氏作品有《长坂坡》《旧院池馆》《宁武关》《骂城》《卖刀试刀》《齐陈相骂》《永福寺》《滚楼》《哭官哥儿》《得钞》《遣春梅》《悲秋》多篇。这都说明在1837年前，韩小窗的这些作品已经流行。

　　那么大致可以得出结论，"开山大法师"韩小窗的创作盛年在1820年前后的十年。

（六）文俊阁口中的韩小窗

　　1953年底我们访问了沈阳市曲艺老艺人文俊阁。当时他七十八岁（现已去世）。他在光绪十八、十九年（1892—1893）会见过韩小窗。据他回忆，那时韩小窗五十余岁。（文俊阁的舅父缪东霖是韩小窗晚年在沈阳的好友，年辈稍后于韩小窗。）缪东霖的生卒年代是1851—1939。由此推算，韩小窗应生于道光二十年（1840）前后。约在光绪二十五年（1899），文俊阁多方打听，知道韩小窗已经去世数年。死于何年不明。推想是在光绪二十二年左右。在别无其他确证以前，我们大致可将他的生卒年代定为1840?—1896?[1]

　　文俊阁的话，推翻了学界之前对于韩小窗的判定，加之诸多学者言之凿凿韩小窗作品由会文山房首印，与文俊阁所言时间大致可以对应，忽略了韩小窗子弟书在嘉庆、道光年间已经流行的事实，以至于言《草珠一串》中的"悲秋"非《黛玉悲秋》者有之，言韩小窗乃韩晓春者有之，完全没人怀疑文俊阁是不是缪东霖的外甥。

---

　　[1] 胡光平：《韩小窗生平及其作品查考记》，《文学遗产·增刊》，中华书局，1963年12期，第93页。

缪东霖朱卷

朱卷，作为科举制度中的一种试卷名目，起源于明清两代。在乡试及会试中，应试人的原卷（即墨卷）须由誊录人用朱笔誊写一遍后送考官批阅，以防止考官徇私舞弊，这种誊写的试卷称为朱卷。清代有一种风气，新中试的举人、进士都会将自己的试卷刻印以分送亲友，这种刊刻的试卷虽然是用墨印，但也称为朱卷。朱卷的内容非常丰富，不仅包括考生的个人信息，还附有家族的历史和学术背景，是对考生学问和家族荣誉的一种展示。据缪朱卷记载，缪有胞妹二，长适正黄旗满洲兵部主事立堂公福勒亨阿长孙礼部郎中凤山公英昌长子育麟，次适兵部主事宗室长安公长子松禄。缪两个妹妹均嫁满族旗人官宦之家，所生之子幼年成为皮影艺人的可能性有多大？根据文俊阁的口述推断韩小窗的年龄，实在误导诸多后人。

（七）民国报纸上的韩小窗

《盛京时报》1934年12月15日有文：

> 据熟于近代掌故者言，韩为北京旗籍，生于钟鼎世族，学有根底，而未尝出仕，当时北京盛行子弟书，凡咸同末，光绪初年（1875）各书曲胥出其手，而奉垣有是书，亦系由北京传钞而来，事关近代平民文学掌故。……再韩为北京旗籍世族，喜晓峰或为其真实名号，小窗为其别号，亦未可知，待考。

《盛京时报》1935年1月15日接续：

  去岁本报，十二月十五日，读者之声栏内，载有"对于《忆真妃》作者之我闻"。谓《忆真妃》或系喜晓峰所著，而特署韩小窗，末，并附韩系北京旗籍，喜晓峰或为其真实名号，小窗或为其别号等语……"①

从上文看，同治末年光绪初年，亦即1875年时，韩小窗子弟书在沈阳名声大振。且《忆真妃》一曲有刻本标注韩小窗作，又有传闻说喜晓峰即韩小窗。

  有韩小窗者，辽阳人，文章潇洒，珠玑满腹，以子弟书行于世，所谓子弟书者，实即今日之鼓词，脍炙人口者，不下数十种……②

  子弟书是韩小窗编创的，他是奉天人，该原版书全部共十册，在乾隆年间，曾卖过白银十两。③

后人关于《忆真妃》和韩小窗的讨论在民国早已有之。以上提及韩小窗时，称其为乾隆朝辽宁人，和"熟于近代掌故者言"其为北京人不同，说其是北京人的例子还有很多。

  韩小窗子弟书脍炙人口久矣，韩为清乾隆朝大兴名士，

 ① 如是：《〈忆真妃〉之著者 喜晓峰之姓名》，《盛京时报》，1935年1月15日7版.
 ② 逊梅：《鼓词才子韩小窗》，《东亚晨报》，1940年5月12日。
 ③ 唐心佛：《大鼓源流的探讨——韩小窗创编子弟书 刘宝全只唱廿二段》，《大公报》，1935年4月21-23日。

创北韵。①

　　韩小窗，大兴人，乾隆朝居京师，以不得志郁郁发为
道情之歌，其体裁较弹词，稍为繁花。②

黄仕忠、李芳、关瑾华著《新编子弟书总目》在《千金全德》
目录下有民初天津排印本序跋：

　　韩小窗北京人。是书成于康熙间，盛行于乾隆时代。
德君寿山云。天津陈恩荣识。③

以上提及韩小窗时，均说其为清乾隆朝北京人。

（八）主要文献上的韩小窗

　　关于韩小窗的生卒年及籍贯，各家记述差别很大。见主要文献
对照表。

书名	作者	年代	籍贯	出版时间
《大鼓研究》	赵景深	嘉庆间人		1937
《曲艺论丛》	傅惜华	生于嘉庆间		1953
《说书史话》	陈汝衡	嘉道间	东北沈阳人	1958
《沈阳十县简志》		活动于光绪中叶	沈阳人	1965
《子弟书丛钞》	关德栋等	嘉庆、道光年间		1979
《满族文学概况》	赵志辉等	道光年间生	沈阳人	1980
《中国戏曲曲艺词典》		嘉庆、道光时	沈阳人	1981
		同治、光绪时	铁岭人	

①　霜杰：《韩小窗曲词正伪 泪缘并非韩手笔》，《天声报》，1938年11月21日。
②　《鼓词作家略考》，《滨江日报》，1938年12月10日。
③　黄仕忠、李芳、关瑾华：《新编子弟书总目》，广西师范大学出版社，
2012年，第189页。

书名	作者	年代	籍贯	出版时间
《中国的曲艺》	薛宝琨	咸丰到光绪	活动在沈阳	1987
《说唱艺术简史》	沈彭年等	咸丰到光绪	活动在沈阳	1988
《中国大百科全书·戏曲曲艺卷》		约1828—1890	辽宁省开原县人	1988
《艺野知见录》	任光伟	1820—1885左右	辽宁开原	1989
《中国说唱艺术史论》	薛宝琨等	嘉、道年代		1990
《东北俗文化史》	宫钦科等	嘉庆、道光间 1820—1884	开原县	1992
《沈阳百科全书》	刘振操等	约1828—1890	奉天开原县人	1992
《关东文化大辞典》	宫钦科等	嘉庆、道光间 1820—1884	开原县	1993
《中国文学大辞典》		1828—1896	开原人	1997
《辞海》		嘉庆、道光时	沈阳人	1999
		同治、光绪时	铁岭人	
《沈阳历史人物传略》		1820—1844	奉天府开原县人	2005
《子弟书全集》	黄仕忠等	乾、嘉年间		2012
《韩小窗子弟书》	耿瑛	嘉庆、道光时人	开原人	2015
《中国民间文学大系·说唱·辽宁卷·子弟书分卷》	耿柳	乾隆末嘉庆初生人	传为辽宁开原县人	2023

上表可见，各家虽对其生存年代记述差别较大，但对其籍贯的表述集中在辽宁几个市县。

金台三畏氏民国十一年（1922）撰《绿棠吟馆子弟书百种总目》谓：

> 一是种词曲不知创自何人，惟韩小窗先生实开先河。先生隶汉军旗籍人，于道、咸间家居东直门之拐棒楼。"盖声音一道，最足以感人情志，于郁抑无聊之时，偶一听歌，可以解人郁结，发抒其不平之气。……惟世多知能唱鼓书者为刘宝全、白云鹏，而不知作曲者为韩小

窗也。"

《滚楼》子弟书，则是韩氏根据当时流行戏曲改编而成，有其特殊之社会环境因素。盖在乾嘉之际，北京盛行淫剧。乾隆四十四年（1779），蜀伶魏长生曾以《滚楼》一剧"名动京师"……但至道光中叶，淫戏即为人所唾弃。韩氏为专业子弟书艺人，所唱所作的子弟书，皆以投合听众口味为主，由此推断，则《滚楼》子弟书之成书年代，当在道光十七年（1837）"有声有色"之淫戏为人所"不顾而唾"之前。①

综上，韩小窗有可能籍贯辽宁，但成名定在北京，大部分作品在1830年左右盛行于北京，1870年左右盛行于沈阳。

五、芸窗和蕉窗②

子弟书的作者在文中嵌入自己的名讳，后世阅者有不同解读。红楼梦子弟书《遣晴雯》之作者有"芸窗""蕉窗"之辨。据卷首云"芸窗下医余兀坐无穷恨"署芸窗作，再据篇尾曰"蕉窗人剔釭闲看情僧录"题蕉窗作；另有推论蕉窗、芸窗为同一人，各持一词。本文笔者通过现存抄本和史料，说明《遣晴雯》作者注为蕉窗的合理性。

子弟书的作者因为几乎不直接署名，部分子弟书的作者认定，常有不同意见。以子弟书作家中韩小窗为例，其所留子弟书篇目最多，但各学者认可数目并不相同。随着考证工作的不断深入，被确

---

① 陈锦钊：《子弟书研究》，博扬文化事业有限公司，2020年，第300页。

② 耿柳：《子弟书〈遣晴雯〉作者考》，《湖州师范学院学报》，2022年第3期，第88—94页。

认为韩氏的作品是逐增逐减的，一些佚名之作通过比对或佐证材料支撑，被归到韩氏名下，但是也有一些曾经被认定为韩氏的作品，经考证作者确另有其人。子弟书《遣晴雯》的作者判定没有《忆真妃》复杂，仅集中在"芸窗""蕉窗"之辨上，但至今尚无定论。

子弟书《遣晴雯》的作者，"芸窗"乎？"蕉窗"乎？各家学者有四种观点：

1. 芸窗说。2. 蕉窗说。3. 芸窗、蕉窗或为同一人说。4. 无名氏说。

《遣晴雯》头回诗篇有："芸窗下医余兀坐无穷恨，闲消遣楮洒凄凉冷落文。"二回结尾有："蕉窗人剔釭闲看情僧录，清秋夜笔端挥尽遣晴雯。"前后分别嵌入"芸窗""蕉窗"，因此造成了子弟书研究者对此篇作者的不同解读。

1. 标注作者是芸窗的主要有：郭精锐等编《车王府曲本提要》；昝红宇等编《清代八旗子弟书总目提要》；陈锦钊辑录《子弟书集成》。2. 标注作者是蕉窗的主要出版物有：胡文彬编《红楼梦子弟书》；关德栋、周中明编《子弟书丛钞》；陈新编《中国传统鼓词精汇》。3. 黄仕忠等著《新编子弟书总目》记：作者芸窗……或为蕉窗，或原即同一人；林均珈编著《古典文学丛刊：红楼梦子弟书赏读》注作者芸窗（或作蕉窗）。4. 北京市民族古籍整理出版规划小组辑校的《清蒙古车王府藏子弟书》等书未标注作者信息。

四种说法并存。部分研究者撰文笃定作者为芸窗，并否认蕉窗说；部分研究者将可能性列出。

陈锦钊先生《论〈清蒙古车王府藏曲本〉及近年大陆所出版有关子弟书的资料》[①]中写："如《红子》198—205、《丛钞》324—330

　　① 《论〈清蒙古车王府藏曲本〉及近年大陆所出版有关子弟书的资料》原载《民族艺术》1998年第4期"海外专稿"；2018年《陈锦钊自选集》收入此文并修正了一些文字。

所收录《遣晴雯》二回，作者均题'蕉窗'，乃是根据本曲结尾'蕉窗人剔钉闲看《情僧录》，清秋夜笔端挥尽遣晴雯'（上句《红子》作蕉窗氏剔烛……）而来，但本曲的诗篇第七、八句，无论是史语所藏本或《曲本》305、《子集》165—166及上述两种收录本，均无一不作：'芸窗下医余兀坐无穷恨，闲消遣楮洒凄凉冷落文。'据此可知，本曲应为'芸窗'所作，《提要》28著录本曲，亦题'作者芸窗'。①芸窗是子弟书名家，据上引鹤侣氏《逛护国寺》子弟书，可知他与松窗、小窗等齐名，乃'俱是编书的国手可称元老'，而现存他所作的子弟书，除此曲外，尚有《武陵源》等六种，其取材均与隐逸及弱女两种故事有关，而'蕉窗'其人，则除《红子》及《丛钞》两书曾提及外，笔者迄尚未多见。在现存各种有关子弟书之资料中此类错误疏漏的情况仍多，若不早日予以补正，势必将徒增后人困扰。"

对陈锦钊先生不盲从师辈专家，生怕贻误后人的想法，笔者十分赞同。前辈研究者所留考证文章是后人研究子弟书的基石。子弟书从刻本、抄本流传而来，纠偏不易，立说更难。就陈锦钊先生《遣晴雯》作者的考证角度，笔者觉得颇值得商榷。其认定《遣晴雯》作者定为"芸窗"，强调署名"蕉窗"者"徒增后人困扰"。其论据有四：1. 诗篇嵌入"芸窗下"；2. 芸窗是子弟书名家；3. 芸窗的作品取材均与隐逸及弱女两种故事有关；4. 蕉窗只有两书提及，他处不多见。下面看看这四个论据可否支撑其观点。

1. 在子弟书《遣晴雯》中，诗篇有"芸窗下"不假，结尾有"蕉窗人"也真。所以此条无法证明作者是芸窗。

2. 文中提到的鹤侣氏作《逛护国寺》原文片段为："这是鹤侣氏

① 《红子》《丛钞》分指《红楼梦子弟书》和《子弟书丛钞》；《曲本》《子集》分指《清车王府藏曲本》《横滨市立大学纪要：子弟书集》；《提要》指《车王府曲本提要》。

新编的两回时道人逛护国寺，他说拿来我看看，坐下将书接过来。看了两篇摇头晃脑说，成句而已，未必够板，数来宝样，这是何苦来？论编书的开山大法师，还数小窗得三昧；那松窗、芸窗也称老手甚精赅。竹轩氏句法详而稳，西园氏每将文意带诙谐。那渔村他自称山左疏狂客，云崖氏、西林氏铺陈景致别出心裁。这些人俱是编书的国主可称元老，亦须要雅俗共赏合辙够板，原不是竟论文才。他批评了多时，将书扔下扬长去，马六气得眼发呆……"

这段子弟书是讽刺一个夸夸其谈、只逛不买的人，作者鹤侣还自嘲自己创作的子弟书在这个口若悬河的人口中不过就是"数来宝"，而其他几位子弟书作者各有章法，不愧为名家写手。这确实可以证明子弟书作家中，韩小窗称魁，芸窗与罗松窗比肩。但这和《遣晴雯》的作者归属无甚关联。

3. 芸窗的作品类型与《遣晴雯》题材相似。这类哀怨悲悯内容本来就是子弟书作者擅长表现的题材之一，比如《忆真妃》《青楼遗恨》《露泪缘》等曲目，所以此条也非《遣晴雯》作者是芸窗的佐证。

4. 蕉窗在他处未多见。

只留下一曲子弟书的写手不在少数，为什么蕉窗就不能只留下一段呢？

关德栋、周中明在《论子弟书》谈到子弟书作者的社会地位时写："蕉窗在《遣晴雯》诗篇末尾说'蕉窗下，医余兀坐无穷恨，闲消遣，楮洒凄凉冷落文'作者则是位医生。"关于《遣晴雯》作者从医的观点谁先，未考，倒是被多家认可并提及。

耿瑛在《红楼梦子弟书》序言里写："仅从《遣晴雯》中'芸（蕉）窗下医余兀坐无穷恨'一句，得知蕉窗氏乃是一位从医为业的业余作者。"《车王府曲本研究》收入黄仕忠撰《车王府钞藏子弟书作者考》一文中也有"据'医余'句，可知本篇作者能医"的推论。陈锦钊著《子弟研究》文称："据《遣晴雯》之诗篇，有'芸窗下医余兀坐无穷恨，闲消遣楮洒凄凉冷落文'句，可知芸窗系行医为生，以医余从事写作子弟书。"在《遣晴雯》作者尚有争议的情形下，推断子弟书名家芸窗是一位医生，不妥，更何况"医余"就一定指作者是医生吗？

"医余"二字，既可以理解为作者是个从医者，给他人把脉抓药后闲暇中浮想联翩，握笔成文；也可以理解为其身体有恙，看罢病症，生出烦恼，借书古人消愁遣闷，何况文中还有"佳人薄命病浮沉……染病后渺渺还将旧路儿寻"之句，因此不能排除作者当时恰好生病的可能性。

如果能找到芸窗或蕉窗是个从医的业余作者的证据，是可以反推其人可能是《遣晴雯》之作者的。

可惜芸窗所留作品虽多，身世并无考。只有唐鲁孙先生在《失传的子弟书》一文中提及："东城调又叫东韵，是高云窗、韩小窗、罗松窗所编写……当时'三窗九声'是最博得人们赞赏的。"由此看来除了公认的韩小窗、罗松窗并称为"二窗"之外，坊间当还有高云窗、韩小窗、罗松窗并称"三窗"的传闻。这里提到的"高云窗"，当为芸窗。韩、罗二窗均为子弟书的专业作家，能与二窗并提为三窗，芸窗是业余作者的可能性不大。

通读芸窗所留其他子弟书，并无其从医或因患疾去看病的句例，而蕉窗确在他处无多记载，所以无法从作者职业或身体状况这个角度来推断《遣晴雯》的作者归属。

现存芸窗作子弟书，嵌名之处列出：1.《武陵源》（一回）诗篇：幽斋雨过晚凉天，鸟语花香景物妍。小几摊书评往事，芸窗握管注新编；卷末：只因为日长睡起无情思，拈微辞芸窗偶遣一时闲。2.《飞熊梦》（《渭水河》五回）卷尾：痴人芸窗把笔闲成段，留与诗人解闷题。3.《渔樵问答》（一回）卷尾：度炎暄乘闲偶弄芸窗笔，谱新词为与知音作品评。4.《林和靖》（一回）卷尾：只因为乘闲偶寄芸窗兴，感知音笔下传奇衍妙文。5.《梅屿恨》（四回）卷尾：度残春芸窗偶阅西湖志，吊佳人小传题成遣素怀。6.《刺汤》（二回）诗篇：半启芸窗翰墨香，萧萧风雨助凄凉。

可以看出芸窗比较自如的自称方式是"芸窗握管""芸窗偶遣""芸窗把笔""偶弄芸窗笔""偶寄芸窗兴""芸窗偶阅"，其特点是将"芸窗"换成"我"，我握管、我把笔……表达意思完全不变。而在《遣晴雯》中，若将"芸窗下"的"芸窗"替换成"我"便不成句，相反"蕉窗人"替换成我，则完全通顺。

在芸窗作子弟书《梅屿恨》中，还看到这样的诗篇：小院春归寂寞中，海棠枝上鸟啼红。一窗冷雨三更梦，半榻愁帷午夜钟。《梅屿恨》诗篇中嵌入的"一窗"和《遣晴雯》中的"芸窗"一样，当同属景物描写。如果芸窗是《遣晴雯》的作者，那岂不是一窗也可以是《梅屿恨》的作者？实际上，《梅屿恨》曾一度被误以为是韩小窗的作品，傅惜华《子弟书总目》和关德栋《曲艺论集·现存罗松窗、韩小窗子弟书目》，《梅屿恨》作者均注为韩小窗，即因《梅屿恨》"度残春芸窗偶阅西湖志"句，有抄写别本为"夏日长小窗偶阅西湖志"。黄仕忠《车王府钞藏子弟书作者考》："疑小窗名头大于芸窗，后人遂改芸窗之句为小窗之标识，以高声价。"这种分析不无道理。

按子弟书署名惯例，从《遣晴雯》尾处"蕉窗人剔钉闲看情僧录"便可判定此曲作者是蕉窗，但因此曲诗篇中的"芸窗下"，才导致各家解读产生了分歧。如果"芸窗下"处是"蕉窗下"，此争议可休矣。

《遣晴雯》别本恰恰如此！中国曲艺家协会辽宁分会编的《子弟书选》中，"芸窗下医余兀坐无穷恨"这句即为"蕉窗下医余兀坐无穷恨"；《中国传统鼓词精汇》选本同《子弟书选》，这和关德栋、周中明在《论子弟书》一文中提到的"蕉窗下，医余兀坐无穷恨"高度契合。《红楼梦子弟书》虽记为"芸窗下"，204页注释云："芸窗，别本作蕉窗。"

"蕉窗下"出处多达四种，且四版是有关联的。按时间排序：1. 辽

278

宁曲协《子弟书选》1979；2. 关德栋、周中明《论子弟书》1980；3. 胡文彬《红楼梦子弟书》1983；4. 刘新《中国传统鼓词精汇》2003。

杨（天）微《关于〈子弟书选〉的校订》一文记述："中国曲协辽宁分会去年编印了一本《子弟书选》，收韩小窗等二十位作者所著子弟书83段197回（应为198回，罗松窗《秦王吊孝》从结构及韵脚看分明为两回，但抄稿未分回，姑从抄稿）。这些书段据傅惜华先生珍藏抄稿编印。1963年，春风文艺出版社拟正式出书，曾得到傅先生大力支持，凡可约略考出作者的抄稿全部献出。后出书因故中辍，不幸中之幸，在那坑火腾焰的年代里，它却得以保存下来。傅先生手中所存那一部分作者不可考的子弟书抄稿，却劫灰飘扬不复可睹了。这些资料的散失，是我国曲艺史乃至文学史研究中不可弥补的损失。"①

《子弟书选》所录曲本是耿瑛先生1962年从傅惜华处觅得，虽然只是给研究者提供的内部资料刊本，但所选作品皆为"略考"过作者的。《子弟书选》校对并不完善，但是"蕉窗下"一处绝非录入排印错误。

据关德栋写给耿瑛的1979年到1998年之间的亲笔信中可知，对编辑中的《子弟书丛钞》多有谈论；收到辽宁曲协印《子弟书选》的回信落款为1979年11月29号夜。详见本书附录三。而关德栋、周中明撰《论子弟书》一文初稿1979年6月18日写于合肥，7月改于上海，1980年1月重订于济南。故关德栋的文章极有可能是借鉴了《子弟书选》中的"蕉窗下"之文。耿瑛与关德栋、周中明等十人为"子弟书研究会"发起人，他们就子弟书作者问题时有沟通，如果《子弟书选》"蕉窗下"处排印错误，以几位的学术态度，此事后续一定会有修正。

---

① 杨微：《关于〈子弟书选〉的校订》，中国曲艺家协会辽宁分会编，《曲艺通讯》，1980年第3期，第35—36页。

胡文彬编《红楼梦子弟书》的校对和注释是胡文彬和此书的责编耿瑛多次探讨沟通并共同完成的。

又据沈阳市曲艺家协会主席穆凯回忆，《中国传统鼓词精汇》是顾问刘英男请耿瑛代为排序并拟写的序言。

四条线索归一，以耿瑛之治学严谨，绝不会杜撰一个"蕉窗下"出来。但正所谓孤证不立，今只有找到"蕉窗下"的原抄本才能作为实证，惜傅惜华藏本早年已寄回傅惜华之女傅玲处，并未留存影印件，实为憾事。

目前能看到的《遣晴雯》抄本影印件四种：1. 百本张（《日本东京大学东洋文化研究所双红堂文库藏：稀见中国钞本曲本汇刊》和《横滨市立大学纪要：子弟书集》影印均为百本张抄本）；2. 首都图书馆编《清车王府藏曲本》；3.《俗文学丛刊》所录抄本；4.《故宫珍本丛刊：岔曲秧歌快书子弟书》所录抄本，此曲开篇处均作"芸窗下"。但值得注意的是，《遣晴雯》中的"空留下一抔净土伴秋林"句，以上四个版本分别抄写为："空留下一坏净上伴秋林""空留下一盃静土伴秋林""空留下一坯净土伴秋林""空留下一坏净土伴秋林"，竟然无一不讹。再看"蕉窗人"句，四种抄本及《子弟书选》均同，只有《红楼梦子弟书》为"蕉窗氏"；"剔钆"句四抄本相同，《子弟书选》和《红楼梦子弟书》为"剔烛"。《红楼梦子弟书》收录的此曲标注"据北京大学藏车王府抄本移录"，对照后与车王府抄本不尽相同，《子弟书选》与《红楼梦子弟书》所收的版本差别更大，不仅词句有别，前者比后者还多十六句出来，《子弟书选》录入的傅惜华藏本也非上述四种抄本之一。《遣晴雯》当至少另有两种抄本曾传世，也即说，诗篇中的"蕉窗下"别本多半是存在过的。

崔蕴华在《书斋与书坊之间——清代子弟书研究》中对"窗"的意向叙述颇有道理，即窗具有三重含义：1. 隐署作者名讳，如小窗、芸窗；2. 营造创作意境，如蓬窗（《遣晴雯》）、绣窗（《二入荣国府》）；3. 透窗以观万千，如纱窗（《椿龄画蔷》）、半窗（《石头记》）。

子弟书《一顾倾城》结尾有句："伯庄氏小窗无事闲中笔，这就是一顾联姻子弟文。"这里的"小窗"到底是哪一种含义呢？

陈锦钊辑录《子弟书集成》中，《一顾倾城》注"伯庄氏作"，显然是把小窗当成了创作情境，并没有因为小窗作品颇多，且是知名的子弟书作家，伯庄氏又同样"迄尚未多见"，而将这段子弟书标记为韩小窗作。

黄仕忠撰《车王府钞藏子弟书作者考》一文中对最初车王府曲本的整理情况有回顾：

> 《车王府曲本编目》只是一个目录，虽间或标明作者为谁，却没有说明所据；从其题署看，一部分是文内嵌有作者名字，其作者可以得到旁证的；一些则是据本文而作的揣测，颇有可商议者；另有少量题称，颇不经见，细加考查，疑为附会或误题。笔者曾询及当初参与编目的先辈，当时他们尚是在校学生，以数十人之众，在"大跃进"的背景下，在短时间内完工，未敢谓翔实；兼以原始资料早已散佚，今已不复记其所据。[①]

据此看来，因最初匆忙的整理工作，看到诗篇中有"芸窗"二字，即将《遣晴雯》记录为芸窗所作，也是有可能的；后又有研究者看到尾句，遂改录作者为蕉窗。而芸窗认定之影响久未消除。

对于在同一篇子弟书中，有多处疑似嵌名的，不同抄本所记有出入的同一曲目，作者归属的考证，不能根据作者的知名度和作者留有作品数量来推断，应根据曲中语境、抄本时间、版本差异、题跋记载、知情者口述和相关文献综合考虑才更客观。

---

① 黄仕忠：《车王府钞藏子弟书作者考》，《车王府曲本研究》，广东人民出版社，2000年，第414页。

第十四章 子弟书和沈阳

一、《沈阳晚报》关于子弟书的讨论

《沈阳晚报》1962年发起了子弟书的讨论，从三篇系列文章可以窥见新中国早期子弟书研究的一些情况。

韩小窗和他的子弟书（节选）

子弟书是清代乾隆年间，满族八旗子弟根据当时北方民间鼓词改创的一种新兴鼓曲。流行于北京、沈阳和东北各地。曾有东西调之分。东调多演悲壮故事，西调多演爱情故事。韩小窗是东调的代表作家。

韩小窗的生平事迹不详。一般都说他是沈阳人，生于乾隆或道光年间，秀才出身。此外也有人说他是铁岭、开原或锦州人。又说他生于嘉庆或咸丰、同治、光绪等年间。据韩氏作品《周西坡》中有"闲笔墨小窗窃拟松窗意，降香后写罗成乱箭一段残文"之句，可见韩小窗当稍后于罗松窗。罗氏是子弟书早期西调作家，乾隆时人，故韩小窗不会早于乾隆年间。又因韩小窗曾据一百二十回本《红楼梦》改编过子弟书,《红楼梦》最早刻印于乾隆五十六年(1791),可见韩氏的《黛玉悲秋》等最早也要完成于乾隆末年或嘉庆初年,因此说韩小窗是嘉庆年间前后的人是比较可信的。至于他的籍贯,众说纷纭,但是说他是辽宁人是没有问题的。有人说铁岭旧有韩氏大族,又有人说法库韩半街是韩氏后人。估计韩氏原籍很可能是在辽北铁岭一带。因沈阳是当时东调子弟书作家与演员(都非专职)密集之所,他可能在沈阳寓居多年,并在此创作不少子弟书作品,故被人传为沈阳人。至于开原一说,可能和清末开原德印芳书局出版韩氏作品甚多有关。锦州一说恐因韩氏作品《宁武关》有锦州处士未儒流跋而引起的讹传。这仅是推论,尚需要专家们继续探讨。

韩小窗作品甚多。据杨庆五《大鼓书话》中说"韩小窗脚本有五百余支";王铁夫在《东北二人转》研究中说韩氏作品有七八十种。现存作品,郑振铎编的《世界文库》第四卷"东调选"中有五种;傅惜华在《子弟书总目》中列有十七种;关德栋在《曲艺论集》中列了二十四种。此外考知或传说为韩氏作品的尚有九种:《黛玉悲秋》《重耳走国》《双玉听琴》《望儿楼》《忆真妃》《遣春梅》《永福寺》《游旧院》《续钞借银》。现存作品共三十三种(包括存疑在内)。

韩小窗作品补遗及真伪(节选)

拙稿"韩小窗和他的子弟书"发表(见本报1962年3月27日)后,引起了一些争论,也收到一些读者来信。这对研究韩氏作品和探讨东北子弟书作者问题是极为有利的。

我那篇文章,只想起个抛砖引玉,概括介绍的作用,所以对其作品凡考知或传说的一并提及,没有认真考据这些作品的真伪。特补写此文，并向贾恩和同志的文章说几句不同的看法。

最近，从"沈阳市十县简志"上见到：韩小窗。沈阳人。清光绪中叶，与喜晓峰、李龙石、荣文达、松子笏诸名士结诗社，互相唱和，并编写鼓词多种。其中就提到"忆真妃"。还有新发现的"子路追孔""青楼遗恨""大烟叹""穷酸叹"等作品。另据"成兆才先生纪念集"一书中的"成兆才剧本的题材出处与故事提要"，知韩小窗作品还有"湘子得道"与"韩湘子三度林英"二篇。其他有"锦水祠"（贾恩和文中作"金水祠"，实误）一篇与"忆真妃"文笔极近，可能出自一人之手。以上所见韩氏共作品七篇，连同原来提到的三十三篇，共四十篇。

前稿所述关德栋的"曲艺论集"中提到的二十四篇里。"露泪缘"和"数罗汉"两篇作者未在唱词中嵌入"小窗"字样，很可能不是韩氏之作。"杨志卖刀"诗篇虽有"小窗"二字，而乾、嘉间刻本则作"芸窗"，故也可能是后人伪托。"徐母训子"一篇，唱词生涩，早有人怀疑是后人伪托。"焚宫"一篇，为"千忠戮"之头二段（焚宫、落发），下接"草诏、敲牙"。不过前后故事可以独立，因此被人误传成两篇作品。关德栋所引两篇的诗篇，仅第三、四字不同，"焚宫"作"欲写慈祥仁爱君，小窗笔墨也伤神"，"慈祥"二字"草诏"中作"亡国"。引文可能是据"世界文库"东调选。而傅惜华藏本此篇则作"慈祥"。由此可知，二字之别实属不同抄本。去掉伪托和重复的，还有十九种。

关德栋列题以外的十六篇中，唱词里嵌入小窗字样的仅有"黛玉悲秋"（共三回，"宝玉探病"是其中的第二回）和"重耳走国"两篇。由此可见，这二十一篇是韩氏作品，当确认无疑。

"忆真妃"与"望儿楼"是韩氏作品一说见王铁夫著"东北二人转研究"一书。其他作品都据口传，可靠性不大。"双玉听琴"中仅有"午夜窗前闲弄笔"一句，并无小窗氏字样。因"百花亭"诗篇有"小纱窗"之句；"宁武关"有"小院闲窗"之句，故知"小窗"二字也可拆用，但"双玉听琴"中井无"小"字，仍需存疑。

　　某些作品因附在内容相近的韩氏作品之后刊印，故被误传为韩氏作品，如"黛玉悲秋"后附"露泪缘"，"得钞傲妻"后附"续钞借银"，"重耳走国"后附"子路追孔"等等，一本书中首篇是韩氏之作，所以把同书后面其他作品，也误会成韩氏之作了。

　　这里应提的是"青楼遗恨"与"望儿楼"等篇颇像韩氏文笔；而"湘子得道"与"三度林英"等篇，现存作品纯采自民间艺人的口头创作，绝非韩氏作品，如果韩氏原作失传，现存稿是艺人改写的，那又当别论。至于"穷酸叹"与"大烟叹"等篇，更非韩氏的文笔。很可能是喜晓峰所作。韩小窗晚年穷困潦倒，寓居沈阳西华门"文叶山房"（据已故于向臣老先生口述，不知是否为"会文山房"之误），靠卖文度日，他与喜晓峰是至交好友。因小窗名望高，所以有人把晓峰的作品也误传为小窗所作。"忆真妃"的误传，恐怕也由此产生。

　　据读者叶树人同志来信说："忆真妃"是缪仲荫（号润绂）晚年游戏之作。此曲乃一夜草成，并征求过马宝光（叶树人之太舅爷）的意见，而后定稿。

　　查"沈阳县志"，知缪氏也居沈阳，属正白旗。缪仲荫，生于乾隆年间，享年八十左右。是沈阳市大东区东北向四家子人，曾做过翰林。著有"沈阳百咏"一书。据于向臣老先生说，他曾问过缪氏本人："听说'忆真妃'是您作的，是吗？"缪答："我哪能写那东西，那是韩小窗写的。"这个回答有两个可能：一是鼓曲在当时是不登大雅之堂的，承认自己写了鼓词有失"身份"。二是缪确实未作此文，因为只有韩小窗、喜晓峰等没落文人才靠写唱本生活。缪仲荫当时有财势有功名，大不必以鼓词表露才华。因韩小窗他们诗社那些人写的作品，都在"文叶山房"刻印。缪也误将喜晓峰的作品当作韩小窗作品了。

另外，在"忆真妃"问世之前，已有"闻铃"一篇，事同词异，亦八十句，其诗篇为：

大厦难支社稷倾，

权臣当道乱朝廷。

满城杀气遮天日，

一片哭声震地鸣。

万里江山因贼破，

九重宫殿破贼营。

灯前细演唐时传，

写一段风流话君妃恩情。

看语气倒像韩小窗的文笔。这篇作品是否为韩氏早期作品，尚待考查。喜晓峰当时一定能见到这篇作品，"忆真妃"很可能是他花费心血而改写的一篇唱词。

关于"宁武关"与"全德报"两篇，贾恩和同志也认为是喜晓峰所作，恐怕有误。因为"宁武关"中有"小院闲窗泼墨迟，牢骚笔写断魂词"两句；"全德报"中因有"小窗氏墨痕闲写全德报，激励那千古的仁慈侠烈肠"为证，是韩氏作品当属无疑。贾恩和同志如果有新根据，盼望提出，以便早日打破这些鼓词的作者之谜。

另外如有人能知韩氏近友李龙石、荣文达、松子笏等人生平及作品，对考证韩氏作品可能很有帮助，望同道者提笔撰文，深入探讨。

《韩小窗作品补遗及真伪》补正（节选）

拙稿《韩小窗作品补遗及真伪》发表后，又读到任光伟同志的文章，受益不少。不久前赴京翻阅一些子弟书钞本与清刻本，想对韩作真伪问题做一些补充与订正。

在京得见韩作，除以前提到的作品外，尚有《芙蓉诔》六回与《访贤》四回。另有《不垂别泪》一回，恐系《遣春梅》之一段。

从读到的刻本中，还证实了我前稿中怀疑《焚宫》是《千忠戮》前两回的论点。同时也发现前稿的一些错误与不足。如《重耳走国》（奉天东都石印局本）虽然结尾二句有"小窗氏"字样，但经与光绪三十年（1904）永远堂本《吊绵山》对证，实为同曲异题，只是永远堂本无结尾二句，可见"小窗氏"等句当为后人所加。由此证明，《重耳走国》并非韩作。

《黛玉悲秋》版本很多，三回本中第三回前六句（有"小窗氏"字样），亦疑为后人所加，因早年钞本皆无此六句。

《锦水祠》光绪小西山房刻本原题"蛤溪钓叟著"，从其章法看，恐怕是模仿《忆真妃》之续作。

《穷酸叹》光绪二十七年（1901）刻本有"河西隐士作，慕庐居士补"字样。当非韩作无疑。

另外，在任光伟文中所提六种中，我认为《百年长恨》不是韩氏作品。理由有三：一是从文章结构看，它与一般子弟书不同，长达四百句，并未分回（辽宁大鼓嫌太长，分作两回唱），七字句中多加六字句，韩作其他子弟书绝无此例；二是从文字水平看，这篇唱词多用旧书场的陈词滥调，写人状物都不离俗套，为了押韵，也常颠倒词汇，如"乌江县"作"县乌江"之类颇多。故很可能是初通文字的艺人伪托韩氏之名所作；三是唱词中夹杂不少清末的生活语言，且多有与历史不符，如开头已交代出是"前明时有位娇兰女学士"，而后边却写这位明代女学士身穿"花洋绸"，看的书是"展开一部红楼梦，还有聊斋共西厢"。红楼、聊斋均为清人著作，明代人怎么能看到呢？我想韩小窗绝不会如此无知吧！这篇《百年长恨》的文笔与《游西湖》（白蛇传一段）极近，不仅不是韩作，恐怕都不是子弟书。但为什么清光绪刻本又标成清音子弟书呢？原因可能有二：1. 清光绪时辽宁大鼓清、梅、胡、赵各家多唱子弟书曲本，故当时人称为清音子弟班，这篇作品正是他们当时编演的，故被误会成子弟书作品；2. 因为当时子弟书好销，书商为谋利起见，把许多大鼓词也标成清音子弟书刻印，今存会文山房的子弟书中，此类冒牌货就不少，如《新蓝桥》等皆如此，我们必须予以鉴别。

关于任光伟提出芸窗即小窗一事，我亦有同感，题芸窗的作品，还有《刺汤》《飞熊兆》等多种，如其说可立，那么今知韩作又要多推证出几篇了。[①]

二、盛京子弟书考辨

子弟书在东北的昌盛，据传与沈阳的两个延续了近七十年的诗社有关。

一个是嘉庆十八年（1814）沈阳名士缪公恩、裕瑞等组成了"芝兰诗社"，这个诗社以会诗为主，间或从事一些子弟书段和灯谜等创

---

① 均摘自 1962 年 3—4 月《沈阳晚报》，耿瑛撰文。

作，聚会时除了吟诗唱对以外，也清唱各自创作的子弟书段。

另一个是同治十五年（1877）喜晓峰、尚雅贞、李龙石、荣文达、松子笏等人以会文山房为依托发起的"荟兰诗社"。

据传，芝兰诗社多为官场、文坛名流，以诗词八股为主；荟兰诗社是民间组织，文坛名士以诗会友并吸收一些曲艺、皮影艺人参加活动，与民间艺术相结合。

有关两个诗社的史料多为后人口述回忆和演绎，中国的民间艺术，有共同的特点：凡是历史残缺不全的，都用传说补齐，比如人类起源和女娲补天；而史实确凿的，如帝王将相有名有姓，本着大事不虚、小事不拘的原则演绎其故事。

子弟书的历史也逃不出这个套路。学者们不断地通过考证，将传闻剥离，找到他人蹩脚处口诛笔伐……应该说，子弟书的历史有断层，而且不是一个两个的切割面，绕不过去的地方，只能猜想。

辽宁省的曲艺研究者著述中，认为子弟书在嘉庆三年（1798）或嘉庆十八年（1813）传入沈阳[1]，理由是在上述年份有数十户北京宗室闲散人员奉旨移居盛京，他们将在京旗方兴未艾的子弟书传入沈阳。沈阳子弟书属于东调，由北京传入后"嘉庆、道光年间（沈阳）子弟书作家有裕瑞、程伟元、缪公恩、王志翰、奕赓等"。[2]

关于嘉庆三年有宗室移居沈阳之事并未见诸史料记载，无从考辨。嘉庆十八年则确实奉旨由北京移居数十户宗室人员及家属至沈阳，还在沈阳小东门外专建宗室营一处，老沈阳人称其为"罪城"，供其居住。这些移居者均为来自北京的皇族，因各种违法或不良行为谪居盛京，实际相当于将这些皇族的不肖子孙发遣至故都盛京集中"圈禁"，并无人身自由，也不能随便走出围有高墙的"罪城"。

---

① 王肯等编：《东北俗文化史》，春风文艺出版社，1992年，第144页。

② 中国曲艺志全国编辑委员会、《中国曲艺志·辽宁卷》编辑委员会：《中国曲艺志·辽宁卷》，中国ISBN中心，2000年，第61页。

这些遣到盛京的宗室有专门的名录记载，无鹤侣，有裕瑞。

爱新觉罗·裕瑞（1771—1838），清朝宗室。字思元，豫亲王多铎五世孙，清朝和硕豫良亲王爱新觉罗·修龄次子，母嫡福晋富察氏，外祖父是承恩公傅文。曾三次被皇帝发遣盛京，降级至革去四品顶戴。其以诗文见长，有多种作品传世，但无子弟书。嘉庆十八年（1813）谪居盛京后，次年四月即因"获罪谪居盛京不知安分思过，复买有夫之妇为妾"，被皇帝斥为"即此一端已属无耻妄为"，传谕："在盛京严密圈禁，派弁兵看守，不拘年限。"①如此状况，不可能参加诗社及创唱子弟书。

缪公恩（？—1831），汉军镶白旗人，能诗画，居沈阳。是缪东霖的曾祖父。述者谓其于嘉庆十八年建芝兰诗社，得盛京将军晋昌赞许及裕瑞、程伟元支持，不久又与友人合资创办会文山房，刻印子弟书。首先，晋昌嘉庆十九年（1814）二月第二次就任盛京将军，程伟元随同来沈，如何能于前一年赞许支持缪公恩组建诗社？其次，缪公恩及诸友人近千首存诗中，无一提及此诗社，缪东霖也从未说过曾祖父诗社之事。

程伟元（约1745—1818），字小泉，苏州籍民人，以乾隆末年首刊小说《红楼梦》著名。嘉庆五至八年（1800—1803）和十九至二十二年（1814—1817），两次以幕僚身份随盛京将军晋昌居沈阳。虽能诗善画，但未闻有子弟书之作。或谓其曾于嘉庆二十二年（1817）在沈阳创立程记书坊并刊刻子弟书。但这年二月晋昌已奉旨调任，程也应随之离沈，如何在此设坊刻书？另有说其于道光元年（1821）于沈阳设书坊者，但据其学生金朝觐诗序，程伟元于嘉庆二十五年（1820）前即已去世。沈阳确曾有程记书坊并刻印子弟书，但为同治、光绪年事，彼时程已去世数十年。

据任光伟《子弟书的产生及其在东北之发展》载："文俊阁1936

---

① 东北文史丛书编辑委员会：《奉天通志》，古旧书店，1983年，第37页。

年间缪东霖，文西园是否文家的先辈，缪谈'他是王尔烈之子'，是老诗社后期的参加者。后笔者从辽宁博物馆编《辽宁古诗选》中发现录有王志翰五言《香岩寺值雨》一首，后注中有'王志翰，字西园，王尔烈第三子'，从而得知……"

查《香岩寺值雨》作者为清代王志鳌。故文西园是王尔烈第三子之说存疑。

奕赓，号鹤侣，清宗室，庄亲王绵课第十二子，生于1809年。详见本书第十三章第三节。相关论者谓，他晚年居沈阳创作子弟书并在沈阳离世。又有述者谓其嘉庆十八年（1813）在沈阳，加入缪公恩所创芝兰诗社①，其如何能在四岁时由京来沈参加子弟书创作的诗社？

综合上述，以往相关论著中，有关嘉庆、道光年间子弟书即在沈阳有多位作家之说，多与史实有悖。子弟书《忆真妃》作者是辽宁人，是众家认可的事实，按启功的记述推论，在道光十五年（1835）前已有辽宁作者春澍斋创作子弟书，按李振聚考证，春澍斋1824—1834年一直在京做太常寺赞礼郎。

清代朝廷对旗人耽于游乐、崇尚奢靡的倾向一直管控较严，很难容许被视为有伤风化的"淫词俗曲"在此地旗人中流行。道光十年（1830），皇帝得知盛京将军奕颢在府中观戏，不仅将其撤职削爵，而且传旨，盛京城内外禁止演戏，不许戏班停留，且命当地官员每年严查奏报，直到咸丰九年（1859）才奉旨解禁。这种大环境下，旗人热衷子弟书这种说唱形式是很有可能的。

目前所见国内公开出版的著录子弟书版本著作，以广西师范大学出版社2012年刊《新编子弟书总目》（黄仕忠等著）收录较全。经核书中所载全部印本，沈阳刻本刊刻年代最早者即前举1835年《忆

———————————————

　　① 中国曲艺志全国编辑委员会、《中国曲艺志·辽宁卷》编辑委员会：《中国曲艺志·辽宁卷》，中国ISBN中心，2000年，第61页。

真妃》，最晚为光绪三十四年（1908）盛京程记书坊所刻《苏三发配》等。此外，尚有多种清末民初石印、铅印本，应是据盛京刻本为底本。现就《新编子弟书总目》所记盛京子弟书，耿瑛、佟悦和陈贵选藏盛京子弟书一并统计，按刊刻年代为序的主要版本有：

（一）《忆真妃》

癸亥（1863）长夏｜忆真妃｜会文山房藏板；

光绪癸亥（1863）长夏｜忆真妃｜文盛堂藏板；

光绪癸卯（1903）新秋重镌｜忆真妃｜海邑文林堂记。

另有永远堂等多种盛京刻本。

按：启功提到的版本为1835年，未见。

（二）《锦水祠》

上接《忆真妃》｜蛤溪钓叟著｜静寿主人校。（辽阳刻本）。

（三）《全忆真妃》

清音子弟书｜全忆真妃｜锦水祠｜财盛堂存版。

（四）《绝红柳》

同治己巳年（1869）新正元宵节日刌剧｜绝红柳｜清音子弟书｜会文山房藏板；

光绪丙申年（1896）新正元宵节日刌剧｜绝红柳｜清音子弟书｜盛京文盛书房藏板。

（五）《大烟叹》

同治昭阳（1873）作萼季冬镌｜大烟叹｜清音子弟书；

光绪癸卯（1903）荷月刊｜大烟叹｜清音子弟书｜起升堂。

（六）《烟花楼》

同治甲戌（1874）嘉平月中浣｜烟花楼｜清音子弟书四回｜会文山房藏板；

光绪乙巳（1905）清和月重镌｜烟花楼｜盛京老会文堂。

（七）《糜氏托孤》

同治甲戌（1874）清和月梓镌｜糜氏托孤｜清音子弟书｜财胜堂；

光绪壬辰（1892）榴月梓镌｜糜氏托孤｜清音子弟书｜会文山房。

（八）《蝴蝶梦》

同治甲戌（1874）花朝日梓镌｜清音子弟书｜蝴蝶梦｜会文山房；

光绪癸巳（1893）花朝日梓镌｜清音子弟书｜蝴蝶梦｜会文山房；

光绪癸巳（1893）花朝日梓镌｜清音子弟书｜蝴蝶梦｜盛京文盛堂；

光绪癸巳（1893）花朝日梓镌｜清音子弟书｜蝴蝶梦｜财胜堂记；

光绪甲辰（1904）花朝日梓镌｜三支堂记｜蝴蝶梦｜清音子弟书｜永远堂藏板。

（九）《宁武关》

光绪丙子（1876）荷夏上浣之吉镌｜宁武关｜清音子弟书｜会文山房藏板；

光绪甲午（1894）牡丹生日镌｜宁武关｜清音子弟书｜财胜堂藏板；

光绪丁未（1907）荷夏上浣之吉镌｜宁武关｜清音子弟书｜诚文信书房藏板。

按：艺术研究院藏：光绪丁酉荷夏上浣之吉镌，宁武关，文盛堂藏版，序有"韩小窗为故友……"未见。

（十）《孔子去齐》

光绪戊寅（1878）仲秋月梓镌｜野史古词全段｜会文山房。

（十一）《说书小段》

光绪庚辰（1880）首夏梓镌｜说书小段｜每篇一段｜同文山房。

（十二）《天台奇遇》

光绪辛巳（1881）天贶日编｜天台奇遇｜子弟书｜海城合顺书坊。

（十三）《二仙采药》

光绪辛巳（1881）天贶日编｜二仙采药｜子弟书｜海城合顺书坊。

（十四）《姜女寻夫》

光绪甲申（1884）荷夏中浣之吉镌｜姜女寻夫｜清音子弟书｜财胜堂藏板；

光绪甲申（1884）荷夏中浣之吉镌｜姜女寻夫｜清音子弟书｜同文山房；

光绪癸卯（1903）荷夏之吉日镌｜姜女寻夫｜清音子弟书｜海城合顺书坊。

（十五）《青楼遗恨》

光绪壬辰（1892）新秋上浣镌｜青楼遗恨｜清音子弟书｜会文山房藏板；

光绪壬辰（1892）新秋上浣镌｜青楼遗恨｜清音子弟书｜永成堂；

光绪乙巳（1905）季春之月重刊｜青楼遗恨｜清音子弟书｜财盛书房藏版（板）；

光绪乙巳（1905）季春之月重刊｜青楼遗恨｜清音子弟书｜盛京老会文堂印；

光绪戊申（1908）仲秋上浣镌｜青楼遗恨｜子弟书全部｜盛京程记书坊。

(十六)《全德报》

光绪岁次甲午（1894）榴月梓行｜全德报｜上部：病别、留契、入府、招婿｜财胜堂藏板；

光绪岁次甲午（1894）榴月梓行｜全德报｜下部：洞房、训女、拷童、荣归｜财胜堂藏板；

光绪岁次戊戌（1898）菊月梓行｜全德报｜上部：病别、留契、入府、招婿｜文盛堂藏板；

光绪岁次戊戌（1898）菊月梓行｜全德报｜下部：洞房、训女、拷童、荣归｜文盛堂藏板。

(十七)《得钞傲妻》

光绪甲午（1894）正月上浣新镌｜得钞傲妻｜子弟书｜盛京会文山房藏板。

(十八)《巧断家私》

光绪甲午（1894）于孟夏新编｜巧断家私｜清音子弟书｜盛京会文堂刷印。

(十九)《百年长恨》

光绪甲午（1894）元宵节新镌｜百年长恨｜清音子弟书｜盛京文盛书坊；

光绪乙巳（1905）季春之月重镌｜百年长恨｜清音子弟书｜盛京老会文堂。

(二十)《焚宫》

光绪丙申（1896）荷月新刻｜焚宫｜清音子弟书｜盛京文盛堂。

(二十一)《双玉听琴》

光绪戊戌（1898）年次奭伏日梓镌｜双玉听琴｜清音子弟书｜盛京文盛堂。

(二十二)《凤仪亭》

光绪戊戌（1898）仲春戊辰月｜新刻全部｜财盛堂；

光绪庚辰（1900）菖蒲节镌｜子弟书｜海城合顺书坊。

（二十三）《望儿楼》

光绪二十四年（1898），文盛堂。

（二十四）《黛玉悲秋》

光绪己亥（1899）季春月重镌｜黛玉悲秋｜石头记子弟书｜会文山房；

光绪己亥（1899）季春月重镌｜黛玉悲秋｜石头记子弟书｜文盛堂记；

清音子弟书｜红楼梦｜下接露泪缘｜黛玉悲秋｜全部｜盛京财胜书坊藏板；

丙午（1906）新镌石头记下接露泪缘｜黛玉悲秋｜子弟书全部｜汇文书局。

（二十五）《樊金定骂城》

光绪庚子（1900）桃月镌｜樊金定骂城｜子弟书｜盛京会文堂。

（二十六）《穷酸叹》

河西隐士残本｜慕庐居士补｜穷酸叹｜蛤溪钓叟评｜辛丑（1901）立夏日刻财胜堂存版。

（二十七）《烟花叹》

光绪念（廿）七年（1901）季秋月｜烟花叹｜风流子弟书｜财胜堂。

（二十八）《梦中梦》

光绪辛丑（1901）小阳春月镌｜梦中梦｜子弟书｜目录入梦、热梦、噩梦。

（二十九）《马鞍山》

光绪壬寅（1902）冬月镌｜马鞍山｜清音子弟书｜会文山房。

(三十)《荡子叹》

光绪念（廿）八年（1902）元日｜荡子叹｜小酉山房藏板。

(三十一)《吊绵山》

时癸卯（1903）清明｜吊绵山｜临溟痴痴子作｜盛京会文山房。

(三十二)《甘露寺》

光绪癸卯（1903）桂月新刻｜甘露寺｜清音子弟书｜牛庄魁文书坊。

(三十三)《离情》

光绪癸卯（1903）甲寅月新镌｜离情｜子弟书｜辽阳三文堂藏板。

(三十四)《郭子仪上寿》

光绪癸卯（1903）桂月新刊｜郭子仪上寿｜清音子弟书｜牛庄魁文书坊。

(三十五)《烟花乐》

光绪念（廿）九年（1903）季｜上接《烟花叹》｜大酉山房板。

(三十六)《白蛇传》

光绪癸卯（1903）桂月新刊｜白蛇传｜清音子弟书｜牛庄魁文书坊；

光绪丙午（1906）荷月新刊｜白蛇传｜清音子弟书｜海城聚友书坊。

(三十七)《雷峰宝塔》

光绪癸卯（1903）游湖、雨会、借伞、进府、赘婿、盗库、赐银、结案、发配、药坊｜雷峰宝塔｜子弟书上卷｜盛京程记书坊；

光绪乙巳（1905）游湖、雨会、借伞、进府、赘婿、盗库、赐银、结案、发配、药坊｜雷峰宝塔｜子弟书上卷｜盛京老会文堂。

(三十八)《金钵三法》

荷月望日｜撒灾、毒散、饮雄、求丹、阵险、还阳、赐宝、还原、返寺、淹山｜金钵三法｜子弟书中卷｜盛京程记书坊；

季春之月｜撒灾、毒散、饮雄、求丹、阵险、还阳、赐宝、还原、返寺、淹山｜金钵三法｜子弟书中卷｜盛京老会文堂。

(三十九)《荣归祭扫》

清音改正｜托钵、桥过、生子、表情、仆逃、离儿、押法、荣归、祭塔、追封｜荣归祭扫｜子弟书下卷｜盛京程记书坊；

清音改正｜托钵、桥过、生子、表情、仆逃、离儿、押法、荣归、祭塔、追封｜荣归祭扫｜子弟书下卷｜盛京老会文堂。

(四十)《全合钵》

光绪丙午（1906）荷月新刊｜全合钵｜下部。

(四十一)《宋江杀楼》

光绪癸卯（1903）桂月新刊｜宋江杀楼｜清音子弟书｜海城裕顺书坊。

(四十二)《明妃别汉》

光绪癸卯（1903）桃月上浣｜明妃别汉｜清音子弟子｜海城合顺书坊。

(四十三)《红娘下书》

下截（接）拷打红娘｜光绪三十年（1904）新正月重刊｜红娘下书｜清音子弟书｜盛京财胜堂梓。

（四十四）《疑媒》

甲辰（1904）孟春镌｜疑媒｜清音子弟书

（四十五）《白门楼》

光绪乙巳（1905）端阳月上浣新镌｜白门楼｜清音子弟书｜山城子同乐书坊。

（四十六）《新蓝桥》

光绪乙巳年（1905）巧月｜新蓝桥｜清音子弟书｜海城聚有书坊；

光绪丙午年（1906）桃月望日新改正｜新蓝桥｜清音子弟书｜盛京聚盛书坊。

（四十七）《灵官庙》

光绪乙巳（1905）荷月上浣新镌｜灵官庙｜清音子弟书｜海城裕顺堂板。

（四十八）《打关西》

光绪乙巳年（1905）菊月新镌｜打关西｜子弟书｜辽阳三文堂板。

（四十九）《薄命辞灶》

光绪乙巳（1905）桂月新刊｜薄命辞灶｜清音子弟书｜盛京财胜书坊。

（五十）《八字成文》

光绪乙巳（1905）孟夏之月重镌｜八字成文｜子弟书｜盛京老会文山房。

（五十一）《珍珠衫》

岁次丙午（1906）夏日新刊｜珍珠衫｜清音子弟书｜海城文林书房。

（五十二）《露泪缘》

新刻子弟书｜头本｜露泪缘｜上结（接）黛玉悲秋｜文盛书房梓行；

新刻子弟书｜二本｜露泪缘｜中｜文盛书房梓行；

新刻子弟书｜三本｜露泪缘｜下｜文盛书房梓行；

新刻子弟书｜头本｜露泪缘｜上结（接）黛玉悲秋｜盛京财胜堂存板；

新刻子弟书｜二本｜露泪缘｜中；

新刻子弟书｜三本｜露泪缘｜下。

光绪丙午（1906）｜凤献计策、使女傻泄、面对痴呆、黛玉神诀｜露泪缘｜子弟书上卷｜盛京程记书坊。

（五十三）《宝玉误喜》

荷月望日｜黛玉焚稿、摘星花烛、婚诧诀婢、紫鹃悲怒｜宝玉误喜｜子弟书中卷｜盛京程记书坊。

（五十四）《绛珠女迁》

清音改正｜寻闻哭玉、钗劝宝玉、梦会证缘、愚醒余情｜绛珠女迁｜子弟书下卷｜盛京程记书坊。

（五十五）《圣贤集略》

光绪丙午年（1906）仲秋月新刊｜圣贤集略｜清音子弟书｜盛京老会文堂刷。

（五十六）《张良辞朝》

光绪丙午年（1906）新刊紫罗袍｜张良辞朝｜清音子弟书｜盛京财盛书坊；

光绪丙午年（1906）新刊紫罗袍｜张良辞朝｜清音子弟书｜牛庄魁文书坊。

（五十七）《华容道》

光绪丙午年（1906）冬月新刊｜华容道｜清音子弟书。

（五十八）《摔琴》

光绪丁未年（1907）五月重刊｜上接马安（鞍）山｜清音子弟书｜同乐堂；

光绪丁未年（1907）五月重刊｜上接马安（鞍）山｜清

音子弟书｜经义堂。

（五十九）《王元上寿》

光绪丁未年（1907）桃月新刊｜王元上寿｜子弟书｜辽阳文益堂板。

（六十）《关王庙》

戊申（1908）新镌｜关王庙｜下接苏三发配｜子弟书全部｜盛京程记书坊。

（六十一）《苏三发配》

桃月望日｜苏三发配｜下接三堂会审｜子弟书全部｜盛京程记书坊。

（六十二）《三堂会审》

上接苏三起解关王庙｜三堂会审｜子弟书全部｜盛京程记书坊。

（六十三）《鞭打芦花》

闵子骞劝父救母｜子弟书｜盛京财盛堂。

（六十四）《双生贵子》

刘元普阴功得报｜双生贵子｜清音子弟书｜盛京财盛堂。

（六十五）《教训子孙》

上接双生贵子｜下接训女良辞｜教训子孙｜子弟书｜盛京财胜堂梓。

（六十六）《训女良辞》

上接训教子孙｜下接爱女嫌媳｜训娘辞｜子弟书｜盛京财胜堂。

（六十七）《爱女嫌媳》

上接训女良辞｜下接排忧解纷｜爱女嫌媳｜子弟书｜盛京财胜堂梓。

（六十八）《排忧解纷》

上接爱女嫌媳｜下接贤孙孝祖｜排忧解纷｜子弟书｜盛京财胜堂。

（六十九）《贤孙孝祖》

上接排难解纷｜下接谋财显报｜贤孙孝祖｜子弟书｜盛京财胜堂。

（七十）《谋财显报》

上接贤孙孝祖｜下接思亲感神｜谋财显报｜子弟书｜盛京财胜堂。

（七十一）《思亲感神》

上接谋财显报｜下接双善桥｜思亲感神｜子弟书｜盛京财胜堂。

（七十二）《麟儿报》

清音子弟书｜麟儿报全部｜财盛堂存版。

（七十三）《浪子叹》

梦松客著｜浪子叹｜髯柳公评｜文盛堂。

（七十四）《滚楼》

清音子弟书清和月新刊｜滚楼｜全部｜盛京会文山房藏版（板）。

（七十五）《双美奇缘》

新镌老夫人堂楼拷红｜双美奇缘｜全部｜清音子弟书｜盛京程记书坊；

新镌老夫人堂楼拷红｜双美奇缘｜子弟书｜盛京汇文书坊。

（七十六）《运神记》

会文山房。

（七十七）《教书叹》

盛京刻本。

（七十八）《阔大烟叹》

不嫌叙耳在下慢慢的道来，言的是说书新串小段｜阔大烟叹｜子弟书｜会文山房藏板。

（七十九）《论语小段》

清音子弟书｜论语小段｜盛京财盛堂。

（八十）《子路追孔》

盛京财盛堂。

（八十一）《藏舟》

京都新刻｜藏舟｜子弟书｜上本｜盛京东华门义生堂。

（八十二）《骂阿瞒》

（缺封面）会文山房。

（八十三）《诏班师》

步忆真妃原韵｜虬髯白眉子著｜诏班师｜蛤溪钓叟评点。

（八十四）《烟花报》

清音子弟书｜烟花报｜爱音主人著。

（八十五）《关公盘道》

关公送貂蝉出家｜关公盘道｜子弟书｜十问十答｜盛京老会文堂｜貂蝉对诗。

以上仅见诸著录及实物传世者，沈阳实刻印子弟书应在百种以上，可见清同治、光绪两朝是沈阳子弟书最为流行的时期。或再稍作延展确定在咸丰朝至清末的约六十年间。这种推断在历史文献记载中也可以找到很充分的依据。

其一，同治八年沈阳会文山房刻本子弟书《绝红柳》，以沈阳东关某茶园演出子弟书为基本内容。

其二，同治十二年沈阳会文山房刻本《陪都景略》，"铺户买卖"中"裱画装潢"项下，经营项目有"子弟书篇"。

其三，同治十二年沈阳会文山房刻本《陪都纪略》，"陪都杂咏"中述会文山房经营项目内有"文人作，子弟书"。

其四，同上书"诸般技艺"中述庙会表演"碰碰"的曲目为《忆真妃》和《梦中梦》，均为沈阳会文山房刻印的子弟书。

其五，光绪四年沈阳缪宅刻本《陪京杂述》（缪润绂著），"杂艺"项下记，"说书人有四等，最上者为子弟书……"

沈阳为旗人聚居城市，八旗人口经济地位和文化素质无法与北京相比，所以民间艺术形式更接"地气儿"，在盛京子弟书中，可以找出多种唱本是封面标为"子弟书"或"清音子弟书"的，但唱词文字相对粗俗的作品。比如《八字成文》《论语小段》《烟花乐》《穷酸叹》《荡子叹》《阔大烟叹》等，几乎可占现存刻本的三成左右。其中《阔大烟叹》开篇为：

> 大清一统饰江山，
> 君正臣良万民安。
> 诸邦外国来纳进，
> 一统华夷属中原。

与诸多短篇鼓词的开头几乎完全一样。即使《绝红柳》推崇子弟书，贬斥其他民间说唱，开头的四句却是：

> 江湖遍地各逞能，
> 州城府县到处行。
> 士农工商齐赞美，
> 声价高抬尽扬名。

与清末民初许多鼓词的开篇如出一辙，其结尾四句：

因困闷闲来偶批东郭论，

乞诸公恕我无知算愚蒙。

言归正传书再找，

这一回算老鞑子看戏白搭工。

如非作者有意为之，与茶社演出大鼓相比，几乎没有区别。

第十五章　子弟书的搜集与成果

一、铅印本与影印本

（一）铅印本

1. 中国曲协辽宁分会的内部资料《子弟书选》，共442页，所收共83种，为傅惜华旧藏。

2. 胡文彬《红楼梦子弟书》，共306页，所收共28种，是编者多方所得，重新标点。

3. 关德栋、周中明《子弟书丛钞》（上下）共832页，所收共101种，是编者历年搜集，经挑选重新标点，上册为大略已知作者或修订者的曲目，下册则为佚名作品，加有注解，书末附顾琳《书词绪论》。

4. 刘烈茂、郭精锐《清车王府钞藏曲本·子弟书集》（上下），共1446页，所收共280种，是中山大学图书馆所藏清车王府过录本，重新标点。

5. 北京市民族古籍整理出版规划小组辑校《清蒙古车王府藏子弟书》（上下），共1681页，所收275种，是根据首都图书馆所藏。

标点采用一逗一句。

6. 张寿崇《子弟书珍本百种》，共581页，所收共100种，是《清蒙古车王府藏子弟书》的补遗，体例与车本同。

7. 黄仕忠、李芳、关瑾华《子弟书全集》（10卷），共4540页，共收入子弟书（包括硬书）484种，繁体字竖排，重新标点。

8. 耿瑛《韩小窗子弟书》，共540页，收入韩小窗作品或传为韩小窗的作品共34种。标点采用一逗一句。

9. 陈锦钊《子弟书集成》（24册），共9736页，首册为目录，2—17册为子弟书，24册有子弟书补遗5种，共收有子弟书（包括硬书）538种，繁体字竖排。重新标点。

10. 耿柳《中国民间文学大系·说唱·辽宁卷·子弟书分卷（一）》，共872页，收有作者有考的子弟书154种。标点采用一逗一句。

收入子弟书数量较多的说唱集还有沈阳市文学艺术界联合会的内部资料《鼓词汇集》（六卷本）共收入391种鼓词，其中一、二卷有子弟书或由子弟书改编的鼓词约百种；陈新《中国传统鼓词精汇》（上下），全书共有270多种鼓词，其中子弟书70余种；耿瑛、杨微《东北大鼓传统曲目大全》（上下），上集中收入东北大鼓常演出的子弟书33种，《红楼梦俗文艺作品集成》收入子弟书29种。此外，傅惜华《西厢故事说唱集》《白蛇传集》；杜颖陶、俞芸《岳飞故事戏曲说唱集》；关德栋、李万鹏《聊斋志异说唱集》、赵景深《鼓词选》、《中国历代曲艺作品选》以及《中国曲艺经典》等书亦各收有子弟书若干种。

（二）影印本

1. ［日］波多野太郎《子弟书集》第一辑，共348页，所收作品共有53种，是编者根据日本所藏等影印。

2. 故宫博物院《故宫珍本丛刊》第697—699册为《岔曲秧歌快书子弟书》，共影印故宫藏子弟书抄本92种，多为百本张本。

3. 首都图书馆《清蒙古车王府曲本》，全书315函，所收戏曲、曲艺等1661种，其中51—56册为子弟书，共297种，是该馆所藏车本影印本。

4."中央研究院"历史语言研究所《俗文学丛刊》，383—400册为傅斯年图书馆所藏，影印子弟书320种。

二、论著与论文

1987年6月在北京成立"子弟书研究会"。有发起人十位：王文宝、白化文、关德栋、李万鹏、李鼎霞、陈文良、周中明、耿瑛、阎中英、程毅中。

子弟书的主要研究者还有李家瑞、贾天慈、郑振铎、胡文彬、张寿崇、波多野太郎、宫钦科、刘英男、任光伟、戴宏森、薛宝琨、佟悦、陈锦钊、刘烈茂、郭精锐、黄仕忠、李芳、关瑾华、王立、鲍震培、李豫、昝宏宇、崔蕴华、郭晓婷、冷纪平、潘霞、尹变英、

子 弟 书 研 究 会 缘 起

我国是一个多民族的国家。它的人民，勤劳勇敢、富于智慧和创造才能，世世代代创造出了丰富的、绚丽多彩的文化。曾在清代风靡一时的子弟书，就是其中一朵灿烂的小花。它的演出形式虽早已不流传，但却给我们留下了子弟书作品这一份珍贵的文化遗产。它富有浓郁的民族和地方色彩，是我国俗文学宝库中一个重要的组成部分。它对我国说唱文学艺术的发展，产生过很大影响，对我们今天的文学创作也有着借鉴意义。它的产生、发展和消亡，曾引起了国内外学者的注意，对它进行了研究并取得了一定的成绩。但对这份遗产的蕴藏量、它丰富的内容、学术价值和美学价值，我们研究得还远远不够。为了进一步挖掘和研究这宗文学遗产，宏扬祖国文化，开展对外文化交流，我们于1987年6月在中国俗文学扩大理事会上特发起成立"子弟书研究会"。

今后，我们将在党的几项基本原则指导下，团结有志于子弟书研究者，为繁荣祖国的学术事业，为社会主义精神文明建设、推动当前的俗文学创作，丰富世界文化宝库作出贡献。

发起人：

王文宝　　白化文　　关德栋　　李万鹏　　李鼎霞
陈文良　　周中明　　耿　瑛　　阎中英　　程毅中

1987年6月于北京

王晓宁、王美雨等。

论著很多，如李家瑞的《北平俗曲略》，郑振铎的《中国俗文学史》，阿英的《中国俗文学研究》，傅惜华的《曲艺论丛》，关德栋的《曲艺论集》，陈汝衡的《说书史话》，倪锺之的《中国曲艺史》，中国艺术研究院曲艺研究所的《说唱艺术简史》，耿瑛的《曲艺纵横谈》，薛宝琨、鲍震培的《中国说唱艺术史论》，刘烈茂、郭精锐的《车王府曲本研究》，姚颖的《清代中晚期北京说唱文学与伎艺研究：以子弟书、岔曲为中心》，崔蕴华的《书斋与书坊之间：清代子弟书研究》，王美雨的《子弟书诗篇对儒家思想的诠释与传播》《车王府藏子弟书叠词研究》《车王府藏子弟方言词语及满语词研究》，刘孟嘉的《语言文化视域下的子弟书研究》，冷纪平、郭晓婷的《子弟书源流考》，陈锦钊的《子弟书研究》《陈锦钊自选集》，何晓芳等的《满族民间说唱艺术研究》，郭晓婷的《子弟书与清代旗人社会研究》，尹变英的《清代八旗子弟书研究》，林均珈的《红楼梦子弟书赏读》，李雪梅等的《中国鼓词文学发展史》，王立的《满族说唱文学子弟书与满汉文化融合研究》和李芳的《清代说唱文学子弟书研究》等。

近年来有关子弟书的论文，有郭晓婷、冷纪平的《明清小说对说唱文学子弟书的结构影响》，鲍震培的《论清代子弟书对〈金瓶梅〉的说唱叙事呈现》，王立、刘键的《子弟书〈糜氏托孤〉的文化特征及接受史意义》，尹变英的《论折子戏对子弟书的影响》，崔蕴华的《遗失的民族艺术珍品——〈卖油郎独占花魁〉等子弟书的发现及其文学价值》《红楼梦子弟书：经典的诗化重构》，王晓宁的《〈红楼梦〉子弟书研究述论》，王立、陈康泓的《浅析子弟书中的水浒题材》，刘嘉伟、丛国巍的《子弟书对〈红楼梦〉语言艺术的继承与创新》，昝红宇的《清代子弟书稀见序跋考略》，李振聚的《子弟书〈忆真妃〉作者新考》，万晶晶的《京津票房中的"子弟书"音乐寻踪》，潘霞的《清代子弟书研究》，郭晓婷的《清代子弟书与鼓词关系考》，李芳的《子弟书作者洗俗斋创作考论》《从抄本、刻本到仿本：子弟书的文本流动》，郭晓婷的《清代子弟书兴衰时间考》等，王立在《满族说唱文学子弟书与满汉文化融合研究》一书中有较为详尽的归纳和评点。

子弟书的魅力，不仅在于其文本的精妙，更在于其承载的文化记忆与情感共鸣。它是文人雅士与市井艺人共同编织的艺术之网，是满汉文化交融的鲜活见证。在子弟书的字里行间，我们既能读到文人的忧思与抱负，也能听到艺人的嬉笑与悲叹。这种双声叙事，既是对传统诗文的继承，也是对民间艺术的升华。

子弟书的研究，不仅是对一种艺术形式的梳理，更是对中华文化生态的深度挖掘。它提醒我们，文化的生命力在于流动与交融，而非固守与封闭。无论是文人墨客的雅致，还是市井艺人的俚俗，都是中华文化不可或缺的组成部分。子弟书的雅俗共赏，正是这种文化多元性的生动体现。

或许，子弟书的意义早已超越了其文本本身。它是一面镜子，映照出中华文化的包容与创新；它是一座桥梁，连接着过去与未来、雅与俗、文与艺。这些浸透市井烟火的唱本，实则是汉语诗性基因的活态标本——文人在七言律句中藏起遗韵，艺人在衬字虚词里留伏肌理。那些被误读为俚俗的关东土白，恰是满汉语言碰撞淬炼出的诗意结晶，所谓典雅的赋赞段落，实为勾栏瓦舍与翰林文脉共同哺育的修辞奇观。

这种跨阶层的文本共生，使子弟书成为透视中华文艺生态的棱镜。东北大鼓借其叙事骨架重塑市井传奇，京韵大鼓取其韵律精魂再造庙堂气象。在起承转合里，我们窥见抒情传统如何被民间叙事重构；在插科打诨中，可溯书斋迈向舞台的嬗变密码。这种流动的互文性，恰似老戏台上出将入相的帷幕，不断重写着雅俗的边界。

子弟书的真正价值不在于明珠式的静态璀璨，而在于其作为文化基因库的动态传承。或许这正是民间文艺最深邃的生命力——它从不为任何时代停留，却永远为所有时代存照。

附录一：子弟书异名对照表

1.《封神榜》又名《运神记》。

2.《飞熊梦》又名《飞熊兆》《渭水河》。

3.《吊绵山》又名《焚绵山》《焚棉山》《重耳走国》《火烧棉山》。

4.《子胥救孤》又名《救孤》。

5.《滚楼》又名《蓝家庄》。

6.《蝴蝶梦》又名《劈棺》。

7.《金印记》又名《六国封印》。

8.《炎凉叹》又名《苏秦叹》。

9.《摔琴》又名《伯牙摔琴》《俞伯牙摔琴》《俞伯牙摔琴谢知音》。

10.《刺秦》又名《荆轲刺秦》。

11.《姜女寻夫》又名《孟姜女寻夫》《哭城》《哭长城》《孟姜女哭长城》《满汉合璧寻夫曲》《寻夫曲》。

12.《追信》又名《月下追信》《月下追贤》。

13.《漂母饭信》又名《韩信封侯拜相》《韩信封侯》。

14.《十面埋伏》又名《英雄泪》。

15.《张良辞朝》又名《紫罗袍》《张良辞朝紫罗袍》。

16. 《霸王别姬》又名《别姬》。

17. 《玉天仙痴梦》又名《痴梦》《天仙痴梦》。

18. 《出塞》又名《昭君出塞》。

19. 《藏舟》又名《太子藏舟》。

20. 《渔家乐》又名《相梁刺梁》。

21. 《赵五娘吃糠》又名《吃糠》《五娘吃糠》。

22. 《赵五娘廊会》又名《廊会》。

23. 《五娘行路》又名《行路》。

24. 《五娘哭墓》又名《五娘哭坟》《哭墓》（为《五娘行路》第三回）。

25. 《连环计》又名《连环记》。

26. 《凤仪亭》又名《新凤仪亭》《新戏蝉》。

27. 《骂阿瞒》又名《骂曹瞒》《击鼓骂曹》。

28. 《十问十答》又名《关公盘道》《关公送貂蝉出家》。

29. 《马跳潭溪》又名《马跳檀溪》《襄阳会》。

30. 《徐母训子》又名《庶母训子》《训子》。

31. 《糜氏托孤》又名《长坂坡》《长坂坡救主》。

32. 《七星灯》又名《孔明求寿》。

33. 《白帝城》又名《白帝城托孤》《讬孤》《白帝托孤》。

34. 《骂朗（甲本）》又名《诸葛骂朗》《骂王朗》。

35. 《骂朗（乙本）》又名《诸葛骂朗》《骂王朗》《安五路》。

36. 《天台传》又名《刘阮入天台》《天台缘》。

37. 《花木兰》又名《木兰从军》《木兰行》。

38. 《红拂私奔》又名《红拂女私奔》《红拂女》。

39. 《送枕头》又名《樊梨花送枕》《送枕》。

40. 《张紫艳盗令》又名《盗令》《麒麟阁》。

41. 《马上联姻》又名《马上连姻》《罗窦联姻》。

42. 《秦氏思子》又名《秦氏忆子》《忆子》。

43.《庄氏降香》又名《登楼降香》《降香》《登楼》。

44.《周西坡》又名《州西坡》《罗成叫关》《箭攒罗成》《淤泥河》。

45.《罗成托梦》又名《托梦》。

46.《窃打朝》又名《时打朝》。

47.《打朝》又名《敬德打朝》。

48.《钓鱼子》又名《敬德钓鱼》《钓鱼》。

49.《投店连三不从》又名《投店》《三不从》《狄梁公投店》《住店三不从》《住店连三不从》《狄仁杰赶考》。

50.《樊金定骂城》又名《骂城》。

51.《天缘巧配》又名《红叶题诗》《天缘题诗》《天缘巧》《天缘配》。

52.《薛蛟观画》又名《观画》《举鼎观画》。

53.《火云洞》又名《火焰山》。

54.《观雪乍冰》又名《乍冰》《乍冰带小戏》。

55.《借芭蕉扇》又名《芭蕉扇》《盗芭蕉扇》。

56.《狐狸思春》又名《思春》。

57.《高老庄》又名《猴儿变》。

58.《杨妃醉酒》又名《醉酒》。

59.《梅妃自叹》又名《梅妃叹》。

60.《絮阁》又名《叙阁》《杨妃絮阁》。

61.《鹊桥盟誓》又名《七夕密誓》《雀桥密誓》《雀桥》《长生殿》《鹊桥》《鹊桥密誓》。

62.《忆真妃》又名《剑阁闻铃》；与《锦水祠》合称《全忆真妃》。

63.《惊变埋玉》又名《埋玉》《马嵬坡》《马嵬驿》。

64.《闻铃》又名《唐明皇闻铃》。

65.《满床笏》又名《郭子仪》《郭子仪上寿》《郭子仪庆寿》。

66.《钟馗嫁妹》又名《嫁妹》。

67.《全西厢》又名《西厢记》《西厢全本》。

68.《红娘下书》又名《红娘寄柬》《寄柬》《红娘寄简》。

69.《长亭饯别》又名《长亭》。

70.《梦榜》又名《莺莺梦榜》。

71.《千金全德》又名《全德报》《全德》。

72.《怀德别女》（为《全德报》第一、二回合本）。

73.《窦公训女》（为《全德报》第六回）。

74.《骂女带戏》又名《骂女》。

75.《访贤（甲本）》又名《风云会》。

76.《访贤（乙本）》又名《雪夜访贤》。

77.《访普带戏》又名《访贤带戏》《雪夜访贤》。

78.《党太尉》又名《赏雪》。

79.《八郎探母》又名《八郎别妻》。

80.《全彩楼》又名《彩楼》《吕蒙正全事》。

81.《归窑祭灶》（为《全彩楼》第十八、十九回）

82.《吕蒙正困守寒窑》（为《全彩楼》第十九回）。

83.《宫花报喜》又名《报喜》。

84.《救主盘盒》又名《盘盒救主》。

85.《陈琳救主》又名《救主》（《救主盘盒》首回）。

86.《刘后盘盒》又名《盘盒》（《救主盘盒》二回）。

87.《拷御》又名《拷玉》《打御》《狸猫换太子》。

88.《巧姻缘》又名《乔太守乱点鸳鸯谱》。

89.《卖胭脂》又名《买胭脂》。

90.《思凡》又名《尼姑思凡》。

91.《赤壁赋》又名《后赤壁》。

92.《党人碑》又名《打碑》。

93.《全水浒》又名《水浒》《水浒全人名》《全水浒人名》《水浒

人名》《水浒纲目》。

94.《醉打山门》又名《山门》。

95.《杨志卖刀》又名《卖刀试刀》《卖刀》。

96.《坐楼杀惜》又名《宋江杀楼》《坐楼》。

97.《活捉》又名《活捉张三郎》《乌龙院》。

98.《戏秀》（为《翠屏山》第三、四、五回）。

99.《醉归》（为《翠屏山》第十六、十七回及第十八回一部分）。

100.《盗甲》又名《时迁盗甲》。

101.《挑帘定计》又名《挑帘裁衣》《王婆说计》《定计裁衣》。

102.《葡萄架》又名《戏金莲》。

103.《得钞傲妻》又名《常峙节傲妻子》。

104.《续钞借银》又名《借银续钞》《续得钞傲妻》。

105.《遣春梅》又名《不垂别泪》《春梅》。

106.《春梅游旧院》又名《游旧院》《旧院池馆》《春梅游旧家池馆》《池馆》。

107.《哭官哥》又名《哭官哥儿》《官哥》。

108.《调精忠》又名《诏班师》《武穆还朝》。

109.《胡迪骂阎》又名《谤阎》。

110.《天阁楼》又名《全扫秦》《疯僧扫秦》。

111.《玉簪记》又名《思凡》《玉簪计》

112.《上任》（为《玉簪记》第二回）。

113.《月下追舟》又名《秋江送别》（为《玉簪记》第十回）。

114.《双生贵子》又名《麟儿报》。

115.《雷峰宝塔》又名《雷峰塔》《白娘娘雷峰宝塔》《白蛇传》。

116.《合钵》又名《合钵嗟儿》《嗟儿合钵》。

117.《全合钵》（为《白蛇传》第九、十回）。

118.《雄黄酒》（为《白蛇传》第一、二回）。

119.《数罗汉》又名《入塔》《入塔数罗汉》《转塔》《入塔

转塔》。

120.《探塔》又名《哭塔》《青儿哭塔》。

121.《祭塔》又名《状元祭塔》《哭塔祭塔》。

122.《趁心愿》又名《称心愿》。

123.《春香闹学》又名《闹学》《闹学全书》。

124.《学堂》（为《春香闹学》改编本）。

125.《游园寻梦》又名《寻梦》《游园惊梦》《游园》《杜丽娘寻梦》。

126.《慧娘鬼辩》又名《鬼辩》《鬼辨》《魂辩》《慧娘魂辩》。

127.《路旁花》又名《花鼓子》《打花鼓》。

128.《奇逢》又名《旷野奇逢》《旧奇逢》。

129.《刘高手治病》又名《刘高手》《刘高手看病》《刘高手探病》。

130.《百花亭》又名《百花点将》。

131.《宁武关》又名《别母乱箭》。

132.《千忠戮》又名《建文帝》《建文帝出家》《方孝孺骂殿》《建文帝草诏》。

133.《焚宫落发》又名《焚宫》（为《千忠戮》前两回）。

134.《草诏敲牙》又名《草诏》（为《千忠戮》后两回）。

135.《算命》又名《严大舍》《严大舍算命》（为《凤鸾俦》第六回）。

136.《巧断家私》又名《鬼断家私》《滕大尹鬼断家私》。

137.《商郎回煞》又名《回煞》《商林回煞》。

138.《雪梅吊孝》又名《秦雪梅吊孝》。

139.《挂帛上坟》又名《挂帛》。

140.《双官诰》又名《双冠诰》。

141.《论剑术》又名《韦娘论剑》。

142.《珍珠衫》又名《循环报》。

143.《玉搔头》又名《万年欢》。

144.《游龙戏凤》又名《游龙传》《正德戏凤》《美龙镇》《戏凤》。

145.《三笑姻缘》又名《三笑缘》。

146.《何必西厢》又名《梅花梦》。

147.《刺汤》又名《雪艳刺汤》《审头刺汤》。

148.《佛门点将》又名《佛门点员》《佛门点缘》《佛门点元》。

149.《炎天雪》又名《斩窦娥》。

150.《楼会》又名《西楼记》。

151.《百宝箱》又名《沉百宝箱》《青楼遗恨谱》。

152.《青楼遗恨》又名《杜十娘怒沉百宝箱》。

153.《诧美》又名《咤美》。

154.《下河南》又名《巧团圆》《罗锅子抢亲》。

155.《背娃入府》又名《入府》《背子入府》《背娃子入府》《温凉盏》。

156.《刺虎》又名《费宫人刺虎》《费贞娥刺虎》《宫娥刺虎》。

157.《分宫》又名《崇祯分宫》《崇祯爷分宫》。

158.《乡城骂》又名《探亲》《新乡城骂》。

159.《花别妻》又名《花大汉别妻》《花别》。

160.《续花别妻》又名《续别妻》《续花别》。

161.《灵官庙》又名《续灵官庙》。

162.《俏东风》又名《玉美人长恨》。

163.《续俏东风》又名《俏东风二集》。

164.《桃花岸》又名《姑嫂拌嘴》（为《桃花岸》头二回）。

165.《灯谜会》又名《灯谜社》。

166.《须子论》又名《篡须子论》《篡须子》。

167.《票把儿上台》又名《叹子弟玩票》《场票把》《票把二上场》《票把上台》《票板上台》。

168.《评昆论》又名《石玉昆》《叹石玉昆》。

169.《风流词客》又名《相声麻子》。

170.《劝票傲夫》又名《为票傲夫》。

171.《打围回围》又名《热河图》《热打围》。

172.《侍卫论》又名《侍卫叹》。

173.《叹旗词》又名《叹固山》。

174.《军营报喜》又名《军营》《报喜》《成功报喜》。

175.《大力将军》又名《大力将军传》。

176.《碧玉将军》又名《碧玉将军翡翠叹》。

177.《红旗报捷》又名《张格尔造反》。

178.《太常寺》又名《太常侍》《太常寺念学》《赞礼郎》。

179.《銮仪卫叹》又名《銮仪卫》。

180.《厨子叹》又名《厨子诉功》。

181.《时道人》又名《假老斗叹》《时道人儿》。

182.《饭会》又名《小有余芳》《宦途论》《宦途苦海论》。

183.《官衔叹》又名《官箴叹》。

184.《穷鬼叹》又名《穷鬼自叹》。

185.《妓女叹》又名《阴阳叹》。

186.《烟花叹》又名《烟花院》。

187.《打十壶》又名《打十湖》《打拾湖》《打拾壶》《打十湖》。

188.《苇莲换笋鸡》又名《换笋鸡》。

189.《打门吃醋》又名《吃醋》《喫醋》。

190.《螃蟹段》又名《拿螃蟹》《螃蟹段儿》《吃螃蟹》。

191.《离情》又名《俏佳人离情》。

192.《疯僧治病》又名《疯和尚治病》《疯和尚》《假罗汉》。

193.《风流公子》又名《才子风流》《风流子弟》。

194.《调春戏姨》又名《怨女思春》《戏姨》。

195.《续戏姨》又名《调春戏姨续》《傲姨》。

196.《射鹄子》又名《鹄棚儿》。

197.《逛碧云寺》又名《碧云寺》。

198.《逛护国寺》又名《护国寺》。

199.《出善会》又名《阔大奶奶听善会戏》《听善会戏》《大奶奶出善会》。

200.《逛二闸》又名《阔大奶奶逛二闸》。

201.《喜歌舞》又名《喜起舞》。

202.《忆帝非》又名《袁世凯忆帝非》。

203.《黛玉悲秋》又名《悲秋》《全悲秋》。

204.《宝玉探病》又名《探病》（为《黛玉悲秋》第三、四回）。

205.《黛玉望月》又名《望月》（为《黛玉悲秋》第五回）。

206.《露泪缘》又名《红楼梦》《路林缘》。

207.《焚稿》又名《黛玉焚稿》（为《露泪缘》第五回）。

208.《婚诧》又名《宝玉娶妻》（为《露泪缘》第八回）。

209.《诀婢》又名《黛玉归天》《林黛玉归天》（为《露泪缘》第九回）。

210.《哭玉》又名《宝玉哭黛玉》（为《露泪缘》第十回）。

211.《证缘》又名《太虚幻境》（为《露泪缘》第十二回）。

212.《紫鹃思玉》（为《露泪缘》第十三回）。

213.《宝玉误喜》（为《露泪缘》第四—九回）。

214.《绛珠女迁》（为《露泪缘》第十一—十三回）。

215.《葬花》又名《伤春葬花》《黛玉葬花》。

216.《埋红》又名《双玉埋红》《黛玉埋花》《埋花》。

217.《宝钗产玉》又名《产玉》《宝钗产桂》。

218.《湘云醉酒》又名《史湘云醉卧》《湘云醉卧》《醉卧芍药荫》。

219.《一入荣国府》又名《一入荣府》。

220.《二入荣国府》又名《刘姥姥探亲》《二入荣府》。

221. 《两宴大观园》又名《刘姥姥初进大观园》。

222. 《醉卧怡红院》又名《刘姥姥醉卧怡红院》。

223. 《玉香花语》又名《玉香》。

224. 《玉润花语》又名《宝玉试花》。

225. 《三宣牙牌令》又名《三宣牌令》《牙牌令》《金鸳鸯三宣牙牌令》。

226. 《栊翠庵品茶》又名《品茶栊翠庵》。

227. 《过继巧姐儿》又名《过继巧姐》。

228. 《凤姐儿送行》又名《凤姐送行》。

229. 《遣晴雯》又名《追囊遣雯》。

230. 《探雯换袄》又名《宝晴换衣》。

231. 《探晴雯》（为《探雯换袄》改写本）。

232. 《晴雯赍恨》又名《晴雯遗恨》。

233. 《芙蓉诔》又名《芙蓉诔传》。

234. 《晴雯补裘》（为《芙蓉诔》第一回缩写本）。

235. 《祭晴雯》又名《悼芙蓉》（为《芙蓉诔》第六回缩写本）。

236. 《海棠结社》又名《海棠诗社》。

237. 《思玉戏鬟》又名《思玉戏嬛》《候芳魂》《戏柳》。

238. 《议宴陈园》又名《游亭入馆》。

239. 《秋容》又名《秋容传》。

240. 《姚阿绣》又名《阿绣》。

241. 《嫦娥传》又名《嫦娥》。

242. 《胭脂传》又名《胭脂》。

243. 《疑媒》又名《冤外冤》。

244. 《谜目奇观》又名《聊斋目》。

245. 《葛巾传》又名《葛巾》。

246. 《颜如玉》又名《如玉》《书痴》。

247. 《莲香传》又名《莲香》。

248.《姊妹易嫁》又名《大姨换小姨》。

249.《梦中梦》又名《续黄粱》。

250.《集锦书目》又名《集书目》《杂锦书目》。

251.《八仙庆寿》又名《庆寿》《群仙祝寿》《群仙庆寿》《八仙祝寿》。

252.《要账该账》又名《要账该账大战脱空》《大战脱空》《脱空老祖》《要账大战》《脱空长老》。

253.《三难新郎》又名《难新郎》。

254.《天官赐福》又名《赐福》。

255.《献花》又名《玉儿送花》《玉儿献花》。

256.《花叟逢仙》又名《奇观》。

257.《借靴赶靴》又名《借靴》。

258.《鸨儿训妓》又名《训妓》。

259.《渔樵问答》又名《渔樵对答》。

260.《绝红柳》又名《大实话》。

附录二：部分子弟书刻本书影

《庄氏降香》刻本

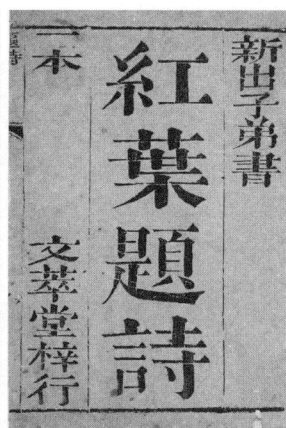

《红叶题诗》刻本

《单刀赴会》首本刻本

《单刀赴会》二本刻本

《刺虎》刻本

《刺汤》刻本

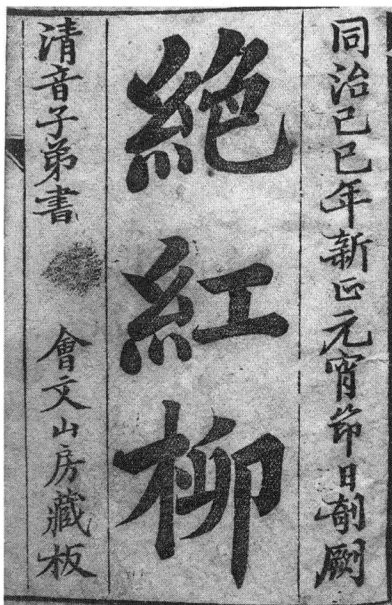

《绝红柳》刻本一

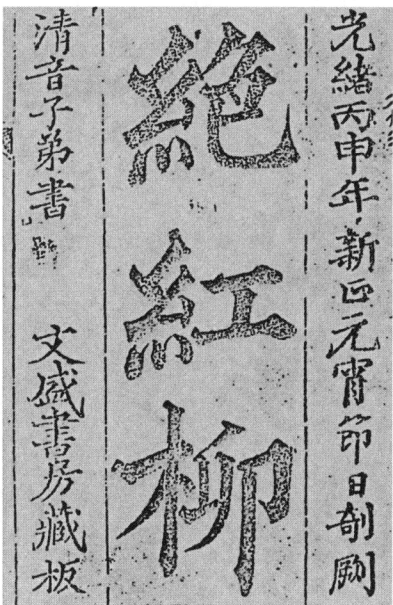

《绝红柳》刻本二

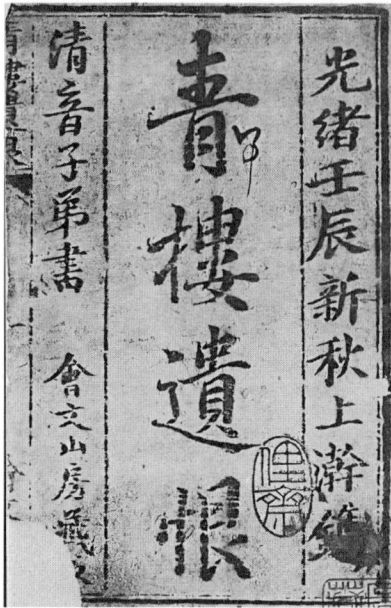

《青楼遗恨》刻本一

《青楼遗恨》刻本二

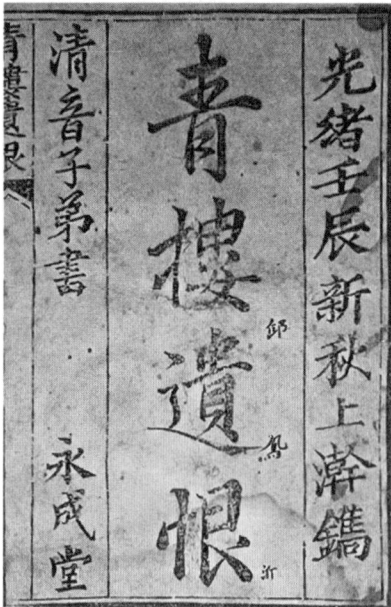

《青楼遗恨》刻本三

《青楼遗恨》刻本四

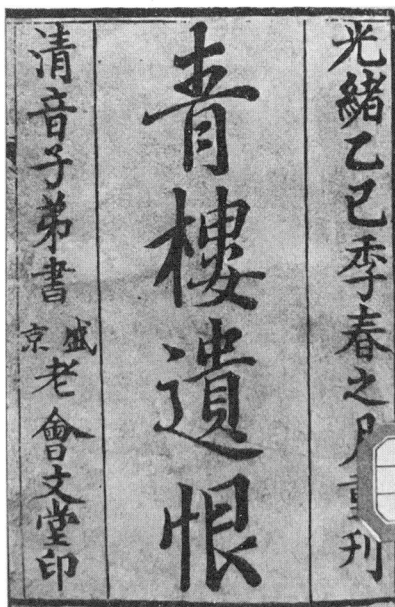

《青楼遗恨》刻本五

《忆真妃》刻本

《锦水祠》刻本

《全忆真妃》刻本

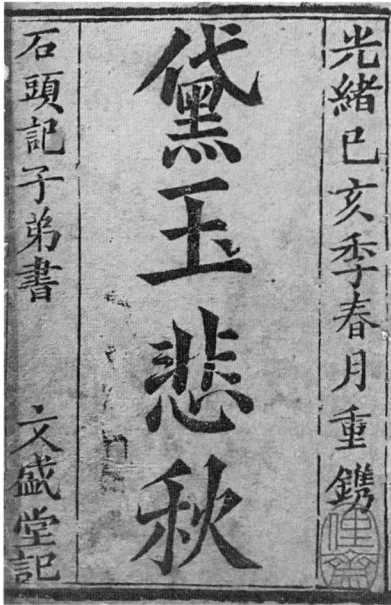

《黛玉悲秋》刻本一

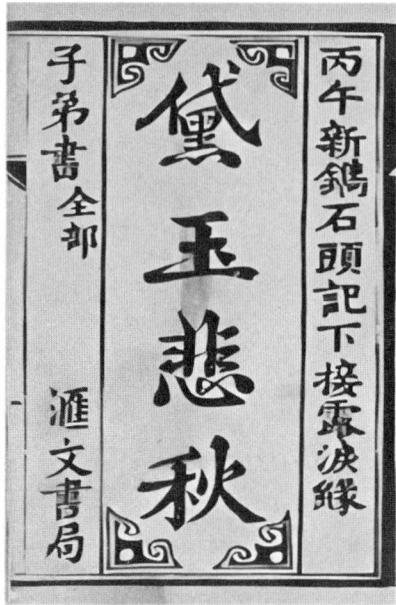

《黛玉悲秋》刻本二

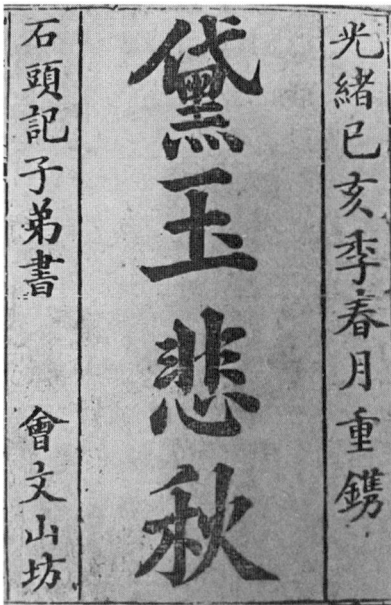

《黛玉悲秋》刻本三

《黛玉悲秋》刻本四

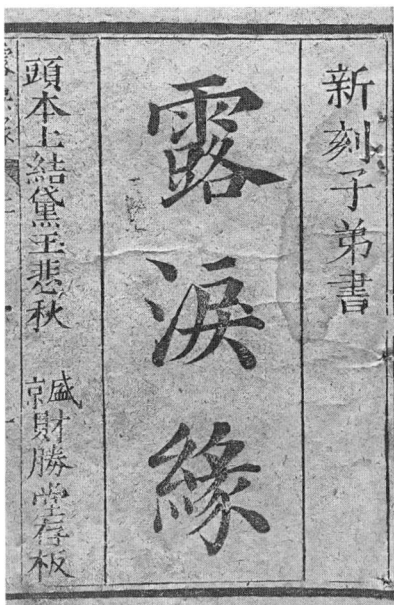

《露泪缘》头本刻本

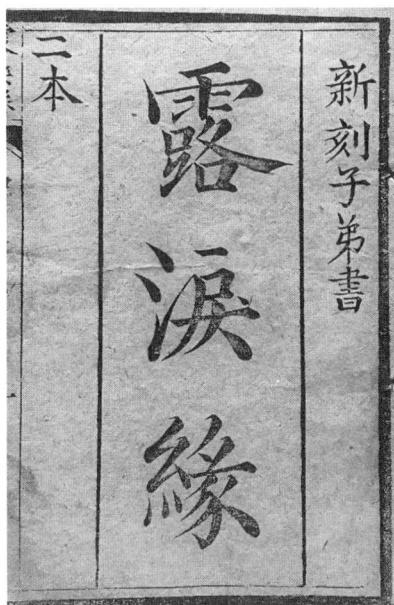

《露泪缘》二本刻本

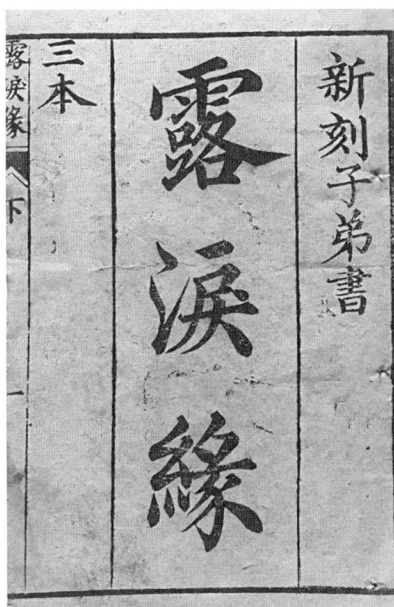

《露泪缘》三本刻本

《露泪缘》刻本四

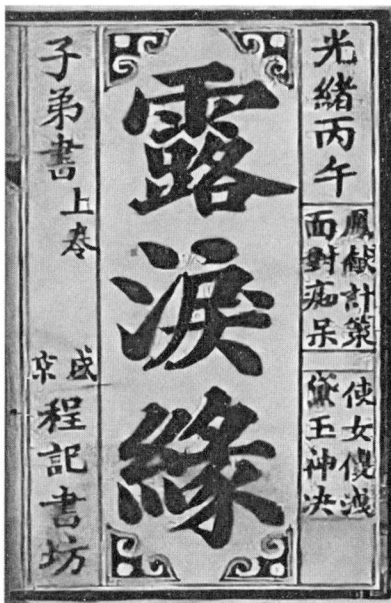

《露泪缘》刻本五

《宝玉误喜》刻本

《绛珠女迁》刻本

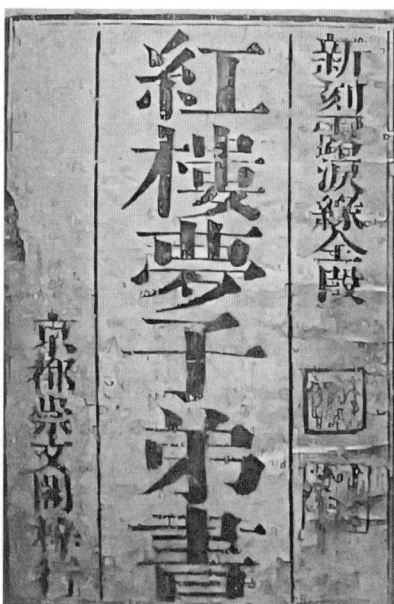

《红楼梦》刻本

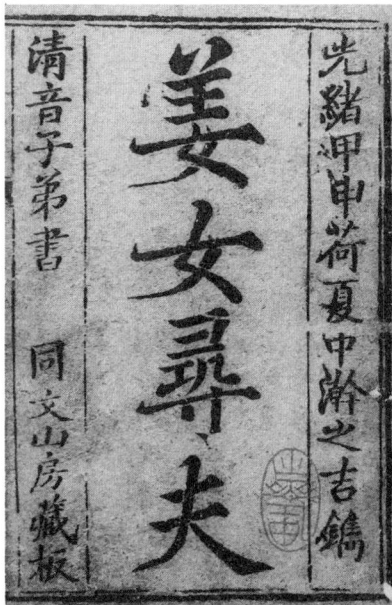

《姜女寻夫》刻本一

《姜女寻夫》刻本二

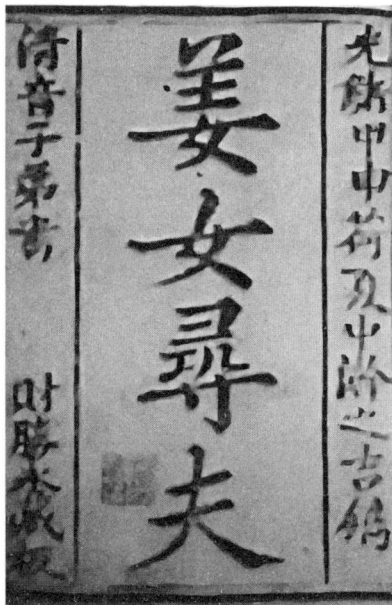

《姜女寻夫》刻本三

《孟姜女哭城》刻本

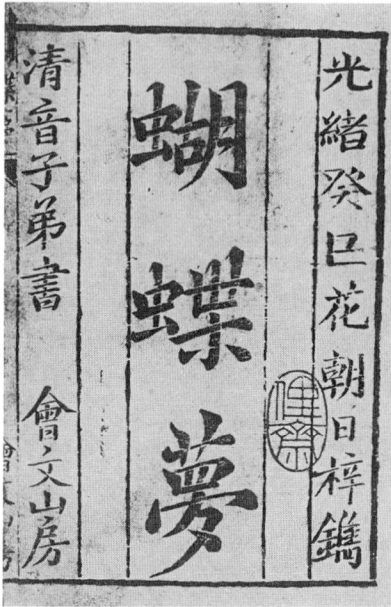

《蝴蝶梦》刻本一

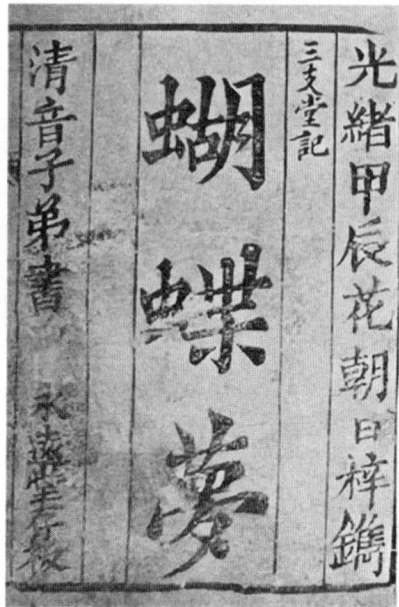

《蝴蝶梦》刻本二

《蝴蝶梦》刻本三

《蝴蝶梦》刻本四

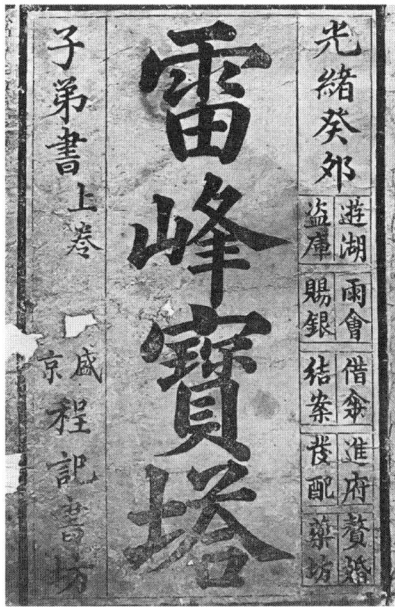

《雷峰宝塔》刻本

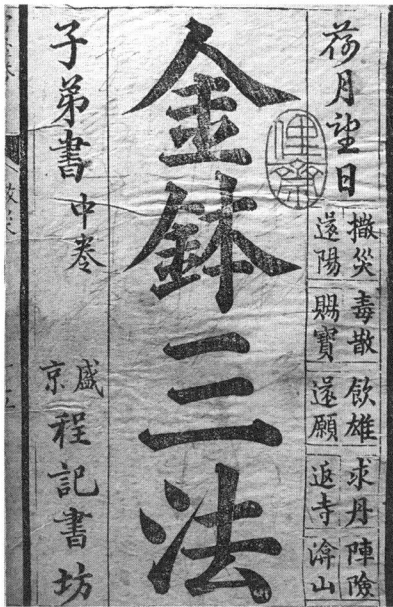

《金钵三法》刻本

《荣归祭扫》刻本

《关王庙》刻本

《苏三发配》刻本

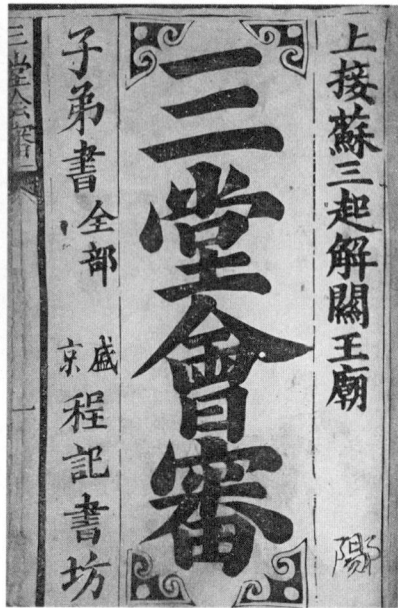

《三堂会审》刻本

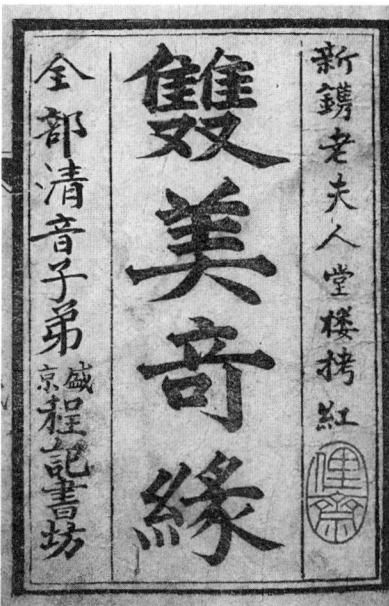

《双美奇缘》刻本一

《双美奇缘》刻本二

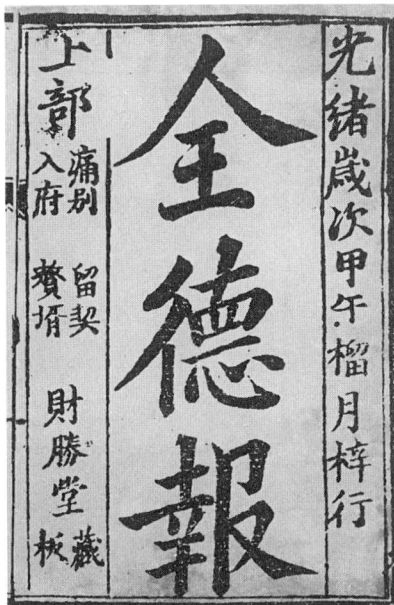

《全德报》上部刻本

《全德报》下部刻本

《爱女嫌媳》刻本

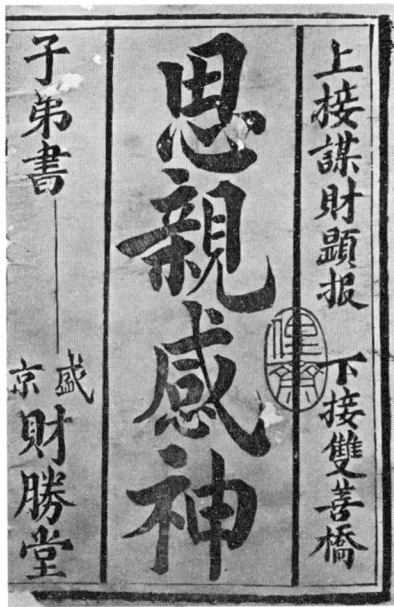

《思亲感神》刻本

《教训子孙》刻本

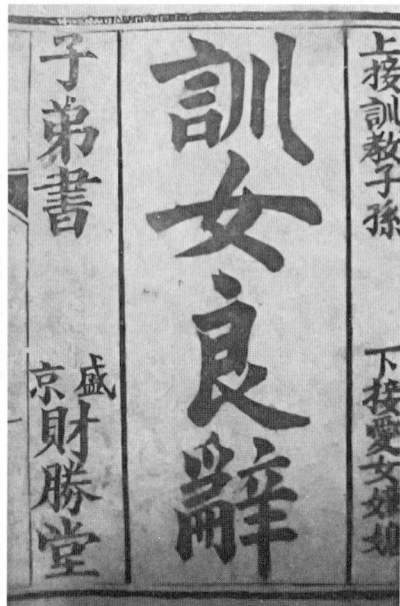

《训女良辞》刻本

《贤孙孝祖》刻本

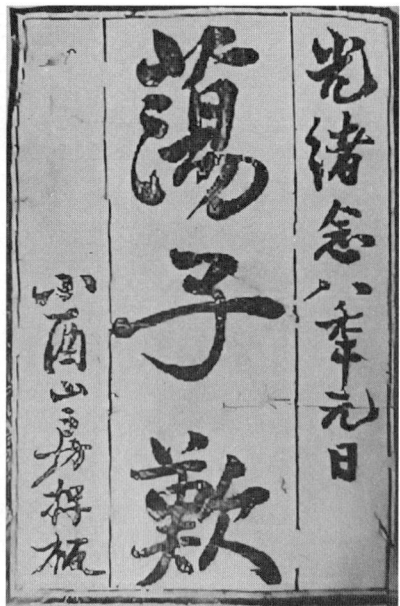

《荡子叹》刻本

《红娘下书》刻本

《莺莺降香》上本刻本

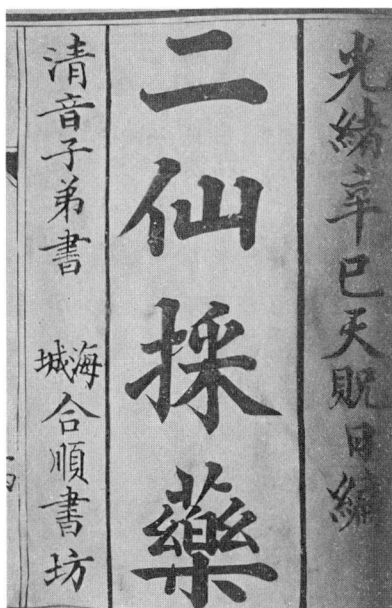

《二仙采药》刻本

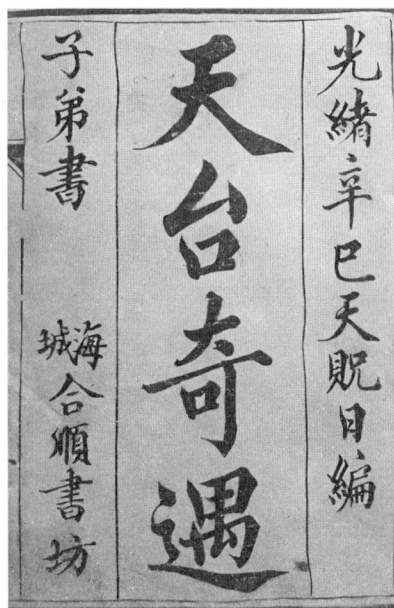

《天台奇遇》刻本

《焚宫》刻本

《白门楼》刻本

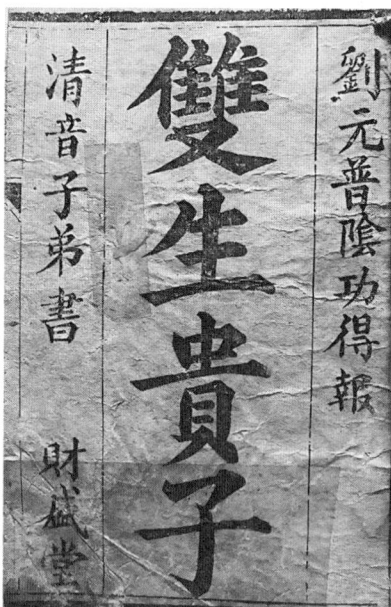

《双生贵子》刻本

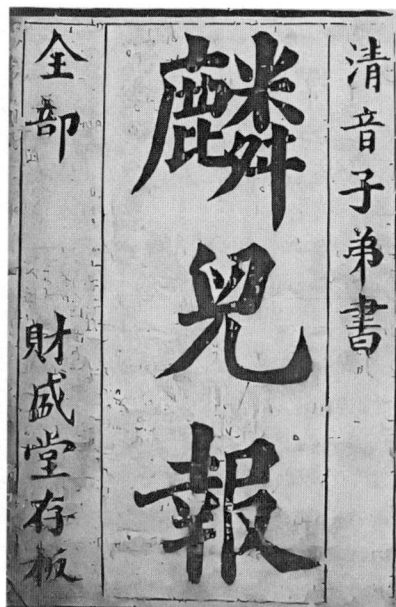

《麟儿报》刻本

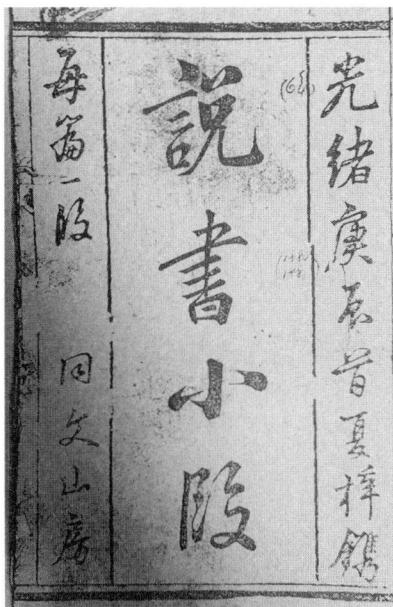

《说书小段》刻本

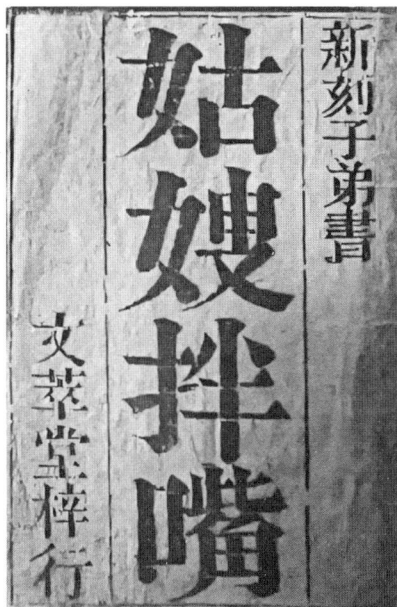

《姑嫂拌嘴》刻本

《关公盘道》刻本

《滚楼》刻本

《穷酸叹》刻本

《诏班师》刻本

《郭子仪上寿》刻本

《宋江杀楼》刻本

光緒庚辰菖蒲節鐫　子弟書

鳳儀亭

海城　合順書坊

《凤仪亭》刻本

光緒丙午年冬月新刊　清音子弟書

華容道

《华容道》刻本

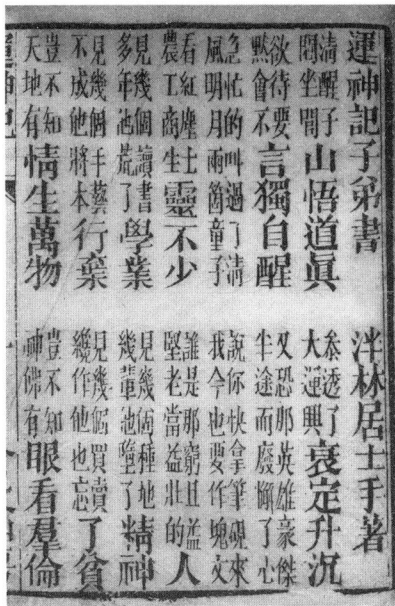

運神記子弟書　汴林居士手著

悶坐間子山悟道真

大參透了衰定升沉

清明的雨餐軒清

又遲興那英雄豪傑

欲待不要言獨自醒

半途而廢惱了雄心

急忙的叫過軒清

我就今你快拿筆硯來

農看紅塵生靈不少

多見幾個荒讀了學業

不見幾個攻書本行業

天地有情生萬物

神佛有眼看星倫

《运神记》刻本

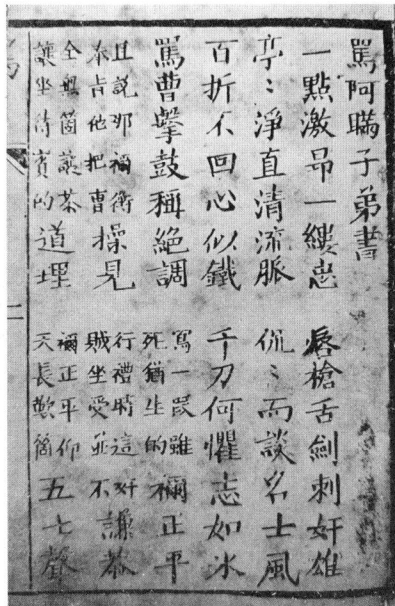

駡阿瞞子弟書

一點激昂一縷忠　唇槍舌劍刺奸雄

亭亭淨直清流脈　侃侃而談名士風

百折不回心似鐵　千刀何懼志如冰

駡曹擊鼓稱絕調　駡一聲禰生的禍正平

且說那禰衡把曹操見

行禮坐受並不謙恭

天調正平

長歎簡仰

五七聲

《骂阿瞒》刻本

《大烟叹》刻本一 　　　　　《大烟叹》刻本二

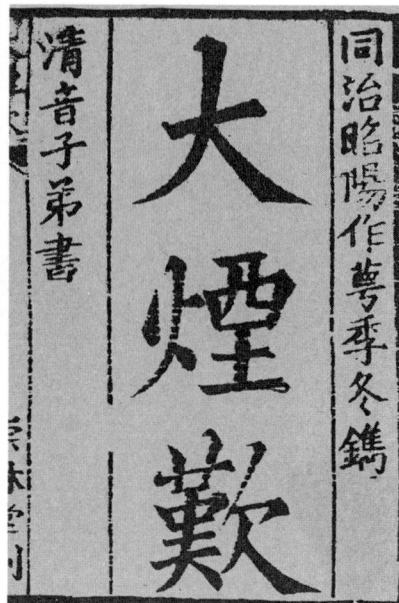

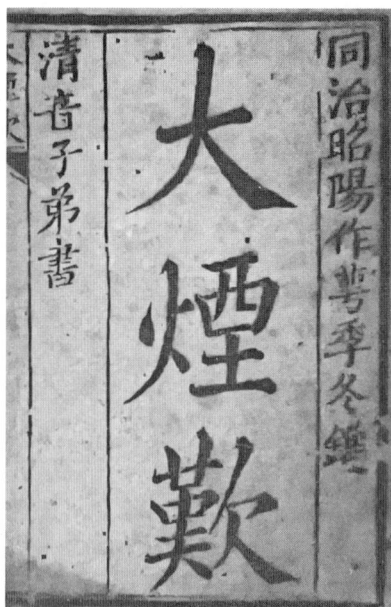

《大烟叹》刻本三 　　　　　《巧断家私》刻本

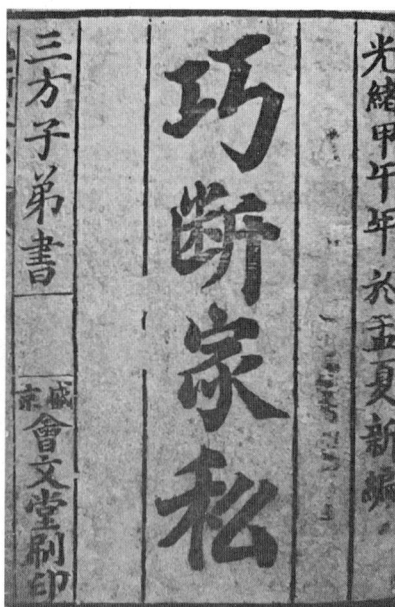

《薄命辞灶》刻本

《子路追孔》刻本

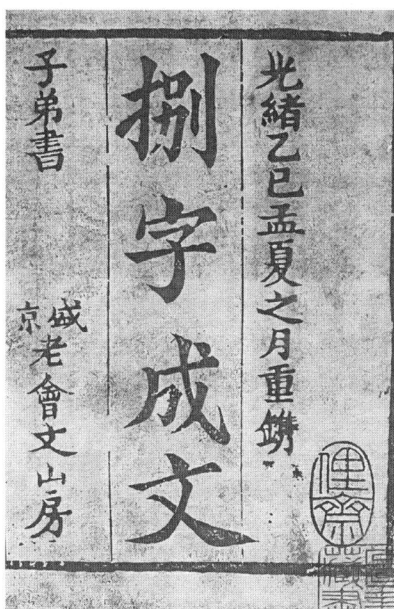

《八字成文》刻本

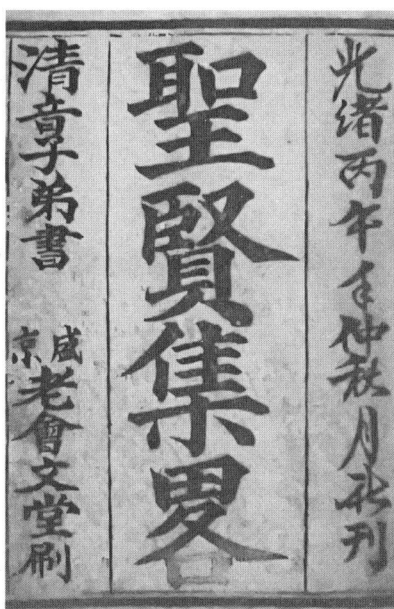

《圣贤集略》刻本

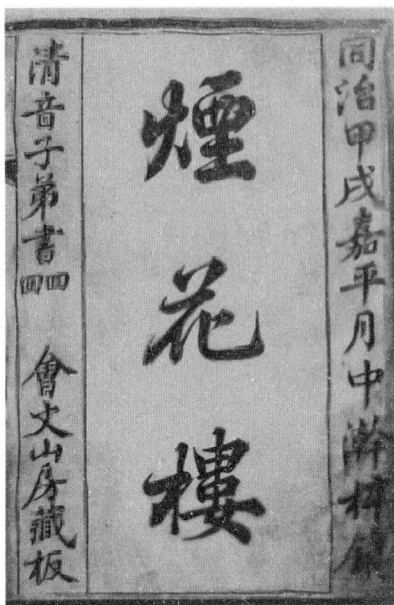

《烟花楼》刻本

《烟花叹》刻本

《烟花报》刻本

《烟花乐》刻本

《阔大烟叹》刻本

《浪子叹》刻本

《梦中梦》刻本

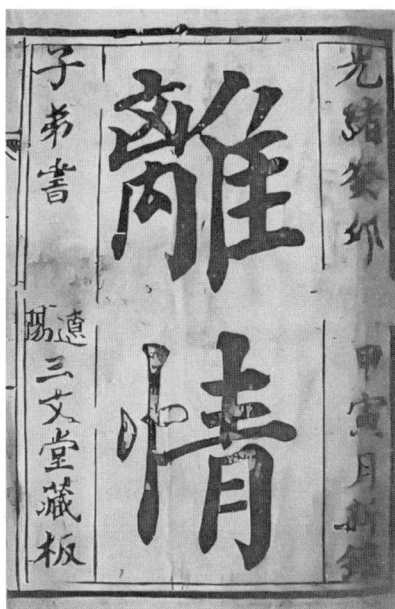

《离情》刻本

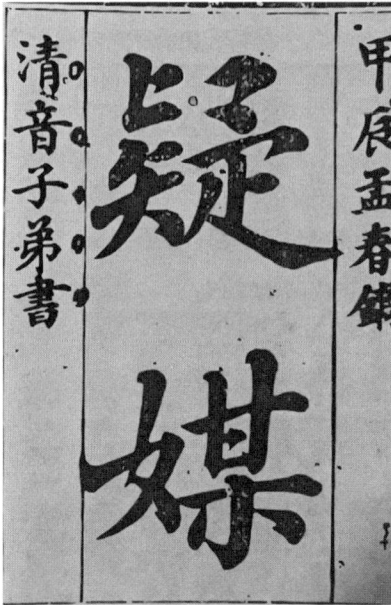

《疑媒》刻本

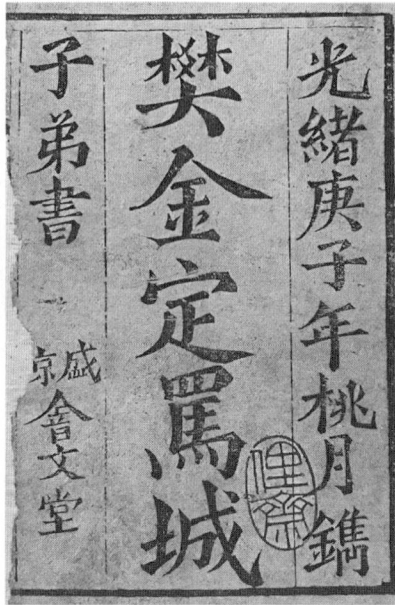

《樊金定骂城》刻本

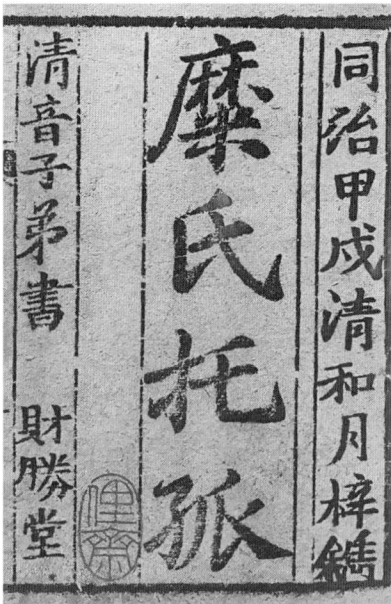

《糜氏托孤》刻本一

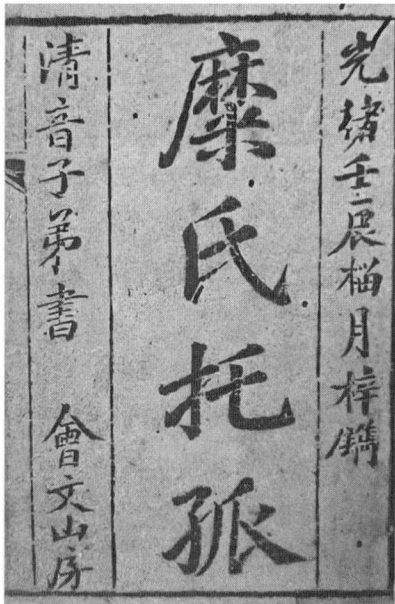

《糜氏托孤》刻本二

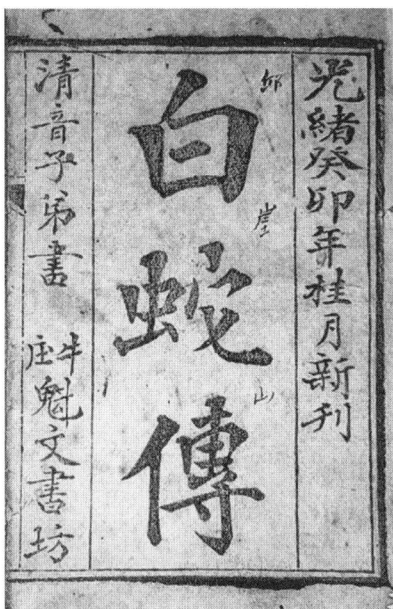

《白蛇传》刻本一　　《白蛇传》刻本二

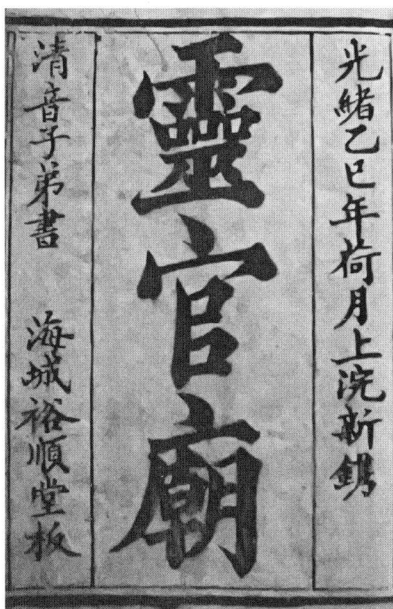

《灵官庙》刻本　　《王元上寿》刻本

《罗成托梦》刻本

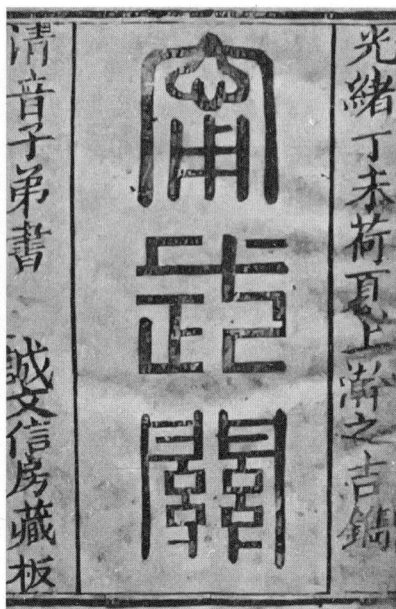

《宁武关》刻本

《百年长恨》刻本

《得钞傲妻》刻本

附录三：部分研究者信札

（一）《子弟书丛钞》

20世纪80年代出版的《子弟书丛钞》是加有满语注释的版本。通过一些谈到子弟书的旧信札，似可窥探一些成书经过及关德栋与耿瑛对子弟书研究的细致。关年长耿三岁，信中自称"弟"为谦辞。

关德栋（1920—2005），俗文学家、敦煌学家和满学家。满族镶黄旗人，生于北京。1939年考入北京大学文学院中国语言文学系。毕业先后任北京中国佛教学院讲师、沈阳博物院档案编整处满文档案翻译组组长、上海佛学院教授、上海无锡国学专修学校副教授、上海美术专科学校讲师。新中国成立后先后担任兰州大学少数民族语文系副教授、福建师范学院中文系教授兼系主任、福州大学中文系教授兼系主任。1953年任山东大学中文系教授。著有《曲艺论集》《聊斋俚曲选》等。

关德栋、耿瑛信扎18通。

1. 1978年7月5日

耿瑛同志：

　　您好！

　　过去我是搜子弟书的，也稍稍作了点研究，曾整理过一部《子弟书丛钞》稿，经过"文革"尚在手下，于是友人建议应予出版。这次到上海除去了科研任务，也顺便与上海古籍出版社再商量一下有关的具体问题。在与上海辞书出版社友人们谈起有关戏曲文艺方面的问题时，才得知您在辽宁人民出版社工作，写信问候自然也还希望您在我研究中多指教了。听说有刊将《忆真妃》发表了，看来辽宁关于子弟书的研究仍在继续，可惜有关情况我知道得太少了，倒是很希望，您能见示一二。

　　关于我选辑的《子弟书丛钞》，主要是从现存的子弟书抄刻本中将我认为可以供文学研究工作者参考的作品，予以辑录点校，约收现存的作品四分之一弱，这样，也可能把其中的精华部分，大部分保留了下来，无疑对文艺工作者需要参考时，是提供了一定的方便。本来在"文革"前，上海中华书局是预备出版《罗松窗韩小窗合集》的，但因"文革"开始而中断了，现在由古籍出这本丛钞，也可以是二窗合集的另一种形式的出版吧。

您在子弟书研究方面是专家，这本丛钞的内容虽说已编辑好，但是它既然属于对子弟书现存材料的全面评价性质的资料性书籍，就需要听听您的意见了。我想，您定是乐于帮助的。

这本丛钞我选用了一种附录，即把现存较早的一部子弟书曲论，全文校点公刊了。作者名顾琳，是乾嘉时人，书名《书词绪论》，我所录藏的是作者清稿本，有李镛的评注，有李序和作者序，只是李序残缺了两页，两序的题署都是嘉庆二年。这书郑振铎、阿英、傅惜华等先生都曾看过，认为在曲艺论著中还是值得注意的，所以这次作为附录公刊，看来是有用了。在我选辑丛钞时，过去是得到过郑、钱（阿英）、傅和其他许多同志的帮助，可惜今日有机会出版时，他们已看不见它了。回顾这项工作，未免怅怅！

这里倒是有个问题请教：关于顾琳其人，我是始终没找到什么资料的，只是从《书词绪论》自序了解，他在写作演唱中都很钻研，在"该值"的余暇爱好演唱子弟书而已。作评注的李镛，也没材料，有人说是李锴的弟兄，但并没有力的证据。总之，这两个人的事还是不了解。您在研究工作中不知曾见到过这两个名字吗？对他们有什么史料或线索可以提供呢？盼赐教。

这本丛钞赵景深同志看了一遍，并写了篇短序，启功同志是爱好子弟书的，像《忆真妃》他还会背诵片段的曲文，所以他给这本书写了题签。

匆匆，祝

笔健！

关德栋

七月五日于

上海旅次

2. 1979年11月12日

关德栋老师：

七月信早收到，因外出迟复，请见谅。

信中所提顾琳情况我手中无资料，待打听或查到再复。

傅惜华给我社编的《子弟书选》第一集，稿子得以保存下来，现辽宁曲协先作内部资料印行，待校后我社再出。

现把此书寄上，如有人还要，请向辽宁省文联曲协购买，每册二元，还有一些存书，可供给。

资料中错误较多，代校。

其中《疯僧和尚》《碧玉将军》等出处尚未查到，您知道，望告知。

另《千金全德》是不是根据传奇剧本改写？手头暂缺原本，也望告知。

《忆真妃》近人多认为是喜晓峰作，不是韩作。

《游亭入馆》作者符斋，误印作煦园。

有事再写信向您请教。

敬礼

耿瑛

十一月十二日

3. 1979年11月29日

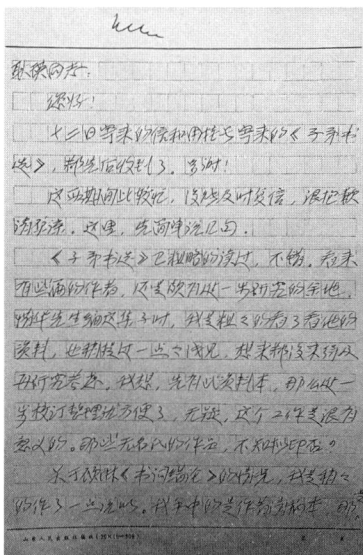

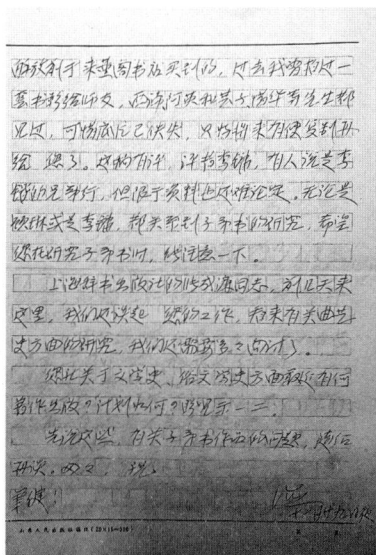

耿瑛同志:

　　您好!

　　十二日寄来的信和用挂号寄来的《子弟书选》，都先后收到了，多谢! 这段时间比较忙，没能及时复信，很抱歉，望原谅。这里，先简单说几句。

　　《子弟书选》已粗略读过，不错。看来有些篇的作者，还是颇有进一步研究的余地。惜华先生编这集子时，我是粗略地看了看他的资料，也稍提过一点浅见，想来都没来得及研究考虑。我想，先有此资料本，那么进一步校订整理就方便了，无疑，这个工作是很有意义的。那些无名氏的作品，不知拟印否?

　　关于顾琳《书词绪论》的情况，我是稍稍地做了一点说明。我手中是作者清稿本，那是新中国成立前于来薰阁书店买到的，过去我曾拍过一套书影给师友，西谛(郑振铎)、阿英和芸子、惜华等先生都见过，可惜底片已佚失，只好将来有便复制再给您了。这稿有评，评者李镛，有人说是李锴的兄弟行，但限于资料也还难定论。

无论是顾琳还是李镛，都关系到子弟书的研究，希望您在研究子弟书时，能注意一下。

上海辞书出版社的张成濂同志，前几天来这里，我们还谈起您的工作，看来有关曲艺史方面的研究，我们还需要多多商讨了。

您社关于文学史、俗文学史方面最近有何著作出版？计划如何？盼见示一二。

先说这些，有关子弟书作品的问题，随后再谈。匆匆，祝

笔健！

德

十一月廿九日夜

4. 1983年12月16日

耿瑛兄：

您好！很久没写信，想近况佳胜，定是丰收了。

我的《子弟书丛钞》在我于暑假时才看到清样，一压多年，难言！据说年底年初即可出书，总算有了希望。出书后，我当设

法给您，请评正，当然任光伟兄我也会请您转致，也盼望他批评赐教。

明年春间华盛顿有个亚洲文化研究会的学术会议，他们的"中国演唱文艺研究会"第十六届年会也于期间举行，我将应邀前往，当然，作为中国学者要讲讲了。我想，只谈点俗文学的研究问题，侧重于曲艺。您是在这学科做了许多成绩的，假若您能有空对我们所讲提点建议，非常盼望。当然，这也只能是方便时再考虑了，谢谢！

祝

撰安！

弟德

十二月十六日

5. 1984年4月30日

耿瑛兄：

您好！十三日来信和《红楼梦子弟书》均收到了，多谢多谢！的确，像这类古籍整理的书（我认为可以这么说，不能把古籍仅限于经史子集）应该多出版；读者随着我们文化教育事业的发展，是需要更多的精神食粮的，我们不能不往远处想！

是的，寄来的书我预备送给美国的学人，不预备再带回去了，因为这类书，颇有人需要而买不到。当然，若能再赐赠，就请寄到济南山东大学我名下即可。先谢谢了。

我前段时间去波士顿哈佛大学看书，对那批俗文学书看了看，有些东西我们应该复制（不过，也不像台湾说的那么了不起，除了个别的，大部分我们所有可能更好一些）。齐如山的藏书，戏曲却平平，小说有几种不见著录，大概我们没有。再有点满文书，我们没有，其中像扎克丹的一部手稿，很珍贵。这些，很希望能拍个微缩副本，问题是在"钱"上，若稍有点拍摄用的外汇，这类事就好办。

正在向国内联系中，盼望得到支持。

　　编两个文集事，回国即办。希望将资料都弄齐带回，下半工作国内好办。石清照、赵如兰、刘君若等，都将在近期回国，有的是访问，有的是探亲，石、赵都不一定去东北。不过她们去东北时，一定会奉访的，及时盼望再多介绍介绍您的科研情况。

　　俗文学会您要鼎力支持，盼多与薛汕联系。

　　匆匆，祝

　　撰安！

弟德

四月卅日

6. 1985年2月9日

耿瑛同志：

　　您好！

　　元月中旬写来的信和《二人转传统作品选》都收到了，多谢多谢！邮程时快时慢，的确令人闷闷。

　　《二人转传统作品选》很好，编选得相当全面，整理得也都不错，若是介绍二人转的概况，属于作品方面的介绍，我看可以作为主要参考书了。吾兄的代序①尤其简明扼要，读后受益匪浅。寄费太昂贵了，无疑这对我向国外宣扬社会主义文化成就是不利的，按理

————————

　　① 代序：《试论二人转传统曲目》（代《二人转传统作品选》序）。

说，我们应考虑改善。正是由于有这样的不便，在美看到的国内书，不及时，再就是很少。您作为社会主义事业的宣传，我想似可稍稍地补贴点邮费。可能我这又是书生之见，让您见笑。我看了一下，您寄这书的邮费是书价①的五倍多，太贵！为此，我读过后，预备把它送给一位研究我国说唱文学二人转的外国学人，或是送给这里的图书馆，使它发挥更有意义的作用。因为我回国后还是可以找到的，对吧！

您写来的简况，很有用，尤其是您社的出版，我想将来结合我买过的书，重点介绍介绍。我觉得在曲艺工作上，您所做的工作不少，应该实事求是地谈谈。我感到在美国搞我国曲艺研究的人，多已注意到您社出版物，而对曲艺出版社的印象却平淡，看来工作的开展，要打算开创新局面，首先还得解放思想，思路开阔，眼光远大，信息灵通，这样才好有声有色地产生积极影响，取得有益效果。

---

① 书价：《二人转传统作品选》春风文艺出版社1983年版，定价1.65元。

石清照去沈时谈的《外国学者论中国曲艺》的编辑事，我认为很好，我过去打算编一个不定期的丛刊或汇编，名之曰"国外曲艺研究论丛"，每年出一本，约廿五万字，其内容即如您所谈的那样，估计是会不错的。它不仅会对搞曲艺研究的人有用，对搞中国戏曲、小说乃至中国文学史的人，都会从中找到有用的参考资料。内容的取舍，即如您所谈，而作者，据我现在知道的资料，以国别论，约有日本、美国、苏联、捷克、法国、加拿大等国的学者写的论文不少，就已有的资料编个三四辑是足够的，因为我们要有选择的译编，实际上材料还是相当多的。第一辑的具体篇目，我可考虑，在我三月份参加"中国演唱文艺研究会"年会时，可以根据了解现状材料，以及美加作者的较新而有意义的东西搜录到编入，回国后再把手下已有的几国作者的材料选一些，今年末是可以交给您审阅了。当然，这都是我的想法，是否妥当，望您裁夺。

至于这个丛编用个什么名称，我并没十分仔细地斟酌，还需要您来论定。我想了一下，您说的《国外学者论中国曲艺》可能更醒目，并且吸引力会强些。这样分辑出版，看来也可。

另外有个想法，将来是否可以把三十几年来台湾学人写的曲艺研究文章出本选集呢？从统一祖国大业的角度，似乎这项工作也可搞。他们写的资料性强的文章和比较文学方法进行研究的文章都有些，精选一本是可以的。我觉得您可以考虑考虑，若是此事也可办，我可以就在此搜集的资料选择，将来提供给您。台湾有些人对这类玩意挺起劲，写了些文章。甚至有本杂志就叫《民俗曲艺》，很容易理解，研究这类文艺也是他们寄托乡思的一种表现吧！（台湾出版了一本《中国民间传说论集》，所选刊的就都是我们的文章，可见他们对我们的研究是注意了。）至于这么一本选集叫什么，请您费心吧。

由于这里图书馆还方便，倒也看到一些台湾影印的书，比如《善本戏曲丛刊》的几辑中，把明代的一些戏曲选集都印了，有几种是藏于欧洲的，日本的几乎全部收入，这不仅对戏曲（特别是明代的"地方戏"）研究有用，对俗曲研究也有用。

我在三月去华盛顿会后，还要到几个地方看书，及时会有些收获的，当再奉闻了。

听"古籍"来信，重版的《曲艺论集》已出版，《聊斋志异戏曲集》亦已出版，《聊斋志异说唱集》本季度亦可出版，这些，只有将来回国再寄您了。盼有空来信！

简单先说到这儿。匆匆，祝

撰安！

弟　德

二月九日于

美国费城

7. 约1986年3月31日

耿瑛同志：

您好！

久未致候，想必近况实是佳胜。

日前才知道《红楼梦说唱集》[①]已出版，此间未能买到，不知您是否可以代我觅求一本？费心多谢多谢！

匆匆，祝

撰安！

德栋

三月卅一日

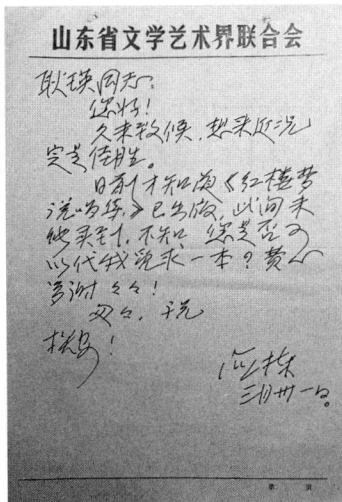

山东省文学艺术界联合会

耿瑛同志：
您好！
久未致候，想必近况
实是佳胜。
日前才知道《红楼梦
说唱集》已出版，此间未
能买到，不知您是否可
以代我觅求一本？费心
多谢多谢！
匆匆，祝
撰安！
德栋
三月卅一日。

---

① 《红楼梦说唱集》：胡文彬编，春风文艺出版社，1985年。

8. 1990年6月5日

耿瑛同志:

　　您好!

　　接到倪锺之同志曲艺史书稿和您的来信后,当时曾有一信给您,不知收到了吗?倪同志有回信来,不知您是否有复信给我,念念。

　　倪著序言,我可以写一篇短序,但不知何时给您较好?亦念念。

　　当然,尽可能谈点浅见请教了。不过恐难成长篇大论。序文还是结合其内容说点简介性的话语,也许更适合些,是吧!总之,这本书的出版填补了一项空白,可喜可贺!

　　近况如何?盼见老友。

　　今年末,中国俗文学学会拟举办一次宝卷和子弟书的研讨会,若果一切安排得开,当然希望您能参加了,及时会有邀请。

　　我想,此项学术活动您会感兴趣的,如何?匆匆,祝撰安!

弟　德

9. 1990年6月27日

耿瑛同志:

　　您好!

　　六月十六日的来信收到了,您说四月底有信给我,却没收到!看来,目前可能出在邮程或收发上有问题,遗失了。但不知信中所谈何事,有需要重复说说可以吗?

　　倪著的序,我想七月初寄给您吧!勿念。

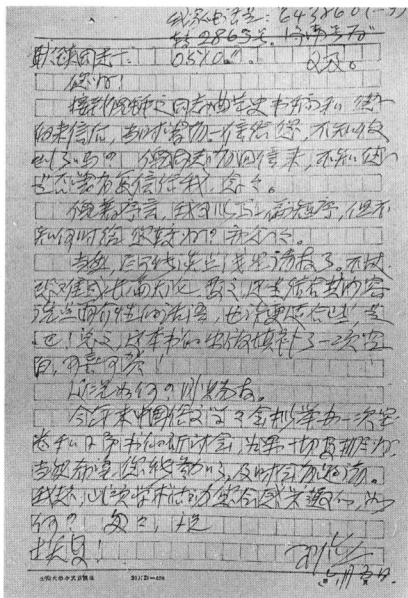

俗文学学会年底前希望开两个会，一是冯梦龙的，一是"宝卷、子弟书"的，地点时间均未确定，当然，订定后是会有通知的。不过，可准备论文，冯会与魏同贤联系，宝会与王文宝联系，因会议有关筹备事宜是他们去办的，所以与之联系比较便捷。

出版方面今年有何佳讯？

匆匆，祝

撰安。

弟　德

六月二十七日

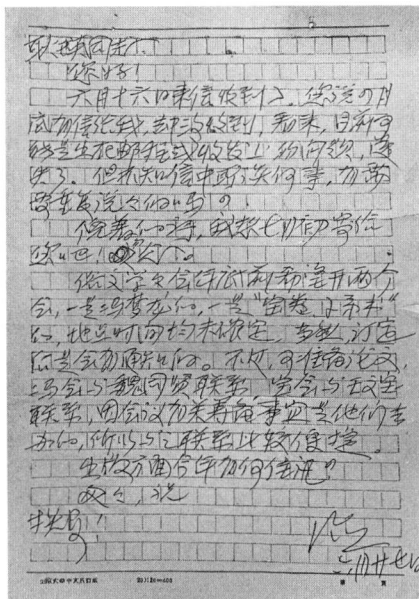

10. 1990年7月30日

耿瑛同志：

您好！

这段期间匆匆忙忙，未能及时写信，很抱歉。

来信读过了，勿念。

满语词儿，不知原作上下文是什么，能写出这两句原词吗？等我回去再把注释奉告。汉语译字无空字，因此随汉语方音写近似的汉字，若能知道该词儿在句中的位置再依据上下文意去解释，可能易于准确。

是吗？

有两本书稿想请您协助，一为《戴全德集》，一为《韩小窗集》。它们可以作为"清代满族文学丛书"中两种出版。我想这对于中国文学史工作者是有用的，当然，作为文学作品流通，其可读性也不

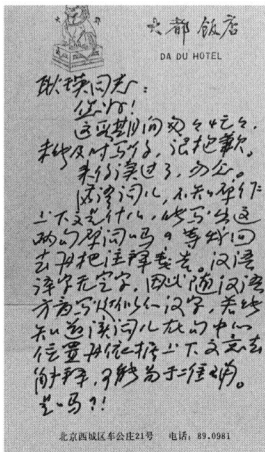

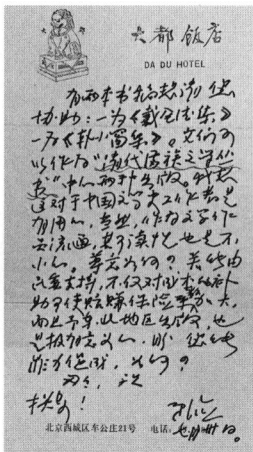

小的。尊意为何？若能由民委支持，不仅对成本的补助可使赔赚保险系数加大，而且予东北地区出版，也是极有意义的，盼您能鼎力促成，如何？

匆匆，祝

撰安。

弟　德

七月三十日

11. 1990年11月5日

耿瑛同志：

您好！

近况想来佳胜，不知有何大作公刊，念念，盼赐友。

昨日美国哈佛大学韩南教授来访，谈及他的一本研究古典小说的论文译文集，您社将出版。不知此书出版否？倘已出，可否代我觅求一册？

再者，听您社已将满族文艺工作者的介绍一书出版了，此间未见该书，是否您能代找一本？

以上二书价款几何，赐示当即汇奉，费心劳神，多谢了。

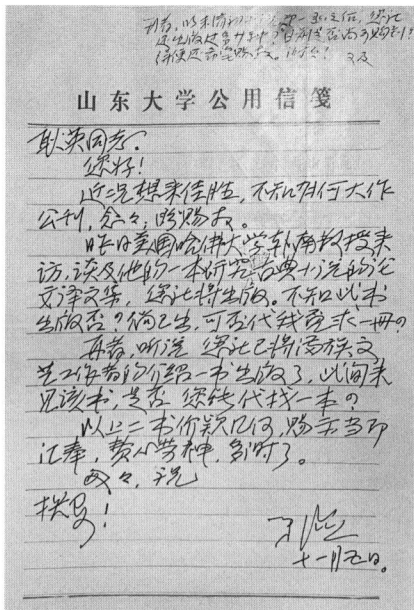

匆匆，祝

撰安！

弟 德

十一月五日

12. 1990年12月19日

耿瑛同志兄：

您好！

刚刚收到来信和《小说书坊录》，非常感谢。

《车王府子弟书》一书，张寿崇同志搞好后搁了七八年，目前所出的虽经校点，但仍有不理想之处。所以用来进行研究，个别篇目似乎还必要要跟原本校校，甚至还需要以别本校校，这样，对个别词语的订正，乃至对理文意及其内容的理解，较为准确。比如其中的《螃蟹段儿》影印了全文，但该书目前可看到两种日本印本，一本美国印本，早在1947年我在《文史杂志》已公刊过全文，似乎校订时都没参考过。当然，这与我们学术研究封闭状态有关，实际上也与研究思想的保守落后是分不开的。

您提到的《升官图》，我可以将太田辰夫书中那一节全文复制给您，请稍待。至于蒙古车王府藏本，我也可以复制给您，我手中尚

361

有另外两个手抄本，不过字句与车王府所载无异文，参考价值不大。当年黄芝冈兄也曾为我将他所见的一个抄本抄给了我，那是一本满语词完全用汉字标音的本子，个别地方满文字是他描摹抄写的，作为一种文献许有价值，在版本上，并无太大意义。总之，有关这本作品的太田书的复制件可读到全文，似乎对于研究使用已足够了。太田是多年老友，他的工作很仔细，对汉语文的研究国际上有盛誉，我们的语言家也推崇，因而，他的书，应该说是非常有价值的。太田在1962年已将该作品的研究论文发表了，只是我们学术界不了解，我手下有他最初发表的论文，可惜有人见过也未注意。

重庆出版社所出的江兰（蓝）生等所译的太田书，我只有作者寄赠的一本，此书在济南买不到了，其实这是一本学术价值相当高的书，但在目前虽有人很需要参考，可是书店根本不进货，所以，这里像这类书是无法觅求的。译者江君是社会科学院语言所副所长，如果有渠道与她联系，或许能找到。今日，买有用书，的确很难，最少是费周折，挺麻烦，像您惠赠的书，这里就一直没见过，我目前需要检读，故费心让您设法。

《绝红柳》我见过录本，没怎么研究，记得贾天慈当年写过一篇文章，内容也记不得了。不过我有篇当年贾寄给我的文章，一时找不出来，找到时可以给您一份。您提到的问题，"双高调"有可能是"节节高"曲牌，最好还需要一点旁证。"节节高"曲牌似乎也是相当老的曲牌，它的演变想当然是会复杂的，如果它不单纯是曲牌，可能性也相当大，从《绝红柳》那句曲词看，作为一种曲调的可能性是不大的，它与"快书"对举，以及提到一些曲种，似乎不以曲牌考虑也有道理。"节节高"传唱情况，我不太了解，是否曾在传唱中已形成曲种的样式？清代曲艺资料很零散，若能搜集搜集，可能会发现不少可资说明问题的东西吧！

其实满人搞这类文字游戏，是有些资料可以论述的，可惜无人深入考虑。（满人玩这类游戏，子弟书《灯谜会》已提供了一点资料了，这类最普通的资料，看来至今也没人考虑。）

匆匆，先聊到这儿，余再谈，祝

撰安！

弟德

十二月十九日夜

13. 1990年12月31日

耿璎同志兄：

您好！

前寄一封信，谅已见到。

太田辰夫教授《中国语史通考》①江蓝生、白维国的汉语译本，其中第十七章（节）我复制了一份，寄呈请参考。原文是在1965年就发表了，这次收入所著时，改动不大，似乎所附《升官图》原文的注释，稍有补充订正，可能对读者更方便了些。当我在美国时，曾想把我所搜集的"满汉兼"作品（包括海玉所写的诗词）和他有的一些，合编一本集子，也是由于出版的缘故，一直未能实现。估计着能将这个打算实现，其予学术上的影响，可能不仅限于满学了，对语言学的研究，肯定也有裨益吧！这类书国外一样难出，唯有徒唤奈何而已。匆匆，祝

撰安！

德栋

一九九〇年

十二月岁末

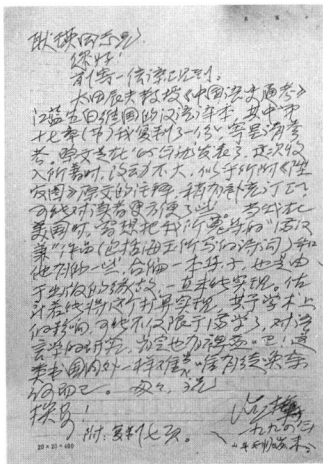

① 《中国语史通考》：即《汉语史通考》，重庆出版社，1991年出版。

14. 1991年3月14日

耿瑛兄：

您好！

前寄一封信不知见到了吗？近况如何？颇为念念。关于韩小窗合集不知您社计划如何，我过去整理的"二窗合集"已在重新修补，原稿系经校勘，有校记，此番修补是略作删掉一些不太必要的校记后，稍补微量的词语注释。这样或对检读更为有用些。

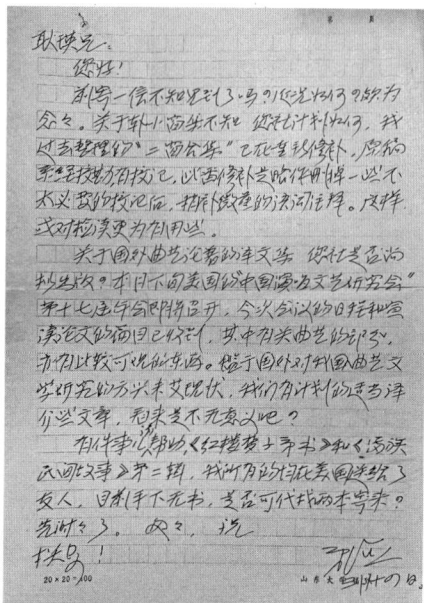

关于国外曲艺论著的译文集，您社是否尚拟出版？本月下旬美国的"中国演唱文艺研究会"第十七届年会即将召开，今次会议的日程和演读论文的篇目已收到，其中有关曲艺的部分，亦有比较可观的东西。鉴于国外对我国曲艺文学研究的方兴未艾现状，我们有计划地适当译介些文章，看来是不无意义吧？

有件事儿请帮助，《红楼梦子弟书》和《满族民间故事》第二辑，我所有的均在美国送给了友人，目前手下无书，是否可代为找两本寄来？先谢谢了。匆匆，祝

撰安！

弟德

三月十四日

15. 1991年3月27日

耿瑛同志：

　　您好！

　　北京畅谈，欣慰无似。当然，希望近期能有机会晤谈了。

　　《中国曲艺史》座谈会日期订定了吗？日前接到扬州师范学院来信，它们今年毕业的一位搞说唱文学的硕士生答辩，邀我主持；时间定在五月五——十日间。这样，座谈会时间最好错开，因此，您安排时间时应予考虑。是吧？我想，若能不在五月上旬举行，就可以两便，望裁定。

　　关于《二窗合集》和《金瓶梅戏曲说唱集》篇目，见面时奉上或赐示寄奉均可。

　　有关学会学术活动方面的事，还盼您多考虑，我们是真希望在俗文学研究上多做点事儿的，这应是我们共同愿望吧！

　　余再谈了，匆匆，祝

　　撰安！

德

三月廿七

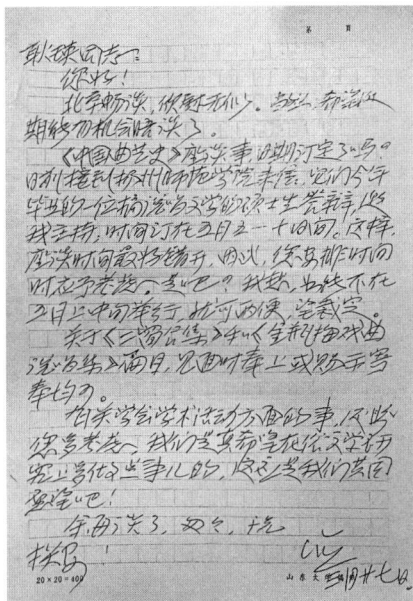

16. 1991年5月31日

耿瑛同志：

　　您好！

　　汇来序言稿费五十元已经收到，谢谢！

　　我刚刚从扬州归来（系参加扬师研究生答辩会），想在扬州时写信谈谈，但以匆忙，未能如愿。听说《中国曲艺史》因有误植字改装，不知此时已印好否？还预备开个座谈会吗？在京出席《清蒙古车王府藏曲本》首发式会议时，还跟几个朋友谈及该书出版以及子弟书研究事，都觉得该史的出版，是件值得介绍的事。所以如果仍拟召开座谈会，倒是应予考虑的。天津似乎在振兴曲艺方面做了些事，北方曲艺学校若能举办这样一次带有一定学术性的会议，无疑对该校的发展也是有益的，当然，对繁荣曲艺事业有力，不知他们远见及此否。

我在京出席满学研究所成立和满学谈论会时，有些专家还谈到子弟书问题，看来您在这方面的工作是很有意义的。春风若相机出些这方面的书，无疑对满文学研究中语文工作，也是项有力的推动。不知您注意及此否？我想《二窗合集》可考虑，目前我又利用车王府本在订补原稿，不知春风有可能出吗？大体规模想这样：书影、序（波多野太郎、太田辰夫等教授撰写）前言、罗韩作品，附录两种：清顾琳《书词绪论》原稿复印件；子弟书研究论著及论文选

（包括郑振铎、阿英、赵景深、陈汝衡以及您和任光伟等同志论著的选录）。作品每篇加一简短说明和必要的一点校勘，这样，可能完成一种较好的辑校本，予读者研究者均有用些。如何？匆匆，祝

撰安！

德

五月卅一日夜

17. 1991年10月12日

耿瑛兄：

您好！

天津会[①]后归来，一直匆匆忙忙未能早日写信一谈，非常抱歉，请不罪。

关于"罗松窗韩小窗合集"事，现将该辑校的内容另纸奉上，请斟酌。倘若有可能出版，全部抄清稿可于年底送呈审阅。序言除波多野太郎教授撰写外，

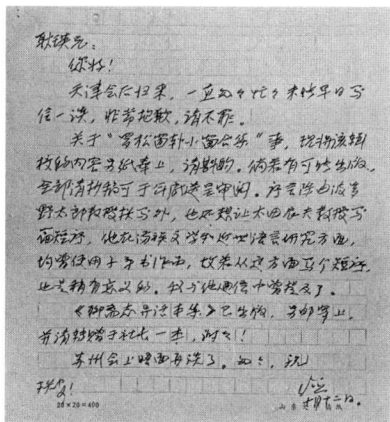

也还想让太田辰夫教授写篇短序，他在满族文学和近世语言研究方面，均曾使用子弟书作品，故若从这方面写个短序，也是稍有意义的。我与他通信中曾提及了。

《聊斋志异话本集》已出版，另邮寄上，并请转赠于社长一本，谢谢！

苏州会上晤面再谈了。匆匆，祝

撰安！

德

十月十二日

---

① 会：《中国曲艺史》学术研讨会。

18. 1998年2月10日

耿瑛同志：

　　您好！

　　二窗合集拖了很久很久，怎么能促其早日面世，看来还得想办法。其实这类书不会没销路，只是有不少人对当年郑先生识见尚不太理解，故而一直搁置不易提起吧？

　　我计划在今年把过去我在美国和德国等地研究工作中的读书札记以及科研浅见整理整理，希望将其中关系到俗文学的东西稍作结集，如果出路问题能比较顺利地解决，也许关涉到近世曲艺史的篇目，或可有点新的材料供同行们参考。主观愿望如此，当然还必须客观条件多予支持了。

　　倪锺之同志所编刊物①甚好，我拟将一点有关聊斋道情的资料和道光年间记录"道情"工尺谱的资料的笔记整理给他，及时定当奉呈指教。

　　您近来还有什么论著公刊？念念。匆匆，祝

　　撰安！

弟　德栋

一九九八年

二月十日

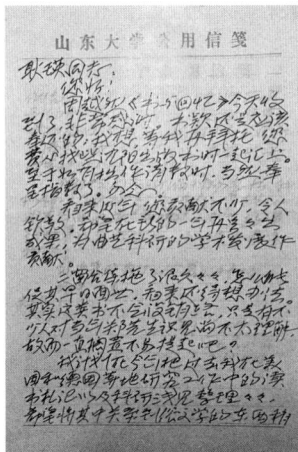

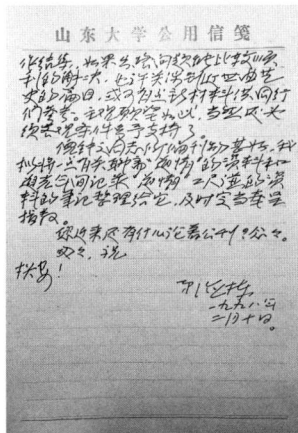

　　① 刊物：天津的《曲艺讲坛》季刊。中国北方曲艺学校1996年创刊，主编倪锺之，1998年因倪锺之退休停刊。共出9期。

（二）《红楼梦子弟书》

胡文彬编《红楼梦子弟书》春风文艺出版社1983年出版，后再版，责任编辑是耿瑛，从二人部分信件内容，可了解此书编辑出版的一些细节。

胡文彬、耿瑛信札7通。

胡文彬（1939—2021），辽宁省盖平县（今营口大石桥）人。笔名鲁子牛、行余、余力、石尚存、上官文灏等。历任《新华文摘》编辑、中国艺术研究院红楼梦研究所副所长、中国艺术研究院学位委员会副主任、中国红楼梦学会副会长等。编有《红楼梦叙录》《红楼梦子弟书》《红楼梦说唱集》等。

1. 1982年9月21日

胡文彬同志：

《红楼梦说唱集》，稿来近半年了，已订入1983年选题计划。有个初步想法，先跟您谈谈。

一、有些已演变成戏曲形式的作品，如贵州弹词等，是否不选？

二、现代人作品可否不选？书名可以放个书目，供读者查找。

三、弹词部分，大同小异者多，拟精选一下。

四、鼓词中多是据子弟书改编的，凡改动不大的（如宝玉听琴只多两句词），均可不选，而在题注中说明之，改动大的可以选。

另外，全书顺序是否改为：

一、子弟书

二、鼓词（因与子弟书关系近）

三、弹词

四、杂曲

或按曲种地区，由北往南排。如果您想多选，可否子弟书在我社出，其他部分交另一家出。关于序言，等定稿时再商量，能请别人写更好，由我来试写也可以。望早回信。

　　敬礼。

耿瑛

21/9

　　上述意见，我与社领导及关德栋同志商量过。

2. 1984年5月14日

耿瑛同志：

　　前日寄去周汝昌先生和邓云乡先生对《红楼梦子弟书》评价文章两篇谅已收到。昨日在一个宴会上遇到周绍良先生，他读了对《子弟书》的意见，认为此书编得好，印得好，并告诉我他已向海外出版家推荐此书。他嘱咐我两件事：（1）书中既收《玉香花语》前两回（即茗烟闹学）文字，手边无存稿，请将原稿退我，他想要一份，我给复印一下。（2）他急需要看一下"广东木鱼书"《红楼梦》拟写文章，此稿编入《说唱集》，请您从稿抽出，或复印一份速寄我，周先生为人忠厚，对我编书帮助很大，现不少稿子是他提供的。因此，这两件事麻烦您费心帮助我办一下。不胜感谢。

美术意见待近日内写好寄上。

专此拜恳，祝

文安！

胡文彬
1984年5月14日

3. 1984年9月27日

耿兄：

京华相见时间匆匆，不及相聚多谈，招待也多有不周之处，还请原谅。

回沈后工作又要忙了，身兼二任是够辛苦了，还望多保重身体。

拙编中有不妥之处，还请你费心了。

寄上香港报纸所发来稿评一篇，供你参考。

见到间琨同志，请转告他，我赴沈日期改在十月十五日前，因在锦州开辽宁省红学会，此前我拟先到沈一趟，此请亦告勤学（李勤学）见。

专此，即候

大安！

文彬
1985年1月28日

4. 1985年1月28日

耿瑛同志：

自去年十月间沈阳匆匆晤后，别来已是半载了。期间我又去贵

新　华　文　摘
北京朝内大街166号　电话55.2854

（手写信函）

州，归来忙于杂事，一直未及时给你写信问候，诸多宽宥。

两次来信和清样都收到了。这些天我只能利用开会之余从头到尾校了两次，订正讹误，也遵嘱增了一条注释，是否妥当还得请你过目、把关。

从子弟书到这本书的编辑工作中，我深钦佩你的认真负责精神，工作很细致。从北京市场情况看，子弟书的销路完全出乎我的意料。如此受到读者的欢迎，给了我教育和鼓舞。至于是否评上奖，我以为你不必挂在心怀，我个人对此更没有想过什么，因为只要读者需要，作为编者就满足了。

清样挂号寄上，请查收。……清样中有用铅笔划"?"者是对原稿字不清或是排错，请核对原文。

作者名单问题，我写信给曲协同志打听通讯、联系地址，过几天再寄给你。

专此，即候

大安！

文彬

1985年1月28日

5. 1985年7月17日

耿瑛同志：

《子弟书》的再版和《说唱集》排校情况，弟甚为挂念，不知现在进行得如何了，现在出版业不景气，你们那里还算好的，但印刷仍然跟不上，这是现在出版工作中的一块心病了。

你个人写些什么新文？我们在出版社工作，时间局限太大，创作、研究都要在业余时。日前看到《曲苑》杂志，倒是研究性的，不知你见到了没有？那里是一个好的阵地，研究性论可以给他们了。谨向勤学、林辰诸同志问好！

匆此，即祝

夏安！

文彬

1985年7月17日

6. 1985年12月7日

耿瑛同志：

校订样书从头至尾看了一遍，标点、错字一一改过，请您再复核。校对中，前二分之一看得仔细，基本上无大错误，但后面的部分校订粗疏一些，错字多些，特别是出处和注释部分。标点，主要是原来标点上的问题，将来重印可改可不改。

京内书店仍然买不到《红楼梦子弟书》的修订本，也见不到《红楼梦说唱集》，估计是邮局、运输方面的问题。兄手边如有《红楼梦子弟书》修订本，弟需一二册，没有等几天也可买到，兄不必为难也。李光同志编的书不知何日出版，望能送一本以便学习。

样书请友人捎去，邮寄时间太久，请查收。

匆祝

冬安！

文彬

1985 年 12 月 7 日

7. 1986 年 1 月 22 日

耿瑛同志：

你好！

来信和寄来的税单都收到了。你做事认真，实可敬佩。

李光所编书出版否？《红楼梦子弟书》初印在京已销光，重印书还不见，可能在邮路上发生障碍了。读者对此书的喜爱实出我之意料。内蒙古大学中文系李爱冬同志在去年全国红学会上（贵州召开），就子弟书问题写了一篇论文，其中主要材料根据是《红楼梦子弟书》，同时也谈了此书出版价值事。《红楼梦说唱集》出版以来，友人们亦有好评，但京内仍然不见书影，原因恐怕亦如前者了。

你作为曲艺行家，编辑此三书，一定多有心得，倘若能就此发表些专论，我想一定会受到重视和欢迎的。除了创作之外，也希望你能做些研究工作，这方面你的条件较好。

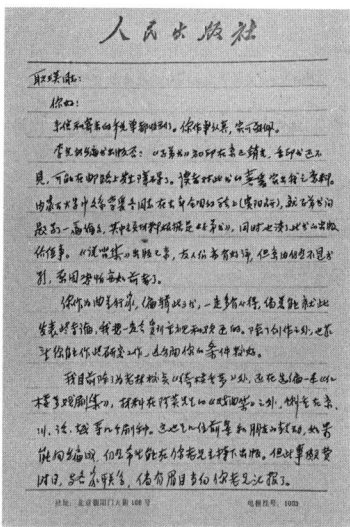

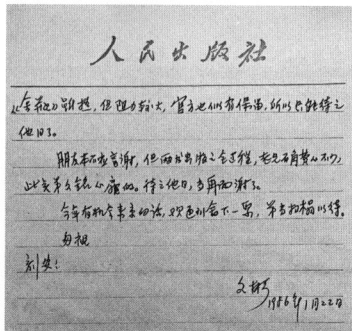

374

我目前除了为老林校点《绮楼重梦》以外，还在选编一本《红楼梦戏曲集》，材料在阿英先生的《戏曲集》之外，侧重在京、川、话、越等几个剧种。这也是几位前辈和朋友的鼓励，如果能够编成，仍希望能在你老兄主持下出版。但此事颇费时日，与各家联络，倘有眉目当向你老兄汇报了。

朋友本不该言谢，但两书出版之全过程，老兄确费心不少，此点弟久铭心扉的。待之他日，当再面谢了。

今年有机会来京的话，欢迎到舍下一聚，弟当扫榻以待。

匆祝

冬安！

文彬

1986年1月22日

（三）《子弟书珍本百种》

张寿崇信札7通及金永恩之孙金碧城信札1通。

张寿崇（1921—2002），毕业于燕京大学国文系，历任北京东城区政协的副秘书长，东城区政协副主席，北京民族古籍整理规划办公室副主任，《子弟书珍本百种》主编。

1. 1996年11月23日

耿瑛同志：

你好。前电话谈后收到戴宏森转来材料。我现将京中工作进度介绍一下。

在京已找到车王府未收曲目：

芙蓉诔　长坂坡　忆真妃　秦王吊孝　借靴　刘高手看病　吊绵山　疑媒　浪子叹　访贤　大烟叹　阴阳叹　百年长恨　珍珠衫　出塞　寄信　金印记　桃洞仙缘　锦水祠　奇逢　弦杖图　穷酸叹　负

心恨　诸葛骂曹　刺梁　调精忠　背娃入府　罗刹鬼国　雪艳刺汤
惊变埋玉　马嵬坡　闻铃　胡迪骂阎　合钵　碧云寺　双美奇缘　西
厢记（8回）　西厢记（15回）　海献蜃楼　胡（蝴）蝶梦　天台奇遇
　万寿山　赶斋　忆子　幻中缘　学堂　群仙祝寿　打朝　骂朗　雪
江独钓　刺虎　寻夫曲　马跳潭溪　打围回围　平谜论　月下追贤
双郎追舟　圣贤集略　刘姥姥初进大观园　戏绣　姑嫂拌嘴　逛碧云
寺　蒙正祭灶　教训子孙　哭像　哭塔　哭城　拷红（一回）　麟儿
报　离情　别姬　骂郎　买臣休妻　卖马当铜　梦中梦　明妃别汉
射鹊子　思亲感神　挑帘裁衣　双玉埋红（车本埋红不同）　桃花源
　新蓝桥　小天台　贤孙孝祖　训女良辞　游亭入馆

　　耿先生提出的

　　飞熊梦　论语小段　孔子去齐　子路追孔　鞭打芦花　漂母饭
信　白帝城　闻铃（一回本）　满床笏　鬼断家私　黛玉焚稿（别
本）　楼（梦）中梦（续黄梁）　洞庭湖　别善恶　老汉叹　荡子叹
湘子得道　大瘦腰肢

　　（重本未录）

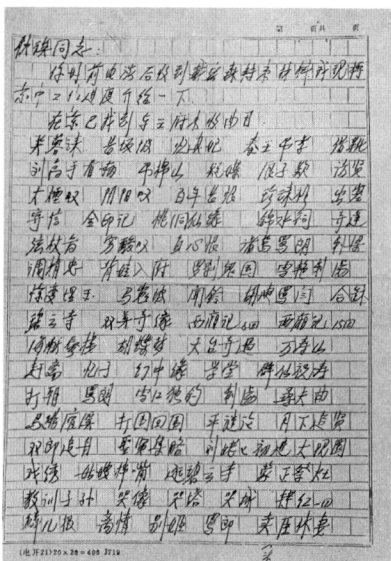
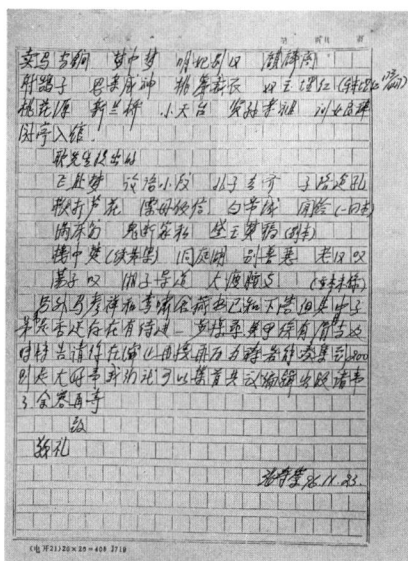

376

另外马彦祥和李啸仓藏书已知下落，但其中子弟书是否存在有待进一步探寻，俟有眉目当及时转告请你再审正，再接再厉为祷，若能凑集到200则是大好事，我们就可以集首共议编辑出版诸事了，余容再等。

致

敬礼

张寿崇

96.11.23

2. 1997年1月8日

耿瑛同志：

祝您在新的一年健康愉快。来信及复印件收到。"绝红柳"上次我忘记写了，我在戏研所看到"打围回围""平谜论""哭像""麟儿报"，现已收到您和京中复印件，及在戏研所看到的曲本，车王府①未收的已有一百一十多种，昨天又从北京大学图书馆车王府藏曲本中发现佛旨度魔、天下景致和蓝桥会。傅先生子弟书目中"通检北大图书馆所藏车王府曲本中未见此书之疑，因此数

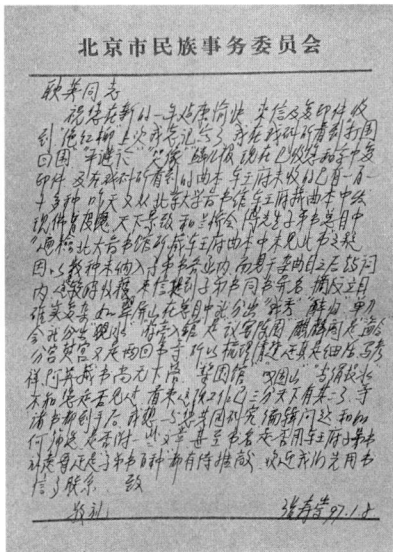

种未纳入子弟书各函内，而见于杂曲目之后鼓词内"，这是较好收获。来信提到子弟书同名异书，摘文立目，确实复杂，如翠屏山，在总目中就分出"戏秀""醉归"；"单刀会"就分出"观水"；"游亭

---

① 车王府：指《清蒙古车王府藏子弟书》一书。

入馆"是"议宴陈园";"麒麟阁"是"盗令";"焚宫、分宫"又是两回事等。所以梳理清楚还真是细活。马彦祥、阿英藏书尚无下落。"梨园馆""叹固山""当绢投水"不知您是否见过，看来这项工作已三分天下有其二了，等诸书都到手后，我想与您共同研究，编辑问题和如何筛选，是否附一些文章，甚至书名是否用"车王府子弟书补遗"还是"子弟书百种"都有待推敲，欢迎我们先用书信多联系，致

  敬礼

张寿崇

97.1.8

3. 1998年3月9日

耿瑛同志：

  您好。听戴宏森说，前些天因开会您来过北京，惜未能见面。子弟书珍本百种，在您的大力支持下，我们正在举步维艰中进行编辑。最近看"芙蓉诔"词句秀丽，但唯有两处，上下文不接气，胡文彬先生在"红楼梦子弟书"注明两处缺五十六句，我曾到中国艺术研究院戏曲研究所看木板"芙蓉诔"，据该所同志谈是傅惜华先生藏书，但曲词同，亦未注明缺句，我想请教，您是子弟书专家，胡文彬先生提出三处缺句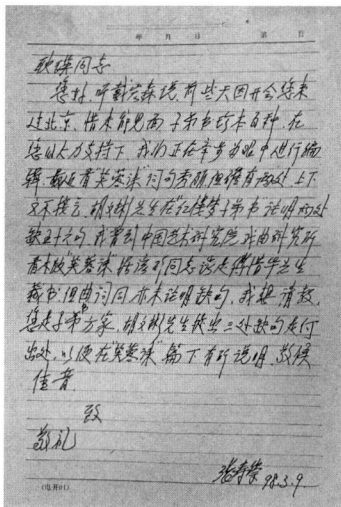是何出处，以便在"芙蓉诔"篇下有所说明，静候佳音。

  致

  敬礼

张寿崇

98.3.9

4. 1998年5月30日

耿瑛同志：

　　您好。上次请教芙蓉诛事，蒙见释，谢谢。

　　目前工作缓慢，诸事多不顺，请见谅。已搜集约百廿种，但瑕瑜参半，较佳者有雪江独钓、瑞云、惨睹、分宫、牧羊圈（卷）、天下景致、蓝桥会、佛旨度魔、离情、荣华梦、森罗殿考、诉功、绩女、菱角、玉搔头、萧七、绝红柳、幻中缘、打围回围、搧坟、幻化、赘婿、鼓盆（均为慧亭写）与蝴蝶梦文字不同，现在已找到藏者。可望不可及的有通天河、半亩寄庐（半成品）、遥祭、醉写、请神等，但未见到书，不知是否异名之作。我想尽力争取秋季时，与出版社恰好，另外原有书后附百本张、别埜堂书目和子弟书书目集锦及逛护国寺，但别埜堂书目迄今未找到，不知先生处藏否，望鼎力再予支持，专此奉达，静候佳音。

　　致

　　敬礼

张寿崇

98.5.30

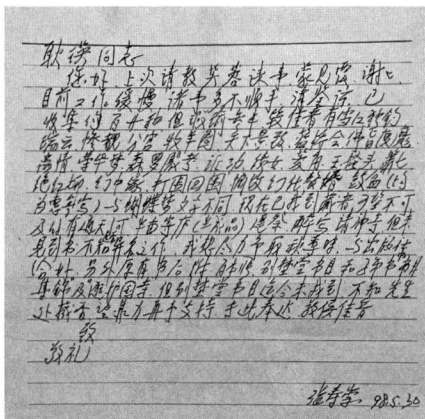

5. 1999年4月8日

耿瑛同志：

　　昨天收到您惠赐大作《书林内外集》非常感谢。前电谈关于寄还傅惜华先生审书稿事，傅玲已收到，不知给您回信否。

关于我们编辑子弟书珍本百种，本想尽善尽美，可是有些是可望不可即，至今吴晓玲旧藏书、故宫博物院图书馆的子弟书、马彦祥旧藏书均未取得进展，只好有待来年了。

这次编辑的百种，除蓝桥会、佛旨度魔、天下景致是车王府曲本在杂曲函拣出外，其余均为车府未收录本，其中有些北京图书馆藏的玉搔头、森罗殿考、诉功、萧七、绩女、菱角等是傅惜华子弟书总目和过去中央研究院历史语言研究所俗曲总目稿也未收的，另外这次收的奇逢二种、闻铃二种、绣香囊也是罕见之作。还有满汉合璧的寻夫曲，有工尺谱的大瘦腰肢。

这次为提供子弟书爱好者补充与欣赏，我们附录了百本张和别墅堂子弟书书目，有中央研究院历史语言研究所藏子弟书书目，最后还将石派书三审郭槐全文刊载作为长篇子弟书探讨，投石问路。该类书存世也不少，如龙图公案、青石山、通天河等，均是兼有说唱文字的。

上次编辑车王府子弟书，就杂有硬书数篇，这次是采自各方面，所以就鱼龙混杂更难避免了，不过我们是为学者提供素材，子弟书

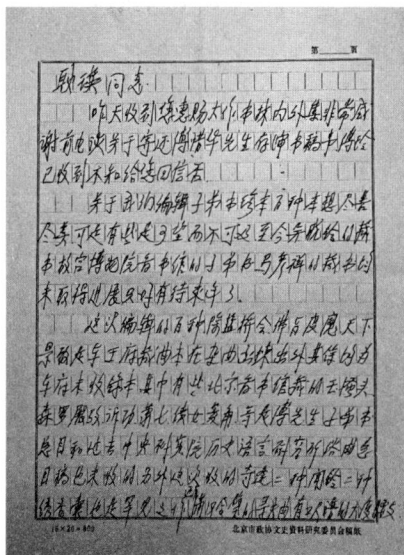

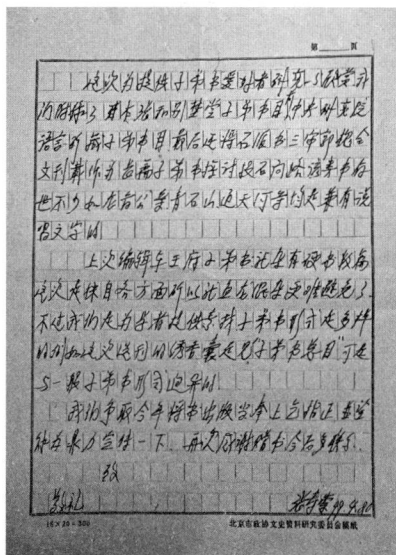

形成后是多样的，例如这次选刊的绣香囊是见子弟书总目，可是与一般子弟书形式迥异的。

我们争取今年出版，当奉上乞指教，并望能为鼎力宣传一下，再次感谢赠书，今后多联系。

　　致

　　敬礼

张寿崇

99.4.8

6. 2000年6月21日

耿瑛同志：

您好。在您鼎力支持和帮助下，满族说唱文学"子弟书珍本百种"经民族出版社出版了，这是我们共同心愿得以部分的实现，虽然经过老戴大力以助，筛选了百种曲目近47万字，包括三种书目和一篇有工尺谱的大瘦腰肢和满汉合璧的寻夫曲，又写了些注释，但限于我们的水平，错讹是难免，辨析分类也会有所出入。如这次我们收录了一段石派书包公案的"三审郭槐"，收了郑振铎俗文学史归入弹词的"绣香囊"，可是傅惜华先生、齐如山先生称其是子弟书，因为我们广搜博引难免珠玑并存，还望您指教以利今后工作得以改进。反正我们近二年多在市民委的领导支持下，为民族古籍工作为少数民族说唱文学准备了研究资料，可惜是专家学者遗藏，在多方搜集也未能取得，为憾。暑热望多珍摄。

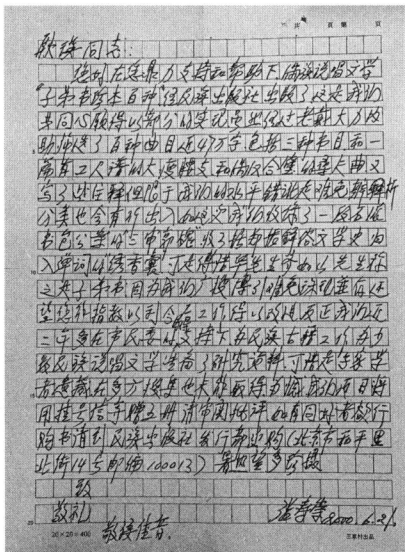

致

　　敬礼

　　静候佳音

张寿崇

2000.6.2

7. 2000年约8月

耿瑛同志：

　　您好。昨收到8月8日信和"免遗珠之憾，补车本之缺——喜读子弟书珍本百种"书评，拜读之下不胜欣慰，所提各点非常中肯，我已逐条记录下来，如有再版机遇，一定加以修正。还是恳请今后不断有以教我。戴宏森同志书我已电告他嘱我将启功的"创新性新诗子弟书"一文复印给您，其中涉及忆真妃作者问题，另外还提到新发现的子弟书作家，其中"一顾倾城"的作者是伯庄氏小窗。

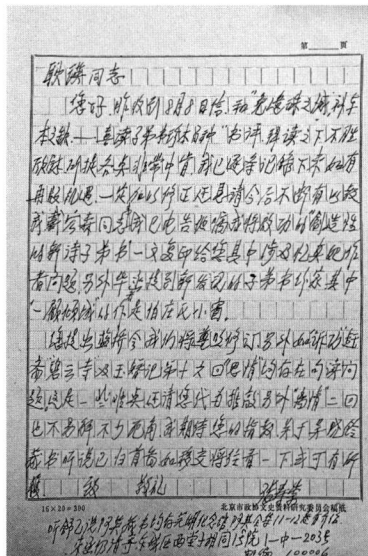

　　您提出蓝桥会，我们将遵照修订，另外如"诉功""赶斋""碧云寺"及玉簪记第十六回"思情"均存在句读问题。这是一些难点，还请您代为推敲。另外"离情"二回也不易解，不少死角，我期待您的指教。关于吴晓玲藏书听说已归首图，如移交将往看一下或可有所收获。

　　致　敬礼

张寿崇

听舒乙说阿英藏书均存在芜湖纪念馆，阿英全集11—12卷有所介绍。

免遗珠之憾，补车本之缺——喜读《子弟书珍本百种》①

继唐诗、宋词、元曲、明传奇之后，清代子弟书是又一个的文学创作的高峰。当代学者启功、关德栋都有上述看法。

现存清代子弟书有四百余种，1993年江苏古籍出版社出版了《清车王府钞藏曲本子弟书集》；1994年国际文化出版公司出版了《清车王府藏子弟书》。前者为中山大学收藏本、后者为北京大学收藏本。二书内容相同，均收入近三百种作品，还有百余种子弟书散藏在祖国各地及海外。专家们希望把这些子弟书也能搜集起来，编校成书，以补车本的不足。时隔六年，张寿崇主编、北京市民族古籍整理出版规划小组辑校的《子弟书珍本百种》由民族出版社出版，实在是一件好事。

过去某类文学选的补遗本、常常多是些二三流作品，如《元曲选》之后的《元曲补》等。本书则不然，因为车王府藏本主要是清代中期北京的抄本，没有晚清时盛京（今沈阳）等地的刻本。而后者之中不乏佳作，如子弟书名家韩小窗的代表作品等。本书所收的子弟书，既有北京、台湾等地图书馆的珍藏本，也有德国、日本学者的收藏本。其中《蓝桥会》等三种，原为车王府藏本，只因混编在杂曲类中，前次出版时被遗漏，此次经过专家鉴别又选了出来。还有《荣华梦》等多种，是北京图书馆收藏后从未编目的抄本。还有极为少见的满汉合璧本《寻夫曲》、带有工尺谱的《大瘦腰肢》，唱词中"带戏"（夹有戏曲唱词）的《诉功》及石派（石玉昆编写）子弟书《包公案》的选回《三审郭槐》。不少抄本都是新中国成立后首次与读者见面，因此，本书称为"珍本"是名副其实的。

从本书所收入的坊刻本来看，清代关东刻本最多，出版者有盛京的会文山房（老会文堂）、文盛堂、财胜（盛）堂；海城的聚有书

① 作者耿瑛，原载《中国图书评论》，2000年，第9期。有删节。

坊、合顺书坊，辽阳的三文堂。

从作者上看，既有我们过去熟知的子弟书作家，如罗松窗、洗俗斋、蔼堂、煦园，也有新发现的子弟书作家，如青园、惠亭、伯庄氏、正修道人。而且有一半以上是关东子弟书作家，如韩小窗、喜晓峰、缪东霖、春澍斋、张松圃、梦松客、痴痴子、河西隐士、虬髯白眉子、金永恩等人。加上未署名的东调子弟书，关东作品占全书的三分之一左右。

从作品题材来看，取材于明清小说、传奇杂剧者较多，其中取材于《东周列国志》的有《吊绵山》等三种；取材于《三国演义》的有《糜氏托孤》等四种；取材于"三言二拍"或《今古奇观》的有《蝴蝶梦》等七种；取材于《聊斋志异》的有《瑞云》等七种；取材于《西汉演义》《说唐全传》《说唐后传》《飞龙全传》《水浒传》《金瓶梅》《红楼梦》《说岳全传》《后西游记》《幽明录》等书者各有一二种不等。取材于各种明清传奇、杂剧者共有二十五种，仅故事源于《长生殿》传奇者就有《鹊桥密誓》等八种。此外，还有取材于《论语》、《庄子》、唐人小说、明清宝卷、弹词的作品。

在反映清代社会生活的子弟书中，《叹旗词》《打围回围》《射鹄子》等表现了满族风俗。《碧云寺》描绘了北京名胜。《打十湖》《梨园馆》活画出饱食终日的纨绔子弟。《弦杖图》描写了闯江湖的盲艺人。《绝红柳》记述了沈阳东关著名鼓书票友郭维屏的艺术生涯。《离情》写的是奉（奉天）省襄平（今辽阳）的爱情故事。子弟书中的抒情段常以"叹"字为题，本书中的《荡子叹》《穷酸叹》《阔大烟叹》《大烟叹》《老斗叹》《浪子叹》《老汉叹》，描写了老少贫富各类人物对自身经历的感叹，有的作品揭露了鸦片之害，有的作品反映了世态炎凉。《别善恶》的作者通过几种动物、许多古人命运的记述，对封建社会善恶无报、黑白颠倒发出了强烈的控诉。在文字游戏类作品中，《天下景致》罗列了清代全国一百单八州。《八字成文》以《百家姓》为序记录了历代名人及传说人物，虽然有个别以号代姓之处，也算费尽心思，难能可贵。

此书所收作品，原抄本、刻本错漏较多，编校工作相当不易，难免有些地方还待研究。现就我读书时所见，提出几点意见，供再版修订时参考。

关于作者。本书中标为"佚名"的作品中，有一些是可以补上作者名号的。如《刺汤》（二）首句作"半启芸窗翰墨香"，作者应为芸窗；《射鹄子》的"诗篇"第七句作"寒夜雪窗哈冻笔"，作者应为雪窗；《别善恶》正文首句有"未入流"三字开头，作者是邸文裕，字艺圃，别号二凌居士，乃盛京会文山房主人，其书斋为静乐轩，他常自称为"未入流"。关于《梦中梦》，是"华胥未觉叟著"。《穷酸叹》刻本中，有"河西隐士残本，慕庐居士补"二行，后者也应印上。

关于作品的校注。子弟书《牧羊圈》取材于《牧羊宝卷》，圈字是卷字之误。同名戏曲此字也常常写错。目录中的《吊棉山》，棉字是绵字之误。本书中所收作品，有的原抄本没有分回，编者也代为分成若干回，而有的作品却未能分回。如《蓝桥会》全文用"言前""波梭""人辰"三道辙韵，开头四句与"人辰辙"前四句，均为"诗篇"，而书中却误排成正文。并且，从"人辰辙"前的"诗篇"起，应为第二回。此外，本文还有个别地方，将夹白误作唱词，或断错了句，有漏点或误点之处。

金碧城（金永恩孙）信札1通。

2000年12月20日

耿老师，

您好！《子弟书珍本百种》已收到，并见到了祖父的遗篇。多亏您为其珍藏和推荐，作品方得问世，非常感谢。

十年浩劫荡去我家全部藏书、藏画、集邮、集币等（数量可观，种类繁多），祖父和父亲的文稿及墨宝也都无一幸免。只有您保存下来的这篇遗著算是唯一的纪念品了。我已将此事告知兄、弟、妹们，大家都很欣慰，并让我代其向您表示诚挚的谢意。

我的曾祖父科兴额（满族名）是清光绪年间的本溪县令，所以祖父本身便是八旗子弟，后来做了张作霖、张学良父子两代人的秘书、监印官、总务处长。他有较高的文学修养和很高的书法水平，大南门外"广生堂药店"门前的对联就是他的遗墨，可惜也不复存在。父亲的情况您可能比较熟悉，他毕业于东北大学文学院，曾做过教员、职员。我们这一代兄弟姐妹共7人，大多受过高等、中等教育。

父亲曾嘱我向您学习请教有关民间艺术的研究方法、研究课题，可因那个年代剧团经常上山下乡、搞社教，后来又发生了"文革"，而失去了机会。此次见到了您的信及书，引起我对往事的回忆，想起了父亲的期望，深感遗憾。同时您的信及赠书又使我结识了您这位可亲可敬的长者和老师。父亲不在了，您还千方百计地找到我，把书送我，您这种诚恳待人、做事认真的态度着实感动了我，为此向您倾诉了许多心里话，见笑了。

金碧城

2000年12月20日敬上

参考文献

著作类

［1］（宋）李昉等编．太平广记［M］.（卷二百四十八），北京：中华书局，1961.

［2］（宋）朱熹．晦庵先生朱文公集（卷一百）［M］.四部丛刊本，上海：商务印书馆，1929.

［3］（宋）孟元老．东京梦华录［M］.郑州：中州古籍出版社，2010.

［4］（宋）周密．武林旧事［M］.杭州：浙江人民出版社，1984.

［5］（宋）耐得翁．都城纪胜［M］.上海古籍出版社，1993.

［6］（宋）王灼著，岳珍校正．碧鸡漫志校正［M］.北京：人民文学出版社，2015.

［7］（宋）吴自牧．梦粱录［M］.杭州：浙江人民出版社，1984.

［8］（宋）叶隆礼．契丹国志［M］.（卷七），上海古籍出版社，1985.

［9］（元）陶宗仪．南村辍耕录［M］.上海古籍出版社，2012.

［10］（元）脱脱等．辽史［M］.（卷三 本纪·太宗上）北京：中

华书局，1974.

　　[11]（明）冯梦龙编著，顾学颉校注. 醒世恒言 [M]. 北京：人民文学出版社，1956.

　　[12]（明）兰陵笑笑生. 金瓶梅 [M]. 济南：齐鲁书社，1993.

　　[13]（清）震钧. 天咫偶闻 [M].（卷七），北京古籍出版社，1982.

　　[14]（清）潘荣陛、（清）富察敦崇. 帝京岁时纪胜 燕京岁时记 [M]. 北京古籍出版社，1961.

　　[15]（清）昭梿撰，何英芳点校. 啸亭杂录 [M]. 北京：中华书局，1997.

　　[16]（清）刘世英. 陪都纪略 [M]. 沈阳出版社，2009.

　　[17]（清）邸文裕. 陪都景略 [M]. 沈阳出版社，2009.

　　[18]（清）缪润绂. 陪京杂述 [M]. 沈阳出版社，2009.

　　[19]（清）阿桂等奉敕纂修民族史地志. 钦定满洲源流考 [M].（卷一），1777.

　　[20]（清）崇彝. 道咸以来朝野杂记 [M]. 北京古籍出版社，1982.

　　[21]（清）魏燮均. 九梅村诗集 [M].（卷十四），1925.

　　[22] 伪满宗谱整理处. 爱新觉罗宗谱 [M].（排印本），1932.

　　[23] 阿英. 中国俗文学研究 [M]. 北京：中国联合出版公司，1944.

　　[24] 郑振铎主编. 世界文库 [M].（影印本），上海文艺出版社，1994.

　　[25] 郑振铎. 中国俗文学史 [M]. 北京：商务印书馆，2005.

　　[26] 赵景深. 大鼓研究 [M]. 上海：商务印书馆，1937.

　　[27] 赵景深. 曲艺丛谈 [M]. 北京：中国曲艺出版社，1982.

　　[28] 刘复、李家瑞等编. 中国俗曲总目稿 [M]. 北京：商务印书馆，1982.

［29］傅惜华．子弟书总目［M］．上海文艺联合出版社，1954.

［30］傅惜华．北京传统曲艺总录［M］．北京：中华书局，1962.

［31］张寿崇主编．满族说唱文学 子弟书珍本百种［M］．北京：民族出版社，2000.

［32］周振甫主编．唐诗宋词元曲全集［M］．（第14册），合肥：黄山书社，1999.

［33］（日）波多野太郎．横滨市立大学纪要：子弟书集［M］．横滨市立大学，1976.

［34］（日）波多野太郎．横滨市立大学纪要：满汉合璧子弟书寻夫曲校正［M］．横滨市立大学，1978.

［35］爱新觉罗·瀛生．京城旧俗［M］．北京燕山出版社，1998.

［36］（日）太田辰夫著，江蓝生、白维国译．汉语史通考［M］．重庆出版社，1991.

［37］李小龙译注．墨子［M］．北京：中华书局，2007.

［38］吴毓华编著．中国古代戏曲序跋集［M］．北京：中国戏剧出版社，1990.

［39］关德栋、周中明编．子弟书丛钞［M］．上海古籍出版社，1984.

［40］关德栋．曲艺论集［M］．上海古籍出版社1983.

［41］胡文彬编．红楼梦子弟书［M］．沈阳：春风文艺出版社，1983.

［42］王铁夫．二人转研究［M］．沈阳：春风文艺出版社，1962.

［43］王肯等编．东北俗文化史［M］．沈阳：春风文艺出版社，1992.

［44］耿瑛、耿柳．关东梨园百戏［M］．沈阳出版社，2004.

［45］耿瑛、杨微编．东北大鼓传统曲目大全［M］．沈阳：春风文艺出版社，2007.

［46］耿瑛编．韩小窗子弟书［M］．沈阳出版社，2015.

［47］耿瑛．曲艺纵横谈［M］．沈阳：春风文艺出版社，1993.

［48］耿瑛．东北大鼓漫谈［M］．沈阳：春风文艺出版社，2007.

［49］耿瑛、穆凯．辽宁曲艺史［M］．沈阳：春风文艺出版社，2019.

［50］耿瑛著，耿柳、于嘉、耿作军整理．北方说书叙录［M］．沈阳：春风文艺出版社，2022.

［51］中国曲艺志·辽宁卷［M］．北京：中国ISBN中心，2000.

［52］中国曲艺志·天津卷［M］．北京：中国ISBN中心，2009.

［53］中国曲艺志·山东卷［M］．北京：中国ISBN中心，2002.

［54］中国曲艺志·北京卷［M］．北京：中国ISBN中心，1999.

［55］任光伟．艺野知见录［M］．沈阳：春风文艺出版社，1989.

［56］郭精锐等编．车王府曲本提要［M］．广州：中山大学出版社，1989.

［57］金受申．评书与戏曲［M］．北京出版社，2017.

［58］北京市民族古籍整理出版规划小组辑校．清蒙古车王府藏子弟书［M］．北京：国际文化出版公司，1994.

［59］中国研究院历史语言研究所编．俗文学丛刊［M］．台北：新文业出版股份有限公司，2016.

［60］陈新主编．中国传统鼓词精汇［M］．北京：华艺出版社，2004.

［61］首都图书馆编．清车王府藏曲本［M］．北京：学苑出版社，2001（55）.

［62］故宫博物院编．故宫珍本丛刊：岔曲秧歌快书子弟书［M］．海口：海南出版社2001（3-3）.

［63］沈阳市文学界艺术联合会编．鼓词汇集［M］．（内部资料）1956.

［64］中国曲艺家协会辽宁分会编．子弟书选［M］．（内部资料）1979.

［65］徐珂．清稗类钞［M］．北京：中华书局，1986．

［66］叶德均．戏曲小说丛考·宋元明讲唱文学［M］．北京：中华书局，1979．

［67］薛宝琨、鲍震培．中国说唱艺术史论［M］．天津：百花文艺出版社，1990．

［68］陈锦钊．陈锦钊自选集：小说、子弟书论文集［M］．新北：博扬文化，2018．

［69］陈锦钊．子弟书研究［M］．新北：博扬文化，2020．

［70］陈锦钊辑录．子弟书集成［M］．北京：中华书局，2020．

［71］黄仕忠、（日）大木康编．日本东京大学东洋文化研究所双红堂文库藏：稀见中国钞本曲本汇刊［M］．桂林：广西师范大学出版社，2013（28）．

［72］黄仕忠、李芳、关瑾华．新编子弟书总目［M］．桂林：广西师范大学出版社，2012．

［73］黄仕忠、李芳、关瑾华编．子弟书全集［M］．北京：社会科学文献出版社，2012．

［74］王国维．宋元戏曲史·自序［M］．北京：中华书局，2010．

［75］夏仁虎．光绪顺天府志［M］．沈阳：辽宁教育出版社，1998．

［76］姜相顺、佟悦、王俊．辽滨塔满族家祭［M］．沈阳：辽宁民族出版社，1991．

［77］佟悦．天潢贵胄［M］．沈阳：辽宁大学出版社，1997．

［78］张军、郭学东．山东曲艺史［M］．济南：山东文艺出版社，1997．

［79］林均珈．古典文学丛刊：红楼梦子弟书赏读［M］．台北：万卷楼图书股份有限公司，2012．

［80］崔凯主编．中国民间文学大系·说唱·辽宁卷（一）［M］．北京：中国文联出版社，2019．

［81］耿柳主编．中国民间文学大系·说唱·辽宁卷·子弟书分

卷（一）［M］.北京：中国文联出版社，2023.

［82］中国曲艺音乐集成·北京卷［M］.北京：中国ISBN中心，1996.

［83］邓伟主编.满族文学史第4卷［M］.沈阳：辽宁大学出版社，2012.

［84］董文成主编.清代满族文学史论［M］.北京：中国文联出版社，2000.

［85］高文、王水主编.辽宁文史资料（总第39辑）［M］.沈阳：辽宁人民出版社，1993.

［86］倪斯霆.旧文旧史旧版本［M］.上海远东出版社，2012.

［87］崔蕴华.书斋与书坊之间：清代子弟书研究［M］.北京大学出版社，2015.

［88］崔蕴华.说唱、唱本与票房：北京民间说唱研究［M］.北京：商务印书馆，2017.

［89］关永振、陈丽洁编.陈青远的评鼓书艺术［M］.北京：中国华侨出版社，1996.

［90］唐圭璋.全宋词［M］.北京：中华书局，1965.

［91］天津市曲艺团编.骆玉笙演唱京韵大鼓选［M］.天津：百花文艺出版社，1983.

［92］王立.满族说唱文学子弟书与满汉文化融合研究［M］.沈阳：东北大学出版社，2021.

［93］张其卓.满族在岫岩［M］.沈阳：辽宁人民出版社，1984.

［94］锦州曲艺志编辑部编.曲艺资料汇编［M］.（内部资料）1989.

［95］赵立山编注.李龙石诗详注［M］.北京：方志出版社，2004.

［96］冷季平、郭晓婷.子弟书源流考［M］.北京：中国社会科学出版社，2016.

［97］昝红宇、张仲伟、李雪梅编.清代八旗子弟书总目提要

［M］. 太原：三晋出版社，2010.

［98］姚颖. 清代中晚期北京说唱文学与伎艺研究：以子弟书、岔曲为中心［M］. 北京燕山出版社，2007.

［99］祝兆良. 京城艺事［M］. 武汉：华中科技大学出版社，2014.

［100］孙殿起. 琉璃厂小志［M］. 上海书店出版社，2010.

［101］车振华. 清代说唱文学创作研究［M］. 济南：齐鲁书社，2015.

［102］尹变英. 清代八旗子弟书研究［M］. 北京：民族出版社，2021.

［103］李芳. 清代说唱文学子弟书研究［M］. 北京：社会科学文献出版社，2022.

［104］黄涛编. 中国近代曲艺文献汇编［M］. 上海科学技术文献出版社，2024.

［105］（清）杨米人等著，路工编选. 清代北京竹枝词（十三种）［M］. 北京出版社，1982.

报刊类

［1］评词研究员毕业等级分数表［N］. 奉天公报，1913.4.5.

［2］何海鸣. 韩小窗之鼓词［J］. 民众文学，1926年，第14卷.

［3］旧吾. 韩小窗与刘宝全［N］. 南京晚报，1947.2.10.

［4］关德栋、周中明. 论子弟书［J］. 文史哲，1980（2）.

［5］杨微. 关于《子弟书选》的校订［J］. 辽宁曲协曲艺通讯（内刊）. 1980（3）.

［6］（日）长田夏树.《全德报》子弟书绍介——韩小窗子弟书考证底稿［J］. 神户外大论丛，1967.3.18.

［7］鼓词作家略考［N］. 滨江日报，1938.12.10.

［8］黄仕忠．车王府藏曲本收藏源流考［J］.文化艺术研究．2008（01）.

［9］黄仕忠．车王府钞藏子弟书作者考［J］.车王府曲本研究，广州：广东人民出版社，2000.

［10］康保成．子弟书作者"鹤侣氏"生平、家世考略［J］.车王府曲本研究，广州：广东人民出版社，2000.

［11］唐鲁孙．失传的子弟书［J］.大杂烩，桂林：广西师范大学出版社，2004.

［12］胡文彬.《红楼梦》子弟书初探［J］.社会科学辑刊，1985（02）.

［13］任光伟.《忆真妃》作者考查记［J］.中国满族文学史编委会学术年会（材料之二十）.

［14］任光伟．子弟书的产生及其在东北之发展［J］.曲艺艺术论丛［M］.1981（1），北京：中国曲艺出版社，1981.

［15］王立，刘芳芳."金瓶梅子弟书"的母题接受与满汉文化融合［J］.山西大学学报，2014（04）.

［16］王立，刘键．子弟书《糜氏托孤》的文化特征及接受史意义［J］.学术交流，2015（10）.

［17］伊永文.《金瓶梅》对"子弟书"的影响［J］.明清小说研究，1997（02）.

［18］张政烺．会文山房与韩小窗［J］.社会科学战线，1982（02）.

［19］张文恒．论子弟书《黛玉悲秋》的价值以及在《红楼梦》早期传播中的意义［J］.中国文学研究，2013（04）.

［20］曙光．对于《忆真妃》作者之我闻［N］.盛京时报，1934.12.15.

［21］刘伟华．正关于"忆真妃"作者诸说［N］.盛京时报，1935.4.24—27.

[22] 如是.《忆真妃》之著者喜晓峰之姓名 [N]. 盛京时报，1935.1.15.

[23] 逊梅. 鼓词才子韩小窗 [N]. 东亚晨报，1940.5.12.

[24] 霜杰. 韩小窗曲词正伪泪缘并非韩手笔 [N]. 天声报，1938.11.21.

[25] 商树利. 岔曲腔词结构关系考辨 [J]. 中国音乐，2017（1）.

[26] 王梅庄. 八角鼓子弟书之渊源 [J]. 朔风（北京1938），1939（7）.

[27] 桑宁夏. 藏族著名史诗《格萨尔王传》说唱艺术在现代城市中的传承——以两位艺人的实践为例 [J]. 西藏大学学报，2021（3）.

[28] 启功. 创造性的新诗子弟书 [J]. 北京：中华书局，文史，1984（23）.

[29] 陈加. 关于子弟书作家韩小窗——兼与张政烺先生商榷 [J]. 社会科学战线，1984（03）.

[30] 陈祖荫. 浅议韩小窗子弟书的艺术特色 [J]. 中央民族大学学报，2001（06）.

[31] 胡光平. 韩小窗生平及其作品考查记 [J]. 文学遗产·增刊，1963（12）.

[32] 李爱冬. 从《红楼梦》子弟书看《红楼梦》对中国说唱文学的影响 [J]. 红楼梦学刊，1988（04）.

[33] 李洵. 略论韩小窗及其《金瓶梅》子弟书 [J]. 浙江艺术职业学院学报，2014（02）.

[34] 贾天慈. 子弟书作者鹤侣考 [N]. 华北日报，1947.10.24.

[35] 子弟书高手韩小窗 [N]. 时代商报，2010.01.26.

[36] 清逸. 百本张之子弟书 [N]. 北京画报，1932.7.16.

[37] 曲金良. 略谈红楼梦子弟书《露泪缘》[J]. 红楼梦学刊，1989（03）.

［38］孙忠栓．北京的租书业［J］．北京出版史志，北京出版社，1999．

［39］姚颖．论《红楼梦》子弟书对俗语的运用［J］．满族研究．2004（02）．

［40］宋和平．鹤侣和他的子弟书［J］．民族文学研究，1984（02）．

［41］田茫茫．韩小窗把"子弟书"写进大雅之堂［J］．东北之窗，2009（13）．

［42］耿柳．听唱再翻杨柳枝——《薛丁山与樊梨花》回眸［N］．中国艺术报，2021.11.5．

［43］耿柳．《子弟书集成》：集大成存小异［J］．戏曲与俗文学研究（12），北京：社会科学文献出版社，2022．

［44］耿柳．子弟书与清代其他民间曲种分野——以《绝红柳》作者褒贬境意为例［J］．黑龙江社会科学，2023（1）．

［45］耿柳．子弟书《遣晴雯》作者考》［J］．湖州师范学院学报，2022（3）．

［46］耿柳．说唱艺术与四大名著［N］．光明日报，2024.6.14．

［47］耿柳．从子弟书搜集编目到深度研究——李芳《清代说唱文学子弟书研究》读后［J］．戏曲与俗文学研究（14），北京：社会科学文献出版社，2024．

后　记

碎瓷几度缀华章，
鼓韵犹存字底藏。
十载芸编追雁影，
三更灯火补残香。
弦中冷暖凭谁诉，
纸上悲欢待客量。
莫道曲终人散尽，
春风过处有新篁。

　　子弟书看多了，后遗症就是想问题都是七个字七个字的上韵。因为热爱子弟书，电脑里积攒了许多未完成的文档。子弟书这门诗与乐的孪生艺术，从八旗子弟击节而歌的市井烟火，到海外汉学家争相探骊的东方秘卷，其命运在时光长河中几经沉浮。往昔研究之路，如同在迷雾中追寻断线纸鸢。犹记先父耿瑛伏案校勘的执着，他常说："研究子弟书就像拼碎瓷片，得耐得住寂寞。"

　　三十年前，天津的倪锺之老师陪同台湾学者陈锦钊到沈阳搜集子弟书，父亲差我去拜访佟悦先生，请其提供私藏的子弟书资料，当时我尚不知这些泛黄绵软的纸页有多珍贵，更没想到这些珍藏会为我所用。

崔凯恩师总是用带着曲艺韵味的东北话提醒我："别光盯着文本，得琢磨哪些是艺人唱过的，哪些是停留在书斋中的案头文学！"郝赫先生把自己收藏的民国剪报本塞给我时说："这些当年从旧书摊抢救的玩意儿，总算等到用场了。"关家铮教授帮助核对关德栋先生的信札，王立、鲍震培、李芳教授分享他们的新成果，有时为了一个典故的出处跟杨东乐遍稽群籍，有时为了不同版本的差异与邵缨反复推敲，为了找到一张旧照片同穆凯欢呼雀跃，为了找到星星点点的出处，谭传志、陈贵选、赵长波、谢岩、王禹超、李源分头苦觅，洛霖还多次在旧书网买来家父的亲笔信送给我……这些温暖的细节，远比冰冷的考据更值得铭记。

本书大体遵循了从清代子弟书产生至新中国研究成果这样一个时间顺序，有一些章节是依据新发现的史料，爬梳剔抉，结论与前辈有别，还有许多问题尚未找到解答，更加体会前辈学者"为求一字稳，捻断数茎须"的艰辛。总之"史论"并非"死论"，我这笨功夫垒成的砖石，只够铺就这半步台阶。

感谢春风文艺出版社的担当，让这部在故纸堆里摸爬多年的书稿终得付梓。我只得不揣浅陋，恳请方家指正。

耿柳　沐手谨记
甲辰仲夏于沈城